U0721573

大鱼

有爱的青春陪伴者

她想**足够强大**，可以在雨中为苍寒撑伞。
她想有**一个家**，家里有苍寒也有她。

炽热

——喝豆奶的狼 著

四川文艺出版社

图书在版编目（CIP）数据

炽热 / 喝豆奶的狼著 . -- 成都 : 四川文艺出版社，
2024.4
ISBN 978-7-5411-6859-8

Ⅰ . ①炽… Ⅱ . ①喝… Ⅲ . ①长篇小说 – 中国 – 当代
Ⅳ . ① I247.5

中国国家版本馆 CIP 数据核字 (2024) 第 026136 号

CHI RE

炽热

喝豆奶的狼 著

出 品 人	谭清洁	
责任编辑	陈雪媛	
特约编辑	娄 薇	
装帧设计	刘 艳　唐卉婷	
责任校对	段 敏	

出版发行　四川文艺出版社（成都市锦江区三色路 238 号）
网　　址　www.scwys.com
电　　话　0731-89743446（发行部）　028-86361781（编辑部）

排　　版　长沙大鱼文化传媒有限公司
印　　刷　长沙鸿发印务实业有限公司
成品尺寸　145mm×210mm　　　开　本　32 开
印　　张　10　　　　　　　　　字　数　360 千字
版　　次　2024 年 4 月第一版　　印　次　2024 年 4 月第一次印刷
书　　号　ISBN 978-7-5411-6859-8
定　　价　42.80 元

目 录

目录

第一章
英雄救美可太俗了

早上六点五十分，临城一中打响了早读前的预备铃。教室里人来了大半，吃早饭的、值日的、抄作业的，反正闹闹哄哄的，干什么的都有。

林空桑踩着铃声从楼梯间跑出来，探头探脑地发现班主任不在，这才一溜烟"飘"进班里。

"你怎么现在才来！"付阳一句中气十足的怒吼在教室门边炸开，"我从六点半开始就在等你的英语卷子了！"

林空桑像是被踩了尾巴的猫，登时一个激灵："知道了！知道了！"她摘了书包，"哐"一声把自己"砸"在椅子上。

来不及和同桌打声招呼，她飞速地掏出自己的英语试卷往付阳的桌上一扔："把你的数学基础练习册给我，快快快！"

下一秒，一本练习册从天而降，精准地砸在了林空桑的头上。

林空桑顾不得抱怨，手忙脚乱地把练习册捞过来叠在自己空白的作业上奋笔疾书。

"交作业，交作业，第二组的交作业！"

各组组长开始履行每日职责，敲锣打鼓似的前后"催债"。

林空桑表情一垮，小声哀号："今天这么早收作业？"

她身边正在吃煎饼果子的乔伊看她一眼："没写作业还来得这么迟？"

"我昨晚熬夜把那本小说看完了，呜呜呜，真好看……"林空桑抽空在心里感叹了一遍小说里的绝美爱情，又扭头看了一眼到处催交作业的组长，"你帮我看着老班，我还差一道大题就抄完了。"

她的话音刚落，乔伊立刻把吃了一半的煎饼果子塞进桌洞里："老班老班老班老班……"

林空桑条件反射般地把两本练习册往书包里猛地一塞，哭丧着脸道："我还剩一半……"

六班在临城一中排名中等，算不上好班但也不至于太差。

林空桑的成绩中不溜秋如坐过山车，时而勇闯年级前一百名，时而跌到后三十名。

数学基础练习册的最后一道大题那就不是她该琢磨的东西，写了一半都算是她超常发挥。所以她干脆也不抄了，起身把两本作业分开插入班长桌上的作业堆里，又从后排绕了一圈，拍了拍付阳的肩膀："我的英语卷子你交了吧？"

付阳吐出嘴里的豆浆吸管："早交了。"

林空桑心虚地看了一眼把自己卡在教室前门门框里站着的班主任，脚下打滑就往自己的座位上溜。

"哎，"付阳扯了一下她的衣服，"给你这个。"

林空桑转身，只见一盒豆奶往自己面前直直砸来。她下意识地去接，却没接住，那豆奶换了个方向，背离她飞驰而去。重点是，那个方向非常不妙——直逼教室后排的单人"王座"。

而"王座"上的男人，正垂眸认真写着什么。

周遭仿佛被按下了暂停键，林空桑瞪大了眼睛，一颗心提到了嗓子眼。

她看着那盒豆奶以一道优美的抛物线即将落下，微微张嘴，似乎在最后的几秒钟内还想着去挽留什么。

可惜，什么也做不到。

"啪！"

——"不知死活"的豆奶砸在了苍寒的桌上，成功地惊扰了对方。

"大哥"停下手上动作，垂眸看着那盒豆奶一言不发，像是风雨欲来前的安静，可能下一秒就会爆发出惊天地泣鬼神的愤怒。

林空桑当即转身，一个百米冲刺"圆润"地滚回了自己座位。

七点的上课铃声响起，班主任终于走进了教室。

"上课了，都回到自己的位子上坐好。"

林空桑蒙了两秒，惊魂未定道："完了，乔伊，我刚才失手让一盒豆奶砸到苍寒座位上了。"

乔伊瞬间也惊恐了起来："大哥你也敢惹？他不会迁怒我吧？"

林空桑："……"

好姐妹，这一开口就是"好姐妹"。

"我又不是故意的！"林空桑欲哭无泪，"我的天，我都没敢看他的表情，吓得赶紧跑回来了。"

"他没看见是你砸的吧？"乔伊问。

"没看见吧，他好像在低头写作业。"林空桑掏出英语课本，装模作样地翻到单词表，"付阳有病啊，突然扔给我一盒豆奶，真要严格算起来那根本不是我扔的。"

"付阳又给你东西了？"乔伊两眼放光，"我怀疑他就是对你……"

"什么啊！"意会到乔伊的意思，林空桑嫌弃得不行，"他上一次把我作业弄丢的事我还没找他算账呢……不过现在是考虑这个问题的时候吗？我担心早读下课，我就要被大哥碎尸万段了。"

"要不一下课就去上厕所？"乔伊提议道。

"好姐妹，"林空桑挽住她的胳膊，"一起啊！"

英语早读的流程从高一开始几乎没变。

——给同学十分钟自己背单词，接着课代表报听写。

教室内八仙过海各显神通，各种手段层出不穷，不过好在是应付过去了。

林空桑倒是没做小抄偷翻书，那些单词她本来就会个七七八八，早读再随便看两眼，听写几乎就可以得满分。

她的心思全放在下课铃上，随时准备冲出去。

走廊的铃声一响，林空桑就和乔伊"嗖"的一声蹿出教室。

"大哥好像没动静？"林空桑出教室前回头看了一眼。

乔伊推搡着她走快点："等你看到动静时就是你的死期。"

今年他们高二文理刚分科，理科六班班级成员有轻微的变动。

像林空桑、乔伊、付阳等大部分人都是原班"土著"，不过也有像苍寒这种从十二班调来的"大哥"。

他们年级按照成绩排序，一共十二个班级。

按照老师们的说法，随着班级数字的增加，学生的"质量"也参差不齐。最显著的特征就是成绩经常垫底，上课从不听课，偶尔聚众给班主任制造"惊喜"，讲台上念检讨一站就是一排。

从这种"大环境"里出来的苍寒，据说也曾在十二班"呼风唤雨，大杀四方"。

这是什么？这就是大哥中的"大哥"，不是她林空桑这样的小蝼蚁能惹得起的。

"大哥初中好像都没念，"乔伊压低了声音，"我听说是送去工读学校了。"

"不会吧？"林空桑往乔伊身上贴了贴，"他犯了什么事儿啊？"

"我也是听别人说的，具体怎么回事也不知道，"乔伊拍了拍林空桑的手，"你懂的，不要外传。"

林空桑把头点成小鸡啄米似的："其实我没明白为什么大哥会从十二班直接调到我们班，就不怕打乱'生态平衡'吗？"

"他高中迟了一个月才来的，只能插进最差的班级。"乔伊道，"大哥成绩其实不差，好像还拿过不少奥数奖项。"

"数学？"林空桑抖了抖，眼底瞬间聚集起大量恐惧，"数学好的都是变……呸，大哥不愧是大哥！"

两个小姑娘在厕所磨叽满十分钟，硬是卡着上课铃回到了教室。

林空桑隔着一片人头，心虚地瞥了眼坐在教室角落里的苍寒。苍寒穿着简单的白T恤，依旧低头写着什么。

"大哥好爱学习啊！"她由衷地发出一声感叹。

这样文静、爱学习的大哥，说不定是一个脾气很好的男生。

"大哥指不定放学收拾你。"乔伊打破她的幻想，"毕竟下课时间短，打不爽。"

心情跌宕起伏，林空桑假装抹了把眼泪。

屁股还没沾上椅子，她先是看见了桌上放着的两张表格。

"学科、互助、小组志愿表？"林空桑拿起自己桌上放着的表格，皱眉念出表头大字，"这是什么？"

前排的同学转过身来："你俩下课跑得真快，老班在后面叫都没叫住。"

林空桑用表格捂住胸口，表情凄惨不忍直视："老班叫我们了？"

"是啊，下课的时候，老班通知了我们他最近搞出来的新花样。"

前桌一拍桌子，字正腔圆地总结道："两两配对，帮助学习。"

乔伊把那份表格拿到手里，眼睛都看直了："学科强势的同学帮助学科弱势的同学，结成互帮互学小组。"

林空桑也看了看表格，语气浮夸道："哇，是我想的那个意思吗？"

"是的，没错，大家都是你那个想法……"前桌冲她抛了个媚眼。

三个小姑娘顿时"嘻嘻嘻"地笑成一团。

"我和化学课代表一组哎！"乔伊看着右下角的互助对象捂嘴偷笑，"开心，以后有化学作业抄了！"

林空桑听后兴高采烈地也看向右下角，然而笑容却就此凝住了："我这里为什么有大哥的名字？"

前桌顿时如临大敌："你说啥？"

乔伊也把脑袋凑到林空桑的身前："大哥的名字不会是写在互助对象那条横线上吧？"

这时，林空桑似乎也意识到了事情的严重性："等等，我觉得好像哪里出了问题。"

乔伊把林空桑手中的表格抽出来："你的强势学科是英语，弱势学科是数学，大哥正好和你相反。"

"我不信，我数学分明很优秀，"林空桑把脸一板，开始逃避现实胡言乱语，"什么三角函数一阶导那简直就是手到擒来的事，怎么会是我的弱势学科呢？"

"你分班考试数学才考了37分吧？"乔伊无情地戳破。

"我那是故意的！"林空桑眼睛睁大，就连说话都开始有了颤音，"我不想因为分班和你分开。"

乔伊嘴巴一咧，干笑两声："宝贝儿，你知道我最喜欢你什么吗？"

林空桑扯了扯嘴角："嗯？"

乔伊："我就喜欢你在绝境之前自欺欺人的可爱模样。"

林空桑用了一上午的时间也不能接受自己的互助对象是大哥。

不过她参透了墨菲定律的存在意义，明白了不要在背后讨论别人，否则报应很快就会落到自己头上。

乔伊劝她早点道歉，争取宽大处理。

林空桑壮着自己的"狗胆"，决定放学后主动去和大哥承认错误道个歉。

"我就站在教室门口，有什么情况第一时间冲进来带你跑。"乔伊握住林空桑的手，使劲一摇。

林空桑泪洒黄浦江，摇完之后怎么都不愿意放开手。

"放放放！"乔伊几次暗暗挣扎无果，决定抛开平日的姐妹情分，狰狞着表情甩开了林空桑的手。

午后的教室空空荡荡，大哥像是写了一上午的作业，就算放学铃响了有二十分钟，依旧坐在原位。

——完了，他肯定是在等着收拾我。

绝望的林空桑，挪着绝望的步子，短短几米的距离，硬是被她走出了长途跋涉的艰难困苦。

"那、那个……"她抖着声音，停在了苍寒的桌前。

苍寒没有反应，连头都没有抬。

林空桑欲哭无泪，转身看到门口的乔伊对她比了个加油。

"大、大……"她差点就把"大哥"脱口而出。

而此时，苍寒却突然停下了笔，缓缓抬头看来。

午后日光倾斜，少年唇瓣轻抿，发丝微长，一张瓷白的脸上没点血色，倒显出几分人畜无害的单纯模样。

两人的视线在空中相接，一双淡色的瞳孔中依稀可见倒影，像是藏着窗外的梧桐树叶。

林空桑只觉得脑子里"嗡"的一声，整个人呆在了原地。

以前没怎么注意，大、大哥长得怎么一点也不"大哥"啊？

下一秒，对方又垂下眸子。

他动了动手臂，从桌洞里拿出了什么放在桌边——是早上林空桑未接住的那盒"炸弹"豆奶。

"你……"苍寒说了一个字，然后把手缓缓收了回去。

林空桑屏住呼吸，连眼睛都不敢眨。她等着大哥接下来的话，像是等待着自己随后的"死法"。

"……的。"

耳边仅剩风声，随后心跳炸裂。

蝉鸣拖着尾声，是苟延残喘的夏天。

林空桑脑子里混混沌沌的，一片乱麻，僵硬着脚步出了教室。

"大哥原谅你了吗？"乔伊连忙把林空桑挽住。

林空桑的脖子像是被螺丝拧上的，一转头便"咯吱咯吱"直响："大哥他……"

大哥他讲话好慢，两个字要耗时三秒才能讲完。

这话林空桑没敢说全，她手里握着那盒豆奶，像是握住了自己的脑袋。

原不原谅的话大哥倒是没说，因为大哥好像根本就没怪自己。

不仅如此，他还把那盒"惊扰圣驾"的豆奶收了起来，放了一上午特地拿出来还给她。

林空桑不知道是不是自己被大哥单纯的外表迷惑住了。

这哪是什么大哥啊？

这妥妥的人间小天使。

小天使。

林空桑又被脑子里跳出来的这三个字震惊到了。

那可是从十二班出来的男生，那可是从工读学校里出来的男人！

呵，果然不简单。

捕猎者往往以猎物的方式出现，具有欺骗性的外表也是他的捕猎手段。

林空桑提起十二万分的精神，觉得自己不能做一个单看外表的肤浅人类。

然而，在经过一星期的互助学习后，她发现事情并没有按照预想进行。

因为大哥除了反应慢点，甚至比自己想象中还要温和。给他翻译文章他就接着，提醒他看书他就听着。他不发脾气也不皱眉头，看到那张苍白的小脸，她都心疼对方是不是营养不良。

是不是有哪里不对？

"又在给大哥翻译范文啊？"乔伊对林空桑深表同情，"你的字写得这么丑，大哥不会介意吗？"

"我的字很丑吗？"林空桑面无表情，"一笔一画，仔细认真。"

"真惨啊！"前桌感叹，"教大哥英语，心理压力会不会很大？"

"有吗？没有。"林空桑翻译完最后一句，在纸张的右下角写上"全文背诵并默写"。

"你写在这里大哥会不会看不见？"乔伊提醒道，"你写在开头啊！"

林空桑顿了一下："我这样写了一个星期了。"

按理来说，她根本不需要写这一句话，只是出于习惯或者好心加上而已。

"大哥有背过吗？"乔伊小心翼翼地问。

林空桑合上水笔："大哥的事你少管。"

很明显，没有。

乔伊："可是今天老班强调了，进步最慢的互助小组是要罚值日的。"

"没关系。"林空桑深吸一口气，说出口的话里带着看淡一切的豁达，"不过就是扫地、拖地、擦窗子。"

乔伊："但是你要和大哥一起扫地、拖地、擦窗子。"

林空桑："……"

她上辈子是造了什么孽。

"我有什么资格管大哥？大哥看不看还不是随便他。"

什么互帮互助小组，她就是一个翻译工具人。

工具人做好分内的事，其他的……随缘吧。

放学后，林空桑和往常一样缩着脖子把一张 A4 纸搁在苍寒桌边。

"这是今天的范文翻译。"

少年握着碳素水笔，修长的手指骨节分明。

他的左手压着一本厚重的习题册，右手在草稿纸上写下一个公式，过了几秒又写出一个数字。

林空桑探了探脑袋，没看明白写的是什么玩意儿。

而那本深绿色封皮的奥数书，搁在苍寒的桌上似乎就没消失过。

"嗒"的一声轻响，碳素水笔被搁在桌子上。

林空桑回过神来，赶紧站直身子。

"那、那个，我把老师的要求写在最后面了。"林空桑壮着她的小鸟胆，用手指一点那行专门用红笔画了线的字，"这篇要求全文背诵并默写，明早抽查。"

你要背要背要背！

林空桑在内心咆哮，可到底是没敢直接说出口。

苍寒的目光被那根手指吸引，偏头看到了桌边的翻译。随后，他把纸张拿了过来，轻轻点了点头。

"谢谢。"

林空桑得到回应，像是任务完成，泥鳅一般溜出了教室。

放学没多久，走廊上还有零星几个人。

乔伊甩着手上的水，应该是刚上厕所回来："美女，任务完成啦？"

林空桑一个猛虎落地扑过去："你小声点，他能听见！"

"他又不知道我在说什么任务。"乔伊压低了声音，"怎么样，和大哥说了吗？"

"没。"林空桑烦躁地蹦了一级楼梯，"我要怎么说啊！说'你记得回去背英语，不然考不好咱俩得被罚值日'？"

乔伊一缩脖子："大可不必这么严肃。"

林空桑："其实我一个人打扫真的没关系，我是怕大哥被罚不开心，到时候迁怒于我。"

两人一路絮叨着出了学校，林空桑本想去文具店挑支水笔，却意外地发现自己兜里的钱包不翼而飞。

"落桌洞里了？"乔伊猜测道，"你又不是没干过这事。"

"唉，大概是吧。"林空桑叹了口气，总觉得自己最近特别倒霉。

"那你还买吗？我把钱给你垫上？"

"算了，我回趟教室吧，我的钥匙还在钱包里呢。"

林空桑垂头丧气地和乔伊告别，独自逆着人流回到了教学楼。

放学已经有一段时间，走廊上静悄悄的，映着夕阳昏黄的光。

林空桑搭上扶手，要死不活地踩上第一级楼梯。

"哐！"

突然传来一阵巨响，林空桑正在上楼的脚步一顿。

声音好像是从楼上教室里传来的。

她原地停了片刻，最终好奇心占了上风，一步两级台阶地蹿上楼。

他们班教室前门关着，林空桑拉了拉门把手，竟然还从里面锁了起来。

她又走去后门，顺便趴在窗上往里看了一眼。

不看不知道一看吓一跳，大哥的座位旁竟然围着四五个男生！

那些男生踩椅子、坐桌子，好像是十二班那几个榜上有名的刺头。

而大哥就坐在座位上，慢慢合上了他的那本奥数题库。

什么情况？

大哥开会？

可是紧接着，其中一个男生弯腰把手按在大哥的桌上，然后"砰"的一声一巴掌拍了上去。

他的表情特别凶狠，态度特别不好。

而大哥依旧安静地坐在那里，像是被吓蒙了。怎么看也是他们班的大哥在被人欺负啊！

就算大哥是大哥队里分裂出来的超级大哥，那一个人也敌不过这么多人。

大哥人又不坏，还帮她保存豆奶。退一万步来讲，再怎么说他都是自己班里的人，怎么也不能让别班欺负到头上！

林空桑扭头就跑。

"老班老班老班！"

她一路疾呼，从楼上办公室把正准备下班回家的老班揪了过来。

挺着肚子、秃了顶的中年男人似乎让人格外有安全感，威严尚且可以镇住那一帮野小子。

林空桑躲在教室外面看着自家老班跟母鸡护崽一般把那群男生赶出去，这才缩着脖子回到教室。

教室后排桌椅东倒西歪，书本散了一地。老班弯腰扶起倒了的桌子，大哥站在一边，停了片刻后也扶起了一把椅子。

"你赶紧回家，"老班拧着眉头，对林空桑道，"以后放学少在学校逗留。"

林空桑"哦"了一声，悄悄地瞥了一眼站在不远处的苍寒，转身离开。

而苍寒似乎还在梦游，微微皱着眉，像是对眼前发生的一切不太理解。

林空桑楼梯下了一半，突然想起来自己的钱包还没拿到手。她又在原地纠结了一会儿，想着现在这个点老妈指不定都回家了。

算了。

她叹了口气，转身蹦下最后一级楼梯。

下一刻，突然被人拦住了去路，一股烟味灌进鼻腔，林空桑三魂六魄吓去一半，下意识地往后退了半步，还险些被楼梯绊了一跤。

"小报告打得挺快？"面前的男生咬着烟蒂流里流气，上身微微前倾，就吓得林空桑一屁股坐在了楼梯上。

她从小循规蹈矩地长大，从没和这类人打过交道。在这种充满了威胁的近距离接触下，小姑娘的眼泪瞬间蓄满了眼眶，稍微抽一口气就要往下落。

"这就哭了？"男生笑了起来，"就这么点胆啊？"

林空桑觉得自己那点完全可以忽略不计的胆现在已经吓破了。

"老、老师就在楼上，"她努力忍住声音中的颤抖，怯生生地指了指，"这里有……摄像头的。"

"摄像头，"男生扭头看了一眼四周，嘴角勾出一点邪气，"可是坏了呀。"

他说着，伸手去抓林空桑的手腕："要不，咱们去别的地方说？"

"我我我……我不去……"林空桑吓出了颤音，转身就手脚并用地往楼上跑，"老师——"

鞋底摩擦地面发出尖锐而急促的声响，似乎是从头顶传来的。

林空桑连滚带爬闭眼往前，一头扎进了一个宽阔的胸膛。

她吓得不轻，不管不顾猛地抱住。对方身体一僵，后撤半步稳住身形。

"你哪个班的？给我站住！"老班从林空桑身边飞奔而下，去抓已经跑开老远的男生。

林空桑见有了靠山，方才的惊吓化作委屈，当即一嗓子号出来，把眼泪、鼻涕全抹在了被抱住的人身上。

等她哭够了，回过神来，才发现自己抱着的，是苍寒。

"大、大……"

她人吓傻了。

苍寒高她大半个脑袋，此刻垂着眸面无表情地看她。林空桑颤颤巍巍地把手收回来，感觉自己又受到了一个新的刺激。

苍寒白 T 恤上的那一片深色水痕，像是她的杰作。

"对对对……对不起……"林空桑恨不得把头埋地里。

苍寒低头看了看，似乎也慢半拍地注意到了自己衣服上的液体。

他抬了抬手腕，在那一瞬间像是有些不知所措。

几秒后，他又垂下手臂，从裤兜里掏出一包印着卡通狮子的纸巾。

他撕开粘胶，发出"刺"的一声轻响，林空桑跟着一抖，又落下两颗眼泪。

苍寒动作微顿，缓慢地抽出一张纸巾递到她的面前。

"擦擦……"

林空桑："……"

"……吧。"

大哥说话不爱说全，总要停顿几秒，然后继续。

苍寒给的纸巾带着香味、印着花纹，其中含有 8% 的乳霜成分，摸起来软乎乎的，精致到林空桑都没舍得用。

老班去而复返，明显没抓到人。他仰头看见楼梯上的两人，又提着裤脚跑上去强行插进他们之间："干什么呢？你没事吧？"

苍寒被挤得后退半步，林空桑抹了把眼泪，刚压下去的委屈又冒了出来："老师，我、我、我……"

老班看小姑娘又开始抽抽，直接把她手中的纸巾拿过来，胡乱地在她脸上擦了两下："不哭了啊，老师送你去公交车站。"

林空桑手上一空，哭腔硬是堵在了喉咙。

她看着老班随手把她舍不得用的纸巾一团，然后扔进了楼道旁边的垃圾桶。

大哥给的纸巾啊！她哪里配用！

林空桑死死地盯着垃圾桶，恨不得把那张纸巾重新翻回来。

然而老班没给她反应的机会，拍拍她的肩膀就要走。

林空桑泄了气，只好硬着头皮跟上去。走出两步，她像是想起来什么，还不忘回头和苍寒小声说一句"再见"。

苍寒站在原地，脸上的表情又恢复成往日的波澜不惊。

见他没搭理自己，林空桑心里打鼓，猜想他是不是生气了。生气也没办法，她又不能直接扒了他的衣服带回去洗。

——再说她对大哥说再见，大哥就应该回应她吗？大哥永远是高冷的，大哥从来不说话。

她这么一通自我安慰，心里也好受一点。

晚饭时间已经过去，校园里都是返回来上晚自习的高三生。

林空桑看着沉下去的夕阳，心想今天大概率是要被老妈骂。

刚出校门，一辆公交车从眼前开过去，林空桑一扯书包就要去追："老师，我的车到——"

也就一个回头的空当，她看见了侧后方的苍寒。

苍寒个高腿长，长得帅，往那儿一站都格外扎眼。

林空桑："大哥？"

老班狐疑地"嗯？"了一声，同样回头看去："你怎么跟来了？"

苍寒上前一步，从兜里掏出那包纸巾，整个递到林空桑的面前。

林空桑愣在原地："给、给我啊？"

"嗯。"苍寒微微点头，只是垂眸看着纸巾上那只卡通狮子，"再见。"

他的声音很低，在嘈杂的马路边只有林空桑能听到。

他特地来……送包纸巾？

加一句再见？

"你不是赶车吗？"老班看了眼已经靠站的公交车，"不赶了？"

"我我我……"林空桑双手颤颤巍巍地把那一整包纸巾接过来，"谢谢大，呃，谢谢你……"

她低着头，能看见少年拇指指甲圆润泛粉，修剪得当。

白白净净的大哥……还有白白净净的手掌。

"车走了。"老班在身后恨铁不成钢。

他刚接了一通电话，老婆催他回家吃饭。

"老师，我能一个人等车，"林空桑小心翼翼地把纸巾装进口袋，耷拉着脑袋，小声说，"这里人、人多，没事的……"

可是老班毫不放松："我今天一定要看着你上公交车！"

林空桑欲哭无泪，偷偷瞥一眼身边的苍寒。

为什么大哥也在这里站着？

这两尊大佛一左一右，她一个小废物可吃不消啊！

"我送她。"苍寒不鸣则已，一鸣惊人，简单三个字就能吓得林空桑狂奔十里跑回家去。

"不用，不用……"她疯狂地摆手拒绝。

老班眼睛一眯，像是察觉出了些微端倪："你俩……"

林空桑在这股眼神中察觉出了一丝不妙，为了避免接下来致命的尴尬，她在几秒内调整心态，找到借口，把话说得冠冕堂皇、漂亮得体："我俩是互助小组，互相帮互助是应该的。"

"哦！"老班恍然大悟，"原来如此！"

林空桑："……"

还真好糊弄。

"那苍寒你送她吧，"老班话锋一转，"一定要把女同学安全送回家。"

林空桑满头问号。

你自己也就送上公交车，凭什么到大哥这儿就安全送回家啊！

而苍寒得到指令，竟然就这么乖乖服从，轻轻"嗯"了一下便抬眼去看马路上的车来车往。

他的个子很高，从林空桑这个角度仰视过去，能看见对方锋利的下颌线切割出了光影明暗。

暗的侧脸，还有雪白的脖颈。

大、大哥的脖颈有、有点好看。

"车……"苍寒收回视线，"……又来了。"

林空桑像是被戳了眼珠子，瞬间低下了头。她心虚地"哦哦"了两声，闷着头就往公交车站赶。

慌里慌张地掏出公交卡，林空桑一回头，看见大哥单手抓着扶杆，竟然也跟着上了车。

他不会是真要送自己回家吧？！

林空桑被迫接受这个事实，哆嗦着又刷了一次公交卡。

苍寒还在兜里翻吃午饭找的零钱，司机摆手提醒他不用后，他在原地站了会儿，才反应过来应该是林空桑替他付过了。

"谢谢。"他对司机微微颔首，而后走到林空桑的身边坐下。

"谢谢。"然后他又对着林空桑说了一遍。

"啊？"小姑娘睁着双大眼睛，似乎很是惊恐。

苍寒指尖一指她手上的公交卡，言简意赅："卡。"

"没关系，没关系……"林空桑连忙把手摆出残影，中途突然停下，把公交卡递了过去，"你要吗？给你回去坐车。"

苍寒摇了摇头。

林空桑收回公交卡，偷偷瞥了他好几眼。

对方脚上踩了双篮球鞋，衣服胸口处还残留着她留下的痕迹，看起来像是被欺负了一样，惨兮兮的。

林空桑心里冒出丁点儿愧疚，总觉得这个人似乎和传闻中的不大一样。

他说话温暾，对人礼貌，别说什么凶残暴力了，她就没见对方皱一下眉头。

而且竟然还被那么多人欺负，被欺负了，他也不知道还手。

现在还低头玩手指，认真垂眸的样子看上去竟然还有几分呆萌可爱。

……

她竟然觉得大哥可爱。

林空桑摸了一把自己的脸，觉得好像病得不轻。

彼此沉默着到站下车。

林空桑有些不好意思，又一次把公交卡递给苍寒。

"你用吧，也没多少钱，谢谢你浪费时间送我，我一个人就能回去。"

苍寒看着那张公交卡，沉默了片刻。

林空桑心里一紧，不知道是不是自己说错了什么话。

"不用。"苍寒缓缓吐出两个字来。

这要命的反射弧！

林空桑呼了口气，打算一路闭嘴到底。

硬着头皮走到小区门口，林空桑的目光在保安和大哥身上来回打转。

这个保安大叔认识她，她把大哥带进小区，两人会不会被误认为是什么奇怪的关系。

而身后大哥的脚步丝毫没有要停的意思，林空桑心里犯嘀咕，对方不会真准备把自己送到家门口吧？

那她要不要请大哥上楼喝一杯？！

"林空桑！"

就在她踟蹰不前不知如何是好的时候，一声怒喝宛如天降惊雷，瞬间把她给劈醒了。

"你看看现在几点了？"

"妈？妈！"林空桑眼睛一亮，撒丫子跑去妈妈身边，"我……我今天回来迟了。"

林空桑的妈妈付清溪往她脑袋上拍了一下，很快就被自家女儿身后的高大男生吸引了注意："这是……"

"他是我同学，我们老师让他送我回来的！"林空桑连忙解释。

"哦，麻烦你了。"付清溪看向苍寒，脸上带着笑容，"林空桑犯什么事儿了？"

林空桑："？"

她转头问道："关我什么事？"

"没有，她很好。"苍寒声音平缓，对着付清溪微微躬身，"阿姨再见。"

林空桑看着苍寒远去的背影，整个人都陷在那一句"她很好"之中难以自拔。

"还挺有礼貌。"付清溪评价道。

"我们班的大哥。"林空桑立刻恢复成平日里的蚂蚱模式，"妈，你刚才是不是怀疑我早恋？"

付清溪白了她一眼："只有你自己这么想吧？"

林空桑把付清溪一挽，两人并肩进了小区："真的不怀疑吗？我刚才还在想万一你误会了，我该怎么解释！"

"先不说这个。"付清溪换了个话题，"来跟我聊聊你干了什么这么晚不回家还需要别人专门送你回来。"

"这个可得从头说起了……"

放学后的事情有些离奇，最起码在林空桑这安分守己的十来年里是头一回遇到。

她添油加醋地把事情说给付清溪听了，最后得到一个"你以后离这些人远一点"的警告。

"我本来就离他们很远！"林空桑以为妈妈说的是十二班的刺头。

付清溪："离你那个同学也远点。"

"为什么啊？"林空桑不理解，"我觉得他没大家传的那么坏。"

她想起苍寒在公交车上垂眸玩手指的样子，抿唇笑着，又拿出了那包卡通纸巾，"妈，咱俩能不能也买这种带花纹的纸巾啊？我觉得超——级好用。"

当晚，林空桑把那包纸巾翻来覆去看了无数遍，最后小心翼翼地抽出一张，再把剩下的锁进自己的小抽屉里放好。

纸巾香香的、滑滑的，擦在脸上很舒服。

大哥的纸巾就是不一样，大哥这个人也不一样。

林空桑感觉自己有点飘。

她美了一会儿，从书包里拿出英语作业，每写一题就犯会儿花痴。

最后犯花痴的时间太长，她干脆把卷子一扔，抽出一张 A4 纸开始写起了英语从句的语法总结。

大哥那么懂礼貌的人，怎么就学不好英语呢？

为了报答对方送自己回家的这份恩情，怎么也要把大哥的英语成绩给提上来！

她越想越有干劲，越想越有激情，就这么写了一个小时，写满了正反两面。

写完了，林空桑把那张纸巾拿起来仰头欣赏。

我要是大哥，都要忍不住爱上自己了。

这么工整、内容缜密的总结！

这么认真、努力帮助他的自己！

天啊——

林空桑自我陶醉了一晚上，第二天难得起了个大早，屁颠屁颠地跑去了学校。

她进门就往大哥位子上瞅，结果大哥不在教室。

"今天来这么早？"乔伊惊讶道。

林空桑"嘻嘻嘻"一路笑到座位上："宝贝儿，我跟你说个事。"

听完林空桑的叙述，乔伊捂着额头差点没厥过去："你昨天抹大哥一身鼻涕？"

"什么一身鼻涕，"林空桑连忙纠正过来，"一点点。"她战略性地省略掉了眼泪，说完还心虚地看了一眼教室后面。

大哥还是没来。

"给你摸摸大哥的纸巾，"林空桑从兜里掏出单独抽出来的那张纸巾，"还有香味呢！"

"我天……"乔伊不敢置信，"这是男生能拥有的东西？"

"他给了我一包，"林空桑双手一捧下巴，美滋滋道，"大哥细腻着呢。"

"是大嫂的吧？"乔伊一句话就戳破了林空桑往外冒的粉色泡泡。

"大嫂？"她瞬间严肃了起来。

乔伊也正色道："大哥的女人。"

"……"

"哐哐哐！"

一阵急促的脚步声从教室外传来，来人叫道："最新消息！"

林空桑被这动静惊动得回过头去，看见他们班消息最灵通的八卦精一拍桌子，激动道："半个月了，大哥终于藏不住了。"

一听事关苍寒，林空桑连忙接话："大哥怎么了？"

"大哥把十二班的刺头打了，"八卦精指指教室外，表情扭曲，变幻莫测，"鼻血飙了一地，现在人都在校医务室呢！"

班里同学"哇"的一声炸开了锅，随后三三两两组团交换信息。

"今天大哥来得特别早，坐了没一会儿就出去了，我以为他是去上厕所。"

"上什么厕所呀，去十二班堵人了。"一旁的同学反驳道。

林空桑愣在原地，有点不太能接受昨天呆萌可爱的大哥竟然真的会干这种事。

"大哥不愧是大哥，单枪匹马敢去别的班找事。"

"是不是他们大哥组织内部又发生了什么分歧，咱班的大哥忙着过去一统江山？"

"没有，你们别乱说。"林空桑忍不住开口打断，"咱们班的大哥和他们不一样。"

乔伊拉了拉林空桑的手臂："哪里不一样了？"

"我……"林空桑卡了壳，半晌才憋出来一句，"反正就是不一样。"

她总觉得苍寒不是那种没事找事的人，他主动去到十二班，那肯定是有原因的。

"是不是因为昨天的事，"乔伊把林空桑拉回座位，悄悄地问道，"大哥今天去报仇了？"

"他根本就不在意，"林空桑把头摇成拨浪鼓，"那些人他就没当回事儿！"

"你怎么就这么肯定？"乔伊问。

林空桑鼓起腮帮，说不出什么所以然来："反正大哥不会特地去报仇。"

乔伊打量了几眼林空桑："我看大哥的纸巾里有迷魂药，一晚上就把你迷得晕乎乎的了。"

"你们不懂。"林空桑那份直觉说不出口，"不行，我得去看看。"

她撑起桌子就要去校医务室，然而脚还没迈出去一步，要见的人就出现在了教室门口。

苍寒似乎习惯性垂着眼睑，刘海遮眉，搭上睫毛。

那一瞬间，整个教室都安静了下来。

所有人的目光就像是装上了导航，在短短一秒内全部投向了大哥的脸上。

苍寒脚步一顿，继而缓缓抬起了眸子。

他额前碎发漆黑，显得脸更加苍白，左边眼尾明显多了一处伤痕，像是连带着眼皮与眼白都染上了血色。一双剑眉舒展，带着与眼神违和的平静。

莫名且长久的沉默让他周遭凝结了几分肃杀，仿佛只要动动手指，下一秒就会有人立刻喷血暴毙。

可是在那一刻，林空桑脑子里飘过几个大字。

——大、哥、破、相、了。

苍寒目光一转，和她撞上视线。

他像大佬般漫不经心地一瞥。

林空桑眨巴了两下眼睛，"哐"的一声原地坐回了椅子上。

板着张脸的老班随后出现，大步走上讲台，劈头盖脸把全班人都骂了一遍。

什么不遵守纪律、不好好学习，你们是我带过的最差的一届。他骂完大家又开始批评苍寒，说什么打架斗殴学校会给处分，如果情节严重会勒令退学。

大哥真去打架了！

"你别看他！"乔伊扯着林空桑的衣袖，用气音小声提醒。

林空桑慌乱地移开视线，才发现全班这么直勾勾盯着大哥看的只有她一个人。

不是，大家什么时候都把头低下来了？！

她赶紧学样子照做，只觉得自己胸口那颗心脏跳得厉害。

上课铃响起，走廊上的学生"呼啦"一下拥进教室。

苍寒重新垂下眸子，抬脚走回自己的座位。随着他的动作，教室里像是解除了无声封印，周围响起了窃窃私语。

林空桑的课桌靠近走道，在苍寒经过时，她偷偷斜一眼过去，对方微蜷的五指在她视线中一晃而过。

也就是这么一双手，昨天递给她一包纸巾。

还乖乖坐在车里，对她说"谢谢"。

林空桑"唰"地重新站了起来。

"你干吗？"乔伊把她拉了回去。

"大哥、大哥的眼尾好像破皮了。"林空桑结结巴巴道。

乔伊："大哥身上哪能没点伤？"

林空桑皱了皱眉，觉得苍寒那张脸要是破了相实在过于可惜。

"你这是什么表情？"乔伊探过头，"你心疼啊？"

"……"

林空桑承认自己心疼，除此之外还有点抱怨。

昨天自己分明叫来了老师避免了一场争斗，今天对方就跟白给一样送人脸上。

十二班是什么地方，他一个人也敢去。

去就去吧，还被人打了。

林空桑越想越憋屈，气得一上午都没心情上课。她把昨天写的语法总结拿出来又放回去，直到中午放学前也没那个胆递给苍寒。

苍寒就坐在教室后排角落，依旧低着头写他那本厚厚的习题册，像是从未被打扰，也没有什么东西可以打扰。

中午放学后，林空桑和乔伊告别，在座位上等了五分钟。

苍寒来得早走得迟，像是长在了那个座位上，永远只干一件事。

"苍……苍寒。"

林空桑拿着那张 A4 纸，有些别扭地站在桌边。她总觉得这样连名带姓地叫大哥有些不礼貌，可是又不能真当别人面喊大哥。

苍寒没有抬头，轻轻翻过一页书本。

"苍……"林空桑喊了一半，撇了撇嘴。

她把纸张放在桌上，苍寒手指微动，这才抬眼看她。

"这是我总结的英语从句语法，你可以看一看。"

大哥的眼角真的破了，眼皮上划出一道血痕，看起来有些触目惊心。

他的目光顺着林空桑的手臂往下，最终定格在那张总结上。

工工整整两面，汉字与英文夹杂，用荧光笔和红、蓝水笔强调出了重点，看上去格外详细。

"谢谢。"他依旧是不轻不重地道谢，把总结拿过来礼貌性地看上几眼。

林空桑对了对脚尖，犹豫两秒后跑回自己座位上，把大课间去校医务室买的药拿了过来。

"这个给你。"

她当时也不知道伤痕的深浅，只是对医生说眼睛破皮了要涂药，医生就给她拿了这管也不知道管不管用的药膏。

苍寒似乎有些惊讶，抬眸的同时表情愣愣的。

碎发垂落在耳边，露出血红的眼角。

这回要比之前能看得仔细，林空桑眉头皱起，大着胆子往前探了探脑袋："你要不要去医院看看呀？"

苍寒沉默片刻："不用。"

林空桑"哦"了一声，也没什么事能继续维持对话。

她走回自己座位，背上书包，隔着几张桌子对苍寒道："月底就要月考了，那个……如果我们的成绩进步最慢的话，是要罚值日的。"

虽然不一定就是最慢，但是好歹要给大哥一个心理准备。

苍寒明显有点疑惑："为什么？"

"老班规定的，"林空桑站在原地，"我们是一个小组。"

苍寒听后，疑惑不仅没消，反而更盛："什么？"

"学科互助小组，"林空桑这会儿也跟着郁闷了，"你不会……不知道吧？"

林空桑觉得非常离谱。

班里的学科互助小组已经组建快一个月了，可是她的互助对象竟然完全不知道有这回事。

"如果、如果不是这个小组，我为什么要给你写翻译？"

苍寒沉默不语，气氛尤为尴尬。

"不是，你以为什么呀？"林空桑脸都急红了，"我的强势学科是英语，你的强势学科是数学，我、我们正好互补。"

苍寒看了看自己面前的语法总结，似乎是明白了什么："嗯……"

"我、我是被迫的。"林空桑口不择言，说完又觉得意思不对，"我也不是那么被迫。我们两人组队是老班安排的，不是我安排的……"她越说声音越小，还带着丁点儿心虚。

大哥在不知情的情况下收了自己这么多天的英语翻译，他不会误会什么吧？

万一误会了，那岂不是……

——岂不是戳中心思！

"我……"林空桑欲言又止，平时蚂蚱乱跳的劲头现在一点没有，垂头丧气就像一棵蔫了吧唧的小白菜。

算了，误会就误会吧。

"我回家了，再见。"

"……"

没等苍寒回应，林空桑就闷着头出了教室。

教学楼外阳光灿烂，九月下旬似乎比夏天还热。

林空桑用手搭在额前遮住阳光，总觉得自己被太阳晒得心烦意乱。

大哥不知道和自己组了小组，那她这些天的行为对方会怎么看啊？

莫名其妙给翻译，还天天都给。

今天更是莫名其妙，总结了一堆东西，还让别人多看一看，想想都要尴尬死了。

"林……"

身后似乎有人喊她。

林空桑转身倒退着走，看见苍寒竟然就在几米之外。

她立刻停下了脚步。

苍寒走到她的身边："我送你。"

林空桑一时间有点受宠若惊："送我？"

"嗯。"苍寒一点头，抬脚往校门走去。

林空桑连忙跟上去，心道：大哥送人还送上瘾了？

这青天白日的，又不是晚上，她就不信十二班那些人还敢堵自己。

"其实没关系的，"林空桑没话找话，"白天人比较多，就算放学了学校里还是有人的。"

"嗯。"苍寒目视前方，连个眼神都没有给她，"我要吃饭。"

"去哪儿吃呀？"

"食堂。"

学校食堂就在大门附近，两人现在也算同路。

"那你赶紧去吃饭吧，"林空桑走到食堂外停下脚步，"真的没关系，我自己回去就好。"

苍寒顿了下，没有说话。

"还有昨天把你衣服弄脏了……不好意思。

"你快去吃饭吧，我走了！"

她说完，没等苍寒回应，转身飞快地跑出校门。

这个点食堂的饭估计都要卖完了，要是他再陪自己等个公交车，那还吃什么啊？

林空桑一路小跑着去了公交车站，探着身子去看路上来车。

今天她的运气似乎很好，刚到车站车就来了。

只是今日份的小开心还没体验一秒，林空桑甚至还没来得及把身子给收回来，就觉得自己被人从背后猛地一推，整个人不受控地就往马路上扑去。

"吱！"

轮胎摩擦地面发出尖锐的声响，公交车"刺"的一声停下，热气几乎蒸腾在了林空桑的脸上。

千钧一发之际，她的手臂突然被狠狠一扯。

天旋地转间，绿植剐得耳郭生疼，林空桑一头撞上了什么，顿时眼冒金星南北不分。

　　"啊——"

　　耳边骤然响起一声尖叫。

　　"撞死人了！"

第二章
秋天的梧桐大概是最美的颜色

————————◆◆◆————————

撞死人了？

撞死谁了？

林空桑眼前还在冒星星，手臂却不老实地撑着点什么就要起来。

"啊……"她发出一串低低的惨叫，感觉自己的左手像是断了，手腕处肿了个大鼓包。

"别动。"有人托住她的小臂，把她扶了起来。

周围有人惊呼："人没事吧？快打120！"

"快快快！"另一个人也道，"喊救护车！"

林空桑心想自己这个情况也不至于劳烦救护车吧，结果站稳之后发现自己想多了。

出事的并不只有她一个人。

公交车车头聚集的目光比林空桑这儿多，周围的热心群众拿起手机录视频、打电话，还有的凑上去纯看热闹。

司机惊慌失措地从车上下来，看清情况后，扯着嗓子大喊："哪儿死人了！我根本就没轧着他！你看你看，爬起来还能跑呢！这可不关我的事，你们不要赖我头上。"

"跑了？真跑了！"

人群里有一阵骚动。

林空桑松了口气，看来没出人命。

她脑子混沌一片，耳边"嗡嗡"作响。

炽
热

022

林空桑的小腿隐隐作痛，转脸一看才发现扶着自己的竟然是苍寒。

　　"大、大哥？"

　　苍寒动作一顿，原本停在她手腕上的目光挪到了她脸上，像是不明白是在喊谁。

　　"不是……"林空桑连忙改口，"苍寒。"

　　苍寒卸了她肩上的书包，提在手上："忍忍。"

　　林空桑不明所以地应下，踮着脚往他身后看了看："那边是不是有人……啊——"

　　"咔嚓"一声骨头相错的脆响仿佛直接炸在林空桑的脑子里，她瞬间蓄上眼泪，把惨叫的尾声努力压回嗓子眼："好、好疼……"

　　苍寒握着她手腕的手指一顿，继而直接放开。

　　他修长的五指蜷缩后又重新展开，手掌隔空托在林空桑的手腕下方，没了动作。

　　"你们没事吧？"有好心人过来询问。

　　林空桑摇摇头，低头转了转被重新掰回来的左手，感觉刚才那阵钻心的痛楚已经缓解不少。

　　林空桑："你还会接骨啊？"

　　苍寒："脱臼。"

　　"你还会治脱臼？"

　　"……嗯。"

　　林空桑握着自己的手腕，在心里给大哥点亮了一个技能点。

　　她的左小腿似乎磕在了哪里，现在生疼生疼。林空桑尝试着踩下去，结果身子一歪直接靠在了苍寒身上。

　　"……"

　　这着实有点尴尬。

　　不过苍寒似乎没有在意，他站得直，被冷不丁靠一下，身体也没有歪斜。

　　苍寒："你还好吗？"

　　"挺、挺好的。"

　　林空桑垂下手臂，捏了捏自己的衣摆。

　　她连忙找回重心，抬眸看了眼苍寒，却见对方正仰头盯着路口处的红绿灯若有所思。

　　林空桑的目光也跟着看过去，突然发现马路边有一个摄像头。

　　"'大哥'，"她拉了拉苍寒的衬衫衣摆，小声道，"刚才好像有人撞了一下我。"

　　"大哥，"苍寒眨了眨眼，随后把头低下来，"我吗？"

马路边的阳光似乎比教学楼那儿的刺眼。

苍寒脸部背光，乱发蓬松，随意地搭在鬓边和眉上。可眼尾那一抹暗红又有些招人，独自隐在侧边，非得要风吹开碎发才能看见。

大概是不知道怎么回答刚才那个问题，又或者是单纯被大哥的脸迷昏了头脑，林空桑往前靠了靠，不怕死地问道："你干吗要跟人打架？"

一个过分直白的问题，大概率不会获得回答。

苍寒想了想，抬手拦了辆出租车："我送你。"

林空桑晕晕乎乎地坐上车，脑子里还在思考自己刚才是在干吗。

苍寒从口袋里拿出一管药膏，抬手递到林空桑面前。

林空桑嘴角一抽，是她大课间逃了广播体操去校医务室买的那个。

"对不起。"苍寒道。

林空桑有些疑惑："你为什么要跟我道歉？是我应该谢谢你才对。"

苍寒摇了摇头，把目光投向了窗外。

中午回家，付清溪问林空桑这一瘸一拐是怎么回事。

林空桑随口扯了个理由搪塞过去，觉得这事儿应该没自己想象中那么严重。

公交车站那一下，她本来觉得是有人推了一下，但是后来想想，也不排除是别人不小心撞到自己。

因为不光是自己，还有个人差点被车撞上。

校外嘛，学生打打闹闹总是正常的，磕一下碰一下，那也是正常的。

即便大哥没有拉她一把，她也不一定会被车撞。

不过大哥竟然过来拉了她一把，她还以为对方去吃饭了呢。

他有这么不放心吗？

林空桑美滋滋地想，大哥这也太在意我了。

今天他还专门打车把她送回来，还真是……羡慕死人。

小姑娘的心思就那么点，心里眼里都是少年。

她飞快地吃午饭，飞快地睡午觉，给伤口抹上药，再开开心心地去学校。

然后林空桑迎来了高兴的事——苍寒在公交车站等着她。

"你……等我？"林空桑指了指自己，还有点不敢置信，"专门等我的？"

苍寒点了点头，从口袋里掏出两颗水果硬糖来。

"给我的？"林空桑拿了一颗，开心得声音发颤，"我能吃吗？"

苍寒把另一颗也给她："能。"

"谢谢大哥！"要不是小腿伤着，林空桑简直能原地蹦跶三尺高。

她指间捏着硬糖反复地看，没舍得撕开："你等了多久啊？这么急着找我，是有什么事吗？"

苍寒摇摇头，随后又点了点："有事。"

他的事，就是把自己的数学练习册给林空桑。

距离下午上课还有一段时间，班里零零散散也就来了几个人。

苍寒站在自己桌边，看着林空桑随便一翻，眼睛都亮了。

"谢谢大哥！谢谢谢谢！"

此刻，没有什么比"谢"这个字更能表达出她心中喜悦了。

因为这不是一本普通的练习册，而是一本写满了标准答案的练习册。

写——满了的？

"后面我们还没学呢，"林空桑"哗啦啦"翻了好几页，惊得下巴都快掉地上了，"你怎么……都写完了？"

苍寒看着她，久久不语。

林空桑瞪着眼睛体会含义，然后重重地点了点头。

啥叫数学好，她今天算是明白了。

跟大哥这种程度的"好"比起来，自己的英语简直就是小儿科。

最重要的是，有了这个，她以后就不用早上急吼吼地跑教室里抄数学作业了！

"你……参考。"大概是小姑娘的心思太显而易见，苍寒忍不住出声提醒。

"我……肯定是参考！"林空桑瞬间收起笑容。

废物咸鱼不可取，认真积极是王道。

她天天还叮嘱大哥背英语，自己怎么能不学习？

为了挽回面子，林空桑随手翻开练习册，看到一道三角函数题。

题目简单，解答步骤也少，像是不难。

她硬着头皮解释："其实我的数学也不是那么差，这种三角函数的简单题目，我都会写。"

她一边说着，还一边用手指在答案上划拉："这不就是变角公式吗？还有这个……嗯……这个……"

这是什么？

"倍角公式。"苍寒好心解围。

"嗯嗯嗯，倍角公式，"林空桑顺着台阶下，一点没脸红，"倍角公式太多了，我容易记混而已。"

苍寒"嗯"了一声，也不知道是真信了还是懒得拆穿。

多说多错，林空桑决定见好就收，保持距离。

"那我……学习去了。"

她把练习册抱在怀里，摆手与他告别后，溜回了自己座位。

大哥的数字写得真好看。

"4"写得横平竖直，"8"写得圆润对称。

她手捧下巴，轻轻翻过一页，眼睛里的小桃花"簌簌"往下直落，把刚进教室的乔伊恶心得起了一胳膊鸡皮疙瘩。

"你在看什么？"

"数学基础练习册。"

"……"

乔伊心道见了鬼："你是不是心理变态？看数学题能看得一脸春心荡漾。"

"这不是普通的数学题，"林空桑把练习册拿到乔伊面前，小声道，"这是大——哥给我的数学题。"

她说完，又自己捂嘴笑了起来，甚至还悄悄地回头瞥了一眼教室后排，大哥雷打不动地坐在那里，应该又在做他的那本大厚书。

"林空桑，我真是小瞧你了。"乔伊把林空桑满是春光的脸强行转过来，"以前知道你胆子大，但是没想到你胆子这么大，对大哥你都敢有非分之想，那是你能觊觎的男人吗？"

林空桑嘴巴一撇，转头看向她："可是大哥对我好好。"

乔伊："哪儿好了？"

林空桑把中午发生的事大致说了一遍。

"他对你好点你就飘？你爸听了得当场发飙。"乔伊敲了一下她的脑袋，而后关切道，"不过中午你没事吧？我听你说的，感觉还挺危险。"

"没事没事，就是一不小心，"林空桑大大咧咧地一摆手，"有个人比我还倒霉，差点被车撞了呢！"

"我觉得你这就是吊桥心理，"乔伊回归正题，继续给她分析，"大哥护你几次，你就心有所属了。"

林空桑有点不好意思："那也不全是吧……"

乔伊叹了口气，凑到林空桑身边悄悄说道："我家对门就是派出所，今天中午吃完饭，我看见大哥从里面出来，你懂的，这事我一般都不说。"

"我懂什么？"林空桑有点蒙，"他去派出所干什么？"

"正常人谁没事去那儿？"乔伊只恨林空桑这个"恋爱脑"烂泥糊不上墙，"你别被恋爱滤镜蒙蔽了双眼！"

林空桑顿了下："大哥又犯事儿了？"

乔伊气结："我怎么知道！"

林空桑因为乔伊这句话又纠结了几节课。

放学时，老班突然出现在教室里，表情严肃地叫走了苍寒。

于是大哥又在全班人的注视下从教室后排不急不躁地走到前门。

"林空桑。"

林空桑突然听到自己名字，"腾"地站了起来："老师！"

老班心累地冲她一招手："你也过来。"

班里瞬间响起一阵窃窃私语。

不明白自己犯了什么事的林空桑格外紧张，拖着她那条隐隐作痛的小腿走到苍寒身边。

两个小倒霉短暂地交流了一下视线，沉默地跟着老班去了办公室。

路上林空桑心里还有点没底，想着老班不会真的误会自己和大哥谈恋爱吧。

不然，他为什么同时叫他们两个，表情还这么严肃！

然而真到了办公室，林空桑那点旖旎的小心思瞬间被吓了个没影。

平日里老师们聊天、八卦、训学生，站走廊上都能听见。可今天办公室里却格外安静，每个人的脸上都没有带笑，仿佛如临大敌，因为房间里站了两个穿着制服的警察。

且在林空桑踏进办公室的那一刻起，目光就锁在了她的身上。

"这个人你认识吗？"其中一个警察拿出一张照片给林空桑看。

照片上的男生剃着寸头，即便发型变了，她也能认出来这就是昨天晚上在楼梯口堵自己的男生。

"除了昨天，之前你们有过交集吗？"警察又问。

林空桑连忙摇头。

警察用笔记本一指苍寒："他……你认识吗？"

林空桑又赶紧点头："他是我同学。"

"哦，同学。"警察若有所思。

"警察同志，我们班有个学科互助小组，他俩是结成对子互帮互助的。"老班在旁边补充了一句。

"所以平时走得近一些，对吧？"

林空桑没敢回答。

"好的，小姑娘，你先回去吧。"警察打发完林空桑，又转向苍寒，"你留下来。"

林空桑心不甘情不愿地出了办公室，本来还想趴在门上偷听点什么，结果被老班开门赶回了教室。

"怎么了？怎么了？发生了什么事？"

林空桑一进教室，班里的同学就七嘴八舌地问了起来。

林空桑自己都丈二和尚摸不着头脑，自然也说不出什么所以然来。

"是不是你惹着大哥了？"

"还是大哥打你了？"

这些问题简直莫名其妙，林空桑——否认，并且还是感情强烈地否认："苍寒才没有打我，他也不会打别人！"

"老班喊你俩出去的时候，脸上都快掉冰碴儿了。"

"我们的勇士，你不会和大哥早恋吧？"

那不敢置信的语气，那惊悚诧异的表情，就好像跟大哥早恋是什么惊世骇俗的事情。

林空桑甩着马尾烦躁地回到座位上，恨不得抬蹶子踢他们一脸灰。

可是当她冷静下来，一堆没有头绪的问题却在脑海中反复横跳。

警察为什么会找她和苍寒？今天中午发生的事到底是不是意外？这和昨天那个男生有什么关系？她刚才……应该没有说错话吧？

林空桑突然觉得自己像个傻子，什么都不知道。

苍寒不告诉她，老班不告诉她，就连警察也让她先走。

她真就是个傻子。

办公室里，警察低头把笔记本打开，不管是询问的语气还是表情都严肃了许多："苍寒是吧？你和李烨在半年前有违法斗殴的记录。"

苍寒站在原地，停了片刻才道："嗯。"

"其实有过节的是你俩，"警察尝试着推理，"小姑娘只是被牵连了。"

苍寒没有否认，又"嗯"了一声。

"小孩之间能有什么深仇大恨？"老班叹了口气，"大概是脑子一热，不知轻重。"

他这句话没人搭理，警察眉头紧皱，似乎在考量着什么。

半晌，警察突然抬起头来："你推没推他？"

一句话，让办公室里仅剩几人的动作都顿了顿。

苍寒表情没变，依旧是那副淡淡的样子："着急救人，没在意。"

"哦……"警察又垂下目光，盯着笔记本，把圆珠笔顶在下颌，按得"啪啪"直响。

"警察同志，"老班明显慌了，"推人的不是那个学生吗？"

"嗯。"警察一点头，"但是从监控记录上看，那个学生推人不成反被推，自己趴在大马路牙子上差点被车轧过去。"

"警察同志，这话可不能乱说。"老班连忙摆摆手，"我的学生可没有推他。"

热

"随口一说，您别放心上。"警察合上笔记本，拍了拍苍寒的手臂，"小伙子力气挺大，劲也挺巧。"

苍寒没有动作，只是静静地看着对方。

两人视线在空中相撞，谁都没有退缩。

十六七岁的少年正值血气方刚容易冲动的年纪，可这双浅棕色的眼睛却平静无波宛如死海，所有的情绪都像是被包裹隐藏后投入枯井，让人察觉不到一丝端倪。

警察率先笑了出来。

"咔嚓！"

巨大的冰面上像是有一条缝隙逐渐扩大。

"事情我们会进一步调查的，保护好小姑娘的安全。"

随着话音落下，两人间僵持着的氛围就像冰层，"哗啦"一声如蛛网般碎裂开来。

苍寒缓慢地眨了眨眼，这才错开目光。他如平常一般把眸子垂下，乖巧地应道："嗯。"

苍寒这一走就是一下午，直到放学他都没有回来。

课间，林空桑去办公室转悠了两圈，发现老班和苍寒都不在里面。

她心里没底，憋得难受。

放学后，她又溜达去苍寒的座位上。

"你别管大哥了，"乔伊把书本收进书包里，"快收拾收拾跟我一起。"

林空桑蔫蔫地"哦"了一声，腿却像是种在了地上，愣是没动。

新发的英语报纸盖在那本厚重的绿色封皮的书上，挨着窗户，风一吹就要飘走。

林空桑帮他把报纸折了折压在书下。

突然，书中掉出一本薄薄的作业簿。

最普通的横线本，还是开学时学校发的。

苍寒的字很好看，用的是 0.5 毫米的黑色碳素笔芯，字母和数字微微倾斜。

他写了一页，最上面一行有几个汉字——倍角公式。

林空桑咬了下下唇，心里突然有点不是滋味。

"乔伊，"她回到座位上坐下，"我想跟你说一件事，你能不能不要笑我？"

"嗯？你说。"

"我真的觉得苍寒是个很好的人。"

乔伊顿了顿："他哪儿好？"

"都是一些小事，你觉得不值得的事。"林空桑打开那本写满答案的练习册，看着熟悉的笔迹，鼻子有点酸，"有没有一种可能，因为大家都在传他可怕，所以他就变成了一个可怕的人。可是你们都没有真正了解他，为什么就给他定了性呢？"

乔伊沉默着没有说话。

"你是不是想笑话我？"林空桑破罐子破摔，"你笑吧。"

"没有，"乔伊叹了口气，"你的话其实也有道理。"

林空桑转过脸，有点委屈："他给我写倍角公式呢。"

"但是宝贝儿，"乔伊捏捏林空桑的脸，"我得告诉你一个消息。就算大哥对你很好，但是大哥他是真的大哥，你知道大哥今天早上揍的那个十二班的男生吗？听说他退学了。"

林空桑睁大了眼睛："因为大哥揍了他？"

"不知道。"乔伊摇摇头，"我也是听别人说的，那个男生今天下午就没来上课，快放学的时候，他家人把他的书包都拿走了。"

"大哥哪有那个本事？"林空桑不信。

"大哥早上刚揍过他，你不觉得太巧了吗？听说那人鼻梁断了，脸也肿得和猪头一样。"

林空桑："但大哥的眼角也受伤了。"

"他只是眼角被剐了一下哎！"乔伊气道，"林空桑，你不觉得很可怕吗？那个人昨天惹着了大哥，不仅今天早上挨了顿毒打，而且下午就要从学校滚蛋了！"

林空桑的气势逐渐减弱："可是……"

"咔嗒"一声，教室门被打开。

两个小姑娘吓了一跳，扭头一看，是苍寒。

夕阳余光把他的影子拉长，几乎覆盖了整个讲台。

他沉默着站在门外，没有进来。

"快走。"乔伊赶紧低下头，拉拉林空桑的衣袖。

林空桑心乱如麻，也跟着乔伊一起背上书包。

刚才她们的谈话，苍寒听见了吗？

她担心乔伊被记恨，又后知后觉地反应过来苍寒不是那种人。

很快，她的担心被愧疚掩盖。

自己竟然也会这么想大哥。

她走得快，腿有点疼。与苍寒擦肩而过时，她看见对方鞋尖一偏，连带着半个身子也一并转了过来。

林空桑立刻停下脚步，扭头看向对方。

大哥果然在看她，垂眸似乎还有话要讲。

乔伊挽住林空桑的手臂，紧紧贴着她站。两个女生紧张的样子像是面对什么怪物，苍寒动了动唇，欲言又止。

"走了……"乔伊推推林空桑，把人拉走。

林空桑没有拒绝，转身离开。

苍寒最终也没有吭声，就像他这个人一样，孤独且沉默。

今天的夕阳和昨天的一样灿烂，暖黄色的光铺满了走廊。

林空桑盯着教学楼走廊的大理石地砖，在进楼梯间时转身一看，那片暖色中并没有苍寒的背影。

苍寒应该进了教室。

和乔伊一起出了学校，林空桑意外发现路边的临时停车位竟然停放着老妈的车。

"妈？"她诧异地跑过去，趴着窗户问道，"你怎么来了啊？"

付清溪降下车窗，没好气地道："放学人都走完了，你在学校里干什么呢？"

"也没干什么，"林空桑撇了撇嘴，"学倍角公式呢。"

她拉着乔伊上了车，把对方送回家后，又和付清溪一起去了趟超市。

按照平时，林空桑早就在零食堆里开心不已。

可是今天她兴致缺缺，就连最爱吃的果冻她也只是象征性地往购物车里扔了两个。

"今天心情不怎么样啊？"付清溪道。

林空桑把上半身压在购物车上，十分郁闷地叹了口气："总感觉今天干了件不好的事。"

放学的时候，她如果问一句就好了。

大哥本来就不是一个爱说话的人，等他开口不知道要等到什么时候。

付清溪揉了一把她的头发："跟我说说？"

"说什么？"林空桑有点迷茫，"其实我自己都不清楚。"

付清溪搁在她头上的手一拍她后脑勺："一天到晚在学校，哪儿来这么多事？学生最主要的任务就是好好学习。"

"我在好好学习啊！"林空桑皱眉，"倍角公式你知道吗？"

付清溪觉得好笑："我不知道，你跟我说。"

林空桑一想到苍寒写的那本公式，突然又觉得没劲："我想回家了。"

经过放学这么一闹，她不知道对方还会不会把那本公式给自己。

大哥应该是生气了吧，换作是谁心里都会别扭。

可是那个男生退学的事真的和大哥有关吗？

那个说话都要慢半拍的大哥哪来那么大的神通？

林空桑想了一夜都没想明白，第二天心事重重地进了教室，看见大哥依旧坐在教室后排，旁若无人地垂眸看书。

大哥不理我了。

林空桑心里堆着难过。

她拖着沉重的脚步走到座位上坐下，把书包塞进桌洞，却发现里面好像有什么东西。

她弯腰掏了掏，是一本作业簿。

开学时学校发的本子，班里出现频率最高的草稿纸。不过她又没有往桌洞里塞书的习惯。

林空桑皱眉翻了翻，却意外发现里面工工整整写了两三页三角函数的公式。

倍角公式、半角公式、诱导公式、和差化积公式，相同的类型在左上角做了标记，用黑色的笔画了一颗五角星。

是苍寒。

反应过来的林空桑鼻子一酸，捧着作业簿回头看去。

今早阳光不错，教室角落的少年还是那个老样子，像窗外的梧桐。

永远沉默，永远安静。

被一本公式收买的林空桑，决定要坚决地和大哥站在一边。

"大哥打人怎么了？先撩者贱！"

"退学又怎么了？他家人的决定。"

"大哥不爱说话你就造谣啊？大哥要是真像你们说的那样，早来揍你了！"

林空桑恢复了她平日里活蹦乱跳的蚂蚱模样，撑天撑地撑宇宙，与全班同学几乎都吵了个遍。

后来大家都有了一个认知——林空桑疯了。

"你是不是被大哥威胁了？"

"要么就被大哥收买！"

"你就是替他带话的吧？"

"洗白大军有你一人就够了！"

那一天，林空桑真正意识到长久的偏见早已深入人心，无论后天怎么努力改变，也总有喊不醒的人愿意沉睡在他们自己的世界。

不被人理解也没关系，林空桑想，我理解大哥就够了。

大哥有什么事情，和我说就行了。

虽然她到现在还不清楚事情到底是什么情况，但她不想从别人嘴里认识苍寒。

她得去问问他。

上午的大课间，轮到他们年级去操场做广播体操。

林空桑拿了校服，隔着闹腾的人群，转过身子往后看。

苍寒还坐在原位。

他一般走得比较迟，总是等到没那么拥挤，才会慢吞吞地赶去操场站在队伍末端。

所以林空桑今天抛弃了乔伊，也磨叽了一会儿。

不去做操也不是不可以，说头晕眼花、肚子疼，偶尔一次，老班也不会在意。

林空桑想借着这次机会把昨天的事情问清楚。

好吧，她心里有点没底。

就算没问清楚，那也总比现在糊里糊涂强。

可是要怎么问呢？

大哥不会还在跟她生气吧？

他应该没有生气了，不然也不会给她总结公式了。

林空桑犹犹豫豫、扭扭捏捏，一步三回头，就要龟速地挪到苍寒桌边时，老班突然叫住了她。

打了半天的气被一下全部放完，林空桑肩膀一塌，沮丧地回头："老师……"

苍寒抬眸看了她一眼。

林空桑站在走道上转过了身，像只找不到方向的小陀螺。

老班："你过来。"

"我啊？"林空桑指了指自己，慢半拍地走向老班。

"还有你，苍寒，"老班喊完林空桑还不忘训一句苍寒，"怎么还在座位上坐着？还不下去站队做操？"

苍寒停了笔，缓缓合上笔帽。

林空桑回头看他，见对方从桌洞拿出校服，站起身，慢条斯理地穿外套。

"快点。"老班催促了一声。

苍寒手指扣住椅背，把椅子放回桌下："嗯。"

林空桑跟在老班身后，有点想笑。

她甚至还想提醒一句，他们班大哥就是这样。

不过今天老班竟然只找了自己，她反思了一下最近的行为，好像也没犯什么事儿。

难不成上次那个警察又回来了？林空桑心里犯嘀咕，那为什么不叫上大哥一起？

乱猜了一通依旧没有头绪，直到林空桑到了办公室才发现，事情似乎远比自己想象中的还要复杂。

她的父母竟然全都在这里。

"爸？"林空桑愣住了。

她那个远在外地、一年都回不了几次家的老爸竟然出现在了自己面前。

"这就是那个小姑娘。"老班对办公室里另一个面生的女人说道。

林空桑不明所以，走到付清溪身边："妈，怎么了？"

付清溪沉着声音："桑桑，有件事你得知道。"

接下来的几分钟内，林空桑在积极向上且富有节奏的广播体操音乐中，知道了一件足以让她脊背生寒的事。

昨天中午的事故并不是意外，那个在楼梯口堵住她去路的男生，在公交车驶进车站时推了她一把。

路口的监控摄像头拍下了事情的全部经过，而惹来这一灾祸的原因，仅仅只是那晚她上楼喊来了老师。

说是飞来横祸也不为过。

林空桑下意识地抱住了妈妈的手臂。

她看着对方母亲鬓边已染上花白，不住地鞠躬道歉。

而那位男生已经退学回家，至于起不起诉，得看受害者愿不愿意和解。

这个选择，林空桑的父母交给她自己做决定。

林空桑本人是有点蒙的，她没想到这么大的事父母竟然让她做决定。追不追究责任暂且不说，她要接受自己差点被车轧就得花个半天时间，有点精神恍惚。

她把这几天的事情串在一起，细细地整理了一下思路。

"老师，我能问你个问题吗？"她轻声问道，"苍寒昨天早上是不是打了这个男生？"

老班点了点头。

这样事情似乎就可以说得通了。

苍寒不可能无缘无故去十二班找事，他打人大概就是为了……为了自己。

"这个男生的鼻梁断了吗？"林空桑又问，"脸肿了？"

老班皱了皱眉："没那么严重。"

"严重的，"男生的母亲哽咽道，"鼻梁差点断了，嘴里也缝了几针……"

林空桑缩缩脖子，心道老班都说没什么事了，那肯定就是没什么事。

大哥也不像是个有多大力气的人，这个阿姨肯定是夸大其词想博取同情。

"那我不追究他的责任，他也不要追究苍寒的责任，行不行？"

男生的母亲满口答应，不住地感激："以后我就把他带回老家上学，不让他在这儿了。"

林父摸摸林空桑的脑袋："做好决定了？"

林空桑点点头："反正他都退学了。"

后续的事情交给大人来商量，林空桑回到教室的时候广播体操刚结束，苍寒的座位上空着，人还没有回来。

她扶着门框发了会儿呆，然后转身去了操场。

大批学生拥入教学楼，清一色的蓝白校服看上去十分青春和谐。路上林空桑遇见付阳，对方扯她的辫子："你怎么没来做操？"

林空桑把他的手拍开："有事。"

付阳笑起来："你能有什么事？怕是偷懒。"

"你看见大哥了吗？"林空桑懒得跟他贫。

付阳翻了个白眼："我看他做什么？"

林空桑："算了，我自己找。"

之后她又遇见不少同学，有人指指操场边的两层小洋楼，说大哥好像去上厕所了。

那是学校新盖的公共厕所，女厕在二楼，男厕在一楼，西式建筑，豪华得不行。

林空桑匆匆赶过去，正好看见洗手池边的苍寒拧上水龙头，转身甩了甩手上的水。

上厕所的人群大多三两结伴，男生哄闹，女生嬉笑。苍寒穿着校服外套，袖子撸起卡在小臂之间，分明都是一样的衣服，可是大哥似乎更适合蓝色，穿起来也更好看一些。

他还是一个人，就像是套上了与世隔绝的降噪屏障。

林空桑站在几米远处，看着对方垂眸放下衣袖，不紧不慢地走到自己面前。

大哥有点高，她得稍微仰着脸才能交流。

"找我？"

林空桑这才回过神来："嗯……"

"边走边说。"

林空桑也不知道说什么，她在不久前分明还一肚子话，可是到了苍寒面前，却一句话都憋不出来。

"谢谢你……"她绞尽脑汁地想出一句道谢。

"不用。"苍寒轻轻一个词就把对话终结了。

都没问为什么谢谢，大哥果然什么都知道！

"对、对了！"林空桑突然想到了什么，"那个推我的人，他妈妈跟我道歉，我就原谅他了……"

苍寒突然停下了脚步："原谅。"

他刚好停在教学楼大门前的楼梯上，林空桑多上一级楼梯，闻言，她慌忙地转身，忙不迭地又下来了。

肯定的话兜在嘴里还没说出口，在看到苍寒微皱的眉头后，她干脆就吞了下去。

分明是一句语气平淡的陈述句，可是林空桑愣是从里面听出了浓浓的疑惑。

大哥……皱眉了，大哥觉得她不应该原谅？

那一刻，林空桑的天都要塌了。

"我我我……"她一时紧张，话都说不利索。

"随你。"苍寒扔下这两个字，抬脚踩上教学楼前的楼梯。

林空桑愣在原地，看苍寒目视前方从她身边走过，像是没有一点感情。

大哥……生气了？

林空桑追着苍寒回到教室，整个人宛如受惊的小鸟，任何动静都能惹得她惊吓连连。

"你怎么回事？"乔伊拉过林空桑的手臂，"课间从大哥那里问到了什么？"

"我没问，"林空桑哭丧着脸，"大哥去做操了。"

"嗯？是吗？"乔伊惊讶道，"我都没发现。"

"现在就是一个比较让人害怕的局面，"林空桑捂住自己的脸，说话时带着哭腔，"大哥……好像被我惹生气了……"

乔伊不敢置信："你把大哥——"

林空桑连忙捂住她的嘴，把事情大致说了一遍。

乔伊听得眼睛都瞪圆了："这么严重的事，你竟然原谅了？"

林空桑往桌子上一趴，自暴自弃："那个人是未成年，就算我不原谅也不会受到多大的惩罚。而且重要的是，不原谅的话，大哥就要被记过警告了！勒令退学呢！"

"那你把这些话和大哥说了吗？"

林空桑摇摇头："我都还没来得及说……"

"你去跟他说！"乔伊语气坚决，"对他说，你之所以原谅只是为了不让他记过。"

林空桑连忙摆手：“这我怎么说得出口？跟刻意邀功一样。”

乔伊恨铁不成钢：“怎么是刻意邀功呢？你这是解除误会！”

林空桑扒住桌子死不松手：“我不去不去不去……”

乔伊扳了几下她的肩膀，没扳过来：“那大哥昨天中午去派出所也是因为这件事？”

“应该吧……”林空桑突然想起一些细节，“怪不得昨天中午他看了眼路口那个摄像头，下午的时候警察还叫了他呢。”

乔伊：“那大哥昨天早上打人，其实是因为你。”

林空桑抱住脑袋，“啊”了一声后整个人开始装鹌鹑。

“大哥为了你把眼睛都打破皮了，结果你就原谅了？”乔伊气得不行，“我要是大哥我也生气。”

林空桑猛地坐起身：“昨天你分明还在说大哥不好！今天就立马倒戈帮他说我！”

“我不是不知道吗？”乔伊心虚道，“我要是大哥，现在心都凉了半截。”

“别说了，别说了。”林空桑都快哭了，“我根本没想那么多，我就想着、想着大哥没事就好。”

“可是大哥不知道啊，”乔伊扣住她的肩膀，“宝贝儿，你听我说，你必须要找大哥把这件事说清楚。”

林空桑对上乔伊认真的目光，沉默了半晌，最终还是点了点头：“嗯。”

林空桑现在还没那个胆量找大哥说清楚，但是和大家说清楚倒是可以立刻执行。

那些班里的谣传、对苍寒的误解，林空桑只要听到都会跟人耐心解释，说清原委。

一些人信了，一些人不信，更多的是半信半疑，自始至终都带着怀疑。

对此，林空桑的态度是——爱信不信。

“都跟他们说得那么清楚了，我、当事人、林空桑，实名解释！竟然还有人阴谋论说是大哥一手策划的，我的天，离了个大谱！”

“人们总是去信他们想信的，”乔伊在一边很是无奈，“就像你一样，坚定地认为大哥人畜无害。”

林空桑一噘嘴：“你的意思是我也一叶障目？”

乔伊笑笑：“你还蛮有自知之明。”

林空桑在座位上憋了会儿：“一叶障目就一叶障目。”

“色令智昏？”乔伊乐得不行。

林空桑一握拳：“为大哥……折腰！”

另一边，大哥身上的冷空气没持续多久，又或者可以说，对方压根儿没生气。

那所谓的"不高兴"只是林空桑臆想出来的情绪，万物于他如浮云的大哥怎么会因为别人的事生气呢？

对，"别人"的事。

林空桑自暴自弃地想。

她一个小蚂蚱，大哥应该不会在意吧？

因此中午放学，"林小蚂蚱"别扭地挪到教室后排，双手捧着一盒旺仔牛奶恭恭敬敬地送到桌边。

就算大哥不在意，那低个头总是没错的。

"苍……寒……"林空桑心虚地拖长声音。

顿了顿，苍寒抬眸："？"

"你生气了？"林空桑耷拉着脑袋，像只被雨打湿的麻雀。

苍寒眨了下眼，重新看回书本："没有。"

"哦……"林空桑搓搓手指，觉得自讨没趣，"我、我是觉得，那个人已经退学了，而且……他不追究你打他的责任……对、对你也好。"

笔尖悬在空中，苍寒写字的手停了下来。

他再一次抬起头来，看向桌边紧张兮兮的小姑娘。

大约是窗边阳光太好，稀稀拉拉的树荫光影在桌面蔓延。

少年的脸过分苍白，就连唇色也比别人淡不少。他的瞳孔颜色很浅，像一汪清澈的湖，碎发遮掩其上，在眼皮上投下阴影。

"嗯。"苍寒从喉咙里发出一个单音节。

大哥现在像是不怎么生气了，林空桑想。

她说完理由，本应该见好就收，可是，现在情况有变，她好像收不了了。

"还、还有！"林空桑像是忙不迭抢话一般道，"你你你……你以后不要打架了！你又打不过他们！"

苍寒愣了愣，那张常年面瘫脸难得出现了一丝诧异。

林空桑以为自己说话太直白，伤了男孩子争强好胜的自尊，语气又弱了："这没什么，我、我也怕他们。那些人要是再来找你，你就告诉老师！"

苍寒动了动唇，欲言又止，唇线拉直，然后轻轻点了点头。

"嗯！"林空桑攥着拳头，深吸一口气，"加油！"

苍寒十分配合地又点了一下头。

莫名其妙热血了一把，林空桑觉得自己浑身充满了力量："那、那我走了！"

她说完转身就跑，没给对方留下一点反应时间。

苍寒坐在原处，许久没有动作。

直到门外脚步声渐远，他才把笔轻轻搁在桌上。

桌边的牛奶盒上印着傻乎乎的笑脸，小小一点。最新一章的习题才刷了一个小节，苍寒收回目光，看着草稿纸上写了一半的复杂公式。

他修长的手指蜷缩，指尖在桌面上轻轻叩了一下。

"嗒！"

脑海中浮出一个数字来。

指腹划过书本边缘，缓慢翻过一页，纸张摩擦发出细微的声响。

苍寒垂眸扫过密密麻麻的数字，按着顺序找到他想要的答案。

如果答案正确的话……

"哐！"

教室后门被人从外面暴力推开。

他找到了题号，答案果然正确。

"喂！"

来者似乎不善，没几步就走到了苍寒桌边。

为首的男生语气不好，但喊了一声之后也没有其他动作。

苍寒合上书本，再缓缓地把桌上的牛奶收进桌洞里，抬眸看去，这次只来了两个人。

一高一矮。

十二班的老大余盛，还有他的小跟班杨飞。

"李烨为什么退学了？"余盛压着声音，"是不是你搞的鬼？"

苍寒"嗯"了一声，大方承认。

"我就说是他干的！"站在后方的杨飞突然激动起来，"就会玩阴的！"

苍寒置若罔闻，手掌按住椅背站了起来。

杨飞"唰唰"往后退了好几步。

余盛虽然没动，但是语气明显比刚才缓和许多："苍寒，我们以前好歹兄弟一场，你这样一点余地不留，是不是太过分了！"

苍寒把椅子推回桌下："兄弟？"

余盛："昨天早上你找李烨，兄弟们可都没动手。"

短暂地安静了两秒，苍寒一指杨飞："他动手了。"

余盛皱眉看去，把杨飞吓得不轻，杨飞急忙解释："盛哥，你不知道！当时他他他……他下狠手，我只是拦了一下而已！"

苍寒抬手，隔空指了一下自己的左边眼角。

那里伤口已经结痂，深红发黑。

"你的指甲。"

他说话很慢，每一个字都咬得清楚。

这种缓慢就像是带着威胁，像一把卷着恐惧的钝刀，一点一点地蚕食对方的胆量。

少年眸中淡然，未见狠戾，可三人之间凝着的气氛陡然变得危险起来。

"当初的事是我们不对，但是一码归一码，"余盛硬着头皮道，"听说你要把李烨搞去坐牢，是不是有点严重了？"

苍寒偏头看了眼教室墙上的挂钟，再晚点食堂就没菜了。

"我现在要去吃饭。"

余盛抬手拦住他，有些恼羞成怒："我在跟你说话。"

忍耐似乎已经达到极限，那根紧绷的弦随时能断。

苍寒沉默片刻，突然抬手握住对方手掌边缘，大拇指同时抵上余盛的小指指根关节处，然后——

然后他停住了。

下一秒，余盛猛地把手甩开。

他能感受到刚才自己的小指被用力往后一按。

那一瞬间，他几乎都听到了关节错动的清脆声响。

太快了，让人来不及反应。

可是不知道为什么，那股力量在下一秒没有预兆地撤离干净，除了皮肤隐约的痛感，像是没有发生过一般。

"盛哥，"杨飞连忙问道，"你没事吧？"

余盛死盯着苍寒，一言不发。

"让你们班的人少来这里，"苍寒低头搓搓自己的手指，像是在思考什么，"六班……不让打架。"

开学后的第一次月考安排在十一前夕。

这是分科后的第一次考试，省去了不必要的三门副科。

新学期，新开始。

林空桑满怀信心地走进考场，一脸蒙地走出来。

她发现了一个非常离谱的事情——数学没考三角函数。

在以往的数学考试里，三角函数作为第一道大题，陪伴了林空桑整整一个高一。

所以，她花了整个十一小长假都没有想明白，这次的数学为什么没考三角函数。

直到返校，她才给了自己一个理由——出题老师的疏漏。

"所以这就是你数学考 27 分的原因？"乔伊眉头紧皱，都不忍心像平常一样嘲讽她，"你以前好歹也能考个 40 分吧？"

"完了，"林空桑目光呆滞，"我数学考这个分数，大哥不会介意吧？"

"他英语考了 31 分，"乔伊安慰道，"你俩卧龙凤雏，谁也别嫌弃谁。"

31 分。

林空桑有点被安慰到，大哥的英语分数正好是她英语分数的零头。

然而，当她知道大哥数学满分时，她的那份安慰又消失了。

她的数学连大哥的零头都没考到啊啊啊！

为什么会有人数学考满分？

林空桑又开始思考这个问题。

"大概是变态吧。"乔伊很好地给出了原因。

对，能把数学学好的都是变态。

就在林空桑沉浸在自我安慰里无法自拔时，又一个晴天霹雳迎头直下。

——她和苍寒的互助小组，是班里进步最慢的一组。

老班宣布这条消息时，全班都没敢吱声。

林空桑脸上烫得能煎鸡蛋，就差头顶蒸腾的水蒸气了。

其实，这种说法都算是给面子了，应该说他们这一小组是全班唯一一组退步的。

新学期的第一次月考，也是分科后的第一次月考，为了给同学们增加信心，老师们都没把题目出得太难。

因此大多数同学相比于高一最后一次分班考，成绩都是进步的。

而苍寒的英语水平保持稳定，反倒是林空桑的数学骤降 10 分，把水平拉了下去。

所以，作为全班退步最大的人，她的帮助者也一并受到了牵连。

什么叫作奇耻大辱，什么叫作生不如死。

从老班开始点苍寒名字的那一刻起，林空桑全部感觉到了。

她死盯着桌子，脑海中全是"完了完了完了……"

好丢人。

耳边响起老师讲课的声音，但左耳朵进右耳朵出，林空桑什么也没听进脑子，她死死咬住自己的下唇。

放学铃响，林空桑直接往桌子上一趴，把脑袋埋进双臂之间悄悄地哭鼻子。

乔伊从桌下给她塞了一包抽纸，用手一下一下地拍她的背。

林空桑不是没考砸过，她甚至死猪不怕开水烫，坦然接受自己是个

"数学残废"的事实。

可是这次不一样，这次她牵连到了苍寒。

小姑娘心思细腻，脆弱又敏感，一时忍不住，哭了大半节课。

"你下次考好一点就好啦，"乔伊小声安慰她，"大哥不会在意的。"

林空桑摇摇头，不是苍寒在不在意的事情，她就是、就是不愿意看到对方因为自己受牵连。

班上同学陆续离开了，林空桑也不愿在教室停留太久，以免让苍寒察觉端倪。

她深吸一口气，收拾好情绪，使劲揉了揉眼睛，然后抬起头来。

桌上突然多了一盒旺仔牛奶。

乔伊扯了扯林空桑的衣袖，悄悄地说："大哥给的。"

一盒牛奶，和当初林空桑送出去认错的那盒好像。

她吸吸鼻子，扭头去看坐在后排的苍寒。

大哥刚才过来了？她都没有察觉。

"他不会发现我哭了吧？"

"那不然呢……"乔伊白她一眼，"所以不是来投食了吗？"

林空桑："……"

太丢人了。

她在座位上抵了抵脚尖，只觉得脸颊滚烫，拉着乔伊就走。

回家躺了一中午连饭都不想吃，林空桑在被窝里反思了一下自己过去的错误行为，决定以后洗心革面重新做人。

采取的行动包括但不限于不抄作业、认真听课、好好学习。

然而，就在她下午到达教室斗志昂扬准备苦学一通时，又遇到了一个新的问题。

——她得去扫卫生区。

"我以为你知道，"乔伊瞪大了眼睛，"老班上午不是说了这星期的卫生区你和大哥负责？"

林空桑眼睛瞪得比她还大："这星期？！"

上午上课她就顾着抹眼泪，苍寒站边上都不知道，更别提老班的话了。

再说，这成绩刚下来，值日惩罚开始得这么快吗？

林空桑如遭雷劈，回过神后，转身一看，发现苍寒的座位已经空了。

"大、大哥呢？"她慌乱地问。

"十分钟前，他拿着扫帚下楼了，"后排同学好心提醒，"你还有七分钟的时间去卫生区跪着唱《认错》。"

林空桑一看墙上的挂钟，两点十三分。

"啊啊啊——"

她扯着头发跑去教室后排，飞速地抄上一把扫帚狂奔下楼。

临城一中有班级负责卫生区的传统，一般采用就近原则划分地段。

初中和高中两栋教学楼，所负责的卫生区就以大楼为中心往外扩散。

六班运气还行，卫生区的面积不大，而且就挨着教学楼。

卫生区远离主干道和操场，还算是比较偏僻，平日里没多少垃圾。

林空桑风风火火地冲出教学楼，脚下踩过落叶，发出"咯吱"一声无人在意的轻响。

她侧身灵巧地避开上学的人群，胸膛起伏，微微喘气。

广播站插播了一则失物招领——

"哪位同学丢失了一把绿色的太阳伞，请尽快到广播站处认领。"

耳边是嘈杂的说笑声，少女马尾轻扬，跳脱着转过教学楼墙角。

"呼！"

午后暖风拂面，叶片"沙沙"作响。

梧桐道上落叶堆积，满目金黄。

有少年站在树下，仰头接了一片阳光。

枝丫上坠下的落叶，随风在空中打了个转。

苍寒踩着仿佛从油漆桶里泼出来的橘色，"哗"地随风刮进了林空桑的眼底。

在弥漫着漫天暖意的秋天，就连光束都多了几分柔和。

那个少年淌着温暖，慢慢地走到了她的面前。

——"老师。"

略微沙哑的嗓音像一记摆锤，"哐"的一声砸醒了少女怀春的梦。

林空桑一个激灵，猛地转身一看，发现老班就在她身边。

"……"

"几点了？"老班语气温和得有些虚假，挤出了一个比哭还难看的微笑。

林空桑咽了口唾沫，刚想回答，就见对方下一秒立刻变脸："还不快扫！"

落叶在十一假期里被搁置了七天，现在几乎覆盖了整个路面。

林空桑脸上挂着面条宽泪，用扫帚去推、去铲，最后干脆直接蹲下来上了手。

苍寒不知道从哪儿借来了一个蓝色的垃圾大桶，一米的直径，有林空桑大腿高。

桶壁倒是干净，正好拿来装这漫天的落叶。林空桑也不嫌脏，弯腰就往里填。

扫帚倒在脚边，很快就被落叶掩盖，她像个女战士，拢完一片地方就拎着大桶换边继续。

她还差点被扫帚绊了一跤。

苍寒弯下腰，指尖拨开几片落叶，把那"罪魁祸首"捞出来靠在了墙边。

林空桑脸有点红，用袖子蹭了蹭鼻子。

她抿着唇，欲言又止。

大哥好像并不在意她的迟到。

"我数学很差，但以后会认真学，不拖你后腿。"

苍寒抬眸看她一眼，小姑娘表情认真，像在保证。

"好。"

"丁零零！"

预备铃在下一秒打响，苍寒停下动作，仰头去看教学楼一排排整齐的窗户。

"苍寒。"

突然有人叫他。

苍寒收回目光，还没来得及应答，就见一大片金黄在他眼前泼撒开来。

"嚯！"

落叶扬起又纷纷落下，像是烟火在阳光下拖着的尾摆。

小姑娘眉眼弯弯，晶亮的眸子仿佛裹上了一层梦幻般的晶粉。

似五彩缤纷的肥皂泡，美好、易碎。

苍寒盯着那一双眼睛，久久不语。

"……"

林空桑觉得自己脑子抽风，后知后觉地反应过来自己做了蠢事。

自己不嫌脏就算了，还把地上的落叶往大哥面前扬……

"呃……"她局促地站直身子，连带着脸上的笑也一并收了回去，"对不起。"

她以后一定规规矩矩老老实实，再也不开大哥的——

"很漂亮。"苍寒轻声道。

林空桑心一跳，脑子里的思路突然被打断了。

——她以后一定还开大哥的玩笑！

"头上。"苍寒抬了抬手，又停在空中。

林空桑的目光落在少年干净的指尖上，片刻后才反应过来："头、头上？"

她眨眨眼，又眼巴巴地去看苍寒："头上怎么啦？"

苍寒垂下手臂，喉结上下一滚，没有吭声。

"是眼睛吗？"林空桑看着苍寒眼尾那处伤疤，抿了抿唇，道，"那天你去十二班，是因为、因为……"

原因显而易见，两人心里都很清楚。

只是要把这个原因拿到明面上说出口，她倒是还真有点不好意思。

就在林空桑纠结犹豫的空当，苍寒突然抬起手，在她头顶捡起半片落叶。

他的手掌遮住阳光，在她脸上短暂地投下了一片阴影。

林空桑差点没把舌头咬着，忙不迭地闭了嘴。

"有……落叶。"

苍寒捏住叶柄，也不急着丢掉。他指腹轻轻一搓，那片残缺的树叶就在指尖飞快地转了好几圈。

林空桑愣了愣，盯着少年轻垂的睫毛。

他放开叶片，任其跌进秋天。

那一刻，林空桑突然就明白了人言可畏，明白了众口铄金。

她也同样知道了，在过去的一年里，她是说"人言"的人，有着能"铄金"的嘴。

她是压在骆驼身上的一根稻草，是雪崩前的一片雪花。

只是苍寒不会倒下，更不会崩塌。

那个少年意外温柔，却又无比强大。

卫生区的打扫持续了一个下午，每到下课，林空桑就往教室后排跑。

苍寒一般慢她一步，慢悠悠地合上笔帽，再接过林空桑递给他的扫帚。

落叶很轻，装满后的桶跟空桶差不多重。苍寒握着簸箕的柄，往桶里按了按。

这边按下去，那边鼓起来，林空桑也用扫帚戳一戳，再拢进去更多。

等到完全塞满，大桶终于变得有些重了，他们再一人提一边，晃悠到垃圾站旁边倒了。

林空桑咬着唇瓣,试图挑起话题："最近十二班那些人没来找你吧？"

苍寒想了想："没有。"

"那就好，他们可能也怕老师。"林空桑松了口气，又继续道，"还有，我和班里同学解释过了，他们都知道不是你的问题，所以这件事你别放在心上。"

　　苍寒偏头扫了一眼身边的姑娘，没有应答。

　　"特别是乔伊，还觉得我对不起你。"林空桑抬头把牙一龇，笑出一脸傻样，"不过大哥也没有生我的气就是了。"

　　他们走到垃圾站边，苍寒提过大桶桶沿，把落叶倒了进去。

　　"为什么叫我大哥？"

　　林空桑瞪着眼睛，"嗯"了一下，这才察觉出自己说漏了嘴："就……觉得你很'大哥'。"

　　她缩着脑袋，在心里数着苍寒刚才说了多少个字。

　　这好像是自己听他说过的最长的一句话。

　　"哪里'大哥'？"苍寒又问。

　　"平时不说话！"林空桑眼珠子一转，开始"嘚吧嘚吧"说了起来，"数学成绩很好，坐在后排很酷！"

　　苍寒边听边走，点了点头。

　　"'大哥'的意思是说你厉害，"林空桑走在他的身侧，抬手竖起了大拇指，"就是非常'大哥'的意思！"

　　"我不'大哥'。"苍寒把空了的桶放回地上，又开始往里面装落叶。

　　"哦哦！"林空桑连忙也跟着干活，"那我以后不叫了。"

　　"可以叫。"

　　"啊？"

　　苍寒把最后一堆落叶扫进簸箕："随你。"

　　左右不过是个称呼而已，想怎么叫都行。

　　林空桑顿时笑了起来："大哥好！"

　　苍寒看她一眼，微一点头："你也好。"

　　认真严肃，跟两国首领会见似的。

　　林空桑笑得更开心了。

　　小姑娘的快乐似乎非常简单，没说几句话就笑个不停，像是有什么天大的喜事，一整天的心情都非常愉快。

　　苍寒最后把扫帚一并丢进桶里，估摸着这是最后一趟。

　　梧桐道虽然长，但好在不宽，两三米的距离，除了落叶没别的东西，打扫起来也不是特别困难。

　　"那个，大哥！我……有件事想问问你。"就在倒完最后一趟落叶后，林空桑突然变得有些扭捏。

　　"嗯？"苍寒把桶拎在手里，两人并肩朝教学楼走去。

　　"这个星期六是我的生日，我邀请了班上不少同学一起出去随便吃顿饭，就在学校附近……你来吗？"

苍寒动作微顿，偏头问道："我吗？"

林空桑连忙把头点成小鸡啄米似的："嗯嗯。"

苍寒收回目光，把视线重新投向前方。

他开始沉默，表情看不出好坏。

林空桑屏住呼吸憋了十秒后，有点慌张起来："对不起，你不想去也没关系，我就这么一说，你千万别放在心上……"

"没有，"苍寒摇了摇头，"我在想事情。"

林空桑只觉得自己快要心梗："什么事情？"

"你和我……"苍寒顿了顿，"的妈妈……"

他停在了一个称呼上，微微拖长声音，像是带着犹豫不决的不确定。

"和她生日很近。"

"好、好巧，阿姨的生日也是在十月吗？"林空桑手指紧握扫帚，紧张得掌心全是汗。

不正面回应问题，大哥这是……委婉地拒绝了吗？

苍寒若有所思地点头。

林空桑："那提前祝阿姨生日快乐。"

教学楼门口的阶梯又宽又高，林空桑上了一半，觉得这事儿应该是黄了。

大哥也不是让去就去的，毕竟大哥总是要有一点大哥的矜持……

就在她垂头丧气决定以后对此事闭口不提时，苍寒突然开了口："谢谢，星期六我会去的。"

林空桑的生日是十月九日，刚巧卡着小长假回校的时间。

在哪儿吃饭、请哪些人、点什么菜、唱什么歌，她在十一假期就已经计划好了。

班里人员变动微小，林空桑人缘向来不差，被邀请的人全是满心欢喜地答应。

唯一没有把握的就是苍寒，她甚至紧张到把这事儿一推再推，到现在才说。

因为她做足了心理准备，所以被拒绝其实也不会让她过于沮丧。

她只是怕自己的邀请冒犯到了对方，然而出乎预料的是，苍寒就这么同意了。

虽然林空桑心里有一种莫名其妙的自信，可是事情进展顺利到她都有些不敢相信。

对此同样惊讶的，还有乔伊。

"你为什么要叫大哥啊？"她皱着眉头，似乎非常不能理解，"这就像春游时家长跟着一样，大家怎么能玩得开？"

"他又不是家长，"林空桑也不能理解，"就算我们怎么玩，他都不会说什么的。"

"他无论说不说，坐在那里就是一股压迫感。"

"你都没跟他相处过，他这人一点都不压迫。"

两个女生争论了一会儿，最后乔伊好心给出建议——不要让大家知道。

就像是什么可怕物种参与进来似的，和苍寒一起玩都要偷偷摸摸。

林空桑不信邪，更咽不下这口气，她偏要说，并且成功地让来参加聚会的人数减了一半。

"我不明白！"林空桑头顶都要冒火，"他做错了什么了？"

"新学期排外？"乔伊耸了耸肩，"我也不知道。"

滚雪球似的破窗效应，她好像压根儿忘记了这么做的最初原因。

"爱来不来，不来拉倒，谁吃不是吃！"林空桑用笔猛戳草稿纸，咬牙切齿地算着数学题。

"宝贝儿，你为了一个人得罪这么多人值得吗？"乔伊托着腮，闷声问道。

"是他们得罪了我，"林空桑头也不抬，"我明显比他们要更不高兴。"

"你这脑回路……"乔伊无奈地摇头，"行吧。"

放学后，林空桑把今天的英语范文翻译递给苍寒。

小姑娘没什么弯弯绕绕的心眼，心事全都摆在脸上。

她生了一下午的气，现在看谁都不顺眼。

反观苍寒，倒是依旧那样云淡风轻。他接过那一张 A4 纸，再从书页中拿出另一张递了过去。

"这是什么？"林空桑脑袋一耷拉，看着看着眉头就皱了起来。

这是这次数学试卷的答案解析。

苍寒的字非常工整，一排一排，标着题号。

林空桑看了几行，没有看懂。她觉得自己真是完蛋了，如果偏科能有距离，她应该处于南北两极。

"我看不懂。"

以前她好歹还装一装，可是现在在连装都懒得装了。

她就要做破摔的那个罐子，做糊不上墙的烂泥。

"哪儿不懂？"

"哪儿都不懂。"

林空桑回答得极快，就像是故意找碴儿与他作对。

虽然这里面有一部分心情暴躁的原因，但是更多的是实话。

她的确没懂，压根儿找不出来什么具体的问题。

可是……刚才她的语气是不是太理直气壮了？

"集合懂吗？"苍寒合上书本。

林空桑点点头，又摇摇头。

苍寒把桌上的东西都放进桌洞，站起身来："可以看看。"

"哦。"林空桑把手上那张解析折了两折，"我晚上看。"

"你该走了。"苍寒抬眸瞥了一眼墙上的挂钟。

林空桑抿了抿唇，快步走回去拎起了书包。

可一转头，看苍寒仍然停在那里。

"你不走吗？"林空桑问。

苍寒这才慢吞吞地走向她："我在等你。"

虽然上次的事儿过了一段时间了，但是后遗症挺足，林空桑也就最近才不强行拉着乔伊一起回家。

"外面还有很多人。"她噘着嘴，闷闷不乐。

苍寒停在她的身边："走吧。"

两人的身高差似乎有点大，林空桑斜眼时只能看到对方肩头。

"大哥，你多高啊？"她刻意比苍寒少下一阶楼梯，这才能看见对方白皙的后颈。

苍寒："一米八。"

"我才一米六，"她举起手，拇指和食指在空中比画出了一段距离，"二十厘米有这——么多吗？"

苍寒看着那只粉嫩的小手，也跟着做出相同动作："有这么多。"

男生的手指纤长，手掌也大。

虽然其他三指握拳，但也能看出来比林空桑比画的距离长不少。

她的目光逐渐透出疑惑，最终不得不收回手掌翻来覆去："我的手好小啊。"

之前身边没有对比，现在才发现尺寸不对。

两人在校门口分别，林空桑郁闷地上了付清溪的车，往方向盘上瞥了好几眼。

路口等红灯时，付清溪五指张开往她面前一伸："看什么？"

林空桑也张开五指把手贴了上去："你的手也好小啊。"

付清溪："也？"

林空桑："我的手也小。"

她收回手，心道，这如果是大哥的手，应该会大出一圈吧。

"哦？"付清溪若有所思，"那谁的手大？"

林空桑脑海中跳出个名字，但是嘴巴很懂事地憋住了。

"……"

母女俩对视两秒，以林空桑心虚地扭头看向窗外作为结束。

"最近出来怎么这么迟？你是不是早恋了？"

林空桑一听，瞬间睁大了眼睛："我才没有！"

绿灯亮起，付清溪发动汽车重新上路。

"你最好没有，就你那成绩，再不认真点大学都考不上。"

付清溪教训她的话，来来回回就那几句。

考不上大学，找不到工作，赚不到钱，以后喝西北风。

林空桑听多了就麻木了，那些事情离她太远，也懒得去想。

可是今天回家洗完澡，她却破天荒地找出了上学期学的数学必修一课本，随手翻到了第一章。

什么是集合？

林空桑噘着嘴巴，鼻子下面横了一支笔。

她发了会儿呆，然后转身把苍寒给她写的那份数学解析拿了出来。

选择题第一题就是集合题，苍寒把所有选项都标注了一遍。分明是书上都有的定义，他也不嫌麻烦。

她拿起笔，在崭新的笔记本上面写下了第一个并集符号。

看起来也不难。

就当自己为大哥……折腰。

周六要补一上午的课，林空桑计划着和大家吃完午饭再出去唱唱歌，正好玩一下午。

然而计划赶不上变化，就在她生日当天，老班突然通知，周六下午要进行运动会前的体检。

秋季运动会如期而至，全班一时间欢呼沸腾。

除了林空桑。

她觉得自己可真倒霉。

为了不中途打断大家的兴致，她愣是把午饭推成了晚饭。

下午没课，大家过来体检都没背书包，每个人手里都拿着体检表，检查完一项让医生签个字，然后再继续去另一项排队。

林空桑和乔伊一起，在检查血压时遇到了苍寒。

一个教室里有两个队伍，林空桑为了方便偷瞄大哥，特地排在另一个队伍。

对方依旧是一个人，站在队伍的靠后位置，正盯着医生测量血压。

少年个高，即便站在后排也有一种一览众山小的感觉。

"哇……"乔伊从背后戳戳林空桑，"量血压的医生好漂亮。"

林空桑光顾着看苍寒了，听她这么说，才踮着脚去看斜前方。

那个医生素着张脸，脑后扎了高马尾，看起来十分年轻。

假如对方背个双肩包，往学生堆里一站，说是来体检的也不为过。

的确挺好看的。

就在林空桑欣赏美女时，乔伊压在她的肩上，小声说道："大哥一直盯着她看哎……"

她不说林空桑还不觉得，这么一说，再看看苍寒，好像的确是这样。

"大哥是在看她怎么量血压。"林空桑一本正经地给对方找着借口。

毕竟大家都很好奇，排队的十个人里面有九个都在看医生。

乔伊："但是大哥就盯着她一个人看。"

"大哥排的是那个医生的队伍，"林空桑硬着头皮垂死挣扎，"看看手法。"

"是吗？"乔伊十分怀疑，"可是她对大哥笑哎！"

林空桑憋住自己心里即将喷发的小火山："那说明这个医生非常亲切和蔼。"

她气得去捂乔伊的嘴，结果没承想，对方又冒出一句："我天，大哥也对她笑了。"

林空桑手上一顿，瞬间把身子一转。

苍寒脸上的笑容还没消下去，从侧面可以看到少年微弯的嘴角。

虽然那笑容很淡，却持续了很久。

大哥，竟然……笑了。

林空桑恨不得冲到对方身边扳过他的肩膀，狠狠摇他几个来回。

大哥你怎么了？你要是被人控制了就眨眨眼！

然而，她还没来得及付诸行动，余光却意外看到了桌子上放着的一包纸巾。

——带着卡通狮子图案的，和上个月苍寒给她的一模一样的纸巾。

"手有点凉，"那个医生在给苍寒测量完血压后，轻轻握了一下他的指尖，"快入冬了，多穿点。"

"……"

林空桑承认，在那一瞬间，她的内心崩塌得非常彻底。

虽然对方握了一下就松开，但是！但是——

大哥真的有女人！

不是吧！

大哥也不像谈恋爱的人啊！

"我完了，"林空桑一转身倒在了乔伊身上，"小丑竟是我自己。"

在"大哥有女朋友而一个多月过去了自己竟然不知道"这件事上，林空桑突然发现了自己的智商是个盆地，并且绝望到不知如何拯救。

她回忆了一下和大哥相处的点滴，自认为没什么出格的举动。

但是这个大嫂也太没存在感了！还有，大哥原来喜欢、喜欢姐姐那一挂的啊！

林空桑脑子里乱七八糟想了一通，甚至不知道下午是怎样浑浑噩噩结束体检，再被乔伊拽去了饭店的。

被邀请来的人有说有笑，灯光暗下来的那一瞬间，所有人都不约而同地为她唱起了《生日快乐歌》。

林空桑有些麻木，闭眼许愿。

其实她没什么愿望好许。

大家一开始还因为苍寒的到来有些拘束。可是很快，那份拘束随着对方毫无存在感而逐渐被轻松玩闹取代。

吹蜡烛、切蛋糕，一切流程都进行得井井有条。

林空桑戴着纸冠，吃了一嘴甜腻奶油。

我的十七岁。

她悲催地想着。

真是个让人印象深刻的生日。

突然，她的脸上微微一凉。

林空桑机械性地把头转向一边，看见苍寒食指上还沾着奶油。

她拖长声音"啊"了一声，下意识地抬手摸了摸脸。

好家伙，摸了一手的奶油。

林空桑哭丧着脸，怨气冲天。

她想把自己手上的蛋糕拍在对方脸上，但是纠结片刻还是没敢这样做。

见林空桑似乎表情不对，苍寒抽了张纸巾，老实地道歉："对不起。"

林空桑盯着他，半天没动作。

"你女朋友知道你摸别人的脸吗？"

第三章
大哥这么柔弱怎么会打架呢？

林空桑话说得有些冲动，并且立刻就后悔了。

先不说突然提人家女朋友这事儿，就单说抹奶油，一根手指头也算摸吗？碰瓷都没她这么敢的。

更严重的是，被碰瓷的一方还没什么动静，依旧保持着道完歉的表情。

那张餐巾纸还在他指间捏着，在略微安静的包厢内随着空调风轻轻地飘摆。

"怎……么了？"

终于有人忍不住问了一句。

苍寒眨了下眼，那双眸子继而垂了下来："没什么。"

"我知道！"乔伊赶紧打圆场，给林空桑另外半张脸又抹了一道奶油，"生日快乐，桑桑！"

林空桑："……"

她后知后觉，现在才有点头皮发麻。

包厢内又恢复了吵闹，林空桑把脸擦干净，悄悄地看身边的苍寒正用筷子剔着鱼刺。

满桌的热闹就像是跟苍寒绝缘，就连另一边挨着他坐的人都十分巧妙地与他保持着一个座位的距离，且完全不沟通。

就在林空桑犹豫着要不要道个歉的时候，突然有人拍了下她的肩膀。

"看什么呢？"

林空桑吓了一跳，回头一看，是总爱跟自己换作业抄的付阳。

他不知道什么时候和乔伊换了位子，坐在自己身边也不知道要干吗。

"你吓我一跳。"林空桑皱了皱眉，把身体坐正。

"你最近挺好好学习，都不找我要数学作业抄。"付阳拿着筷子往碗里戳着，"受什么刺激了？开始奋发图强？"

林空桑心虚地挺挺脊背，把话题岔开："你别动乔伊的餐具。"

"跟她换过了。"付阳把筷子一搁，从兜里掏出一个小盒子来，"送你的，生日礼物。"

林空桑杏眼一瞪，说："你们不是一起给我买了个蛋糕吗，说好的不要礼物。"

"看着好看，"付阳把盒子往林空桑面前推推，佯装不耐烦道，"给你你就拿着。"

"我不要。"林空桑忙不迭推回去。

付阳像是跟她犟上了，直接把盒子往她怀里一塞："不要也得要。"

两人推搡的动作逐渐引起大家的注意，有看热闹不嫌事大的活跃分子一嗓子就给号了出去："哎哟喂，你们在干吗啊？"

林空桑蓦地把手收回，当作无事发生。

付阳把双手一举，像是坦白从宽的模样："别误会，送个东西。"

一桌子人的目光都聚集过来，林空桑脸上通红，别扭得要命。

不说没人误会，这么一说指不定有人误会了呢！

也不知道是不是付阳故意的，不会说话闭嘴不行吗！

"不是说好一起买蛋糕吗？付阳你还给林空桑开小灶啊？"

"就是就是，送的什么？给大伙儿看看呗！"

银灰色的盒子被蝴蝶结绑着，拿在手上有些分量，林空桑瞪了付阳一眼，又转头去戗起哄的人："满桌子菜都堵不上你的嘴，一天到晚'叽叽叽'，生怕别人听不见。"

"害羞什么嘛，我就想看看。"

"你想看？你还想看期末考试正确答案呢，我给你找老班商量？烦死了，快点闭嘴！"

她撑起人来嘴巴跟机关枪似的，"嗒嗒嗒"一番把人给说老实了。

付阳抵着下巴在一边憋笑，林空桑踢他一脚，他干脆就直接笑出来。

让人烦心的笑。

林空桑闷头吃菜，不明白她生日为什么要自己找不痛快。

而那个银灰色的盒子就放在两人之间，直到吃完饭林空桑都没有动它。

出了饭店正好晚上七点，一群人闹作一团，转战不远处的KTV。

"真不要？"付阳扯了一下林空桑卫衣的兜帽，把盒子扔进去。

林空桑把兜帽拉好，完全没有意识到里面多了个东西："真不要。"

付阳又去扯她的发梢："我第一次送你东西。"

林空桑白他一眼："那我第一次拒绝你。"

"嘿，你这人，"付阳笑起来，"我就给你。"

林空桑把他的手打开，悄悄地扫一眼前方人群，没看到苍寒在哪儿。

不会把大哥落包厢里了吧？

虽然大哥已经是"有妇之夫"，但是像这种人多的场合，如果她再不注意点对方，那苍寒就真成透明人了。

想想还挺不好受的。

"我真不要，你别再给我了！"她一边说着，一边回头准备去包厢看看，结果走得有些急，一转身差点撞着身后的人。

"不好意思。"林空桑下意识地道歉，退开两步发现对方竟然就是她要去找的大哥。

"大哥，你怎么在我后面啊？"林空桑撇撇嘴，转身要带路，"他们都快到地……"

突然，她觉得帽子被扯了一下。

本以为是付阳又开始手欠，结果她皱着眉头去看，却发现是苍寒。

对方从她帽子里面拿出个盒子，反手递到付阳面前："她不要。"

林空桑一蒙，赶紧抬手把自己的帽子掏了一遍，现在什么都没有了。

付阳脸色明显不好，从苍寒那儿劈手夺下盒子："关你什么事？"

苍寒把手收回，没有应答。

林空桑看着两个男生全都冷着张脸，心里突然就有点没底："我们赶紧去……"

"我不去了。"付阳把盒子往林空桑面前一扔，直接转身离开，"你们玩吧。"

林空桑一脸蒙地接过盒子，想追上去还给他，但是对方明显真动了气。

她怂了。

"你要吗？"苍寒冷不丁开了口。

林空桑低头看看自己手里的东西，犹豫片刻后，摇了摇头。

礼物倒是其次，主要是大家约定好了，她就不想让付阳搞特殊。不然到时候对方生日，她还得特殊回去，一来二去的，指不定就被误会了。

"给我。"苍寒摊开手掌。

林空桑反应了两秒才明白对方的意思。

苍寒这是要替她还回去。

可是……

这到底是自己和付阳的事，让大哥掺和进来是不是不好？而且这样做大嫂不会介意吧？自己男朋友替别的女生还礼物什么的。

她乱七八糟想了一大堆，苍寒摊开的手指慢慢收拢，最后连手臂也一起垂下。

林空桑悄悄地抬眼看苍寒，见苍寒垂着眸子，像是有种被拒绝后的隐约失落。

"他好像有一点生气。"

林空桑把盒子递到苍寒面前。

苍寒顿了顿，抬手把盒子拿了过来。

"嗯。"他微一点头，转身朝付阳走去。

两个男生似乎没什么沟通，林空桑离得远也听不见。

突然，付阳抬手给了苍寒一拳，而苍寒没躲，就这么硬生生地挨了下来。

"付阳！"林空桑像只受了惊的兔子，大喊一声就往他们那边跑，"你怎么还打人啊！"

付阳回头看了眼风风火火跑来的小姑娘，没等对方过来就先大步离开了。

苍寒倒是还在原地，林空桑仰着脸，仔细地把人上下打量了个遍，这才愧疚道："你没事吧？"

刚才付阳情绪不稳定，她就不应该铁了心一定要在这时候还礼物。

而且她自己不敢还，换苍寒来，害得人被打了一下，指不定嘴巴里面都破了。

"没事。"苍寒睫毛微掀，视线与林空桑关切的目光对上后，又迅速移开，"东西还回去了。"

"对不起。"林空桑低头盯着鞋尖，除了道歉也不知道说些什么。

两人干站了几秒，苍寒掏了掏兜，拿出了一个小玩意儿捏在手里。

他也不说要干什么，跟林空桑一起，罚站似的就这么垂眸看着。

"这是……什么？"林空桑抛出话题，指了指苍寒手上捏着的东西。

苍寒把那个小玩意儿在指尖翻来覆去，最后心一横，将其递到林空桑面前："礼物。"

林空桑："……"

她刚拒绝了付阳的礼物，这个怎么收得下？

"蛋糕……"苍寒肩膀似乎塌了一些，"我没买。"

林空桑心里"咯噔"一下："他们没告诉你？"

苍寒摇了摇头。

林空桑呆了会儿，觉得这事虽然在意料之外，倒也算情理之中。

有的人一听苍寒会参加，连来都不来了，更别说私下告诉他凑钱买蛋糕了。

谁敢找大哥要钱啊？

林空桑心里有些泛酸，抬手接过那个小巧的礼物。

黑色边框的玻璃盒，里面放了一枚精致的蝴蝶发卡。

"还知道送女生发卡，"林空桑噘着嘴，心里有点别扭，"你女朋友都不介意吗？"

虽然发卡很好看，自己也有足够的理由收下它，但是总觉得不太好。

林空桑想想，还是不准备要了，说："换我我会介意的，所以我还是不要了……"

"没有女朋友。"苍寒一句话打断了林空桑的思路。

林空桑抿了抿唇，慢慢皱起了眉，看苍寒的目光中也多了几分审视："我都看到了，你干吗不承认？"

"没有。"苍寒又重复了一遍。

"今天下午量血压的医生，我看见她拉你的手了。"林空桑有点生气，连话都说得直白了不少，"这个礼物还给你，我要回去了，他们一会儿看不见我要找我了。"

苍寒看着林空桑把发卡塞回自己手上，慢半拍地反应过来，抬脚跟上小姑娘的脚步："她是我妈妈。"

林空桑脚步一顿，猛地回头："啊？！"

每一个字她都听得清楚，但是连起来就离谱到令她怀疑自己的耳朵。

"量血压的医生，"苍寒尝试着解释清楚，"她是我妈妈。"

林空桑干了一件非常离谱的事，离谱到她都不好意思说出来。

"所以说……"乔伊理清了所有思路，"那是大哥的妈妈？"

KTV 的包厢里没亮大灯，红红绿绿的彩灯不断闪烁，晃得人头晕。

麦霸正鬼哭狼嚎，一首《精忠报国》被唱出了山崩地裂的动静来。

林空桑捂住自己的脸，十分痛苦地猛一点头："我还一本正经地跟他说了一堆，我真是……我死了算了……"

"那医生真是他妈妈？"乔伊明显不信，"根本不像好吗！"

林空桑虽然也这么认为，但是又觉得苍寒就算骗她也不至于用这个理由。

说是姐姐都比这个要更真实些。

"所以，大哥又为你挨打了，而你又把大哥惹生气了？"

"没有没有，"林空桑觉得自己受到了惊吓，"他没生气啊！"

乔伊："你看大哥，板着一张臭脸。"

林空桑悄悄看一眼："他的脸一直都是那样。"

苍寒平时没什么情绪，所以脸上表情一直都是一个样。

他就坐在沙发靠边位置，跟个定海神针似的，周围一圈都没人靠近。

"你还不快去道歉！"乔伊推了她一把，"把话说清楚。"

林空桑歪了一下，随后整个人跟树袋熊似的往乔伊身上黏："我路上就道过歉了，他就'嗯'了一声，我还说什么啊？我不过去！"

"你看大哥一个人在那儿，多可怜啊。"

"……"

"他来参加你的生日聚会哎，都没人理他。"

"……"

林空桑捂着脑袋往乔伊身上拱。

乌龙闹到对方妈妈头上，她干脆一头撞死就算了，还有什么脸面继续待在苍寒身边。

"你怎么这么尿？"乔伊从桌上顺了瓶饮品，"壮壮胆，去！"

林空桑："喝了也不敢怎么办？"

两个女生互盯着对方，各自较着劲。

突然，林空桑像是豁了出去，她拿过乔伊手上的饮品，仰头灌了几口。

林空桑这胆没壮多少，人却真的有点晕。

她只记得自己弓腰越过沙发上的一排人，然后一屁股坐在了苍寒身边。

因为有一半人没来，所以包厢有些宽敞。苍寒坐在角落，周围空荡得甚至能躺下睡觉。

十月份的季节，一群人疯得上头，竟然开了冷气。

林空桑刚灌了不少冷饮，干脆把脖子往衣领里一缩装鹌鹑。

苍寒偏过头来，那双好看的眼睛终于不需要仰视就可以看到。

大哥长得……清秀可人，跟小白脸似的。

果然妈妈好看，儿子也不会太差。

想到之前自己还在心里骂别人，林空桑心虚地又往里缩了缩脖子，半张脸都埋进了衣领里。

她竟然有点想睡觉。

"大哥……你生气了吗？"

这句问话声音轻，淹没在巨大的音响声中，苍寒没听见。

林空桑半天没等到回应，困得眼皮开始打架。

"睡觉"这个念头在脑子里过了一遍，下一秒她就真的睡了过去。

不知道过了多久，一声破了音的嘶吼就像抓着头皮，从耳朵里钻进去，仿佛连林空桑的灵魂都给穿透了。

她猛地从睡梦中惊醒。

迷茫间还有点头晕，林空桑动动自己重若千钧的脑袋，看见苍寒正坐在身边。

她的身上盖着对方的外套，轻轻一动就往下滑落。

她整个人飘飘忽忽，跟做梦一样。

苍寒替她把外套往上提了提，起身倒了一杯热水过来。

"大哥，"林空桑声音齉齉的，在一片嘈杂声中艰难地开口，"你对所有女生都这么好吗？"

林空桑整个人昏昏沉沉，脑子却意外清明。

她看着苍寒，想起这人替她解围、为她打架、给她写试卷解析，还不嫌弃被她成绩拖累一起扫卫生区。

现在连外套都给自己盖上了，也不知道他会不会冷。

大哥怎么这么好？

他太会了，太有经验了，林空桑觉得自己被拿捏得死死的，就像大哥池塘里那一条老实巴交的小丑鱼。

他是不是对每个女生都这么好——

"我只认识你。"苍寒的声音很轻。

林空桑满脑子的胡思乱想终结在这五个字上，然后把这个回答在脑子里过滤了一遍。

大哥只认识她，那就是大哥只对她好。

这句话让人有点上头，最起码林空桑上头了。

她用手撑起身体，接过热水，把脑袋往苍寒面前伸了伸："哦，可以。"

小姑娘说话间带着淡淡的气息，即使灯光昏暗，但苍寒依旧精确地捕捉到了对方脸颊染上的绯红。

"你喝什么了？"

林空桑使劲一点头，往他这边靠了下："因为我要壮胆。"

苍寒唇线轻抿，不动声色地往旁边挪了点。

林空桑察觉到两人的距离拉开，有点不大乐意，跟着追了过去。

苍寒又往旁边挪了一些。

林空桑脑子发热，也不知道是较什么劲，跟作对似的就往他身边挤。

两人小幅度地平移了将近半米，苍寒没地方继续挪了，只好站起来。

林空桑把手上的热水一饮而尽，也跟着站了起来。

"你干吗？"她脑子有点晕乎，就想把人捉住。

站着的动静比坐着时大，一时间所有人的注意力都转向了他们两人身上。

苍寒扫了一眼面前众人，手臂一垂，决定放弃抵抗。

而林空桑得寸进尺，把对方往角落一堵，两只小手"啪"的一下按在他身侧墙壁上："还跑啊！"

"……"

音响里放着《死了都要爱》富有激情的伴奏，麦霸连歌都不唱了，就看今天的寿星耍流氓。

关键是，耍流氓的对象还是苍寒。

就在所有人都倒吸一口凉气、等着大哥蓄力放大招时，被按在墙上的苍寒突然"嗯"了一声，轻声应道："不跑了。"

做足了准备就要上去拦架的人瞬间"冻"在了原地。

林空桑脑袋一歪："我的礼物呢？"

苍寒从兜里拿出那枚发卡，递到林空桑面前。

"谢谢大哥！"

林空桑接过来，突然"嘿嘿"地傻笑起来。

等她笑够了，也犯完了傻，眼睛一闭就扎进苍寒怀里。

"和大哥贴贴……"

对于自己的"壮举"，事后林空桑闭口不谈，甚至装傻充愣。

好在苍寒不像介意的样子，而大家都心照不宣地保持沉默。

除了乔伊偶尔把这事搬出来调侃一下林空桑，基本就算是翻了篇。

不过，这不妨碍林空桑自己心虚，连着好几天送翻译时都没和苍寒搭话。

今天她盘算着自己得等一个合适的机会打破僵局，结果下了课机会就来找她了。

"下星期运动会，班里篮球队走了个人，你去问问大哥他来不来？"

林空桑看着他们班的体委："为什么找我啊？"

林晏瞥了教室后排的苍寒一眼，抿着嘴笑了出来，说："你不是和他贴贴吗？"

"啊！"林空桑顿时发飙，把人一通胖揍从自己座位上赶走。

"说真的，你问问，"林晏边躲边说，"咱们班一群小矮子，他那个身高可以来班队了。"

要是以前，林空桑肯定就直接问了。

但是现在，她一个人去问有些不好意思。

死拉硬拽拖着林晏，两个人在课间并排站在了苍寒桌前。

林空桑吞吞吐吐地把事情说明，苍寒依旧是反应片刻，然后轻轻摇了摇头："我不会。"

"你竟然不会打篮球？"林晏似乎很是惊讶。

学校里大大小小的篮球场，少说也有十来个，几乎一到下课都是满的。

在这种大环境下，竟然还有男生，特别是这种高个男生不会打篮球。

"又、又没规定一定要会，"林空桑对林晏道，"不会可以学嘛！"

"也行。"林晏挠了挠头，"班级赛简单得很，我们四个人就能带飞。"

"真的？你们这么厉害呀？"

"那是，我们六班的篮球，谁听了不说一句厉害？"

他们两人你一句我一句，似乎忘了最初来找苍寒的原因。

"所以他参加吗？"林晏终于把话题绕回了正轨上。

"大哥你参加吗？"林空桑跟复读机似的，把这句话转给苍寒。

"可是……"苍寒动了动唇，欲言又止。

林晏看着林空桑，轻轻地耸了一下肩，意思就是没戏、算了、我再找找人。

"我能学吗？"苍寒突然抬眸问道。

"可以！"林晏瞬间提起精神，把目光转向他，"其实篮球挺简单的，我说几句你就明白了。"

"你说你说，"林空桑催着他，"我也想听。"

林晏用手指在桌上画了一个长方形，又在长方形里面画了道弧："这就是篮球场，这里是三分线……"

突然，有一支笔横在了他的手指边。

"能画在纸上吗？"苍寒又把自己的草稿纸递了过去。

"可以可以，当然可以！"林晏受宠若惊，捞过前排的椅子反坐，拿起纸笔画了起来，"我刚才说到哪儿了，三分线是吧……"

林空桑站在桌边听了会儿，觉得自己都懂了。

"高个一般打中锋，不过你刚开始练，先感受感受，找到自己适合的位置。"林晏把笔一搁，站起身来，"我那儿有篮球，你拿着先练手，下午正好有体育课，带你一起啊！"

苍寒点了点头："谢谢。"

"都是兄弟客气什么？"林晏笑着拍了一下苍寒的肩膀，"你这个身高一米八几吧？中锋打好篮下防一片，贼猛！"

对方过于熟络，林空桑暗暗替他捏了把汗。

好在大哥似乎并不介意这种接触，只是一本正经地回应道："好的，我努力。"

上课铃打响，林晏回到自己位子上，弯腰捡起篮球："嘿，苍寒！"

苍寒抬头，第一次在班里听到有人喊自己的名字。

当然不止他一个人抬头，林晏这声"苍寒"喊得周围同学都回头看过去。

一个篮球从教室的一边飞向另一边，苍寒抬手去接，橘色的篮球"啪"的一声停在他的掌中。

林晏抬抬下巴，冲他抛了个眼神。

"不是吧？"

苍寒收起篮球，甚至听到了一些窃窃私语。

"你把大哥拉来咱篮球队了？"

苍寒对篮球其实并没有多大兴趣，但是跟人熟络的感觉不错，像是与这个世界有了关系和纽带。

拍球和运球不是很难，林晏放学后教了苍寒一会儿，下午的时候他就能带球跑上一段距离。

"天赋啊，兄弟。"林晏用拳头轻轻捶了一下苍寒的肩膀，"走，去篮球场试试？"

林空桑明显比苍寒更兴奋，体育课自由活动后就拉着乔伊一起往篮球场上跑。

因为人少，基本都打半场，男生之间没那么多弯弯绕绕，不管是哪个班的，只要有球就能玩在一起。

苍寒穿着长袖卫衣，在一群穿短袖短裤的男生中格外扎眼。

别人拿着篮球狂奔投篮，他反倒像是一个看热闹的，就站在那儿一动不动。

"大哥不愧是大哥，"乔伊评价道，"不知道的还以为他是裁判。"

林空桑"扑哧"一声笑出来："大哥没打过篮球，你就别为难他了。"

终于，在苍寒旁观了五六分钟后，林晏把球传到了他的手上。

林空桑一句"大哥冲啊"还没来得及说出口，苍寒手中的篮球就被对方抢走了。

"……"

"不行了，我要笑死了，"乔伊把脸埋在林空桑的肩头，"大哥在干吗呀？"

"大哥……"林空桑突然意识到了问题所在，"他可能还没反应过来。"

说话都要等半分钟的大哥，这怎么打篮球？

"你在干吗？"付阳擦了一把额上的汗，大步走到苍寒面前，"会不会打？"

只是还没等付阳靠近，就被林晏一把拦了下来："打着玩的，你发什么火？"

"能别拉不会的凑数吗？"付阳甩开林晏，"你们自己玩吧。"

付阳这顿火发得莫名其妙，他本身并不是一个坏脾气的人，最起码林空桑觉得他不是个坏脾气的人。

"付阳怎么了？"她看着男生离开的背影，有些不解，"干吗对大哥发脾气？"

"还不是因为你对大哥太好了！"乔伊抬头"哼哼"几声，"闻到了吗？是醋的味道。"

球场被这么一闹腾，又有几个人也想要离开。

"爱玩不玩，真服了这帮人。"林晏把球扔给苍寒，"你别生气啊，他们平时不是这副德行。"

苍寒摇了摇头："不会。"

"咱俩单挑，"林晏屈膝半蹲，做出防御动作，"我拦你，你投球。"

苍寒垂眸，后退半步站在三分线外。

"你不是想投三分球吧？"林晏直起腰，"新手投什么三分——"

篮球脱手，在空中划出一道完美的抛物线。

林晏的目光追随着篮球，转着身子看它正中篮筐。

是个空心球。

林晏重新把头扭回来，对着苍寒比了个大拇指："兄弟，准啊！"

苍寒走到篮下弯腰把球捡回来："三分吗？"

"三分。"林晏一点头，"再来一次？"

苍寒走到刚才的地方站好，抬眸看向篮筐，随后抬手抛球。

虽然这次没有像刚才那样完美空心，但依旧是有效的进球。

又是一个三分球。

"我天，天赋异禀。"林晏再一次把球追回来，"继续。"

苍寒垂眸拍了拍篮球，往后退了几步："如果只是这样的话……"

"喔——"

在距离三分线将近一米远的位置，那个球依旧乖乖地进了篮筐。

"都可以进。"

"又进了……"林空桑在场外看得目瞪口呆，"大哥在球上装导航了？"

乔伊张开五指在她面前挥了挥，说："你不是说他没打过篮球吗？这叫没打过？"

林空桑虽然不会打篮球，但是也看过几场球赛。

男生大多在篮板下抢来抢去，像大哥这样刻意走远几步还真没见过。

"这顶多算会投篮，"林空桑道，"要是有人拦他，大哥肯定不行。"

　　就像是验证她的话一样，接下来林晏开始尝试着抢球，苍寒之后就一次没进过。

　　下课铃响，林晏擦了一把脑门上的汗，挎着篮球和苍寒一起下了球场："你反应太慢，别人手都伸你脸上了，你还在那儿发愣，篮球不是投球游戏，得和对方打起来才行。"

　　苍寒在一边沉默地听讲，时不时点头表示赞同。

　　"你俩怎么也在这儿？"林晏扯了一下林空桑的头发。

　　林空桑甩甩马尾："看你们打球啊！"

　　"打得怎么样？"林晏问。

　　林空桑看了眼苍寒就赶紧收回目光："还可以。"

　　她和乔伊手挽着手，跟两个男生一起并肩回了教室。

　　苍寒鬓边有汗，碎发粘在了皮肤上。

　　他似乎有点热了，低头把袖口一点一点卷上去，露出了一截隐约带有肌肉轮廓的小臂。少年皮肤雪白，林空桑的目光像是被烫着了，收回来时眼睛眨了好几下才缓劲。

　　直到回到教室坐下，她这才偷偷地和乔伊说道："我都没见过这样的大哥。"

　　"哪样的？"

　　"感觉像活的。"

　　乔伊："……"

　　"你说的不是废话吗？"

　　林空桑形容不出这种感觉。

　　那个曾经被人口口相传到夸张、像是被赋予了神话色彩的少年，其实跟班里大多数男生没什么两样。

　　没有十项全能，也没有变态优秀。

　　他英语狗屁不通，因为反应迟钝打不好篮球，热了也会流汗，指不定还臭烘烘的。

　　大哥也没什么可怕的。

　　由于苍寒对林空桑越发纵容，让这个小丫头在他面前越发大胆不拘着，甚至每天放学后给英语翻译的时候，都还问一句"你到底背没背"。

　　而苍寒基本上都没背，因为他压根儿看不懂。

　　"Dear Lihua，dear 就是亲爱的，连起来就是亲爱的李华。欢迎、来到、我的祖国……"

　　中午放学，阳光不错，林空桑坐在苍寒前座，转过身子一个单词一个单词地念给他听。

"记住了吗？"

苍寒看着那篇例文，缓慢而又痛苦地摇了摇头。

"为什么记不住？"

"……不会。"

林空桑急得抓耳挠腮，最终发现了一个大问题——苍寒连二十六个英文字母都认不全。

"你初中怎么上的？"

"……没上。"

林空桑眨巴眨巴眼睛，突然想起来乔伊告诉过自己，苍寒当年初中去的工读学校。

难不成是真的？

"苍寒——"

教室后门突然传来一道声音，两人一起看去，林晏探了半个身子进来："打球不？"

苍寒立刻直起身子，林空桑瞪他一眼，他又重新窝了回去。

"妻管严啊你？"林晏直接进教室捞人，"林空桑，这你就不懂事了吧，英语什么时候不能背？运动会就在这个周末，时不我待，争分夺秒！"

这篇范文明天就要抽查！

林空桑本来还觉得自己能撑回去，但是对方那一句"妻管严"给她闹了个大红脸，连说话的劲都给整没了。

"你中午不回去吗？"林晏站在走廊上，从窗外抻着脑袋，"我们队训练，来看不？"

今天中午老妈不在家，林空桑一人在学校吃的饭。

苍寒走了，她闲着也是闲着，就跟两人一起去篮球场看他们打篮球。

几天时间，苍寒似乎和队里的人熟络了不少。

相比于第一次来时的严重排外，大家最起码都愿意和他一起打了。

只是苍寒大多数时间依旧像个裁判似的站在中场，不过偶尔的几次篮球到手，他都没有再像第一次时立刻被抢，时不时还能投出去，只是准确率稍微降低了一些，不过也算是比较大的进步了。

付阳今天没那么大火气了，认真起来三个人都拦不住他。

篮筐下面七零八落地散着矿泉水瓶，林空桑想着苍寒也没带瓶过来，便起身去附近的食堂一口气买了六七瓶回来。

见者有份。

满头是汗的男生一个个跟上了蒸笼似的，头顶都飘着雾。他们笑嘻嘻地把林空桑一通猛夸，换得姑娘一记白眼。

吃人嘴软。

苍寒过来的时候就剩下最后一瓶，林空桑抬手递给他的时候，周围人全都在阴阳怪气地"哟哟哟"。

"我、没、给、你、们、吗？"林空桑一个个地瞪过去。

"我们沾光，"有人笑着回了一句，"谢谢大嫂。"

"大嫂什么大嫂！"林空桑觉得脸上有点烧，"我懒得看你们。"

她气呼呼地回了教室，一摸自己的脸，滚烫滚烫。

刚才她有点气急败坏，也没看苍寒什么表情。

万一大哥不乐意，那岂不是非常尴尬？

男生多的地方准没好事，自己就不该跟过去看。

她气呼呼地看书，气呼呼地上课，再气呼呼地放学。

可是即便过去了一下午，她想到那句大嫂依旧是脸红心跳。

晚上放学，林空桑收拾完书包习惯性地去看后排，往常一直安静坐在原位的苍寒今天早早就站了起来。

林晏正拍着篮球，在闹哄哄的教室里发出"砰砰"的响声。

有人招呼了苍寒一声，路过他身边时竟然就这么上手搂住了对方的肩膀。

勾肩搭背的，还挺亲昵呢。

"看什么呢？"乔伊凑在林空桑脸边，顺着她的目光一并瞧去，"哦，看大哥呢！"

"嘘……"林空桑捂住乔伊的嘴，"我今天还被他们笑了！"

因为篮球队的训练，林空桑和苍寒的相处时间大大减少。

每天放学林晏就跟抢人似的，连搂带拽地拖走苍寒。

"借大哥一用。"他总是拖长声音，笑着告别。

苍寒跟跄几步，被林晏拉出教室，扭头看着林空桑气鼓鼓的小脸，有点可爱。

"舍不得？"林晏捶了一下苍寒的肩膀。

苍寒轻咳一声，直起腰背："没有。"

他说完便垂了眸子，淡色的唇瓣轻抿，拉长唇线。

他像是飞快地勾了勾嘴角，可再抬头时却又恢复了往常的面无表情。

"今儿教你点别的，"林晏凑近苍寒，神秘兮兮道，"球场——黑手。"

运动会在周末举办，开幕式与往年大同小异。

学生们匆匆走过流程后原地罚站，听完领导发言就此解散。

林空桑参加了一百米短跑，垫底混了个参与感。

她热出一脑门汗，连号码牌都没来得及摘就拉着乔伊狂奔去体育场。

篮球初赛已经开始，林空桑跟个兔子似的蹦来蹦去，在场外伸长脖子往里看。

第一小节似乎已经结束，球场上暂时还没有人。

她挤进人群，随手抓了个男生就问："比分多少啦？"

"15:23。"男生回应道，"你是没看到，刚才那个三分球投得真漂亮！"

"三分球？"林空桑满脸兴奋，"是不是苍寒？"

男生皱眉看向场上："苍寒？那个十二班的大哥？"

"现在是六班的啦！"林空桑一把抱住身边的乔伊，激动得跳起来，"肯定是大哥！"

第二小节很快开始，两班队员陆续上场。

周围有人发出欢呼声，林空桑莫名其妙也跟着叫了起来。

今天的大哥穿了班级统一的球服，蓝白相间的配色，更显少年飞扬跳脱。

"大哥好白……"乔伊半遮着嘴，悄悄地和林空桑道，"还挺有料。"

林空桑刚巧看到苍寒结实的手臂肌肉，突然想到了当初对方卷起衣袖时露出来的那截小臂。

完了，她使劲揉了把自己的脸。

美色误事！

随着哨声响起，第二节比赛开始。

场上男生跑作一团，只有一个远离篮下，像参观似的，就连步子都懒得多迈。

看背影就知道是苍寒。

"大哥……还真是老样子。"林空桑抽了抽嘴角。

乔伊："不会又被人抢了球吧？"

林空桑心里没什么把握："应该……不会吧。"

就像是为了验证她的话，下一秒球就到了苍寒的手里。

林空桑下意识地抓紧乔伊，开始祈祷他千万要反应过来啊！

然而出乎意料的是，苍寒反应极快。

他侧身躲过对方进攻的同时后撤稳住重心，随后原地起跳空投三分。

身高压制以及惊人的弹跳力让这一球投得毫无压力，球场上所有人当即停下了手上动作。

"我天，"林空桑惊呆了，"好快！"

刚才那个男生也惊呼道："又来？"

"喔——"

哨声响起，又是三分球。

场外一片尖叫差点把林空桑给炸聋了。

观众比她想象的要热情太多。

"刚才那是大哥吗？"乔伊拉拉林空桑的衣服，"我是不是看错了？"

林空桑看着苍寒低头整理护腕，犹豫着肯定："应该……没错。"

不过一个星期，这改变有点离谱。

大哥打篮球……都这么厉害了？

接下来的场次，六班以压倒性优势赢得了比赛。

其中付阳的篮板球和苍寒的三分球数量五五开，几乎占了所有比分。

有人开始议论队员，林空桑隐约听到了苍寒的名字。

苍寒满头是汗，碎发被他随手撸到脑后，露出一小片光洁的额头。

林空桑看着他与人击掌、拥抱，胸膛起伏间拎起自己的衣领，擦一把下巴上聚着的汗珠。

有点帅。

少年目光轻扫人群，最后定格在一张通红的小脸上，也没过多停留，很快就收回了视线。

"大哥刚才好像看了你一眼。"乔伊道。

"嗯……"林空桑缓缓抬手捂住自己通红的脸，只觉得头顶冒烟快要烧起来，"我……看到了。"

高中组所有班级加一起得有三四十个，放一起排比赛，少说也要比个两三天。

运动会只举办两天，篮球赛满满当当贯穿整个时间线。

第一天比赛结束，六班各项成绩都不错，特别是篮球赛，一路闯入最后的决赛，连第二天早上的比赛都给免了。

晚上六点，林空桑和其他同学一起打扫完班级休息区，拎着扫帚回教室时正好撞见了林晏一行人从篮球场出来。

林空桑连忙凑过去，没找着苍寒。

"大哥呢？"她问。

"球场，"林晏用下巴一指，"想了啊？"

"想个鬼。"林空桑气得追着打他。

话虽这么说，但是把扫帚放回教室后，她一个人悄悄地跑去了球场。

晚饭的时间，整个球场只有苍寒一人。

"砰——砰——"

篮球撞击地面发出闷响。

苍寒一个人投球、捡球、再投球，同样的动作反复重复，来来回回，像是不知疲倦。

等到那个篮球骨碌碌滚到脚边，林空桑弯腰把它捡起。

苍寒在场内停住脚步，看见有个小姑娘小跑着过来。

天将黑未黑，夕阳拖着残弱的余光。

林空桑把篮球抛向苍寒，两只眼睛笑弯起来。

"大哥，你是怎么做到的？"

越想不通的事情，答案可能越简单。

不到一星期飞速提高的球技是假的，但是拿到球之后条件反射般的肌肉记忆却是真的。

不过就是重复，不停重复。

"那你重复了多少次啊？"林空桑惊叹道，"就只是重复吗？"

"嗯，很多次。"苍寒拍着球走去三分线外，抬臂一压手腕，又是一个漂亮的三分球。

林空桑刚巧站在篮下，顺手捡起球给他扔过去："你也不嫌无聊。"

苍寒盯着地面，缓缓地摇了摇头："不会。"

"也是。"林空桑若有所思，"我看你和他们相处得挺好的，人多一起也不无聊。"

苍寒眼睫轻垂，似乎在想什么："他们都很好。"

大哥的性格有些内向，平时沉默的时间居多，林空桑一开始还害怕对方不合群，可是现在看下来应该是自己想多了。

"很好就好。"林空桑点点头，觉得自己就像一个操心自家儿子在学校有没有开心成长的老母亲，"那你练球吧，我先回去啦。"

她和苍寒挥挥手，突然又想起来什么似的："你记得看看英语。"

苍寒停下手上的动作，面无表情地看着林空桑。

那眼神似乎格外无语。

就在他俩相视无话时，林空桑身后突然传来一道男声："你们在干吗？"

她回头看去，见付阳穿着球衣满脸不爽。

"看球啊！"林空桑也不爽起来，"干吗，不准啊？"

"不准，"他没个好气，"天都黑了还不回去。"

林空桑本来是想回去的，但是付阳来了她就有点不想回去。

"你不会觉得我欺负他吧？"付阳随手顺过苍寒手上的球，看向林空桑的目光带着些玩味，"担心？"

"我担心什么。"林空桑立刻嫌弃道，"你俩最好现在就打起来，明天决赛看林晏他们三打五。"

她边说边走，出篮球场时还不忘扭头翻个白眼。

等到小姑娘走远，付阳这才抬眼看向苍寒："你们刚才说什么呢？"

苍寒想了会儿才开口："让我……看英语。"

"喊。"付阳拍了几下球，不屑道，"也就她把老班当回事。"

男生之间似乎没什么解决不了的矛盾，分明不久前还一言不合就动手，现在却能忘了恩怨准备比赛。

付阳陪苍寒练习篮下传球，两人身高相仿，力气也大差不差，擦肩时有意的一个碰撞，苍寒后撤几步，稳住身形。

"明天打十二班，他们手黑。"

苍寒捏了捏肩膀："林晏说过。"

"还有明天的打法，"付阳用拇指往后一指身后的篮筐，"你确定？"

"嗯，"苍寒微一点头，"看你的了。"

像是独属于一个队伍的默契，有些话大家已经心知肚明，只要简单的几个词语就能够理解领悟。

晚上七点，篮球场外的聚光灯突然亮起，天已经完全黑了下来。

"比一把，"付阳勾起一边嘴角，突然把篮球扔给苍寒，"我赢了的话，你离林空桑远点。"

他说得突然，提及那个名字时苍寒反应了半天才明白意思。

"不比。"苍寒十指扣住篮球，没有动作。

"不敢？"付阳弓腰撑着膝盖，"是不是爷们儿？"

"我赢不了。"这种低级激将法对苍寒没什么用处。

付阳嗤笑一声，直起身来："你喜欢她？"

苍寒想了许久，而后摇了摇头："我尊重她。"

付阳："？"

"所以不会用这种方式决定是否远离她。"

隔天下午，篮球赛决赛。

林空桑早就占领了最佳观赛区，就等比赛开始。

队员入场，蓝白和红黑的球服格外惹人注目。

周围响起尖叫，林空桑也跟着起哄。

"哎，同学，"身边有人搭话，"那个7号是不是就是投三分球的？"

林空桑扭头一看，也不知道是哪个班的女生。

不过对方如果提到苍寒为六班加油，那她们就是姐妹。

"是是是，"她瞬间眉开眼笑，忙不迭地介绍道，"他叫苍寒，可厉害了。"

"他有女朋友没啊？"那个女生掏出手机，"好姐妹，有没有手机号给一个？"

林空桑的笑容瞬间垮掉："他没手机。"

"噗……"乔伊直接笑出了声，"大哥好受欢迎哦。"

林空桑把头扭回来，看着场上的少年愤愤道："招蜂引蝶。"

因为昨天的比赛，苍寒似乎打出了名声，在整个高中部都有了点人气。

倒不是由于篮球打得多好，只是和之前各种传说叠在了一起，有一种越传越玄乎的滚雪球趋向。

而今天的比赛明显不同，十二班出了个人专门盯着苍寒，第一小节下来他就没投出去几个三分球。

比分追得很紧，谁都不占优势。

"大哥好像被针对了。"就连不懂篮球的乔伊都看出了端倪。

"他肯定是被针对了。"林空桑撇着嘴，"大哥投球靠的是熟练，应变能力约等于零，只要有人一直不停地看着他，那他就很难投……"

她的场外解说还没结束，就见球场上突然爆发了争吵。

裁判的口哨声宣布暂停比赛，然后给了林晏一个黄牌警告。

"怎么回事？"林空桑踮着脚看去。

两拨球员散开，付阳手臂上多出一道长长的血痕。

"付阳受伤了？"她问。

好在六班设置了临时救护点，林空桑飞快地去拿了碘酒和创可贴，再一路小跑回到篮球场。

"一群浑蛋，就知道下黑手阴人。"付阳用纸巾捂住手臂上的伤口，血还顺着手腕往下滴。

"裁判是盲人吗？"林晏气得不行，"那些人撞了我多少下，竟然还罚我。"

"别在球场动手。"苍寒道。

"我刚才真忍不住。"林晏捏紧拳头，"那个姓杨的就是故意的，打篮球还留那么长的指甲。"

林空桑小心翼翼地给付阳的伤口消毒，等血凝住后撕开一个创可贴。

"行了，不贴这玩意儿，"付阳动了动手臂，站起来，"还得继续打，我们可没替补。"

十七岁的少年最不在意伤口，要不是林空桑拿来药品，估计他也就是随便擦擦了事。

短暂的休息很快结束，第二节比赛随即开始。

付阳手臂上的伤口又开始流血，中途被他随手一抹，染得手腕上都是红的。

汗水泡着伤口，指不定有多疼，林空桑看得心都揪了起来，一休息就跑去付阳身边给他擦手臂。

"大哥刚才看了你好几眼。"乔伊附在林空桑耳边，悄悄地告诉她。

"啥？"林空桑睁大了眼睛，"什么时候？"

乔伊捂嘴偷笑："你和付阳说话的时候。"

林空桑眨巴了几下眼睛，做贼心虚似的瞟一眼已经上了场的苍寒。

对方已经进入比赛状态，只留了一个背影给她。

少年身材高大，在三分线外和队友不断调整位置。

不过别人用跑的他用走的，虽然不是那个意思，却意外显出几分漫不经心和游刃有余来。

鞋底摩擦球场发出尖锐的声响，林晏带球被两人包抄，凌空做了个投球的假动作，却一晃身形把球传给了不远处的苍寒。

十二班立刻急转队形，几人全部去防苍寒。

林空桑本以为苍寒投三分球有些难度，但是出乎意料的是苍寒已经越过一人，把球传给了篮下的付阳。

"他都会带球过人了。"林空桑心里涌起一种孩子长大了的欣慰。

"哇，不愧是付阳，"乔伊也评价道，"篮下一打三不是吹的。"

半场结束，六班落后两分。

五个男生都喘着粗气，在初冬时节灌着凉水。

林空桑这回把药品给了其他女生，站在人群里看他们休息。

苍寒肩上搭着毛巾，手里握了瓶矿泉水，正微抬下巴往体育馆入口看去。

只是看了几眼像是没有结果，他垂下目光，又和林空桑的撞上。

"看什么呢？"林空桑问道。

苍寒摇摇头："没。"

对话简短且没有下文，就在几人回场上继续比赛时，林空桑突然在人群中看到了一张熟悉的脸。

"那不是苍寒的妈妈吗？"

乔伊立刻凑上来："哪儿呢，哪儿呢？"

林空桑扳住她的肩膀一指："那儿。"

苍寒妈妈散着发，比第一次见面时多出几分成熟和温柔。

运动会最后没几个项目，大多数学生都来篮球场看打篮球。

而苍寒妈妈就这么混在其中，倒也不觉得违和。

而苍寒明显看到了对方，在场中露出一个淡淡的笑容。

"大哥又笑了，"林空桑捧着自己的脸，"大哥真喜欢他妈妈啊！"

她似乎只见过苍寒笑了两次，两次还都是对着他妈妈笑的。

"你不喜欢你妈妈？"乔伊问。

"不是，"林空桑叹了口气，"就是觉得，真羡慕啊……"

后半场的节奏快了许多，六班放弃被十二班紧盯的三分球，重心放在了付阳篮下抢篮板上。

而十二班大部分时间都在防着苍寒，一时半会儿没转过弯，比分逐渐落了下去。

林空桑看着明明一直在划水可周围却总有人跟着的大哥，突然觉得这个场景似乎有些熟悉。

"乔伊，你觉不觉得这和田忌赛马挺像的？"

放弃压根儿不会篮下抢球的苍寒，反倒是给付阳争取到了最大的发挥余地。

"还挺聪明……"乔伊若有所思，"我们班的男生竟然有脑子？"

"反正不会是付阳想出来的主意，"林空桑摇摇头，"肯定是大哥。"

随着哨声响起，比赛结束。

六班以六分优势赢了比赛，只是他们还没来得及欢呼庆祝，十二班的人就开始原地抗议。

有骂裁判的，还有骂球员的，最后干脆动起手来，两个班的人闹闹哄哄地搅在一起。

林空桑拨开人群挤过去的时候他们刚要动手，苍寒拦住林晏，跟抱鸡崽子似的把人往后拖。

林晏气得破口大骂："你撞了我多少下？还有脸在这儿抗议，你抗议什么抗议！"

林空桑揣着矿泉水过去，赶紧往林晏的怀里塞了一瓶，说："喝口水消消气。"

"别在这儿，"苍寒低头看她，"走远些。"

林空桑把剩下的矿泉水放在桌上："那你们别打架啊。"

苍寒应了一声，把林晏塞给身边的同学，又去拦快要爆发的付阳。

"别在场上动手。"

付阳瞥他一眼，两人目光相接，短短几秒就错了开来。

"场下就行？"与苍寒擦肩而过时，付阳小声问道。

回应他的，依旧是那一个简单的单音节："嗯。"

运动会在周日圆满结束，闭幕式比开幕式还要无聊，领导发言没完没了了，听得人昏昏欲睡。

付阳勾了苍寒的肩膀，顺带把林晏也一起从队伍里揪了出来。

"干啥？"林晏手里还抱着包薯片。

付阳顺手把薯片拿过来，掏了几片扔嘴里："出气。"

林晏看看一边默不作声的苍寒："出什么气？"

苍寒摸摸鼻子，片刻后道："十二班。"

他们准备"场下动手"。

"就我们仨？"林晏左右看了看，"不是吧，我觉得不太行。"

"你骂得比谁都凶，真动手反而尿了？"付阳把薯片重新塞回林晏怀里，"不敢就回去。"

"什么叫不敢。"林晏皱起眉，"十二班都是什么玩意儿，你跟他们打架不多带几个人？"

"就咱们仨，"付阳勒住林晏的脖子，"你就说去不去吧？"

去是肯定去，林晏在心里做好了被暴打的准备。

然而让他没想到的是，他去不是被暴打的，而是看人被暴打的。

是的，压根儿没轮到他动手。

平日里温和无害的苍寒一脚踹开十二班的教室后门，走过去抓着一个人直接把人按桌子上了。

林晏一看，好嘛，就是那个指甲贼长的。

而以凶残闻名的十二班的几个刺头，在面对苍寒时，竟然连拦都没人敢拦。

"盛哥！"杨飞手指抓着桌沿，用力得指甲都泛着白。

"苍寒，"余盛还是开了口，"你干什么？"

"不干什么，"付阳从兜里掏出个什么，往桌上一拍，"来给兄弟修指甲。"

林晏定睛一看，好家伙，是个指甲剪。

随着清脆的声响，杨飞的十根手指头的指甲被付阳修剪得整整齐齐。

等到他合上指甲剪，将它往教室后的垃圾桶一扔，苍寒这才松开杨飞，把人拽了起来。

"没下次。"他把人推到椅子上，"哐"的一声，动静挺大。

"你是真没把我们当哥们儿。"余盛压着声道。

付阳笑着拍了把苍寒的肩："以前有什么仇什么怨？要不要哥们儿帮你在这儿解决了？"

苍寒垂眸想了想，最终还是摇摇头："走吧。"

"我哥们儿今天不跟你计较，"付阳把椅子一摔，跩得跟二五八万似的，"走。"

林晏就像是在梦游，浑浑噩噩地出了教室。

炽
热

074

然而，让他更惊讶的是三人还没走几步，就迎面撞见了爬楼上来的林空桑。

　　苍寒脚下一顿，很明显地往后退了半步。

　　"你们在干吗？"

　　没人说话。

　　"是不是打架？"

　　还是没人说话。

　　"打过了？"林空桑问，"没打？"

　　她上下审视了这三人，脸上没伤，表情看起来挺平静，应该是没打。

　　"还好我来得早。"林空桑扯着衣袖把他俩身后的苍寒拉过来，"你们惹事别带大哥一起，他又不会打架。"

　　付阳、林晏瞬间头顶一片问号。

　　然而，没等他俩开口说什么，苍寒竟然厚着脸皮点了点头。

　　"嗯。"

　　苍寒会在林空桑面前下意识地否认一些事情，哪怕他自己知道那些谎言有多拙劣，甚至用不了多久就会被揭穿，但依旧会否认。

　　"你的眼睛都没好就不要去打架了，虽然十二班的人讨厌，但是今天还是我们赢了啊！"

　　小姑娘在他身前喋喋不休，劳心费神地劝着，像只活蹦乱跳的小麻雀。

　　苍寒全都听着，过了一会儿，开口问道："为什么不阻止他们？"

　　林空桑脚步一顿，扭过头来："付阳打起人来也很厉害，林晏……林晏跑得快！"

　　苍寒认真地点头："是吗？"

　　"反正他俩都不会吃亏，只有你傻乎乎的。"林空桑抿了抿唇，又继续往前走去，"你如果非要打就去呗，我又不能强行拦着你。"

　　苍寒走在她的身边："不去了。"

　　他微一垂眸，看见小姑娘偷偷地笑。

　　"对了，"林空桑整理好表情，又道，"我们班这次运动会总分第二，老班要给我们买糖吃。你们的篮球赛加了不少分，指不定有特殊奖励。"

　　苍寒顺着她的话接下去："什么奖励？"

　　林空桑一耸肩膀："不知道。"

　　闭幕式在此时落下帷幕，伴随着音乐响起，操场上的队伍原地解散。

　　林空桑刚下了几层楼梯，听见外面的动静，干脆往走廊的护栏上一趴："完蛋，已经解散了？"

"林空桑——"

楼下有人喊她。

林空桑踮着脚，从走廊里探出半个身子："干吗？！"

苍寒低头看了眼小姑娘踩着的栏杆，抬手不动声色地在背后护住她。

"老班点名啦——"

为了防止运动会期间学生迟到早退，老班会在队伍集合和解散时点名。

他们没赶上时间，估计全都未到。

晚间起了风，把林空桑的刘海吹去了两边。

她懊恼地嘟起小嘴，扭头瞪了苍寒一眼："都怪你。"

苍寒倒是不介意背黑锅："对不起。"

对方穿着蓝白色的校服外套，和里面的球衣一个颜色，林空桑扭头能看到少年的脖颈和领口处隐约露出的一半锁骨。

她很快就转移了目光。

"也没必要道歉。"

林空桑本来想着，反正又不止他们两人早退，到时候站一排被骂，也不丢人。

然而事情并没有想象中那么顺利，第二天老班兴师问罪，早退的只有她和苍寒。

林空桑猛地回头看向付阳，对方向她露出一个欠揍的微笑。

"不是私奔去了吧？"

班里突然冒出这么一句，让原本安静的教室瞬间炸了锅。

林空桑的脸腾地红了起来，想把说话的人揪出来怒揍一顿，可是左右看看全都是笑她的人。

她头顶都快跑蒸汽机了。

"安静点。"老班及时制止这场闹剧，从桌下拿出几大袋真知棒出来，"为了庆祝我们总分第二，老师今天请吃棒棒糖！"

这就是奖励？林空桑想，不愧是你，铁公鸡。

不过有的吃总比没有好，每人分三根，大家一起吃棒棒糖还挺有感觉。

"早退扣两根，"老班只给了林空桑一根真知棒，"昨天去哪儿了？"

林空桑闷闷道："我分明一天都在学校！"

老班又给了她一根："下次要听话。"

好嘛，还是少一根。

林空桑撕开包装，把糖塞进嘴里："都怪大哥，还有付阳和林晏。"

"那时候我就让你别去，你非要去，"乔伊把自己的一根棒棒糖分给林空桑，"我的给你，不要生气了。"

　　"不用，"林空桑又把糖还回去，"我也吃不了这么多。"

　　中午放学，林空桑日常把翻译好的英语范文送给苍寒。

　　她比之前随意许多，椅子一拉就坐在他前桌。

　　"我又来走流程了，虽然知道你不会背，但是我又来了！"

　　苍寒合上书本，从桌洞里拿出一个文件袋来。

　　林空桑写的英语翻译，他都按照时间顺序仔细地保存了起来。

　　"老师说这次的范文指不定是期中考试的作文题，"林空桑把翻译扣在桌上，没让苍寒收进去，"你就看一看呗？"

　　苍寒肩膀微塌，放下文件袋："我不会。"

　　"我教你啊！"林空桑来了劲，"我们是互助小组，不会没关系。"

　　她动动手指，把那张纸翻过来："这是二十六个字母，你多看看？"

　　小姑娘的字迹工整，还用铅笔虚虚地画了四线格。

　　"你的数学成绩这么好，英语拖后腿实在是可惜，不过，如果你的英语没这么差，就应该去一班了。"

　　苍寒目光扫过那一个个字母，回道："你的英语也很好。"

　　"数学这东西有毒！"林空桑瞬间泄了气，整个人往桌上一趴，萎靡不振，"不管我看了多少定义，刷了多少例题，只要稍微变动一些，大脑就会一片空白。

　　"一片空白懂吗？就是那种非常无力，非常想做出来，但是又做不出来的感觉。"

　　苍寒垂下眸子，有点想笑。

　　"大哥，你为什么不会英语啊？这东西背背就好啦！"

　　在林空桑看来，死记硬背的东西都不算难。

　　"我脑子不好。"苍寒语气平淡，愣是把一句骂人的话说得十分正经。

　　林空桑差点破功，但是死命忍住了："学不好就学不好呗，你别这么说自己。"

　　"是真的，"苍寒摇了摇头，"我不聪明。"

　　林空桑也严肃起来，犹豫片刻后，试探着问道："大哥，你上过初中吗？"

　　"上过一年。"

　　"只有一年？"

　　"嗯。"

　　"为什么？"

苍寒将笔帽合上，手指捏住中间转了一圈，没有立刻回应。

"我是不是问了不该问的？"林空桑缩缩脖子，"以后我不问了。"

"不是，"苍寒叹了口气，"因为我不合群。"

他似乎没上过几年学，每次总要折腾点事情。

久了就烦了，烦了就不上了。

"还好吧。"林空桑手肘撑在桌上，用手托着下巴，"你和付阳他们玩得不是挺好吗？"

苍寒的表情柔和了一些："他们比较好。"

"他们才不好。"林空桑嘴巴一撇，斜眼去看窗外梧桐，"付阳可讨厌了。"

他们班男生都讨厌，一个个头铁、人皮、嘴巴欠，没事就揪她辫子博关注，嬉皮笑脸看着就烦。

"讨厌吗？"苍寒问。

林空桑想了想，坚持道："讨厌！"

"我呢？"苍寒看向林空桑。

少年眼底带着清浅的笑意："也讨厌吗？"

林空桑一直觉得自己不算"颜狗"，但是苍寒对自己笑了这么一下，她就突然明白了什么叫作秀色可餐。

大哥笑起来……可真好看。

"他还把他的真知棒给我了。"林空桑从书包里掏出四根棒棒糖给乔伊看，"篮球赛夺冠老班多给了他一根，但是早退又扣了两根，他把所有的真知棒都给我了，现在我比你们还多一根。"

"什么乱七八糟的，"乔伊被绕得头疼，"就是大哥把老班发的糖都给你了？"

"嗯嗯嗯。"林空桑疯狂地点头，"他还对我笑了。"

"完了，春心萌动。"乔伊用书拍了一下林空桑的脑袋，"再过两星期就期中考了，你这次可别又拖大哥后腿抹眼泪。"

"我最近分明都看书了。"林空桑收起真知棒，暂时打散自己无处安放的粉色小桃心，"就算不能一飞冲天，至少也比上次要强。"

她信心满满，总觉得自己还不至于无药可救。

为了博帅哥一笑，她每天都努力学习数学。

然后林空桑逐渐发现了一个问题。

她养的"猪"被别的"白菜"盯上了。

七班的小班花最近格外喜欢在他们班后门晃悠。

今天终于有所突破，让班里的人把苍寒给叫了出去。

"出大事了，"林空桑手里的笔都没放下，转过身子恨不得直接跟出去，"许樱真是冲着大哥来的？"

"我就说吧，"乔伊一副看透一切的样子，"她在篮球赛的时候就盯上了大哥。"

"可恶啊！"林空桑把笔一扔就要过去。

"你干吗？"乔伊把人拉回来，"这不挺正常？咱们年级长得帅的不都被许樱搭讪过。"

"大哥跟他们又不一样，"林空桑一扯自己的衣服，"大哥傻乎乎的，还觉得人家是朋友对他好。"

乔伊表情复杂："我看你才傻乎乎的吧？"

林空桑在座位上纠结了半天，终于鼓足勇气站起身来，她觉得自己就算不出面阻止，也要过去当个路人探探情报。

然而未曾想，就在她拎着个垃圾桶装作没事人一样跑去教室后门时，苍寒突然转身，往她怀里塞了一杯奶茶。

林空桑："？"

挺突然的，她有点蒙。

许樱披着恰到好处的散发，抹着晶莹剔透的唇彩。

林空桑心道：十月底大冷的天还穿超短裙，迟早冻成老寒腿。

"可以吗？"苍寒问许樱。

"可以呀！"许樱双手背后，抿唇一笑，"那你喜欢喝什么？"

林空桑似乎明白了一些。

敢情这两人把自己当垃圾桶，苍寒不要的东西就往她这儿塞？

林空桑低头看自己手上刚好提了一个垃圾桶，干脆手腕一翻就给扔桶里了。

"哐"的一声，许樱看在眼里，脸上笑容明显有些僵硬。

"还有垃圾要扔吗？"林空桑看看苍寒，又看看许樱，无辜得就像是没有感情的扫地机器。

"没有的话，我就倒垃圾去了。"林空桑闷着头，硬是从他们两人之间挤过去，边走还边感叹一声，"今天的垃圾桶可真重啊！"

林空桑倒完垃圾回来已经上了课。

乔伊在座位上笑得花枝乱颤，欲罢不能。

"宝贝儿，你知道他们怎么说你的吗？"

林空桑心情不佳，不想跟她开玩笑："嗯？"

"班嫂护食，"乔伊倒在了林空桑的肩上，"许樱的脸都黑了。"

"什么班嫂？"林空桑没好气道，"我就去倒个垃圾。"

"得了吧，"乔伊推她一把，"还在我面前装。"

林空桑原地憋了一会儿，终是忍不住气："怎么是个男的她都要凑上去啊？许樱搭讪过的人都够演一出《甄嬛传》了。大哥跟朵小白花似的，还不是她手到擒来的事？"

乔伊觉得离谱："你觉得大哥会同意？"

林空桑没什么把握："谁知道呢？"

毕竟许樱长得好看是真的，会打扮也是真的，跟自己这种小土狗就不是一个级别的。

烈女怕缠郎，反之亦然，万一大哥心动了呢？

林空桑又操起了老妈子的心，开始担心自己"儿子"被骗了感情。

她想了好几种劝说方式，只是还没来得及实行，就又受到了另一个打击。

——一班的才女程予姝来到他们班，问苍寒要不要参加学校的数学奥赛小组。

程予姝捧着书本拿着表格，奉老师之命，大大方方地在教室前门喊苍寒出去。

林空桑这回怂了，没敢去作妖。

"你说以前她怎么没发现苍寒数学好？怎么非得现在才来找？"

她看着教室外的程予姝，虽然没有许樱漂亮，可整个人清清秀秀、干干净净的，站在阳光下像是发着光。

两人似乎在说什么，苍寒微一点头，然后收下了对方递来的表格。

"唉……"

林空桑往桌上一趴，把脸埋进双臂之间。

男大不中留，如果是程予姝这样的……她还真的比不过。

上课铃响，林空桑把自己从桌子上"抠"下来，要死要活地直起身子。

苍寒走进教室，脸上依旧没什么表情，只是在路过林空桑身边时，看了一眼对方。

小姑娘正满脸幽怨地盯着他看，像是不屑，还翻了个白眼。

林空桑不知道苍寒到底有没有答应程予姝，她也没去问，弄得就像自己很在意似的。

二十六个英文字母都没背全乎呢，就想跑了？和一班那群大佬在一起纯粹就是受虐。

林空桑吃不到葡萄说葡萄酸，自己生了一下午的闷气，晚上回家后觉得这心态不对，需要调整。

回回数学满分的大哥怎么还不能进学校的奥赛小组了？指不定他比

那些一班的尖子生还要厉害。

林空桑决定要鼓励大哥，让他走出班级，去认识更多的朋友。

然而第二天，大哥一天都没来。

林空桑去找班长打探消息，据说是请了假，请假理由非常简单——家里有事。

家里有事没关系，只要人没事就好。

林空桑暂时忘了昨天那些杂七杂八的事，浑浑噩噩又是一天。

晚上放学，她把写好的翻译放进苍寒的桌洞，想想不是很保险，干脆带走明天再给他。

也不知道大哥请了几天假，明天还来不来。

心情有些低落，林空桑顺着窗口往外看，那棵梧桐树叶子都快掉光了。不过还好，现在卫生区不是自己负责，也不知道苦了班里的哪个倒霉蛋。

她叹了口气，抬手关上窗子，身体微微前倾的那一瞬间，她看到树下似乎站了个人。

她探出去半个身子，瞪大眼睛看了半天才确定对方是谁。

"大哥？！"

树下的少年转身抬头，和林空桑对上视线。

林空桑冲对方挥了挥手，然后匆匆地把窗子关上。

她一路小跑下了楼梯，风风火火地跑到苍寒面前："你怎么在这儿啊？"

苍寒看着姑娘凌乱的刘海，缓缓道："随便走走。"

"这是今天的英语翻译，"林空桑从书包里掏出一张纸来，"我还想着先拿回去明天再给你的。"

苍寒接过来，展开慢慢地看。

"看得懂吗？"林空桑问。

"看不懂。"苍寒答。

林空桑直接笑了出来。

她把书包整理好重新背在背上，见苍寒没有要走的意思，于是问道："你今天为什么请假啊？"

"有事。"

"不回去吗？"林空桑又问。

苍寒摇了摇头。

他今天的话更少，语气也有些说不出的低落。

地上落叶又铺了一层，苍寒垂眸，像是一片片地看着。

"你是不是不高兴？"林空桑小心翼翼地问道。

她知道自己可能有些聒噪，还可能有些烦人，但是这样的大哥，她实在做不到放着不管。

"没有，"苍寒又是摇头，可目光却依旧盯着地面，"我很高兴。"

高兴个鬼！

林空桑努力憋住没把这话说出来。

"那、那你能跟我说说吗？"她尽量放柔声音，让自己感觉没那么讨人嫌。

"我爸今天结婚，"苍寒闭上眼睛，随后抬眸看向林空桑，"我很高兴。"

林空桑停了几秒没反应过来："啊？"

苍寒爸爸今天结婚？那他妈妈……

"他终于有个家了，"苍寒呼了口气，仰头去看树梢上剩下的几片落叶，"我……真的很替他高兴。"

第四章
你这告白它正经吗?

───────◆◆◆───────

苍寒虽然说了三遍高兴,但是林空桑真没觉得他有多高兴。

"高兴吗?"林空桑往苍寒面前走近一步,抬头去看他的眼睛,"为什么……我觉得你没有说的那么高兴?"

她心直口快。

等话说出了口,她才发现似乎不太礼貌。

"不是的……对不起。"林空桑垂下目光,磕磕绊绊地解释,"祝叔叔新婚快乐。但是你为什么在这里?高兴不应该笑着的吗,你怎么不笑?"

今晚有风,还是有些冷的。

苍寒看那片枯叶摇摇欲坠,在高空染上夕阳的光。

他尝试着勾起嘴角,但很快就决定放弃。

林空桑从书包里翻出一根真知棒递过去:"你要吗?"

苍寒缓慢地摇了摇头。

林空桑干脆把包装纸拆了,再递过去:"要吧。"

苍寒看着那颗荔枝味的白色糖果,抬手接了过来。

"上次运动会,你妈妈还特地来看你打篮球,她肯定超级关心你。"林空桑又给自己剥了一根草莓味的真知棒,非常有仪式感地和苍寒手里的一撞,继续说道,"既然爸爸已经有人照顾了,那你以后就好好照顾妈妈!"

苍寒看着小姑娘把棒棒糖咬进嘴里,突然轻笑一声。

林空桑咬着糖的动作一停,看少年额前垂下碎发,和漆黑的睫羽混成一团。

他眼角的疤已经掉了，留下一小块淡淡的粉。苍寒皮肤原本就白，这块粉又巧妙地隐藏其中，不仔细看看不出来。

他又笑了。

"他不是我生父，"苍寒把真知棒在手指间转了转，"我是他捡来的。"

林空桑舌头像是打了个结，没想到竟然是这个发展。

"今天是妈妈的生日，他们结婚了。"

苍寒一直盯着那根棒棒糖，像在陈述一件和自己没什么关系的小事。

林空桑一时半会儿反应不过来，也不知道说些什么继续这段对话。

夕阳拉长影子。

他似乎并不介意她的沉默，只是放下手上的糖，看向她。

"你该回家了。"

放学耽误了一点时间，林空桑回家后少不了被老妈一顿啰唆。

"我看我还是得像上个月那样，每天去学校门口接你才行。"

林空桑没心情和老妈贫嘴，闷闷不乐地进了房间。

她把今天苍寒说的那些话整理了一遍，最后得出一个结论。

——苍寒的养父结婚了。

养父现在有了一个崭新的家庭，以后还会有一个崭新的生命。

而苍寒，就成为新家里唯一的旧物。

林空桑在情感上似乎尤其敏感，一些细小的情绪她都可以感知一二。

那个停在梧桐树下的少年，是不是在害怕？

秋去冬来，所有人都在准备着即将到来的寒流，又有谁会在意秋天的落叶。

原来大哥也会害怕。

林空桑想了一夜，也没想出什么办法去安慰苍寒。

反观苍寒却十分正常，似乎压根儿不需要什么安慰。

昨天的事情就像是昙花一现的梦境，那个低头转着糖棍的少年似乎压根儿没有出现。

林空桑趁着下课往苍寒桌上放了一盒牛奶，没等苍寒抬头就赶紧跑回自己座位上。

然而还没等她坐稳，就见到教室前门的程予姝。

只是这次程予姝都没出声，苍寒就很自觉地出了教室。

林空桑跟只鸵鸟似的把脖子伸得老长，可惜距离太远，什么也听不到。

炽
热

"考虑好了吗？"程予姝问，"我们校队有机会参加很多省级或国家级的比赛，对你以后都有帮助。"

苍寒低头把那份申请表递回去，程予姝垂眸一看，干净得连名字都没有写。

"谢谢，"他说话很慢，虽然温暾却有礼貌，"不用了。"

"你数学挺好的，不参加真的可惜了。"程予姝还在尽力劝说，"以后你会后悔的。"

"不会。"苍寒回答得没什么感情。

程予姝皱着眉头，却不接那张表格："老师让你参加的，你跟我说也没用。"

她说完转身就走，马尾在空中甩出一个凌厉的弧度。

"感觉程予姝生气了？"林空桑缩回脖子，"才女果然是有脾气的。"

"有脾气又怎么样？"乔伊低头看着小说，连头都没抬一下，"大哥又不会去哄。"

林空桑刚心理平衡了一些，就见苍寒垂下手臂，在教室外停了片刻后也抬脚朝程予姝离开的方向走去。

等等……

大哥这是……去哄了？

果然，程予姝和许樱不一样。

林空桑把笔一扔，又趴在桌子上装死。

另一边，苍寒只是和程予姝一样上了楼梯，然后转向相反方向，敲开了老师办公室的门。

今天办公室似乎还挺热闹，苍寒一进门就看到了一个熟悉的身影。那个将林空桑推去马路的李烨，现在出院了。

"苍寒？"老班连忙起身把人带出办公室，"你怎么来了？"

苍寒不动声色地收回目光，把手上的表格递给老班："我不参加。"

老班拿过表格粗略扫了一眼："老师是建议你参加的……"

他说了一堆程予姝说过的话，苍寒耐心听完，然后开口："那些比赛我在初中就参加过，没什么意思，也太麻烦。"

老班一时间没反应过来，愣愣地"啊"了一下。

苍寒没什么表情地重复："奖项我已经拿过了，所以不想参加。"

他说完准备离开，转身就见到了身后的程予姝。

"你为什么不跟我说？"女孩子好看的细眉轻皱，像是不大乐意。

苍寒垂眸思考片刻："怕你介意。"

"……"

说什么大实话。

程予姝一张小脸迅速蹿红，气恼地一揪衣袖，绕过他进了办公室。

上课铃打响，老班偏头轻咳两声："初中部和高中部不一样，都参加参加，对自身能力的提升也有好处……"

苍寒认真听完劝说，开口依旧拒绝："谢谢，不用了。"

"行了，随便你吧。"老班干脆放弃，拍拍他的肩膀让他回教室了。

苍寒微一点头，转身离开。

只是他没有下楼，而是停在了楼梯口。

转角的墙挡住苍寒的身形，他抬头看了眼周围的摄像头，有三个。

"哎！"

有人撞上苍寒的后腰，他下意识反手一推，却推掉了一摞作业。

抱着作业的程予姝一个趔趄扶住墙壁，看着苍寒瞪大了眼睛。

练习册撒了满地，还有一半在她的怀里。

苍寒原地反应片刻，蹲下去捡地上书本："对不起。"

程予姝没接这句道歉，匆匆地整理好练习册，抱着下了楼。

办公室的门被打开，老师们捧着教案去各自的班级上课。

而跟着他们一同出来的，还有李烨。

李烨身后跟着他的父母，不像是回来上学。

苍寒留了个心眼，从侧边的楼梯绕过去，看到李烨进了卫生间。

他一并跟了过去。

上课期间的教学楼除了教室其他地方几乎没人，李烨出了隔间，拧开水龙头洗手。

他习惯性往墙上的小镜子看一眼，他脸上的伤还没好，尤其是鼻子，现在还结着大片的疤。

突然，他看到身后站着个人。

"唔！"

李烨还没来得及转身，只觉得肩膀一痛，接着被一道狠劲猛地按在镜子上。

"哐"的一声闷响，苍寒单手反剪对方双臂，另一只手按住对方的后脑勺。他从身后压制住人，拿捏了对方所有的弱点。

李烨弓着上半身，腰腹卡在水池上。

他的脸贴着镜子，却看不见身后人的模样，尝试着动了动手臂，耳边有危险的吐息。

"别出声。"

苍寒把声音压得很低，带着令人心惊的逼迫："回来干什么？"

"苍寒？"李烨一磨后槽牙，说出来的话都带着几分咬牙切齿，"我回来办转学手续。"

苍寒顿了下，又道："什么时候走？"

"马上就走。"李烨额角暴起青筋，用尽全身力气也只能保证自己上半身不被按进水池。

"放学之前，"苍寒撤了一些力气，"别让我在学校看见你。"

他刚放开对方手腕，李烨就往后狠狠捅了一手肘。

苍寒早有准备，手指扣住他的关节轻轻一折。

一声惨叫还没来得及发出就被捂住，苍寒把那只手臂放开，也一并松开李烨的嘴。

"上课了，别喊。"

他把人推去角落，估摸着这个时间老班应该出来找人了。

"是你把我推上马路的，"李烨扣住手臂，死盯着苍寒，"你以为自己是什么好鸟，还不是跟我一样。"

苍寒沉默地看着他，眼睛像一片危险而又平静的深海。

可这片深海最终也没有再起波澜，他只是转身慢慢离开。

教室里，林空桑在数学课上浮浮沉沉。

她强行撑开眼皮让自己不要睡觉，可是老师讲课的声音仿佛催眠曲，越听越困……越听越困。

"大哥回来了。"乔伊扯了一把林空桑的衣服。

她从梦中猛地惊醒，听见苍寒在门口喊了句报告。

哄程予姝回来了？

哄这么久！

她红着双眼睛往那边看，正好撞上对方垂下来的视线。

小姑娘活像只兔子，眼眶里还蓄着困出来的泪，嘴巴嘟动着，嘟嘟囔囔也不知道在说什么他的坏话。

苍寒漫不经心地走去教室后排，路过林空桑的座位时，手指轻轻按了一下她的桌边。

少年指甲圆润，泛着粉色。

众目睽睽下的一个小动作，全班那么多人，却只有他们知道。

林空桑托着腮，扭头看对方走远。

"别看了。"乔伊喊人回魂。

林空桑转过身子，说得一本正经："他调戏我。"

中午放学，许樱拎着两杯果茶，又出现在了六班教室后门。

"苍寒！苍寒！"

她今天穿了件粉色的连衣裙，两条麻花辫松松地搭在肩上，很是好看，足以让人眼前一亮。

就连林空桑也不得不承认这一点。

"班嫂，"有人小声拱火，"这还不上？"

"要上你上，"林空桑把人赶跑，"别瞎说！"

她稀里糊涂地把文具收进书包，决定眼不见心不烦，早走早了事。

"真不去？"乔伊笑着撞了一下林空桑。

"你怎么也这样？"林空桑推推乔伊，"让许樱和程予姝互殴吧，我就不掺和了。"

两人打打闹闹地出了校门，习惯性地逛文具店。

林空桑挑了一支圆珠笔，结果一出店门就顿住了脚步。

路边站着几个男生，正懒散地朝她这边看来。

状似不经意间的一瞥，可是林空桑却认出其中一个就是当初在楼梯口堵自己的男生。

他怎么又回来了？！

"怎么了？"乔伊看着对面的男生，下意识地挽住林空桑。

"那个人，"林空桑后退几步，左右看了一圈，"他——大哥？！"

此时出现的苍寒宛如天降神光，林空桑拉着乔伊连滚带爬就往他面前跑去。

"大哥！大哥！"

她喘了口气，扭头看刚才那个男生，对方已经不在原处。

苍寒垂眸，把林空桑掉在地上的圆珠笔捡起来："嗯。"

"我刚才好像看到那个人……就是当初那个人……"林空桑一缩肩膀，从男生的掌心中拿过那一支浅蓝色的笔。

放学的时间，周围人来人往。

刚才那抹背影消失在人群中，像是泥牛入海，再也找不回来。

苍寒蜷起手指，抬眸视线拉长。

"没关系。"

短短的三个字，从苍寒嘴里说出来意外有安全感。

林空桑中午吃完饭时脑子里还想着这几个字。

想着想着，她就坐不下去了。

她屁颠屁颠地跑到学校，一看时间，一点还没到。

今天苍寒竟然不在教室，林空桑在他的位子旁转了几圈，然后看窗外光秃秃的梧桐树。

还有不到一个星期就期中考了，十一月来了，冬天也就来了。

正当她托腮伤春悲秋的时候，走廊上传来轻微的脚步声。

林空桑像只受惊的兔子，连忙回到自己座位上坐好。

"奶茶店的饮品你都不喜欢喝？那你喜欢喝什么？"

声音挺熟悉，一听就是许樱的。而且事关奶茶，肯定还得带着苍寒。

林空桑顿时觉得太阳穴突突直跳，不知道出于什么心理，她身子一缩钻进了桌下。

整个教室就她一人，万一看完许樱撩人，再和被撩的坐在一个教室里，那可难受死她了。

"你喝水也可以喝奶茶呀，你要是真的不喜欢，我也可以买别的给你。"

林空桑心道许樱还是个小富婆，长得帅真的可以靠脸吃饭。

只是苍寒多少有点不识好歹，人家小姑娘都说到这个地步了，他怎么连句话都不说？

苍寒："我不想谈恋爱。"

林空桑："……"

不愧是你，大哥。

直入主题，没一句废话。

"可是我想啊，"许樱依旧紧追不舍，"我这不是在努力让你也想吗？"

林空桑觉得有点听不下去了，他们班的小白花大哥好像被人耍流氓了！

她要不要出去拯救一下，比如拉大哥进来背英语之类的。

"嘎吱"一声，教室门被打开。

林空桑刚搭在椅子上的手指又"唰"地收了回来。

理想很丰满，现实很骨感。

她又怂了，她不敢。

"为什么不想谈恋爱？还是不想跟我谈恋爱？"许樱笑得还挺甜，"难道你有喜欢的人啦？你喜欢谁呀？"

教室里很安静，他们两个人的声音就像贴在耳边，被放大了好多倍。

突然，苍寒开口："我喜欢林空桑。"

我喜欢林空桑。

喜欢林空桑。

林空桑。

……

这句话仿佛空谷传响，在林空桑的耳里不停回响。

"哐！"

教室里突然传来一声巨响，某处桌子被猛地一抬，又很快恢复原样。

"谁？！"许樱立刻朝教室里看去。

林空桑抱着脑袋，一屁股坐在地上，也不明白自己是哪根筋搭错了，为什么要突然直起腰一头撞在桌子上。

"谁啊，在那儿偷听？"许樱像是有些生气，大步就要进教室抓人。

苍寒抬手拦许樱，许樱身子前倾，苍寒连忙收回了手。

"你拦啊！"许樱又往苍寒面前凑近了一些，"我要告诉别人，你欺负我！"

林空桑："？？？"

欺负？简直是蹬鼻子上脸？这绝对不能忍。

"你胡扯！"林空桑噌地从桌底蹿出来，"刚才你们说的话我都听到了，只有你馋我们班大哥的份，吃不到葡萄说葡萄酸！"

"林空桑？"许樱眼睛瞬间瞪得老大，像是突然明白什么似的来回看着他们，"你们两个人……你们两个合起来玩我？"

"谁玩你了？"林空桑用手撑着桌子，像只护崽的母鸡，和许樱相比气势也不落多少，"你追人就好好追，追不到就污蔑吗？你有本事就出去说，看谁会信！"

"你——"

许樱一时语塞，又把矛头调转，对向身边的苍寒："你有喜欢的人了还在外面招惹！"

苍寒一愣，像是压根儿没反应过来。

"渣男！"

许樱说完便转身离开，把脚步跺得"砰砰"直响，整个走廊都能听见。

教室又重新恢复平静，林空桑的气势以肉眼可见的速度逐渐消减至无。

什么叫"有喜欢的人了"……

而苍寒这时像是终于反应过来，少年睫羽轻垂，目光掠过小姑娘通红的脸。

他动了动唇，还没来得及开口，林空桑就闷头从教室后门跑了出去。

苍寒在原地站了许久，直到走廊外响起脚步声，来了又去，他这才缓缓抬手，轻覆在自己左胸，蜷起手指。

在无人知晓的地方，所有的情绪翻涌都慢了半拍。

突然蹿出来的小姑娘，把那一句"我都听到了"说得震耳欲聋。

初冬午间阳光热烈，教室桌子整齐，黑板上还留着早上最后一节课的板书笔记。

他搞砸了一件事，好像是……搞砸了。

林空桑缩着脑袋，手揣着兜，在学校外的文具店给乔伊打了个电话，然后赖在里面足足窝了半个小时。

老板看她站得累，还好心地递了张塑料凳过去。

林空桑就跟个看门的小狗一样，干脆直接坐门口晒太阳。

中午一点半，乔伊终于赶到学校，林空桑还了塑料凳立刻飞奔过去，手臂一伸紧紧把人抱住。

"怎么了？"乔伊还喘着气，"我妈不许我这么早来学校，非要等到一点半才肯放我走……"

"大哥说喜欢我。"

乔伊立刻闭嘴，定定地看着林空桑："做梦呢你？"

"就刚才，"林空桑满脸严肃，"我亲耳听他说的。"

"他跟你告白了？"乔伊问。

林空桑摇摇头："他跟许樱说的。"

"那你怎么知道？"

"我就在桌底下。"

乔伊瞬间满头问号，她来不及去纠结为什么林空桑会在桌子底下这种次要问题，直接抓住了重点。

"你问了他吗？他承认了？"

林空桑摇摇头。

"你没问？那大哥知道你听见了吗？"

林空桑又点点头："我还帮他撑了许樱。"

乔伊又疑惑了："你为什么要撑许樱？"

"她她她——"林空桑提起这茬儿就生气，"她想占大哥便宜！"

乔伊快被林空桑这问一句挤一句的对话模式折磨疯了。

"宝贝儿，"她揉了把林空桑的脸，然后把人挽住往学校走，"你现在把刚才发生的事情从头到尾跟我说一遍，我实在是懒得问了。"

林空桑思维混乱，还明显带着个人情绪。

事情被她说得磕磕绊绊，乔伊连蒙带猜才能理清思路。

她仔细思考了一番，最后得出结论："我怎么感觉他像是把你推出来当借口，找个理由让许樱别烦他。"

这句话如同一盆冷水，"哗啦"一下把林空桑的一腔火热给浇了个透心凉。

她在原地呆了有半分钟，才接受还有这么一种可能。

"好、好像是这样……"

没有希望就不会失望，而且乔伊的话也不是没有道理。

林空桑越想越觉得真是这么回事，整个人都蔫了下来。

"吓我一跳……"她蹲在路边，抱着膝盖，揪自己毛衣上的球球，"大哥他……怎么这样啊？"

征求过她的意见了吗？就把她拿出来挡桃花，万一许樱到处乱说，别人真的要误会了。

"不过也有可能是真的，"乔伊也蹲在林空桑的身边，"你觉得大哥喜欢你吗？"

这个问题有点难度，"喜欢"这个词程度太深，林空桑自认为和苍寒之间还没到这个地步。

"其实大哥对每个人都很好，你看付阳、林晏，还有那些一起打篮球的，现在体育课都会喊着他。

"我们班的女生就只有我一个人接近他，所以他对我好一些，班里的人再起点哄，久而久之就真像那么回事了。"

有些东西别人信也就算了，如果当局者迷，也跟着绕进去，那才丢人呢。

她才不做"恋爱脑"。

"算了算了，就当朋友间帮个忙。"林空桑大彻大悟般站起身，再把乔伊也拉了起来，"许樱那个人真的挺讨厌的，大哥真要同意了，估计没几个月就被她甩了。"

"芳龄十七就操起了当妈的心，"乔伊摇摇头表示无奈，"不过大哥这样挺不厚道的，你要是介意就直说，再怎么也不能委屈了自己。"

她们再回教室时，人已经坐满了。

林空桑控制住自己没往后排看，屁股一贴上椅子，就开始散发负能量。

事情就是那样，她也能够理解。但她心里憋得慌，就算自己给自己做了一下午的心理疏导，该不爽还是不爽，而且越来越气。

这种事是随口就能说的吗？说就算了还被当事人听见了，林空桑想想都替苍寒尴尬。

这种混乱的情绪一直持续到放学，林空桑拎起书包就走，跑得那叫一个快。

可是躲得过初一躲不过十五，第二天中午，她还是要给苍寒送英语翻译。

不过还好，今天的翻译不是范文，而是两句长句。

林空桑估摸着上面的单词他们背过，断句和语法老师也都说过，苍寒应该不需要她讲解，干脆给了就跑。

然而事后她又一想，这样算不算单方面疏远，变相的冷暴力？

先不说大哥罪不至死，就算至死，那也得死个明明白白。

遇到问题得解决。

林空桑觉得自己矫情又别扭。

因此当天下午，她又特地去早了些。

提前二十分钟，班里已经来了两三个同学，林空桑放下书包，一屁股坐在了苍寒的前桌。

“中午给你的翻译，有哪里不会吗？”

她耷拉着脑袋，声音低低的，整个人都透露着不高兴。

苍寒停了笔，慢吞吞地反问道：“数学，有哪里不会？”

林空桑听见那两个字就头疼，她掀起眼皮看向对方，视线相交不过一秒，就被苍寒错开了目光。

他眨眼的速度快了许多，卷翘的睫毛来回扑闪，像两把羽扇，扇得林空桑火气都没了。

她是什么狗胆，敢跟大哥生气？

“数学，”林空桑撇了撇嘴，“你应该问我会什么。”

苍寒十分配合：“你会什么？”

“我会集合，我会三角函数，我会奇变偶不变。”林空桑叹了口气，又继续道，“咱们这是帮啥啊，我不看数学你不看英语的。”

两人走了快两个月的形式主义，没见着一点效果，没几天期中考试就要来了，到时候天寒地冻的，他俩又要结伴去扫卫生区。

还真是够惨的。

苍寒拔下笔帽，随后合上。

他垂眸盯着笔身上的图案，缓慢地转了一圈：“你在生气吗？”

林空桑一怔，一时间不知怎么回答。

是在说昨天的事？那她的确是生气了。

不过也没那么气，现在好多了，算是气完了。

“嗯……”她把手掌垫在桌边，像只小狗似的把下巴搁在上面，“之前是有一点，现在不气了。不过以后你别那么说，骗人挺不好的。”

林空桑自顾自地说完，半天没等到对方回应。

快到上课的点，她直起身子，看周围同学都来得差不多了。

“班嫂，”林晏与她打了个招呼，“整得挺好啊你们。”

“好什么好，”林空桑撑着桌子站起来，“以后不许叫我班嫂。”

攥着拳头捶了对方两下，林空桑回到自己座位上，掏出苍寒给她的那本数学练习册。

她把笔横在鼻下，噘着嘴巴，双手托腮，开始思考人生为什么这么艰难。

不过好歹把话说开了，大哥应该能理解。

突然，书页上光影有变，身后也像是覆了片阴影。

林空桑扭头看去，一只手臂按在了她的桌角。

少年身材高大，这么一站像是把林空桑堵在座位上。

苍寒依旧没什么表情，抬手把那支笔从对方脸上拿下来。

"那是真的。"

什么是真的？

分明连主语都没有，但林空桑愣是听明白了。

而且不仅林空桑听明白了，她身边的乔伊也听明白了。

只剩下前后排的同学不明所以，等苍寒走后，他们狂戳林空桑的后背："什么真的？"

林空桑的大脑最起码宕机了一分钟，等到预备铃跟催命似的响起来，她才反应过来发生了什么事。

她低低地"啊……"了一声，捂着脸恨不得把脑袋埋进桌洞里。

不会是她理解错了吧？大哥说的是那个意思吗？

苍寒喜欢她？真喜欢啊？真的假的？不是吧？

"醒醒，"乔伊把林空桑给摇回了现实，"感觉怎么样？"

"妈啊！"林空桑转过身子，弯腰把脑袋往乔伊的肚子上埋，"妈啊……"

"乖闺女，"乔伊摸摸林空桑的头发，"咱们冷静点。"

林空桑这一冷静冷静了一下午，直到晚上冷风飕飕地吹，也没把她脸上的燥热吹散点。

"他在干吗？我不敢看，"林空桑扯着乔伊的手指，"他放学后来找我怎么办？我要说什么啊？"

乔伊回了个头，心累道："大哥能干吗，低头算题目。至于找不找你……你这么紧张干吗？"

林空桑立刻直起了腰："我是不是应该矜持一点？"

"矜持，"乔伊笑了起来，"真没想到大哥还真喜欢你。"

"嘘……"林空桑连忙堵住乔伊的嘴，"万一我理解错了呢？"

乔伊拍开她的手，没好气道："都这样了还能理解成什么？要不你等放学去问清楚好了，省得这样疑神疑鬼。"

林空桑觉得挺有道理，毕竟大哥都这么直白地说了，她也没必要藏着掖着。

然而真到放学后教室里没几个人时，林空桑扭头和苍寒对上目光，只觉得自己脚底有油，只想原地滑走。

这腿，它不听使唤。

这嘴，也不想交流。

大哥怎么就喜欢她了？

不会是想骗无知少女感情吧？

林空桑一晚上翻来覆去睡不着，脑子里想了无数个稀奇古怪的理由，再一个个全部否定。

最后闹钟响起，打破她短暂的梦境。

新的一天，新的丧气。

这边林空桑跟沸了的水一样"咕嘟咕嘟"个不停，而另一边的苍寒却宛如死海，半天翻不出一点浪来。

林空桑开始别扭，开始躲闪。

这种情况甚至比之前以为苍寒说的是假的还要严重，并且没有丁点儿缓解的趋向。

两人的交流本就限于每天中午的形式主义互帮互助，现在林空桑跟做贼似的把翻译往苍寒桌上一放就走，连句话都没了。

也不是故意疏远冷落，她就是不知道该怎么面对。

十一月底，期中考试如约而至。

林空桑临时抱了一夜的佛脚，第二天重新捡起信心奔赴考场。

这次数学考了三角函数，并且她还做出来了。公式真的没白背，林空桑一出考场就想抱着苍寒的大腿喊爸爸。

然后她也真的遇到了。

只是与以前的形单影只不同，苍寒正和林晏走在一起。

虽然他的脸上依旧带着大哥独有的毫无表情，但眉眼间明显少了些冷淡和疏离。

几人在楼梯口撞见，林晏笑着喊了林空桑的名字。林空桑扶着楼梯扶手，转身时视线扫过对方身后的苍寒，微一点头后，飞快地下了楼。

她像是在躲什么一样，她也搞不懂。

两人的关系似乎跌至冰点，可是连个理由也找不出来。

林空桑每天愁眉不展，直到期中考成绩下来。

她数学依旧拉胯，但是好歹没拖后腿。

卫生区的罚扫落在了别人头上，林空桑从窗口看着那两人在掉光了叶子的梧桐树下打闹，突然有那么一点点的羡慕。

再后来，下雪了。

林空桑收到了一封没有署名的信。

信封里有张照片，上面贴着一个粉色的便利贴。

这一张照片没通过学校的审核，就送给你留作纪念。

——10.15 校摄影社赠

日期是上个月运动会的时间，照片以仰视的角度拍了学校的教学楼。

三楼的走廊上，有个姑娘探出上半身往下看。

她笑得灿烂，有牙没眼，马尾搭在鬓边，被风吹乱。

旁边还有个少年，一手扶着栏杆，另一只手臂悬空，虚虚地护在她的腰后。

她在看人群，而他在看她。

林空桑仿佛都能透过这张照片，听到那时候的声音。

"林空桑——

"老班点名啦——"

林空桑第一次知道他们学校还有个摄影社，并且还知道了每次他们学校有什么活动时，这个社团会拍照片然后放在学校门口的公告栏里。

所以那天中午放学，她就跑去了学校公告栏，看到了上个月更新的运动会版块。

放进公告栏的都是一些比赛以及领导发言时的照片。

这年头谁还看公告栏？！

不过这些照片拍得……还真不错。

林空桑站在原地看了会儿，又低头从口袋里把那个信封拿出来，取出照片仔细地看。

这应该算是她和苍寒的第一张合照，定格于十七岁的青葱岁月。

这个人喜欢我。

林空桑心里生出一种别样的感觉。

呼吸间吐出白雾，她吸吸鼻子，把照片重新收起来。

她依旧还是那样不知所措，脑子里一团乱麻，理不出一点头绪。

今早下了雪，中午就停了。

太阳晒化冰雪，世界都变得湿漉漉的。

林空桑转身准备离开，视线中却意外撞进熟悉的人影。

苍寒就像是路边落了雪的冷松，安静地站在公告栏的另一边，没有发出一点声音。

两人之间隔了三四米的距离，谁也没先挪动步子，或开口说话。

暧昧混在光里，热气全蒸腾在脸上。

同样化了雪的，还有少年久闭的心门。

"林空桑。"

"……啊？"

"别不理我。"

林空桑一直觉得自己是个软硬不吃的头铁臭倔驴。

在家里，父母跟她来硬的她不听；在外面，小妹妹抱着胳膊撒娇她也不管。

可是眼下苍寒简单说了四个字，她就恨不得冲上去把头点出残影，全然一副"都是我的错，你千万别难过"的心痛模样。

可惜林空桑心有余而胆不足，几步走到苍寒面前，嘴皮子上下一碰，却什么也说不出来。

嗓子眼就跟堵住了似的，变成哑巴只在一瞬间。

而同样的，苍寒也不说话。

他个子高，得垂眸看着眼前的姑娘。

手指在身侧蜷缩，指背贴着裤缝，他的掌心像是握了团雪，此刻生出些许湿润。

"不是不理你……"林空桑呼了口气，踮踮脚，又挠挠头发。

她只是不知道怎么理，理了之后又该怎么办。

"我妈不让我早恋。"

林空桑的脑回路九曲十八弯，两句话说得跟坐过山车似的。

苍寒微一愣神，一些早就想好的话兜在嘴边，可对上姑娘小鹿般清澈的眸子，他又飞快眨眼，垂下视线。

林空桑的心思比他想象中还要单纯，表达情感就是告白，告白成功就得恋爱。

女孩子脑子里的一套流程简单又生硬，好像每个人都要按部就班地来。

"你可以不回应。"苍寒提醒道。

"不承认、不拒绝、不负责？"林空桑言情小说看多了，顺起台词一套一套的，"那、那怎么行？我又不是渣男，不，渣女。"

苍寒思考片刻："你想回应吗？"

林空桑清清嗓子，字正腔圆："可是不能早恋。"

这事他原本没打算让林空桑知道，可是对方却藏桌底下听了个一清二楚。

藏也就算了，偏偏还不藏好，非要蹦跶出来嚷嚷一声"都听见了"，一拳捅破窗户纸。

原本以为小丫头胆子大，结果撑完许樱之后却跟做贼似的躲了他半个月。

直到现在两人把话说明白，林空桑一口一个不能早恋说得坚定，可到底却又不说拒绝。

"我……"林空桑有点嘴瓢，低头顺了一下自己的嘴皮子，"我怕影响你心情！我等毕业再拒绝！"

她说完话，屏住呼吸，偷偷抬眼去看面前的少年。

苍寒做事干脆，很少拖泥带水。

可什么事情到林空桑这里，好像都不利索。

棘手又难处理，可又不得不去处理。

他垂下眸子，睫羽覆着下眼睑。

少年眼皮似乎很薄，又或者是皮肤太白，在阳光下可以看见上面淡色的血管。眼眶有些发红，连眼尾也一并染上赤色。

他看了林空桑一眼，眼睛小幅度地眨了几下，又重新垂下目光。那扇漆黑的睫毛盛着正午的阳光，就那么颤啊，颤得林空桑心都软了。

"等到毕业……说不定我就不想拒绝了。

"再说了，我现在又没拒绝。

"我、我不拒绝还不行吗？"

林空桑越说心里越没底，到最后声音都带着心虚和不安："我同意！我同意了！"

苍寒淡色的唇瓣轻抿，努力保持着面无表情。

他抬手抵住唇，轻咳一声，很快就恢复原样。

"可是……"少年轻蹙起了眉头，学着刚才林空桑的模样，"不能早恋。"

林空桑纠结了一中午，她觉得自己一点出息都没有。

当初在乔伊面前口口声声说的矜持，全被苍寒拿过去演足全套。

他俩拿错剧本了吧？

为什么她觉得娇羞的是对方？

可是，却又不知道怎么转换角色。

林空桑从口袋里拿出那张校摄影社拍的照片，坐在桌边看了会儿，然后蜷起中指在苍寒的脑袋上"啪"地弹了那么一下。

可烦死她了。

下午阳光暗了不少，云层压在天上，像是又有雪。

林空桑最近上学特别积极，吃完饭连午觉都不睡，巴巴地就往学校里跑。

目的挺单一——大哥一人在教室怪可怜的，她关心同学，可以理解。

不过今天没等林空桑到教室，她刚进学校大门，就看见苍寒站在公告栏前发呆。

他就像是没挪过脚步，垂眸盯着那几张运动会时的照片一眨不眨。

就在她纠结着怎么过去打个招呼时，苍寒先一步转身看到了她。

少年眸子半合，一睁一闭间睫毛微颤。

嘴角平直，依旧没什么表情。

可是目光相撞的那一瞬间，林空桑却偏偏感受到了对方表情温和下来。

她猛地低下头，食指绕过鬓边碎发，心跳微微加快，就连迎面的风都多了几分躁动。

"你、你怎么还在这儿啊？"

迈着步子往前走了几步，林空桑斜眼去看身边的公告栏。

刚才苍寒目光落在右下角，是他们篮球赛的照片。

照片拍的显然是最精彩的决赛部分，以俯视的角度拍下了整个赛场和围观群众，她在里面一眼就找到了苍寒。

"刚吃完饭。"苍寒道。

十七岁的少年刚巧处于变声期的尾端，声线褪去稚嫩，却还没完全成熟，有些沙哑，粗糙得不行，像是刻意压着声带，听进耳朵里仿佛被猫舔了一口，舌苔上都是勾人的倒刺。

林空桑一缩脖子，只觉得脸上发烫。

"那你……慢慢看。"她脚底一滑就想溜。

苍寒轻转身子，与林空桑并肩："不看了。"

不是上课的时间，学校里没什么人。

两人踩着水泥路面，慢慢走着。

林空桑低头看着两人点点大的影子，手指绞着衣袖，心里乱成一团。

"你刚才、刚才在看什么？"

这气氛安静得让她有些不适，总要发出点声音才能缓解内心的尴尬。

"嗯……"苍寒先是拖长声音应了一声，然后才缓缓道，"篮球赛。"

林空桑点点头："拍、拍得挺好的！"

一想到自己手里还有一张更好的，她就有点紧张。

"你觉得篮球好玩就多玩一玩，林晏他们人都挺好的。"林空桑干巴巴地说着废话，心想自己还真操起了老妈子的心。

"嗯。"苍寒声音很轻，"他们都很好。"

这句话林空桑听苍寒说过，好像在他嘴里就没有不好的人。

"就是付阳脾气不好，你不要跟他吵，也别生他的气。"

她说完这话，对方久久没有回应。

林空桑眉头微微蹙起，寻思着自己是不是哪里说得不对。

"我不会跟他生气，"苍寒终于开口，"即使你不说这些。"

这是嫌她多事？林空桑有点委屈。

气氛朝着怪异的方向发展，她不知道怎么接话，干脆就闭嘴保持沉默。

就这么一直走到教学楼边，突然不知道从哪儿飞来的两只鸟纠缠着扑棱去了路边的草丛。

林空桑被吓了一跳，还没来得及反应就被苍寒护在了身后。

"什、什么呀？"她小心翼翼地探了探脑袋，仰头发现自己怎么才到大哥肩膀。

"鸟。"苍寒看着草坪，没有回头。

"哦……"

林空桑挪开半步，和苍寒保持了一定的距离。

两只鸟应该是同类，头顶乌黑，身子雪白，体形不小，加上尾巴，有人一条小臂长。

临城一中校区还算宽敞，里面绿化不错，有树有湖，像这种稀奇古怪的鸟类并不是很少见。不过它们基本都是春夏两季出现，而在冬天突然蹿出来，还是有那么一点新奇。

"冬天怎么还有鸟？"林空桑猫着腰走到草丛边上，看其中一只展开翅膀，来回蹦跶。

"它在干什么？"小姑娘仰头，去问身边的苍寒，"是不是不会飞了？"

苍寒看看鸟，又看看人，也一并俯下身子："不是。"

"嗯？"

林空桑眨了眨眼，有些疑惑。

"它可能……"苍寒动了动唇，欲言又止。

这样反倒更吊林空桑的胃口："它可能？"

苍寒喉结一滚，道："在求偶。"

"在……"林空桑脑子一蒙，"求偶？"

四目相对，苍寒看着小姑娘脸上的表情由疑惑到猛烈的震惊。

那双圆圆的杏眼慢慢瞪大，然后她狠狠地抖了一下嘴唇。

"求求求……"

"求偶。"苍寒反倒没那么紧张了。

"求偶。"林空桑没什么感情地重复了一遍。

"一般在春天。"苍寒又道。

林空桑眼睛都快眨成幻灯片了："那那那……那它跳什么？"

"在展示自己，"苍寒想了想，把两只手掌托在下巴处微拢，轻轻笑了一下，"这样。"

苍寒身体力行地给林空桑解释了什么叫作"求偶"。

林空桑被求得明明白白，神志不清。

她一口气爬上了三楼，窝在自己的座位上装鹌鹑。

好在教室里还有其他同学，两人不算单独同处一室。

矜持啊矜持！林空桑气得捶大腿。

大哥比了朵花自己魂都没了！

她咬着嘴唇，装模作样地掏出书本。

她拿了笔和纸，整个人往桌上一趴，开始默写倍角公式。

要命了。

"宝贝儿，"有人捏了一下她的耳朵，"发烧了你？"

林空桑抬头一看，是乔伊。

她赶紧把脑袋埋进手臂里，这样还不够，又在上面盖了本书。

"怎么了？"乔伊摘了书包，推推林空桑的脑袋，"来跟'妈妈'说说。"

林空桑一个猛虎起身，书本掉在桌上："他……"目光下意识往后一瞥，人没瞥到，自己先尿了。

"没……"她又抱着头，"没事没事！"

这要怎么说出口，未免也太羞耻了。

也就大哥能这么一本正经地科普，像个傻白甜似的，以为谁都不会想多。

林空桑的脑子就像被泡进了温泉里，连着好几节课都满脸通红。

直到放学，她才退了些燥热。

她习惯性转身去看后排座椅，却见苍寒已经收拾好书本，起身离开。

见鬼了，今天大哥走这么早？

林空桑和乔伊絮叨几句，也一起出了教室。

"大哥可能今天有事，"乔伊道，"你好关心他啊！"

林空桑不好意思地扯了扯乔伊的手臂："我们是学科互助……"

"得了吧你，"乔伊打断她，"在我面前还装什么装？"

林空桑两腮一鼓，开始憋气。

"这哪是他告白啊？分明是你暗恋。"乔伊摇摇头，"搞不懂。"

林空桑泄了气："搞不懂什么？"

"他都喜欢你了呀，你怎么还这样？关心就大大方方地关心呗，互相喜欢，多好呀！"

"也不是……"林空桑别扭地歪了歪脑袋，"我不明白他为什么就喜欢我？"

"你问他啊！"乔伊说。

"这话怎么说出口？"林空桑直摇头。

乔伊恨铁不成钢："大哥都说喜欢你了，你有什么说不出口的？"

"不行不行，"林空桑还是摇头，"他对许樱说的，又没对我说。让我突然这么问，怎么问得出口？"

两人叽叽喳喳絮絮叨叨一路也没讨论出个结果，反倒是把乔伊气得不轻，就差把林空桑揪到苍寒面前逼她开口。

"皇帝不急太监急。"林空桑小声嘟囔一句。

"好呀！"乔伊伸手就去掐对方的脸，"以后你跟他的事都不要告诉我！不然我就去大哥面前说你多喜欢他！"

林空桑直接去捂乔伊的嘴，惊恐地看了看四周："你不要说这么大声！"

"反正我又没提他的名字！"乔伊笑着躲开，"谁知道大哥就是苍——寒——呀——"

两人折腾打闹，你追我赶。

乔伊躲避不及，和一个男生撞了个正着。

林空桑扶住乔伊，连连道歉："对不起！"

男生穿着一件破旧的灰色羽绒服，个子很高，人也壮实。他被撞之后也不气恼，反而把她们两人上下打量了一遍。

"你认识苍寒？"

林空桑抬头，看见一张略微熟悉的脸。

虽然对方皮肤粗糙，人也黑，可是这么猛地一眼看过去，眉眼之间竟和苍寒有七八分的相似。

"认识。"她乖巧地点头。

男生眯起眼睛，像是来了兴趣。

"你叫什么？"

出于警觉，林空桑并没有回答这个问题。

她摇摇头，拉着乔伊赶紧离开。

这个人和苍寒很像，甚至像到可以怀疑这个人是不是他的兄弟的地步。

可是这份"像"却只停留在外表上，其余的一切仿佛是两个极端，相距甚远。

苍寒为人礼貌，性格温和，说起话来不急不缓，让人听着很是舒服。

可是这个人粗俗鲁莽，问话唐突，就连脸上带着的笑都有股厚重的油腻。

"别走啊。"

书包被人往后扯了一下，林空桑身子一歪，退了半步。

"你干什么？"乔伊连忙把书包拉回来。

林空桑也转过身去，皱眉看着眼前的人："你是谁啊？"

周围人来人往，她想这人也不会胆大包天当着这么多人的面对自己怎么样。

"认识认识。"男生扫了眼周围，流里流气地舔舔嘴角，"有手机号吗？给一个。"

林空桑拉住乔伊的手，两人对视一眼，转身就跑。

"你跑什么——"

小姑娘身形小巧，在人群里左钻右挤，男生追了两步没追上也就停下了。

林空桑心有余悸，一口气跑去公交车站，专找人多的地方扎。

晚上七点，天已经完全暗了下来。

路灯在下一刻亮起，林空桑抬头能看见自己呼出来的一团热气。

"刚才那人是谁啊？"乔伊轻喘着问。

"不知道，"林空桑踮着脚往后看了看，"反正不像好人。"

"肯定不是好人！"乔伊眉头紧拧。

"我明天去问问大哥。"因为有了之前的经验，她这回格外警惕，"咱俩最近放学都一起走，少去路边，注意周围，千万别分开。"

第二天，林空桑起了个大早。

南方屋里没有暖气，她哆嗦着洗漱完毕，拉开窗帘看着窗外灰扑扑的天空。

今天起雾了。

也不知道是不是突然降温的原因，今天的雾很大。

五米开外不见人影，十米之遥人畜不分。

空气中凝结着水汽，让寒冷直接翻了倍。

付清溪早就给她准备好了袄子，她围上围巾，全副武装地去了学校。

时间点卡得刚好，没有太早也没有太晚。

早餐车上飘着热气，路上学生三三两两，不算冷清。

她手上握了盒热牛奶，下车后就小跑去了教室。

结果苍寒还没来。

"真懒。"

她鼓着腮帮，小声嘀咕一句，把牛奶放进自己的桌洞里。

翻开数学练习册，昨天的数学作业有几题不会。

这种"不会"令人非常绝望，是即便看了苍寒的正确答案都看不懂的"不会"。

这字写得赏心悦目，怎么凑一起，她就不会了呢？

林空桑抓了把自己的头发，抱着脑袋看向窗外。

天边泛起鱼肚白，朝阳正和云层相互较着劲。

晨光熹微，随后破云而出，梧桐树只剩下了光秃秃的树枝，在朦胧中尤显萧条。

玻璃很冰，林空桑凑近哈一口雾气，再用食指随意划出痕迹。

她刚写了个草字头，最后一笔顿在那一撇上，像是突然反应过来，她连忙把那团雾全部涂掉。

林空桑心虚地左右看了一眼，教室里来了四五个人，也没人在意她。

自暴自弃了一会儿，她重新缩回座位上，摸摸牛奶。

在冷空气中勉强维持着的温度逐渐散去，直到预备铃响起，那盒牛奶也依旧搁在那里。

英语早读，日常听写。

林空桑趁着交听写本的时候扭头看了眼教室后排，依旧是空荡荡的一张桌子。

"大哥今天没来。"林空桑心情低落，说话时都蔫蔫的。

乔伊摇摇头："你未免也太关心他了。"

"不是，"林空桑直起身子，"我要问他昨天那个人是谁。"

乔伊大胆地推测："大哥今天没来不会是因为那个人吧？"

昨天早早就走了，今天又迟迟不来，肯定是有什么事。

对方没告诉她，她也不知道去哪儿问。

"谁知道呢？"林空桑叹了口气，"希望今天别再遇到那个人。"

做广播体操的时间到了，一片鬼哭狼嚎中林空桑跟着大部队下了楼。

她穿得厚，倒是不怎么冷，反而乔伊冻得耳朵通红，鼻涕直流。

看着对方似乎有感冒的趋势，林空桑和乔伊换了外套，拿杯子去办公室找老班接开水。

谁知道走到门口时，遇见了苍寒。

苍寒正好从办公室里出来，两人撞了个正着。

"大哥？"林空桑睁大了眼睛，"你怎么在这儿？"

苍寒垂眸看到她手上的杯子，侧身瞥过饮水机："没水。"

林空桑往里探探脑袋，老班办公室里的饮水机亮着蓝色的小灯，意思是没热水。

"噢……"她脑袋一耷拉，"那我下节课再过来。"

“我来。”苍寒朝林空桑伸过手。

林空桑把杯子递过去：“你来什么？”

苍寒抬脚朝另一间办公室走去：“接热水。”

每个办公室的热水都供不应求，学生一般只会去班主任的办公室偶尔接上一杯。

林空桑本就抱着有最好没有就拉倒的咸鱼心态，结果苍寒还专门去别的办公室接，实在让她有点受宠若惊。

“谢谢你。”

林空桑接过装满热水的水杯，小心翼翼地捧着。

“其实没有也没关系的，去别的办公室接热水，那个办公室的老师可能会不高兴。”

苍寒看了眼小姑娘单薄的外套，道：“没关系。”

林空桑噘着嘴，嘀嘀咕咕不知道在念叨什么。

“他……”苍寒回头看了眼办公室，“奥数老师。”

林空桑缓了片刻，明白过来：“竞赛小组？”

苍寒点点头。

之前程予姝非要拉苍寒进组，现在苍寒去接杯热水，似乎也不是个事儿。

林空桑心里舒服了一点。

苍寒看小姑娘的眉头舒展开来，心里也轻松不少。

他不爱说话，如果不是遇到必须要解释的问题，基本都是沉默带过。

要是换作别人，苍寒不一定开口，可是对于面前的小姑娘，就不想让对方心里有一点疙瘩。

两人并肩走过走廊，一同下了楼。

快要上课了，楼梯间里并没有什么人。

林空桑咬了咬唇，开口问道：“大哥，你今早怎么没来啊？”

苍寒往下走了几级楼梯，习惯性地回答慢半拍：“有点事。”

林空桑像是很懂地点了点头：“我猜也是。”

答了跟没答一样。

“还有，”她抓紧时间，在出楼梯间时又说道，“我昨天遇到了一个人，他和你长得好像啊。”

苍寒脚步一顿，转身看向她：“什么时候？”

“昨天晚上放学的时候。”林空桑道。

苍寒微一点头，没有应答，只是脸色像是不太好，目光落在墙角，不知道在想什么。

"他还问我认不认识你？"林空桑斟酌着用词，"是不是你……亲戚啊？"

说实话，林空桑并不希望那个男生和苍寒有任何的关系。

那个"兄弟"她实在不愿说出口，却又不得不承认双方肯定有那么几分血缘关系。

苍寒的眉头微微蹙起："别和他说话。"

上课铃响，林空桑应了一声，走进教室。

苍寒很少有其他表情，笑和皱眉的次数用一只手就能数得出来。

林空桑记得上一次看他皱眉还是在听见自己原谅了李烨时。

难不成大哥又生气了？

她心里没底，总害怕自己又搞砸了什么事。

然而思来想去，自己什么也没干啊！

心虚个什么劲！

所以中午放学，林空桑借着给翻译的理由，跟个小火箭似的一个冲刺扎到教室后排："大哥！"

苍寒刚把书本放进桌洞，听到动静抬起了头。

"你最近怎么走这么早？"林空桑问。

苍寒顿了下："有点事。"

林空桑嘴巴一撇："哦！"

又是这个理由，到底什么事也不说。

她心里着急，但是怕继续问下去会没有礼貌。

"我爷爷病了，"好在苍寒似乎看出了林空桑的进退两难，主动补充解释说明，"我回去……照顾他。"

林空桑立刻明白，一连"哦"了好几下。

她低头看向桌面，把英语翻译折了折收回来："那、那你快点回去吧，翻译什么的下午拿晚上拿都可以。"

她抿着唇，怕耽误苍寒，又着急离开。

只是走了一半，她又重新回来："你不要担心，爷爷一定会好的。"

苍寒的目光落在小姑娘拉了一半的校服外套上："他已经好多了。"

"那就好，"林空桑朝他挥挥手，"你自己也要注意啊。"

小姑娘没细说，让他注意什么。

可仔细一想，无非就是注意身体。

"你穿得有点少。"苍寒看着林空桑的眼睛，把话说得一本正经。

林空桑低头小幅度地扯了扯衣袖，抿唇纠结片刻，最后胡乱点了点头后转身离开。

她今天分明穿了袄子，可是解释起来太麻烦了，还耽误时间，干脆就不说了。

一边的林晏把两人的对话听了个大概，抬手搭了一下苍寒肩膀："咱爷爷没事吧？"

苍寒微怔，然后缓慢地摇摇头。

"咋了？"付阳也走过来。

"咱爷爷病了。"林晏一指苍寒。

"没事吧？"付阳随口问了句，"老人家到冬天就得注意，我爷爷前几天生病快把我爸折腾死了……"

苍寒站起身，和两人一起从后门出了教室。

他依旧保持沉默，但是身边却不缺吵闹。

林空桑和乔伊从教室前门出来，小姑娘绑着马尾，干净利落。

放学的人群嘈杂凌乱，得人挤着人一步一步地慢慢挪。

苍寒看着那一点活泼身影，在下楼梯转角时刚巧折了个近距离，付阳先他一步扯了姑娘微黄的发梢。

林空桑抬头，瞬间眉开眼笑："大哥？"

"你瞎啊！"付阳不满道，"看不见我？"

"你丑。"林空桑对付阳撇了撇嘴，飞快地下了几级楼梯。

"我……"付阳气得原地撸袖子。

"算了，"林晏按下他的胳膊，"算了算了。"

付阳压住脾气，没好气地翻了个白眼。

他比苍寒多上一级楼梯，抬起下巴用鼻孔看对方。

"付阳。"苍寒抬起手肘，往后轻捅付阳的腹部。

他学着林晏的话，话中却另有深意："算了。"

林空桑怕付阳继续找她麻烦，出了教学楼就拉着乔伊往外跑。

"你着什么急啊？"乔伊吸吸鼻涕，轻喘着气问。

"我不想被付阳追上。"林空桑踮着脚往后看，三个男生已经淹没在人群中不见身影。

"你什么时候这么怕他了？"乔伊想不通。

"大哥在呢，"林空桑耳尖微动，有些不好意思地说，"让他看着我和别的男生打闹多不好呀。"

乔伊："……"

林空桑咬咬下唇，低着头走："大哥不喜欢说话，什么事情都在心里憋着，我多照顾一点，没什么的。"

乔伊抿唇欲言又止："你可真贴心。"

分明告白的是苍寒，可是被吃得死死的却是林空桑。

乔伊看着一头热的小姑娘，忍不住叹了口气。

出了校门，人流就变得没有那么拥挤。

乔伊拉开羽绒服的拉链，对林空桑道："一会儿就坐车了，我们把衣服换回来吧。"

"不用不用，你穿回家吧，"林空桑歪头看着乔伊冻得通红的鼻尖，又把拉链拉了回去，"反正现在我也不冷，下午你穿件厚的来，把衣服带给我就行了。"

她侧着身走，没怎么看路。

突然，乔伊扯了一把她的手臂，把人拉到了自己身后。

"又是你。"乔伊明显有些不悦。

林空桑抬眸一看，好巧不巧，就是昨天那个和苍寒有七分相像的男生。

"走。"林空桑挽过乔伊手臂，她还记得苍寒让自己不要理他。

"走什么走，"男生拦住她的去路，面带不爽，"我说话你们听不懂？"

惹不起就躲，林空桑后退两步转身就跑。

结果那人故伎重施，手一抬拉住了她的书包。

林空桑"哎"了一声，就要往后倒。

乔伊赶紧扶住她，焦急道："你想干什么！"

"我跟你们说话，你们至于这样吗？"男生没有松手，语气中带着烦躁，"非逼我动手吗？"

林空桑心道这是什么鬼道理，别人跟自己说话自己就一定要搭理吗？

这光天化日的，一言不合就拉人书包，谁看了都得跑。

"你放开，"她扯着自己的书包背带，"你要是再不放，我就喊人了！"

周围全是放学的同学，她就不信这堆祖国的花朵里没有一个热血好青年。

然而还没等林空桑真的喊出来，就有一只手从她的身后探出，一把握住了男生的手腕。

来人的手指修长白皙，扣在了男生筋骨最脆弱的关节。

仅仅一个瞬间，抓着林空桑书包的男生肩头一拧，表情痛苦地"咝"了一声后，猛地收回手。

"大哥？！"林空桑眼前一亮，连忙拉着乔伊往他身后躲去。

"苍寒，"男生握住自己的手腕，皱眉不悦道，"少多管闲事。"

"哥们儿挺狂啊，"付阳走上前，把手臂往苍寒的肩上一搭，表情比男生不爽一百倍，"你爹就爱管闲事。"

"上一个这么狂的，"林晏话说到一半，也十分配合地搭上苍寒的另一边肩膀，"我们刚给他剪过手指甲。"

三个男生并排站着，跟堵墙似的把两个女生挡在身后。

除了中间的苍寒面无表情，其他两人看上去似乎很不好惹。

男生的目光在他们的脸上扫过，低低骂了一句，转身离开。

下一秒，林晏立刻变脸，探着脑袋去看苍寒，惊呼："我天，他长得跟你好像。"

"那是谁啊，你弟？"付阳放下手臂，回头瞥了眼林空桑，这才没好气道，"我下一次看到他绝对动手。"

苍寒看着对方离去的背影没有说话。

直到乔伊打了一个喷嚏，林空桑也跟着打了一个，他这才转过身，脱掉自己身上的外套递过去。

"对不起。"

林空桑擤鼻涕的手一抖，差点没抹自己脸上。

然而还没等她表态，一边的付阳倒先不乐意起来："你脱什么衣服？"

"下午多穿点。"苍寒没理对方，只是看着林空桑。

林空桑神游一般把外套接过来。

男生黑色的短款外套，连帽的开衫款式，里面加了层绒。

冰凉的手把它拦腰揽过，似乎还能感到布料上带着的淡淡体温。

大哥的外套。

"我先走了。"苍寒这才和付阳、林晏道了别，快步走进学校旁的巷子。

"给我。"付阳跟个大爷似的把手往林空桑面前一摊。

林空桑登时抱住了大哥的衣服，拉过乔伊立刻开溜。

大哥还给她衣服，大哥真好。

就算人冻得鼻涕直流，但是林空桑心里一团火热。

她没好意思直接就穿，而是整理好抱在怀里，就这样都暖和了不少。

"我信大哥真喜欢你了。"乔伊魘着声音道，"这件外套一脱，他就剩一件卫衣了。"

"那大哥不会感冒吧？"林空桑突然担心起来，"咱们这恶性循环无限传播啊？"

"应该不会。"乔伊回头看了看，"大哥家好像就在学校附近的那个巷子里，走几步就到了。"

"这么近？"林空桑不敢置信，"那他每天中午为什么还要在学校吃饭？"

乔伊耸耸肩，表示也不清楚。

苍寒身上奇怪的地方有很多，林空桑想得通的、想不通的，目前积累了一大堆。

她总想着有时间去问一问，可是一拖再拖，直到现在连一点时间都没有了。

"咱们以后跟大哥一起走吧，"乔伊提议道，"接连两天遇见那个人，他不会盯上你了吧？"

"盯我？"林空桑指了指自己，"他盯我干什么？"

乔伊："和李烨有关？我也不知道。"

"你别吓我！"林空桑瞬间感觉自己后背一凉，"我下午就去找大哥问问清楚。"

林空桑下定决心，这次开口问不能只得到什么模糊的说辞。

那个人找了她两回这事儿，自己也有必要向苍寒问清楚原因。

因此，她中午飞速吃完饭，套了件厚衣服就往学校里跑。

将苍寒的外套整理好装进了纸袋里，下车后林空桑观望了好一会儿，在确定没人后才一溜烟跑进了学校。

还外套这事儿实在是有些害羞。

他们这个年纪的人最爱起哄，男女生之间借支笔都能被打趣半天，更何况是外套这种私有属性极高的贴身物件。

要是在课间还给苍寒，那不得被人说到毕业。

虽然她本人也没那么排斥吧……可总归是不好意思。

再说大哥最近懒得要死，迟到早退的，现在肯定还没——

林空桑还没想完，一进门就看见偌大的教室里坐了个苍寒。

大哥今天恢复了往日的作息。

"大、大哥？"林空桑提着纸袋的手指一紧，"你今天来得好早啊！"

苍寒停了笔，抬眸看向前门。

林空桑正从讲台上下来，然后把书包搁在桌上。

他轻轻"嗯"了一声，也不知道对方听没听见。

"你的衣服，"林空桑耷拉着脑袋，硬着头皮把纸袋递过去，"我没有穿，就没给你洗。"

苍寒接过纸袋："不用。"

"今天中午谢谢你。"林空桑踮了踮脚，伸头提醒道，"我妈妈中午烤了小饼干，我给你装了一包，就在、就在袋子里。"

苍寒低头从纸袋里把饼干拿出来，小小一包，只有他一个手掌大，透明的食品包装袋上系了个精致的粉色蝴蝶结，看起来十分赏心悦目。

"可以拆吗？"苍寒问。

"可以！可以！"林空桑连忙点头，自然地拉过前桌的椅子，腿一

炽
热

跨坐了上去。

似乎有点粗俗，她别扭了几秒，又把腿收回来，侧身坐着。

苍寒拿出一块饼干，先递给了林空桑。

林空桑受宠若惊，两只手一起接了过来。

饼干烤得酥脆，夹杂在其中的蔓越莓干酸甜可口。

林空桑两口吃完一块，抬头看苍寒才咬下四分之一，此刻正慢慢嚼着。

"……"

她果然是太粗俗了。

苍寒又从袋子里拿了一块给她。

林空桑摆手拒绝："我在家里吃过了，这是带给你的。"

于是苍寒又把那块饼干重新放回去。

"你不喜欢吃甜食吗？"林空桑小心翼翼地问。

苍寒吞下口中食物，这才回道："喜欢。"

"哦，那就好。"林空桑放下心来，"我妈妈还会做葱香饼干，那个是咸的。"

说完，她又补充道："咸的你喜欢吗？"

苍寒点点头："喜欢。"

他咬下第二口饼干，慢条斯理地继续嚼着。

"你好像什么都喜欢。"林空桑趴在桌子边，看人高马大的少年跟个小猫似的一点一点吃着东西。

她突然想起来之前自己问他付阳怎么样，他说很好；问林晏怎么样，他也说很好；问篮球队，说好；问竞赛小组，还是好。

这世界就没什么不好的。

可大哥为什么总是孤零零的？

"今天中午……"林空桑终于问到点子上，"那个人是谁啊？"

这个问题一抛出来，就像是被按下了暂停键，啃着饼干的小猫突然就不动了。

林空桑心道坏事，自己是不是应该问得再婉转一些。

"我……"苍寒艰难地开口，"……弟。"

情理之中，意料之外。

林空桑说不好震惊还是不震惊，但疑惑却是真真正正存在的。

"那个人？"她努力忍住自己的嫌弃，"亲弟弟？"

"嗯。"小猫彻底不啃饼干，他直勾勾地盯着它发呆，"我昨天才知道。"

"啊？"林空桑脑子里更乱了，"昨天？"

苍寒难得地叹了口气，然后继续吃饼干："很复杂。"

　　"的确挺复杂的。"林空桑愣愣道。

　　"你想知道吗？"苍寒问。

　　"啊？"林空桑瞬间直起腰背，一时半会儿没反应过来，"可以吗？"

　　"只要……"

　　苍寒微微偏头，看向窗外光秃秃的梧桐。

　　原本沉默的少年像是不太习惯倾诉，话在口中兜兜转转，说出来却十分困难。

　　"只要你想。

　　"都可以。"

第五章
那是莽撞，也是勇敢

————◆◆◆————

过去的那些旧事，苍寒并不经常回忆。

徘徊在饥饿与寒冷中的童年，和现在似乎不是一个世界。

人总要朝前看，他不喜欢忆苦思甜。

可是林空桑想听，苍寒就愿意说出来。

他尝试着开口，慢慢地发现也没想象中那么艰难。

林空桑像本《十万个为什么》，在他断断续续的回忆里提出关键性的问题。而苍寒顺着她的问题回答，过程中又产生了新的问题。

两人就这么你问我答，以对话的形式一点一点地把那些一直困扰林空桑的谜团给解开。

苍寒的故事比她想象中的还要复杂，或者可以说，比想象中的还要让人心疼难过。

不只是父亲，苍寒口中的爷爷，也并非是真正有血缘关系的爷爷。

原本的祖孙三代，不过是个拼凑出来的、濒临破碎的家。

"我的脑子不好，小时候……很笨。

"所以，他们把我丢了。"

苍寒声音很轻，垂眸盯着饼干上的粉色蝴蝶结。他似乎陷入沉思，被翻涌上心头的回忆触动神经。

不会哭，不会笑。

不会走路，不会说话。

世界一片灰白，到处都是死气沉沉的威胁。

后来——

"后来，我爸认识了我妈。"苍寒像是笑了一下，"她和你很像。"

"我？"林空桑瞬间紧张起来，"是那个、那个测血压的阿姨吗？"

苍寒点点头："她只大我十岁。"

大概是有了追求和渴望，一切都慢慢变得好了起来。

苍寒读了小学，读了初中，现在在读高中。

"然后，李来贵出现了。"

虽然很不合时宜，但林空桑在听到"李来贵"这个名字的时候，忍不住笑了那么一下。

"对不起。"她赶紧重新板起脸来。

"没关系，"苍寒似乎已经习惯，"很好笑。"

林空桑托着腮看苍寒："还有你觉得好笑的东西啊？"

"因为我的名字，"苍寒也看着她，"和这个是同类型。"

林空桑花了几秒时间才反应过来苍寒口中的"我的名字"，应该是出生时亲生父母给他取的名字。

她莫名觉得有些沉重。

可是从对方嘴里说出来，却又像是毫不在意。

"什么啊？"林空桑问道。

苍寒动了动唇，尝试了好几次才终于说出口："李进财。"

"噗——"

林空桑直接捂住自己的嘴，躬身躲在桌下，憋都憋不住，忍得后脑勺绑着的马尾都在抖。

苍寒见小姑娘笑得开心，眸中闪过些许温和："我不太喜欢。"

"你喜欢就不对了。"林空桑像是笑岔气了，把一只手臂搭在桌边，艰难地重新撑起上半身，"大哥，对不起，我不该笑你的。"

"没关系。"苍寒的心情似乎不错。

"不过事出反常必有妖，他们突然来找你肯定有事吧？"

"嗯。"苍寒敛起嘴角的丁点儿笑意，似乎不打算深入这个问题。

林空桑也识趣地打住，没有继续追问。

故事似乎到这里就结束了，苍寒把饼干袋上的蝴蝶结重新系好，低头将其搁进桌洞。

林空桑单手撑着下巴，歪头看着面前的少年。

"苍寒。"她没有目的地喊了一声。

苍寒的目光上移，眼皮叠出好看的褶皱。

那是一双狐狸般的眼睛，左边眼尾还带着伤疤掉落后淡淡的粉。

可是人又乖得像只小猫，吃块饼干都要分四口慢慢地嚼。

"嗯？"

炽
热

114

尾音上扬，带着疑问。

目光相撞，随后错开。

有些东西藏不住，纯粹透明，滚烫热烈。

懵懂时不懂约束，不知收敛，像瀑布倾斜，一股脑地全往外泄。

粉身碎骨没关系，河落海干也没关系。就算什么都没有了，那还留下一面嶙峋峭壁，罅隙间全是曾经冲刷过的痕迹。

那是莽撞，也是勇敢。

是奋不顾身，更是孤注一掷。

"我还是喜欢你这个名字。"林空桑笑着说。

苍寒搁在桌上的手指蜷起，指尖在桌面上不动声色地蹭了几下。

他眨了半天眼睛，视线总垂在下方，可是一会儿往左一会儿偏右，睫毛扑闪得有些厉害。

耳朵红了。

像一只不知所措的猫。

林空桑眼睛一眯，"嘿嘿"笑了几声。傻乎乎的，跟她平时一个样。

"嗯，"苍寒目光闪烁，"我也喜欢。"

十一月末又飘了场雪。

雪不大，但是气温直线降至零度以下。

林空桑开心得不行，像只没见过世面的南方麻雀，一下课就去雪地里扑腾。

乔伊的感冒拖了大半个月还没好，似乎还有继续传染给林空桑的倾向。

加上林空桑压根儿没点防护措施，出去野一圈回来她就挂上了清水鼻涕。

所以她就如愿以偿地感冒了。

"我的桑桑，我的宝贝，"乔伊抱着林空桑使劲吸着鼻涕，"咱们终于可以亲密接触了！"

林空桑双目无神任她蹂躏，最后两节课头晕得就像是坐了一天一夜的绿皮火车，天旋地转。

病来如山倒，她这是整个世界都倒了。

努力撑到放学，林空桑和乔伊两人废物贴废物，互相感染恶化。

"我觉得你应该去挂个点滴，"乔伊摸摸林空桑的脑袋，"你好像比我严重。"

"放学了吗？"林空桑把桌上的东西胡乱地往书包里一扫，只想投入妈妈的怀抱，"我要回家……"

出校，坐车。

不到十分钟的路程，林空桑出了一身冷汗。

公交车上人多，没有位子。

她有点脚软，站不住。

一个刹车，林空桑眼前一黑。

她原本已经做好了脸着地的准备，却被稳当地接进了一个怀里。

半迷糊中，一个熟悉的声音在耳边响起。

"师傅，能下车吗？"

　

不知过了多久，林空桑再次醒来是在自己的卧室。

窗帘拉着，也没开灯，屋里黑暗一片，不知道是什么时间。

她吸吸堵住的鼻子，张口叫了声妈。

付清溪推门进来，客厅里的光线很弱，但依旧照得林空桑的眼睛一眯。

"醒了？"她转身把门半掩上，走到床边坐下，摸摸闺女的额头。

"妈……"林空桑拖着声音，有气无力。

"在呢，"付清溪的声音难得温柔，"还晕吗？"

快晚上六点，林空桑足足睡了一下午。

说实话，睡饱以后，她感觉好多了。

她本来就不容易生病，连药都很少吃。这回直接上的吊针，自然药到病除，效果十分显著。

但是她犯矫情，哼哼唧唧说这儿难受那儿难受。

付清溪在床上支了一张小桌，端了咸粥过来喂她。林空桑勉强吃了半碗，身子一缩又埋进被子里。

"我就一上午没见着你，能给我烧到三十八摄氏度。"付清溪看林空桑大体恢复过来，语气也变得没那么三月春风。

林空桑在心里嘀咕一通，心道，凶我做什么，这不应该去找乔伊算账吗？

这人传染给她的病毒是超级变异形态吧？左右不过一上午的时间，直接让自己倒在公交车里。

"……"

公交车里。

林空桑一个激灵从被子里弹了起来。

"妈——"她大喊一声，跟出了什么大事一样。

正在刷碗的付清溪连忙跑过来："怎么了？"

林空桑坐在床上，话哽在喉咙口，半天憋不出来一句。

"怎么了你？"付清溪又问了一遍。

林空桑拉拉被子，缓慢恢复神志："呃……今天中午……那个……"她莫名其妙地心虚起来。

问题是，她分明什么都没做。

"你同学。"付清溪一语中的。

"嗯嗯，我同学，"林空桑连忙点头，"我好像、好像晕车了，就……"

应该是大哥吧？好像是大哥。

如果不出意外，她在车里晕了之后，那岂不是……

"哪个同学？"付清溪打断她的磕磕巴巴。

林空桑"啊？"了一声："你不知道？"

"你们陈老师给我打的电话，说你发高烧在小区门口的小诊所输液，让我赶紧过去。"

林空桑抻着脖子，片刻后跟大白鹅似的往里一缩，被子一掀又要睡觉。

"你哪个同学？"付清溪非要追问到底，"那个大哥？"

林空桑眼睛瞬间瞪圆了："你不是不知道吗？！"

"我不知道？"付清溪一提到这个就好笑，"输液的时候，你嘟嘟囔囔地喊，生怕别人不知道！"

"啊啊啊——"林空桑直接把被子蒙过头，"我没有，我没有，我没有！"

"是不是之前送你回家那个男生？"付清溪把人从被窝里揪出来，"林空桑，我告诉你，高考之前不许给我谈恋爱！"

"我没谈！"林空桑瞪眼睛，"我还没答应他呢！"

付清溪直接笑出来了："你是不是快要答应了？"

自己老妈套话水平一流，林空桑干脆直接把嘴一闭，以免祸从口出。

——不过，祸也出得差不多了。

这些都不重要。

林空桑什么德行，付清溪应该比谁都清楚，在老妈面前没什么丢人的。

但是，但是！

她嘟嘟囔囔喊大哥的时候苍寒在不在啊？

万一、万一老班也在，老妈也在，苍寒也在，她一口一个大哥，想想都快原地去世了。

林空桑觉得自己已经原地去世了。

"我不上学了，"她把自己埋进被子里，像条蛆似的拱来拱去，"我不上学了，我不上学了，我不上学了！"

"腿给你打断了。"付清溪用电子体温计测了一下林空桑的体温，"行了，体温正常了，明天给我老实去学校。"

林空桑抗议了一夜。

睡前在床上抗议，睡着在梦里抗议。

第二天闹钟一响，付清溪没半点怜惜直接掀被子赶人下床。

"今天下雪了，秋衣、长裤、围巾、手套都给我装备齐全。"

林空桑顶着乱糟糟的头发，看自己房间的窗帘被"呼啦"一下拉开。

窗外是白茫茫的一片。

"哇！"

林空桑瞬间忘了不开心，满是惊喜地趴去窗边："好大的雪！"

"昨晚下了一夜，最近有的化。"付清溪给林空桑拿好袜子和手套，"下雪不冷化雪冷，桌上有保温杯，我给你装满温水了，你拿去学校慢慢喝，喝完了就去老师那里倒。"

"我又不是小孩，"林空桑蹬着棉拖去了卫生间，"家里开暖气了吗？好暖和呀！"

林空桑的体质很神奇，病来得快去得也快，不过一天时间，又跟个没事人一样。

依旧病恹恹的乔伊羡慕得不行，林空桑把自己的保温杯往她手里一塞，赶紧推开她，与其保持距离。

"你确定那个人是大哥？"乔伊问。

"不知道，"林空桑黾着声音，"感觉像。"

她昨天晕得又快又死，就听见了一道声音，现在非要让她确定还真的挺强人所难。

"你昨天下午怎么没来？"付阳用英语报纸在林空桑脑袋上轻轻抽了一下，"报纸写了吗？给我抄。"

"没写，"林空桑仰头去看桌边站着的男生，"我现在要好好学习，不抄作业了。"

付阳"哧"了一声，随手顺过乔伊的报纸离开。

"真不抄作业？"乔伊抱着保温杯，凑过来幽幽地问。

林空桑把她的脑袋重新推开："真的，马上又要月考了，我这次数学必定猛超半百。"

乔伊笑歪了身子，跟个老太太似的没完没了。

"我有大哥笔记加成，"林空桑还偏不信那个邪，"你看着吧。"

认真学习了一个早读的时间，林空桑觉得自己有点虚。

外边没出太阳，教学楼窗沿上还覆着隔夜的雪。

比起之前那几片雪，这才算得上是初雪。

下了课，教室里的人一窝蜂全部跑出去玩。

大课间的广播体操被临时取消，校长让老师带着各班学生去班级相应的卫生区铲雪。

当即引发一片欢呼。

"凭什么不让我去……"因为生病被剥夺了铲雪资格的林空桑往桌子上一趴，闷着声音抱怨，"乔伊比我严重多了……"

外面传来欢呼和打闹的声音，林空桑趴在窗边看了会儿，然后伸出手指把那一点点零碎的雪捏在一起。

都不够堆雪人的。

突然，身后有细微的声响，林空桑一转身，是苍寒。

对方手上提了一杯奶茶，搁在了她的桌上。

林空桑一时间不知道要说什么。

从早上到教室开始，她就没敢往后排多看一眼。

然而没想到，不动如山的大哥，竟然会过来找自己。

"乔伊……"大哥说一个字顿三下，"给你买的。"

林空桑低着头，连忙把那杯奶茶捧起来："谢、谢谢！"

也不知道是谢乔伊还是谢大哥。

苍寒的目光扫过窗边，轻轻"嗯"了一声。

林空桑心里打鼓。

大哥都没问自己昨天下午为什么没来，看样子把自己送到诊所的就是他。

不过，自己——应该——没说——什么——吧？

"……"

"你怎么没去铲雪？"林空桑猛地抬头，觉得自己再不说点什么就要爆炸了。

"竞赛小组，"苍寒收回视线，低头道，"有事。"

林空桑使劲点了一下头："你忙你的，不用管我。"

苍寒应了一声，转身离开。

我是不是应该要对他说声谢谢？

林空桑开始在内心谴责自己，最起码当初送她去诊所的人是大哥。

可是大哥当时为什么在公交车上？

她又发现了新的问题。

"噗"的一声，吸管戳破纸盖。

林空桑看了眼杯身上的标签，是自己喜欢喝的布丁奶茶。

乔伊有毒啊，给自己买奶茶为什么让大哥送过来？

这个班里敢把大哥当外卖小哥的，也只有这位大姐了吧。

不过，她又转念一想，不是给自己的，大哥也不会送。

毕竟，大哥喜欢自己。

"呃啊啊啊……"

她一手握着奶茶，躬身把脸埋进另一只手臂里，挣扎着从喉咙里发出低低的怪叫。

越想越离谱。

林空桑的脸通红一片，感觉自己又要发烧了。

接着，又有什么东西落在了桌上。

她睁眼一看，是一个迷你雪人。乒乓球大小的身体，拇指指甲盖大小的脑袋，身体两边插了小树枝，还顶着一顶枯叶帽子。

林空桑："？"

她仰起头，是苍寒。

少年指尖冻得发红，随后蜷缩收进衣袖。

那一瞬间，林空桑耳朵像是灌进了窗外的雪水，能清晰地听见自己有力的心跳。

"扑通！扑通！"

撞得胸口生疼。

"外面很冷，"隔着水雾，她听见苍寒的声音一点点飘进耳膜，"不要生病。"

奥数竞赛的时间挨着十一月末的月考。

老师在课余为参赛的学生辅导，林空桑去办公室接水时撞见了几次。

一开始她还能看见苍寒的影子，少年个子很高，总站在人群最外围，也不知道能不能听见老师在说什么。

后来，他干脆就不去了。

程予姝来教室找过苍寒，每次他出去的时候班级里总要起一阵骚动。

而林空桑往往就是议论的中心，她还时不时被怂恿着赶紧正正"家规"。

她分明和苍寒也没怎么样。

林空桑最初还解释两句，后来干脆脑袋一缩装乌龟。

"竞赛小组没人了吗？"林空桑小声嘟囔着，"每次都是她来？"

"我也奇怪呢。"乔伊吸吸鼻涕，"他们的组长不是曹云岸吗？"

林空桑给她抽了张纸巾："好熟悉的名字。"

"我们高二年级第一啊。"乔伊惊讶道，"不是吧？曹云岸你不知道？"

林空桑还真不知道。

她以前不太关注成绩，关注也只关注自己上下那一小块，年级第一太遥远，不是她这种小废物可以企及的高度。

"他长得肯定不帅，"林空桑给自己找了个借口，"不然我早关注了。"

"我觉得还行吧，"乔伊摸摸下巴，"和大哥不相上下。"

这绝对不可能，林空桑直接在脑海中把这个年级第一叉掉。

她觉得这位学霸既然都能和大哥相提并论，那自然也就是同一类型。

然而当她真正留心去看对方时，却惊讶于他是一个只比自己高了那么一点点的消瘦少年。

林空桑："……"

这就是乔伊嘴里的和大哥……不相上下？

上下也差太多了吧！

走廊上人来人往，曹云岸抱着书本，转身推开办公室的门。

伴随一声锁扣落下的轻响，防盗门从屋内被关上。

林空桑有一瞬间的愣神，对方似乎在关门前的那一刻和自己对上了目光。

"看到了没？"乔伊悄悄问道。

林空桑连忙偏过脸："看到了。"

她还在回味刚才那一道视线，像是被门缝活活夹断，折了一支凌厉的箭。

乔伊："我感觉他和大哥挺像的。"

林空桑摇摇头："我觉得一点都不像。"

两人除了都挺沉默，且皮肤苍白，似乎也没什么相同点。

且曹云岸的白隐约显出那么一点点的病态，如果非要举出一个类似的，林空桑第一个想到的就是林黛玉。

看着也不像是为了小组人员来回奔波的人，怪不得什么事都是程予妹来办。

"他和大哥一样，数学贼强。初中就是我们一中的，拿了好多奖项。"

林空桑是高中才转来临城一中，对曹云岸没什么概念也正常。

再说又来一个数学小变态，林空桑最怕的就是这种人。

"我记得大哥当年也在一中？"乔伊努力回忆着。

"不是说大哥初中去工读学校了吗？"林空桑问。

"他半道上离开的，也不知道什么原因，当时感觉事情闹得还挺大，不过我没关注就是了。"

两人一边说着，一边回到教室。

林空桑拿出数学卷子订正了几道错题，还是忍不住扭头看了一眼教室后排的苍寒。

临城一中可是他们这里最好的重点中学。

初中时林空桑挤破了头都没能进来，进来之后又出去的她还是头一次遇见。

为什么要离开呢？

是发生了什么事吗？

她心里憋着事，几节课都不痛快。

等到大课间广播体操做完后的空当，林空桑拉了一把付阳的衣服，准备向他请教一二。

"初中的事？"付阳挠挠后脑勺，有些惊讶，"你初中不在一中？"

"我小学成绩差，哪能考上一中？"林空桑撇撇嘴，"你最厉害了，你跟我说说呗。"

付阳像是恍然大悟般对林空桑比了个大拇指："怪不得你敢跟他走那么近，原来是不知道啊。"

林空桑有点急："到底发生了什么事儿？"

"知道大家为什么都躲着他吗？"付阳扫了一眼周围，嘴角噙了丝无所谓的笑，"初二那年他霸凌同学，对方退学进医院了。"

林空桑得到了一个非常离谱的答案。

"你觉得可能吗？"她直接反问回去。

"现在是不可能，"付阳长叹了一声，"我觉得他这人挺好的。"

"以前也不可能！"林空桑咬着牙，一字一句道，"大哥不可能霸凌同学。"

"以前的事谁说得准？"付阳皱皱眉头，"知错能改不就行了？"

"什么知错能改。"林空桑心烦意乱，连话都不想多说，"我是根本不信他会做出这种事。"

她说完便转身离开，动作快到马尾差点甩到付阳的脸上。

"你能别这么绝对吗？"付阳几步追上去，"谁没浑蛋过啊？"

"这不可能！"林空桑坚定自己的想法，"大哥怎么可能做这事啊？"

那个问什么都说喜欢，问谁都说好的大哥，怎么可能霸凌同学？

有什么动机，有什么理由？

离谱。

离了大谱。

林空桑决定换个人问。

"啊……"林晏似乎有点呆，想了半天才开口，"是有这么回事。"

林空桑一拍桌子，恨不得立马走人。

"不过当年那个被打的也不是好人，"林晏又补充道，"也算是为民除害了吧。"

"凭什么就是大哥霸凌他？"林空桑找到了新角度，"总不能看谁伤得重，谁就是受害者吧？"

"当然有凭据了，"林晏说，"有人看到了。"

林空桑："谁？"

"曹云岸。"

事情兜了个圈，像是把周围的一切都囊括了进去。

中午放学，林空桑拿着她考了43分的数学模拟测试卷，"啪"地拍在了苍寒桌上。

"十六题，"她捞过椅子，大大咧咧地坐下，"不会。"

小姑娘心情不好，说起话来每一个字都像是和他犯冲。

苍寒把笔搁下，手指捏住卷子一角，拿到自己面前细细地看。

"十七题也不会，十八题更不会。"

林空桑把两只手臂往桌上一叠，人也跟着趴了上去。

苍寒手指划过纸张："我写好下午给你。"

"我今天中午不回去，"林空桑蔫蔫道，"家里没人。"

苍寒拿了一张空白的草稿纸，写了没两行，又问道："不吃饭吗？"

"不吃了，"林空桑盯着他的手指看，"一点都不饿。"

她实在是想不通，这样的苍寒会霸凌同学。而且更可气的是，林晏、付阳竟然都信了。

几个男生熟悉起来好歹也有一个多月，平日里三人勾肩搭背一副哥俩好的模样，可是私下竟然这么看苍寒。

林空桑越想越气。

突然，一袋小饼干被放在了她的面前。

是一个星期前她送给苍寒的那袋蔓越莓曲奇。

"干什么？"林空桑把饼干拿过来看了看。

苍寒垂眸继续写着答案："可以吃点。"

那袋小饼干依旧很多，数量似乎没变。

粉色的蝴蝶结系在最上面，崭新崭新的，像是没有动过。

"你不喜欢吃吗？"林空桑解开蝴蝶结，拿出一块饼干开吃，"你如果不喜欢可以跟我说，我不会不开心。"

苍寒笔尖一顿，抬眸看向对面的姑娘："没有。"

"那你怎么不吃？"林空桑问。

苍寒的视线转向饼干，轻抿唇瓣："吃了。"

"哪有？"林空桑皱眉。

苍寒把话说完："……一块。"

不喜欢还勉强自己吃了一块？

林空桑叹了口气，跟只小猪似的"咔咔咔"地将那一小袋饼干都吃完了。

苍寒："……"

他像是微微有些惊讶，或许是觉得这进食速度格外离谱。

"不能浪费呀！"林空桑把食品袋一团，起身将它扔进垃圾桶里。

苍寒的目光跟着那朵粉色的蝴蝶结走了一段，最后还是重新定格在了草稿纸上，轻轻叹了口气。

"答案。"他停了笔，把草稿纸和卷子一并推到林空桑面前，"哪里不懂？"

林空桑托着腮帮看了一会儿："你能都跟我说说吗？"

"嗯。"苍寒蜷起四指，用食指点在题干下方，"向量，懂吗？"

林空桑数学底子不行，很多苍寒认为众所周知的定义，她压根儿就没听过。她摇头，摇头，还是摇头。

林空桑原本还是直着腰听讲，可是听着听着她就趴了下去。

苍寒在试卷上写了一串公式："背了。"

她终于明白以前自己天天给苍寒递英语翻译时对方是什么感受了。

"你英语背了吗？"林空桑突然问道。

苍寒一顿，木讷地看着她："你先背。"

林空桑没忍住笑了出来。

奇怪得很，她刚才分明烦躁郁闷，气结不解，但是苍寒的一句话就能直接让她破功，心里只剩下好笑。

"为什么不背英语？"林空桑问。

苍寒老实地回答："不会。"

"我教你。"林空桑说。

小姑娘的眼睛亮晶晶的，带着笑，又不乏认真。

"我……学不好。"他说得小声，像是有些沮丧。

"没关系，"林空桑把卷子拿过来，"我会好好背公式的，你也要好好背英语。"

苍寒的字迹工整，一排排公式写在题号旁边，看起来赏心悦目。

他分明很好。

"大哥。"林空桑放下卷子，突然有些丧气。

她看着苍寒欲言又止，思绪杂乱一片，最后只剩下密密麻麻的心疼。

"你觉得我怎么样？"

苍寒一蒙，像是被这句话惊到了。

林空桑后知后觉发现不对，连忙摆手更正："我不是那个意思，我我我……我的意思是，我这个人，就客观来看，还好吧？！"

苍寒的肩膀稍微放松了一些："嗯。"

林空桑把自己的脑袋埋在手臂间："那你觉得别人呢？"

苍寒的回答依旧是老样子："都很好。"

"都很好。"林空桑没有感情地重复了一遍。

他温柔地对待这个世界，却不见世界同样温柔地对待他。

他口中"都很好"的人披着伪装，口蜜腹剑，暗中捅刀。

"你觉得有人不好吗？你觉得谁都好？"

林空桑抿了抿唇，没忍住问了出来。

想起刚分班那会儿，苍寒独自坐在教室角落。

没人和他同桌，也没人跟他说话。

少年像是永远沉默，除了低头写写停停，就是抬头去看窗外一片梧桐翠绿。

林空桑有点难过，心里泛酸。

"可是别人不一定觉得你好。"

大家传苍寒的事迹，唯恐避之不及。

林空桑承认，自己也是其中之一。

那些无知化成愧疚，一点点腐蚀着她的心脏。

生疼生疼。

苍寒沉默片刻，开口道："没关系。"

林空桑红了眼睛："你怎么就、就像个傻子！"她胆子肥了，有些恨铁不成钢。

她想摇着苍寒的肩膀让他明白，这个世界并没有他想象中那么友好。

教室内的空调到点停机，"嗡"的一声，叶片收拢。

白噪音在耳边骤然消失，像是突然失聪一般，周围寂静一片。

苍寒垂眸，像在沉思。

再抬头时，他的眼底染了笑。

"我知道。

"这世上的善意很少。"

苍寒没想到自己有一天竟然会被一个泡在蜜罐里的小姑娘提醒世界的善恶。

对方气急败坏，为他鸣着不平。

"这世上……善意还是有的。"

林空桑有些萎靡不振，耷拉着脑袋有些丧气。

自己只是想让苍寒留个心眼，却并没有让他对这个世界失望。

苍寒微一点头，在座位上沉默片刻，起身走到教室后的垃圾桶旁，把林空桑扔在最上面的包装袋捡了起来。

"你在干吗？"林空桑也从座位上站了起来。

苍寒把那个粉色的蝴蝶结取下来握在手心里："我没有不爱吃。"

林空桑"啊？"了一声，思路似乎还没从刚才那个话题中跳转过来。

苍寒回到桌边："我是舍不得。"

林空桑："……"

这样直白的话着实让人脸红心跳。

"你刚才怎么不说？"她像是有些懊恼。

大哥放着舍不得吃的饼干，自己却全给吃完了。

野猪过境也没她这么凶残。

苍寒站在桌边，把书本合上。

他掀起眼皮看了林空桑一眼，没有出声但更胜解释。

当然是因为不好意思。

林空桑的脸就快烧起来。

"那你干吗现在又说？！"

"想让你知道。"苍寒淡淡地开口。

世上的善意本就稀少，如果再被误会牵绊，实在可惜。

林空桑愣了会儿，然后鼓起了腮帮。

像一只气呼呼的小河豚，脸上泛着淡淡的粉。

"不就吃了你一包饼干，我再给你带就是。"

她把试卷和草稿纸一并收起，像是生了气，走回自己座位的步子都重了不少。

之前的不开心一扫而光，现在剩下的只有暖胀的心口和呼之欲出的喜欢。

"想告诉你一件事情。"

苍寒的声音从后排传来。

林空桑刚好拉上笔袋拉链，压在书上转身看他。

阴沉了一上午的天，不知道什么时候有了阳光。

大概是屋檐的雪，晒化之后"滴答滴答"往下掉着水滴。

屋里还残留着上课时的温暖。

分明隔了半个教室的距离，可是目光相对，却热进了心里。

"什么事？"林空桑手指轻轻点在桌边，慢慢走向他。

苍寒看着对方一点点靠近，最后停在自己身边。

炽
热

小姑娘背着手，认真地等他说话。

"我妈妈怀孕了。"

林空桑眨了眨眼："你高兴吗？"

苍寒思考片刻，微一点头。

林空桑探着上半身，往苍寒面前凑了凑："大哥？"

苍寒不动声色地后仰一些："嗯？"

"干吗要告诉我？"林空桑笑着问。

小姑娘矮了对方半个脑袋，问话时得仰着头。

少年身上带着干净的洗衣粉味道，像立于窗外的梧桐，在雪水的沐浴下显得越发挺拔。

"因为——

"是个好消息。"

数学竞赛的时间定在十一月底，天寒地冻的时间，还占着双休假期。

不过好在考场就在本市，从学校坐公交车半个小时就到。

林空桑大概是唯一一个不参加还十分重视这场比赛的人。

她甚至还有些迷信，在考试前一天给苍寒塞了一大堆新文具——

水笔、铅笔、修正带、透明胶。

苍寒拿过一支水笔，看着笔身上贴着"孔庙祈福""逢考必过"之类红底金字的话。

"好运加成！"林空桑朝他比了个大拇指，"冲！"

"考试不能用……"苍寒的指腹挨个擦过其他物件，"……这些。"

能用他也用不着，一支笔足够了。

于是林空桑又从书包里给他掏了三支笔芯。

"拿第一！"林空桑气势十足。

苍寒眼底带笑，轻轻点头："好。"

两场考试聚在一起，竞赛结束就是月考。

这次数学试卷遇到了复习时做过的原题，林空桑的成绩不仅破了半百，甚至直飙及格线。

她把自己86分的数学卷子翻来覆去地看，眉眼里全都是笑。

"大哥！大哥！"

她一路欢呼去了后排，恨不得把试卷贴人脸上。

苍寒看着林空桑兴奋到转圈，嘴角也带了一丝笑意。

"你英语考了多少？"林空桑又去扒拉苍寒的卷子。

苍寒："……"

她脸上的那点笑意又没了。

"大哥,你怎么回事?"林空桑把苍寒36分的英语卷子翻过来,"作文拿了15分……"

写的啥啊,乱七八糟的例句好像还是自己翻译的那些,也算是友情分了。

"大早上就查岗?"有人笑着打趣了一句。

林空桑把卷子一折,字正腔圆道:"我这是友好互助。"

谁都不能耽误她学习。

大概是进步的感觉实在让人着迷,林空桑在考试后那几天学习兴趣格外高涨。

她睁开眼是三角函数,闭上眼是立体几何,有事没事就捧着题目去找苍寒,歪头看对方修长手指握住笔身,为她写下大段答案。

"大哥,"林空桑的心思明显没在题目上,"你怎么不用……"

她顿了顿,但还是说了出来:"我送你的笔。"

苍寒手上的动作停下,而后从桌洞里拿出那支"逢考必过"的笔来。

"它……坏了。"苍寒垂下眸子,说话没什么底气。

"坏了?"林空桑把笔拿过来,"哪儿坏了?"

她特地买的新笔,特地回家试了。

而且她还觉得这个笔芯有点卡墨,特地换上了她经常用的——

"嗯?!"林空桑把水笔里的笔芯取出来,"你换笔芯啦?"

从考试到现在总共也不过一个星期,大哥除非一天写一张文综,不然也用不完一支笔芯吧。

苍寒一愣:"没有。"

"不对呀,"林空桑把那支笔芯拿到苍寒面前,"我分明换了笔芯。"

苍寒接过那支白色不透明的原装笔芯:"给我之前?"

林空桑点点头:"这支笔是晨光的,但是真彩的笔芯更好用一点。"

苍寒把笔芯重新装进笔身中:"你换的笔芯,是什么样的?"

"呃……就、就普通的笔芯。"林空桑抿了抿唇,支支吾吾说不出个所以然来。

笔芯是挺普通的,但是那支普通的笔芯……是情侣款,林空桑自然不会说出来。

突然,苍寒站了起来。

林空桑一个仰头:"你干什么?"

苍寒没有应答,转身出了教室。

林空桑愣了两秒,反应过来后,赶紧跟上去,看对方直接走去走廊尽头,推开了高二(1)班的门。

林空桑一脸蒙，这是要干什么？

"还给我。"

她硬着头皮刚进教室，就听见苍寒单手按住最前排的桌子，微微俯身像是威胁。

周围的同学纷纷停下手中动作，目光全部聚焦在了他的身上。

林空桑忙不迭过去想把人拉走，却意外地发现那张桌子后坐的是曹云岸。

"什么？"曹云岸面无表情，定定地看着他。

苍寒沉着声音："我的笔。"

上课铃在此时响起，周围同学议论纷纷，明显对他们抱有敌意。

曹云岸垂下目光："我听不懂你在说什么。"

先不管他是真不懂还是装不懂，反正林空桑是听懂了。

苍寒这是怀疑曹云岸换了他的笔。

"你们是哪个班的？"来上课的老师皱眉看着他俩，"上课铃响了不知道回自己的教室吗？"

林空桑连连应下，拉住苍寒的衣摆轻轻扯了扯。

苍寒满脸不悦，到底也乖乖听话，跟着林空桑出了教室。

"大哥，"林空桑小心翼翼地问，"你是觉得他把你的笔换了吗？"

苍寒的视线落在走廊外："嗯。"

"为什么是他呀？"林空桑又问。

苍寒摇了摇头，没有回答。

换笔这事儿，很难定义事件性质。

往大了说，是嫉妒同学故意陷害，在笔上动手脚，想影响苍寒参加数学竞赛；可往小了说，他实际上并没有影响到什么。

即便考试被耽搁了近十分钟，苍寒依旧拿了竞赛最高分，稳稳当当地摘得奖牌。

但是，苍寒不在意这些，只想要把林空桑送他的笔要回来。

"没了，扔了。"

曹云岸把话说得决绝，没给苍寒留一点希望。

放学的时间，教室里还有人没走。他仗着周围有人，目光里的挑衅几乎就要冲破眼眶。

没人会把关键的东西放在身上，曹云岸不是傻子。

苍寒喉结一滚，拇指扣在食指关节处微微用力，发出"嗒"的一声骨骼相错的脆响。

"这么多人看着，"曹云岸把声音放低了一点，"你敢对我动手？"

苍寒眸子一暗，抓着对方衣领"哐"的一声把人按在了墙上："别太过分。"

"打人了，打人了。"

"快去叫老师……"

一班教室里仅剩的几人狂奔出去，避之如蛇蝎。

可是没等到老师过来，反而等到了林空桑。

小姑娘肩上的书包背带掉到了手肘上，她眸子瞪得老大，闯进教室直接上手包住苍寒的拳头："你干吗呀？快快快，快松手！"

她手脚并用，恨不得上嘴开咬。

把两人分开后，她又忙不迭地抓住苍寒往外拉。

苍寒阴沉着脸，身子一歪被扯去走廊。

今天没风，阳光灿烂，算是雪化后最好的天气。

林空桑将他的一只手臂夹在腋下往前拖，小姑娘手指用力，握住少年宽厚干燥的手掌，像是怕人跑了一样。

"我说怎么一放学就没见人了，一会儿没看住你就跑出去惹事……你不要当着他们的面这样呀！不然还说你欺负人。"

苍寒走进阳光里，感受着小姑娘柔软的力度。

软软的，像握了团棉花。

"你要笔我再给你买就好了，我给你买两支，买十支行不行！全部印上'逢考必过'，全部给你换新笔芯！"

"……"

苍寒看着林空桑轻荡的马尾，什么也听不进去，他只觉得今天的太阳真暖啊，觉得路真宽，觉得风真热，觉得人间真美好。

"我跟你说话你听到了吗？"

林空桑半天没得到回应，忍不住回头看他。

视线相撞，苍寒把头偏到一边。

他死盯着地面，抬起另一只手遮住了脸。

也不知道是不是被太阳晒的，少年耳尖通红，薄得透光。

"你先……松开。"

林空桑关心则乱，眨巴着眼睛，半天才反应过来。

她只想着把人抓住，却忽略了一些更重要的东西。

回想刚才，自己跟个流氓似的，强行扯着良家妇女回山寨。而现在，她占完便宜，头顶炸朵蘑菇云，强行角色转换。

这回变成良家妇女的，是林空桑。

放开苍寒的时候，林空桑几乎是用甩的，力道大得肩膀都一并跟了过去。

"大大大哥……"

林空桑扔完之后又觉得不太合适，双手僵在空中，还想着是否可以挽救一下。

"我不是、不是故意的！"

苍寒掩唇轻咳一声，勉强整理了一下自己的情绪。

"没关系。"

这句安慰并没有缓解林空桑的尴尬，她脸部温度过高，导致大脑暂时宕机。

她支支吾吾了半天，也没说出个所以然来。

书包坠在后腰，拖着衣袖就往下滑，林空桑捞了一把，终于反应过来。

"那、那我走了。"

她手臂僵硬，随便一挥，拔腿就跑，可跑了几步，又担心苍寒原路返回继续找曹云岸的麻烦。

林空桑怎么跑出去，又怎么跑回来。

苍寒站在原地，看小姑娘跟个回旋镖似的，在外面飞了一圈又回到了自己面前。

"我给你买笔！"林空桑攥了攥拳头，"一、一起吧！"

苍寒很少去学校外面的文具店。

不像林空桑的笔袋里花里胡哨的一堆文具，他除了一支笔，再多出来的也就是尺子。

而且那些东西压根儿不需要他自己去买，家里有一大堆，根本用不完。

"大哥，这个！"林空桑站在一排货架后，抬手把水笔举给苍寒看。

苍寒在零食区拿了两根真知棒，刚去收银台付了钱。

林空桑喊他，他就过去。

"逢考必过，"林空桑又拿了第二支，"有钱！给你买两支！"

苍寒声音温和："一支就好。"

"两支两支，"林空桑拨开笔帽，在纸上挨个试了下，"一支用着，一支备用。"

苍寒垂眸看着身边喋喋不休的姑娘，没再拒绝："笔芯呢？"

"啊？"林空桑合上笔帽，抬头眨巴了两下眼睛，这才结巴道："我觉得、这个原装的笔芯……也、也好用。"

苍寒没挪步子，就这么看着她。

"……"

分明一句话都没说，但是这眼神怪可怜的，像是要赖撒娇，不换不让走了。

"换！"林空桑一咬牙，"换换换！"

她像只夹着尾巴的猫，一溜烟跑去旁边挂着笔芯的墙，仰头找了几秒后从上面拽了两支笔芯下来。

苍寒跟着她的步子，不紧不慢地走过去。

他目光扫过一片笔芯，只见刚才林空桑拿笔芯的那一串还剩一支笔芯晃着。

浅绿色的藤蔓覆盖了整个包装，左下角有个女孩，接到了一只纸飞机。

而旁边的另一支同色系同类型，是将飞机投出去的男孩。

这笔芯还是一对。

"走了。"林空桑闷头走过来，捏住苍寒的衣摆把人往外拉，"都给你买了，还看什么？"

她心虚地瞅了眼琳琅满目的笔芯货架，把买来的笔塞进对方的手里："不过大哥，你为什么会觉得是曹云岸拿的？"

苍寒接过水笔，拿在手里细细地看："他动过我的笔。"

"考试前？"林空桑问，"有人在旁边吗？或者有没有监控拍到？"

苍寒想了想，然后缓慢摇摇头。

林空桑皱着眉，半天也想不出个主意来。

就算苍寒的笔真是被曹云岸偷偷换了，可现在没有物证，更没有人证。

如果对方咬定没做过，苍寒一张嘴说出花来也没用。

"你不要再去找曹云岸，以后留点心，离他远一些。"

林空桑真是怕这种捕风捉影，苍寒好不容易才能一点点融进这个集体，她不想因为曹云岸的事回到曾经。

脑子里全是乱七八糟的事情，林空桑又想到了当初付阳和林晏说的那些，更加烦躁了。

怎么哪儿哪儿都有这个曹云岸。

突然，一根真知棒出现在她面前。

"啊？"林空桑有点蒙，定睛一看，是苍寒递到她面前的。

"给我啊？"她问。

苍寒轻轻"嗯"了一声。

"也不用，"林空桑下意识地推辞，"两支笔没几块钱。"

苍寒手指微蜷，攥住糖果垂下手臂，像是有些失落。

"给我吧，给我给我给我……"林空桑破罐子破摔，直接上手把糖抢过来，"我走了。"

苍寒的手在空中停顿片刻，嘴角抿出隐约笑意："再见。"

林空桑咬住下唇，攥着糖将其揣进口袋："你中午别再去找曹云岸，就当听我的话，好不好？"

苍寒脸上的笑容消散，继而应允道："好。"

对于自己能管住大哥这件事，林空桑还挺有成就感。

只不过这耽误了好一会儿时间，当她回到家的时候，付清溪已经换好鞋子准备出去找人了。

"看看几点了！你还知道回来啊！"

如她所想，先是劈头盖脸被训了一通。

接着，付清溪下了死命令，以后上下学只给二十分钟，超时回家就要挨打。

对于这种不平等条约，林空桑直接原地起义，但很快被暴力镇压，并且当即实行。

付清溪不让早走，当天下午林空桑愣是踩着上课的铃声走进教室。

"我天……"林空桑喘着粗气，一屁股坐在座位上。

她卸了书包塞进桌洞，抬手胡乱地抓了几把额前凌乱的刘海："还好老师没来。"

"你今天怎么来得这么迟？"乔伊拉过她的手臂，"出大事了。"

林空桑转过身子："什么事？"

"说出来你可能不信，"乔伊咽了口唾沫，似乎在给林空桑一点时间做心理准备，"大哥霸凌同学被监控拍下来了。"

"……"

林空桑一怔，脑子里只剩下两个字——

放屁。

"怎么可能！"林空桑道，"我中午跟大哥一起的，他还答应我……"

"老班一早就把他叫去办公室了，"乔伊直接打断她的话，"现在还没回来呢。"

林空桑第一次那么没理智，最起码课上时间直接出教室、还和过来的上课老师撞了个正着这种事情，她活这么大没干过。

"林空桑？林空桑，你去哪儿？"

她甚至没有理会老师在楼下喊她，闷头往前，跟个小火箭似的一股脑冲去了老班办公室。

喊报告的同时，她直接推开门，屋里站着的几个人全部转身过来看她。

苍寒站在那儿，没缺胳膊断腿。

林空桑松了口气。

"林空桑？"老班眉头紧皱，"我正要喊你呢。"

她抬脚走过去，目光一一扫过桌边的几人。

曹云岸、程予姝，还有一个不认识的男生，大概也是一班的人。

三个人站成一排，苍寒站在另一边，跟两方对立似的，怎么看大哥怎么可怜。

因为是下午第一节课，没课的老师基本不会来这么早，所以整个办公室除了她、苍寒和一班几个人，就只剩下坐着的老班和一班的班主任了。

大哥不爱说话，也不知道受了多久的委屈。

林空桑心里一酸，嘴巴也跟着撇了起来。

老班给她挪了个位子："你来说说今天上午发生了什么事。"

林空桑一五一十地说了事情经过。

她的叙述应该和他们之前从别人口中所了解的差不多，两个老师全程阴沉着脸，没什么情绪波动。

不过，林空桑比他们多说了个理由——苍寒去一班找曹云岸的理由。

"我没拿他的笔。"曹云岸一口否决。

林空桑忍住火气："那笔芯怎么被换了？你解释解释？"

"不关我的事，"曹云岸依旧还是那种风轻云淡的态度，"我为什么要解释？"

没有关键证据，根本拿捏不住对方。

林空桑气红了眼睛，自己也知道说出来的话不可信。

她深吸一口气，忽略这个卑鄙小人，看向老班："我知道这件事我没证据，但原因就是这个，而且苍寒并没有霸凌曹云岸，我拦住了他，他也向我保证不再去找曹云岸。"

一班班主任指着苍寒，眼睛却看着林空桑："监控拍得清清楚楚还没霸凌？同学看得清清楚楚还没霸凌？！"

"苍寒不过是想找曹云岸要回自己的笔！"

林空桑气急之下也不顾什么尊敬师长，扯着嗓子直接开撕："曹云岸动了别人东西，你怎么不说？不仅动了还扔掉了，你怎么不说？苍寒考试没笔用，你怎么不说？当初是你们让他参加奥数竞赛，干吗又让他考试中途被动手脚？"

"林空桑！"老班及时制止，"注意态度。"

林空桑吸了吸鼻涕，抬手抹了把眼泪："你们说苍寒霸凌，他打人了吗？他只抓了曹云岸的衣领。"

说着，她转头看向程予姝和那个男生："你们都看到了？还是放监控我们一起看？苍寒除了这一个明显的动作，还干什么了？"

程予姝明显有些心虚，垂眸低下了头。

可那个男生却小声争辩了一句："那也算打了。"

"那算霸凌吗？"林空桑被气得眼泪直往下掉。

"那肯定算。"男生嘀咕一句。

林空桑懒得继续跟他说下去。

"反正事情就是这样，我一个人说不过你们四张嘴，你不信我说的，不信监控里的，非要给苍寒安一顶霸凌的帽子，那你们说什么就是什么呗，反正一班是好学生，从来不说谎话，那你还问什么？直接让他拎书包退学就是了！"

"……"

办公室陷入一片沉默。

这哪是一个人说不过四张嘴，她一个人抵千军万马。

林空桑边哭边吸溜鼻涕，"呜呜呜呜"的，整个办公室全是她的声音。

站了半个小时一直没动静的苍寒难得挪了步子，把老班桌上的一盒抽纸拿过来，抽出两张放在林空桑的手里。

"我让你过来，就是想问清楚事情的来龙去脉。"老班使劲捏了捏自己的睛明穴，看上去整个人累得不行。

"我不是都说了吗？"林空桑擤完鼻涕又是一条好汉，"曹云岸换了苍寒的笔，苍寒只是想把自己的笔要回来，可是曹云岸不给，换谁谁不生气？"

"你没证据证明他换了笔。"一班班主任说。

"我换了那支笔里面的笔芯，但是曹云岸把笔扔掉了。我就是人证，只是你们不信。"

"就为了一支笔？"老班打断她。

"那支笔……"林空桑胸膛起伏，急急地吸气，"那支笔是我送给他的！"

老班猛地往后一仰，抿着嘴把唇线拉得老长。他像是明白过来了，一班的班主任却没明白过来。

"一支笔能闹成这样？"一班班主任说，"肯定有其他原因。"

"能有什么原因？"林空桑反问，"他们两个平时又不——"

她的话说到一半突然卡住，随口打听来的曾经像是开闸的洪水，"哗"地冲进林空桑的脑海。

——"凭什么就是大哥霸凌？"

——"当然有凭据了，有人看到了。"

——"谁？"

——"曹云岸。"

苍寒和曹云岸，在初中时还有过一段渊源。

"我看他就是还记恨着。"一班班主任说了这么一句，"有些人骨子里藏着坏，安静不了几年，就又开始了。"

林空桑愣住了。

这句话就像是一把淬了毒的刀子，一下捅进了林空桑最柔软的心窝。她呆了几秒，眼泪就像是断了线的珠子，"噼里啪啦"往下掉。

心疼得就像被挖了一块，血水混着眼泪，"哗啦哗啦"地往外淌，带着体温，冰凉冰凉。

"哎，老陈，"老班连忙接话，"咱们不能当着学生的面这么——"

他的话断在了倒吸一口的凉气中。

林空桑抢过苍寒手里的抽纸，直接砸在了一班班主任的脸上。

她满脸的泪，几乎是撕心裂肺地喊："你道歉！！！"

原本一场单纯的学生矛盾事故，因为林空桑拿纸巾砸脸，直接升级为师生矛盾事故。

这样的发展无非就是请家长，而且还是现在、立刻、马上。

老班掏出手机就要给付清溪打电话。

林空桑压根儿不在意这些，她伤心之余又多了几分害怕，干脆放开嗓子哭，根本停不下来。

对于情绪失控的小姑娘，老班一个大男人显然有些手足无措。

他欲言又止，手忙脚乱，看了苍寒好几眼，都没把对方的魂看回来。

苍寒站在一边，像是被林空桑给哭蒙了。

左右不过是个十七岁的少年，大概是没见过这个架势。他低头眨了半天的眼睛，这才动了动手指，弯腰捡起地上的纸巾。

"能找我爸吗？"他当着两个老师的面，轻轻握住林空桑的手腕，"我妈妈不方便过来。"

接着，他也没管老师应没应允，就这么转身把人牵出了办公室。

林空桑虽然哭得惨烈，但是还残留一些意识，一出办公室哭声就小了许多。

她的步子比苍寒慢了许多，跌跌撞撞，一副站不稳的样子。

小小的手粘了泪，往袖子里一缩，继而被握住了手指。

少年的手掌很凉，皮肤干燥且略微粗糙，她能感受到虎口的老茧和关节处硌人的骨头。

可是对方又握得很轻，像是怕弄疼了她，随便挣扎一下就可以摆脱。

但林空桑不想摆脱。

苍寒带着她走过走廊，下了楼梯。她逐渐抑制住哭腔，低低地呜咽。

鼻涕吸了又吸，就快"过河"，苍寒抽出纸巾，递到她面前。

垃圾桶就在旁边，林空桑一口气攥了七八张纸巾，巴掌大的小脸通红，挂着一条一条的泪痕。

她低头顺了半天气，直到把呼吸理顺了，这才哑着嗓子开口道："刚才的话，你别放在心上。"

就这样还不忘安慰别人。

真是操心的命。

说完她似乎是又想起刚才，原本清亮的眸子又迅速蓄上了水雾："怎么会有这种老师？"

情绪在崩溃边缘反复横跳，小姑娘用袖子使劲擦了擦眼睛，在下一秒重新恢复平静："这学我不上了。"

能把纸巾盒直接丢老师脸上的，临城一中自开学以来估计就出了她这么一个。

而且有这样的老师，她也不想上学了。

教学楼的垃圾桶一般放在背光处，上课时的楼梯间更是没有人。

林空桑破罐子破摔后站在那里，也不知道接下来要干什么。

苍寒手上拿着纸巾，同样沉默，他时不时抽出一张，跟个机器人似的，递到她面前。

"他们污蔑你，"林空桑看着苍寒这毫不在意的模样，又开始生气，"你不会说话吗？"

没等苍寒回答，她又叹了口气："算了，你不会说话。"

大哥的性格就是这样，如果他会替自己辩解，也不会像现在这样被所有人误会。

笨得要命。

林空桑偏头去看走廊上洒下来的阳光，心里还泛着酸。

怎么就、就有这样的猪！

她心口憋了口气，抬脚走出教学楼。

下午的太阳比中午还热，只是起了点风，吹在脸上紧巴巴的。

林空桑绕着教学楼走了半圈，然后一屁股坐在了梧桐树下只有脚踝高的花坛边上。

苍寒在旁边站了会儿，然后屈膝蹲在了林空桑的面前。

他蹲得低，歪着脑袋去看对方的脸。

林空桑红着眼睛跟他对视，接着伸出食指，点在少年前额往后一推。

"你蹲着不累吗？"林空桑问。

苍寒把手臂横在自己的膝盖上，躬着身的样子像一只盘起尾巴的猫："还好。"

"好什么好，"林空桑吸了吸鼻子，"你什么时候不好？你什么时候都好。"

她又开始替苍寒鸣不平，又开始替苍寒生气。

那些偏见误解在所有人的心里扎了根，表面看似和谐平静，可鼻梁上架着的全是有色眼镜。

每一个细小的错误都被无限放大，不管他做什么都要结合过去。

仿佛一定要证明"难改本性"，在有一点点风吹草动时，都会朝着他们想要的结论给出定义。

——我看他就是还记恨着。

人性本恶吗？

还是一开始她就错了？

或许苍寒的远离才是正确的决定。

不是这个世界不接纳他，是他不接纳这个世界。

"我是不是不应该劝你参加奥数比赛？"林空桑盯着手上的纸巾，喃喃道，"如果你不参加比赛，你还坐在教室后面，不会和曹云岸有交流，也不会被污蔑。"

过去的事情不会被翻出来，那些恶毒的话也不会被宣之于口。

语言的力量可真大啊。

听进耳朵里可真难听。

这是她小心翼翼护着的男孩子，现在却受了这么大的委屈。

林空桑鼻腔一酸，眼眶里的眼泪又打着转。

她又抽了好几张纸巾，使劲擤了鼻涕。

"我不在意，"苍寒垂眸看着纸巾，语气听不出什么情绪起伏，"你不要哭。"

"我为什么不哭？"林空桑把纸揉成一团，砸在苍寒胸口，"我就要哭，我偏要哭。"

都被人踩在脸上了，他还是这种无所谓的态度。

她快气死了。

苍寒被小纸团砸了一通，垂眸一个一个地捡起来，再轻轻放在自己脚边。

"你说得对，这世上善意很少，就像一班的那些人，都是坏的。如果你不接触他们，就不会像现在这样。

"你不应该参加奥数比赛，甚至不应该参加篮球赛，你就应该保持你原来的状态，做那个人人都怕你的大哥。"

最起码那样的苍寒不会受到伤害。

因为善意少得可怜，没有人会一直好运。

林空桑把半张脸埋在臂弯里，总觉得心里有什么东西不一样了。

像是整个世界都变了，变得陌生又冰冷，和以前太不一样了。

她开始怀疑自己，也开始害怕周围。

"我小时候，有人说我偷东西，老师去我家，碰到了我妈妈。"苍寒缓缓开口，突然开始说起了以前的事。

他很少一次性说这么多话，林空桑没有打断，安静地听着。

"那时她还在上学，和我们差不多大，和别人吵起来。

"后来我爸爸来了，他们两个人一起吵。

"……把人吵走了。

"和你刚才一样。"

林空桑："……"

这么有活力的父母，怎么就养出了苍寒这样的闷葫芦。

她撇着嘴："你想说什么？"

"我……运气很好，"苍寒手指捏着纸巾边缘，来回搓了几下，"遇见了你们。"

"这算什么运气好？"林空桑又揉了个纸团，"你小时候就被人欺负了？你怎么这么没出息呢？"

苍寒停顿几秒："我不合群。"

如果说林空桑是光，那苍寒就是影子。

亮处吸引人的注意，明艳活泼。

而暗处却无人在意，顶多反衬突出。

他被逼着长大，提前看清了世间险恶。

无数的恶意向他奔涌而去，从出生开始，到被遗弃的瞬间。

可是他又同样遇到了那么多的善良。

他被爷爷捡回来、被养父抚养、被妈妈疼爱，甚至，有个乖巧的小姑娘会为他气到大哭，直接和老师动手。

苍寒垂眸笑了一下。

"世上的善意很少，但我都想遇到。"

家人、朋友，他也想拥有。

如果他一味退缩，就只能看着他们夹杂在恶意的洪流中一闪即逝。

他不怕那些，也从不在意。

苍寒明白好坏，知道轻重。

当人足够强大，就会变得异常温柔。

即便对方怀有恶意，但也会因为丁点儿善良无限包容。

因为他的铠甲坚硬，根本不会受伤。

"我没有那么脆弱。

"所以，别为我难过。"

付清溪匆匆赶到学校时，林空桑已经整理好情绪乖乖地在办公室罚站了。

她已经准备好迎接狂风暴雨般的指责，也做好了屁股开花凄惨后果的心理准备。但出乎意料的是，付清溪听完事情的来龙去脉后，意外地沉默了。

"所以那个同学到底有没有换别人的笔？"

林空桑没想到老妈的关注点会在这里。

"我自己的女儿，我明白她是什么样的孩子。她偶尔也会撒谎，但这种连细枝末节都非常具体的谎话是说不出来的。

"您作为一个老师，没把事情调查清楚就对着一个未成年的孩子说出那种话，我不是他的家长都感到气愤。"

林空桑越听越奇怪，最后瞪着眼睛，看着老妈一人说两个。

苍寒在一旁听完全程，心想这大概就是基因的力量。

事情超乎了所有人的想象，老师不得不让学生暂时回避。

林空桑垂头丧气地走出办公室，一转身差点撞上来人。

对方个头很高，宽肩窄腰，他似乎匆忙赶来，正垂眸卸着西装袖口上昂贵的珍珠袖扣。

有那么一点霸道总裁的意味。

"爸。"苍寒在她身后喊了一声。

林空桑瞬间后退半步，脖子一缩，条件反射般地跟着喊："叔叔！"

对方抬头十分敷衍地"哎"了一声，也不知道应的谁。

男人的眸子细长，视线扫过两个小屁孩，叹了口气。他的大手在林空桑脑袋上一扣："小同学。"

林空桑心脏骤停，乖得像只鹌鹑。

温暖的手掌只在头顶停了一瞬，接着，他又一巴掌拍在苍寒的后脑勺上："兔崽子。"

林空桑："……"

帅哥的教育方式也这么"清奇"吗？

她回头目送对方走进办公室，还不忘把门给关上。

"你爸爸……"林空桑摸摸自己的脑袋，像是还没反应过来，"好、好帅啊！"

林空桑没有听苍寒帅老爸发言，不知道对方是不是和自己妈妈一样"角度刁钻"。

她挪着步子回到教室，半路上遇见匆匆赶来找她的乔伊。

"乔——伊——"

林空桑看到对方的瞬间，泪腺又绷不住了。

"哎哟，妈耶，"乔伊连忙把人抱住，拍拍她的肩膀，"刚才不是好好的吗，怎么突然就哭起来了？"

"我——生——气——"林空桑也不顾走廊上人来人往，飚着声音就开始诉苦，"他们都有病——"

乔伊抱着林空桑边哄边走，两人去卫生间洗了把脸，踩着上课铃回教室。

林空桑哭了快有一下午，就算再怎么洗脸也依旧掩盖不了通红的双眼。

在走进教室的那一瞬间，她能感受到班里静了那么一瞬。

绝大部分人的目光定格在她脸上，有毫不遮拦的，也有遮遮掩掩的。

那一刻，她心情复杂。

她没想到有一天自己也能享受大哥的待遇。

握着她手腕的力道加重了几分，乔伊拉着她，一起走到座位上坐下。

"没看出来她也是那种人？"

"什么样的人和什么样的人玩。"

"他们都不知道教室里有监控吗？"

"是啊，真的太嚣张了。"

周围议论纷纷，林空桑能感受到时不时就有目光落在她的身上。

像是被赤裸地挂在了镁光灯下，所有人都拉满弓，随时射出语言的利箭。

"你别管他们。"乔伊把前几节课发的试卷整理好放在林空桑的课桌上，"好好上你的课。"

林空桑坐在位子上没动，垂眸盯着那一行行印刷体："乔伊——"

"嗯？"

"你说大哥，他那么长时间，是不是都是这样过来的？"

"可能吧。"

林空桑拉开书包拉链，动作僵硬地拿出课本。

这不过才几分钟自己就有点受不了了，苍寒是怎么扛过一年又一年的。

她一想就心疼，鼻腔酸涩，眼睛又湿润了起来。

她暗骂自己没出息，抬手抹掉眼泪。

乔伊撕开纸巾，拿出一张放在林空桑的手上。

突然，教室后排猛地炸起一声巨响，林空桑吓了个激灵，眼泪打在了纸上，湿润了一小片。

"上课铃响了，都没听见吗？"付阳刚摔了书，十分暴躁地踢了踢椅子，站起来，"英语课，不知道提前背背单词吗？就你有嘴！"

"关我什么事，"被付阳针对的男生戾道，"我什么都没说。"

"那就是你在说，"林晏长腿一伸，踹上了前排的座椅，"要说话就滚出去说，别在这儿耽误我学习。"

教室重新安静了下来。

窗外阳光温暖，却也夹杂着入冬的寒。

英语老师走进教室，奇怪地看了他们好几眼："今天怎么这么安静？"

乔伊拉过林空桑的手，低头偷笑。

林空桑抹了把眼泪，终究还是勾了勾嘴角。

因为太阳一直都在。

温暖从不会败给严寒。

第六章
但我知道，你是个好男孩

整节英语课，林空桑全程都在神游。

她浑浑噩噩熬到下课，又被叫去了办公室。

机械性地重复着替换笔芯的过程，说完之后又让她离开。跟召唤小鸡一样，呼之即来，挥之即去。

乔伊陪着她，一起走在下课后闹嚷的走廊上。

"我妈和苍寒爸爸都在纠结事情的起因，可是曹云岸早就把笔扔了，根本没有证据。"

事情进入了死胡同里，翻来覆去，根本无解。

"如果，我是说如果，"乔伊叹了口气，"如果事情就这样了，你准备怎么办？"

林空桑摇摇头，她也不知道。

苍寒之前就有记过处分，要是再被定义成霸凌同学，等待他的不知道会是什么。

"大哥可能会被退学吧？"乔伊推测道。

林空桑停在楼梯转角："那我也不上了。"

"你怎么……"乔伊一时气结，"你怎么这个时候脑袋不清楚？！"

"我没有。"林空桑愣愣地看着前方，平静道，"这个老师不公，这个学校也不公，我不想留在这里。"

"可是桑桑，"乔伊拉住她的手，"这个世界本来就不公平。"

这个世界本来就不公平。

林空桑睫毛轻颤，眼睛慢慢变红。

是啊，哪有绝对公平的地方。

可是，她不服，也不甘。

她偏要迈出这一步，再遇不公，她就再迈。

"我不服。"林空桑哑着声音道。

眼泪顺着脸颊滑落，聚在下巴一滴一滴地往下掉。

曹云岸先撩者贱，也未受伤。

可是万夫所指，全是苍寒。

未经打磨的璞玉，浑身全是棱角，有些只需用砂纸摩擦便可圆润光滑，可有些却连钝器都无法挫其尖锐。

当傲骨折断，那是最锋利的刀刃。

而掉下来的眼泪，比密度最大的钻石还要沉重。

林空桑柔软，也坚硬。

她非要和这个世界抗衡，哪怕明知无法抗衡。

"林空桑。"

突然，有人在转角另一边喊了她的名字。

林空桑转身去看，竟是一班的程予姝。

对方的心情似乎也不是很好，和她一样红着眼睛。

"我有个问题要问你。"

放学后，付清溪在校门口接林空桑回家。

苍寒看着小姑娘萎靡不振的背影，心里有些不是滋味。

"出息了。"苍澈下巴微抬，单手解开衬衫的第一颗纽扣，"跟你妈一样，打算早恋？"

苍寒收回目光，沉默片刻，才道："没有。"

他们并肩走着，绝对的身高优势让路人纷纷注目。

不同年龄段的男人的特点在父子俩身上得到了很好的体现。

西装和休闲服，皮鞋与双肩包。

完全不同的风格，却隐约有着相同的影子。

他们漠然又懒散。

"不是你的错就别认，大不了不上这破学。"

苍澈出了学校，把车门打开。

苍寒坐进副驾驶座，垂眸看自己的手指。

"怎么，舍不得？"苍澈发动汽车，偏头嘲笑一番。

苍寒目光转向窗外，看着那个熟悉的巷口逐渐远去。

"爷爷还在家……"

"爷爷，还知道爷爷，"苍澈单手扶着方向盘，微微侧过身来，他像是突然想起来什么似的，"来，给你个机会，跟我坦白。"

苍寒的眉头微皱，轻轻抿了抿唇瓣。

"十八岁了，"苍澈感叹道，"知道瞒你老子了。"

苍寒纠正他："十七。"

苍澈懒得跟他废话："你说不说？"

苍寒开口："李来贵……"

他只说了个名字，然后就没有下文了。

那些关于自己的破事，他不知道要怎么开口。

"小时候还能颠三倒四说几句话，越大嘴巴越张不开。怎么，你妈天天给你喂胶水，粘住了？"

苍寒："……"

"李来贵找爷爷借钱。"

"借多少？"

"两万。"

"给了吗？"

"没给。"

爷爷抠得跟铁公鸡似的，别说两万了，两百都别想让他掏出来。

"我想也是。"苍澈叹了口气，"要不是我遇见当事人了，你们爷孙俩还打算瞒我多久？你不告诉你妈就算了，怎么连我都不告诉？"

苍寒顿了下："你在外地。"

苍澈在外边奔波忙碌，有时候几个月都回不来，告诉他也只会让他徒增烦恼。再说又不是什么好事，没有上赶着告诉的道理。

"那你现在怎么想？帮帮你那倒霉爹妈？两万你老子还是能给的。"

"不给。"苍寒把话说得干脆，没有一点犹豫。

像李来贵这种癞皮狗、吸血虫，但凡尝到一些甜头，就会像个黑洞一样，永远也填不满。

肉包子没办法打狗，得用棍子。

"行。"苍澈眉头皱起，趁着红灯摸出根烟来。

烟瘾犯了，他又不敢抽，没点火，就这么干咬着："这事儿别让你妈知道，她刚怀孕不太舒服。"

苍寒点头，他从头到尾就没打算说。

苍澈从兜里掏出手机扔给苍寒："给你妈打个电话，说我们过去了。"

苍寒拿过手机，熟练地输入号码，从最近通话里点开备注是"宝贝老婆"的联系人拨过去。

"今天去外婆家？"苍寒问。

苍澈抬首："就等你了。"

苍澈以前很少回临城，就算回来也是赶着节假日，好几个月才回一次。

这次大概是因为姜周怀孕了，近几周回来的频率明显高了许多。

爷爷性子犟，不爱出门。

他也就在苍澈婚礼上出现过一次，其他时间就闷在自己那破房子里，哪儿都不去。

苍寒小时候就跟爷爷一起生活，自然比苍澈要依赖一些。

他洗了手去厨房，看姜周正往保温桶里盛大骨汤。

"天气越来越冷了，老人家一定要注意保暖和防滑。我在汤里加了几味中药，你带回去让伯伯趁热喝了。"

"我来。"苍寒接过姜周手上的汤勺，站在她身边，小心翼翼地让着地方。

"你怎么跟你爸一样？"姜周笑着往苍寒背上拍了一下，"我这还没到一个月，有那么紧张吗？"

骨汤冒着热气，咸香扑鼻。

苍寒揉揉鼻子，将骨汤装进保温桶里。

他的视线扫过女人腹部，那里平坦，还没显怀。

"少吸点油烟，"苍澈从厨房外探了半个身子进来，一手扣着姜周肩头，另一只手在她面前扇了扇，"咱出去坐着。"

姜周被强行带出厨房，还觉得十分好笑："我盛个汤，哪儿来的油烟？"

"那种小事就让你儿子来，"苍澈的声音远离了一些，"养儿千日，用儿一时。"

全家好像也就孕妇本人没那么在意。

苍寒拧紧保温桶，眼底笑意浮现，转瞬即逝。

一顿饭吃得热闹，一家人一起七嘴八舌地说着闲话。

苍寒话少，就坐在一边听着。

家里即将多出一个小生命，话题自然往这上面靠。

他们说了幼儿园，也说了学区房。

"这头胎上学还算简单，二胎就得分流，以后上不上得了一中还是问题。"外婆操心道。

"妈，这您别担心。"苍澈给姜周盛了碗汤，挑走里面的冬瓜，"苍小寒户口跟着陈叔，当时没签过来。"

苍寒刚想点头，就见姜周眼睛一瞪，苍澈瞬间闭了嘴。

苍寒："……"

他愣是没把头点下去。

吃完饭，苍寒帮忙收拾了桌子，准备去厨房拎保温桶。

推拉门开了条缝，他听见姜周的声音从里面传来。

"你少提苍小寒户口的事，以后能签赶紧给签过来，咱们一家四口，少了谁都不行。"

"我哪有那个意思，"苍澈连忙解释，"再说这么多年不都这样，他不在意这些。"

"你以为谁都跟你一样？"姜周声音放低了些，"现在的小孩内心敏感着呢，特别咱俩刚结婚有了孩子，你要多关心关心苍小寒，不能让他觉得被冷落了……"

苍澈干笑几声："我儿子哪有那么矫情？他有了妹妹高兴还来不及呢，怎么可能会觉得被冷落？"

"你怎么就知道是妹妹？"

"苍小寒想要妹妹。"

"……"

客厅的电视机放着连续剧，外婆坐在沙发上，翻了翻茶几，翻出几罐白色的药瓶来。

"苍小寒，"她喊了一声，"我这儿有两盒钙片，你拿去吃。"

苍寒应了一声，将手指从厨房门上拿下来。

他转身走去客厅，外婆正眯着眼睛看瓶身上的文字。

"你外公从外地寄回来的，我说你的个头都快赶上门框了，还吃什么钙片……"

苍寒想了想："留给妹妹吃。"

"哎哟，"外婆瞬间笑了，"少你这一口啊？"

屋里开了暖气，就算脱了外套也不是很冷。

苍寒听外婆絮叨完日常琐事，然后拎着保温桶准备回去。

"我自己回去，"苍寒在苍澈拿车钥匙之前喊住他，"外面不冷。"

"让你爸送，"姜周把钥匙抓过来，不由分说地塞进苍澈怀里，"只有爹惯儿子，我还没见过儿子惯爹的。"

苍澈有些无辜："我说不送了吗？"

电梯发出"叮"的一声，打开了门。

苍澈低头整理了一下外套，偏过头打量了一下自己儿子。

"一年一个样。"

苍寒也看他："外婆也说过。"

也不知道是不是小时候营养不良，长大后营养又过于充足，苍寒这几年发育起来快得可怕，甚至他自己都能感受到身体的变化。

苍澈笑了笑，抬手搂住他的肩膀，在肩头搓了一把。

男人间的交流方式简单粗暴，没那么细腻，但是苍寒明白，也懂其中意思。

"走吧。"

汤带回去，爷爷看了一眼，没立刻喝。

老人家有个毛病，好东西总想着留一留。

"晚点我帮你热热。"苍寒把课本装进书包，想了想把屋里的暖气打开。

以前穷，房子破。

现在有钱了，爷爷还在这儿捣鼓他的小修车铺，说什么都不搬家。

苍澈犟不过，就把房子翻修了一遍，现在他们住着也挺舒心。

翌日，苍寒背上书包准备去学校。

"我走了。"

他临出门喊了一声，也没得到回应。

不过这也都是常事，爷爷一直都不爱搭理人。

出了巷子，路上都是上学的学生。

打打闹闹，骂着笑着。

十几岁的年纪，脑子里除了玩就是玩。

苍寒走进一家文具店，拿了两支爬满绿色藤蔓的笔芯。

小男孩站在城堡上，撑着身子往下探。

那只纸飞机不知道去了哪儿，有没有到女孩的手里。

小男孩不知道怎么办。

苍寒也不知道怎么办。

他不在乎曹云岸，也不在乎别人怎么看。

但他在乎林空桑，在乎到对方掉滴眼泪都心疼得不行。

他有时候也会想，如果自己没有与她接触，是不是就不会发生这些事情。

如果林空桑不曾走到教室后排，那她现在是不是还是那个每天开心的小姑娘。

如果那天的梧桐没落满地金黄；

如果人群中她的欢呼没那么疯；

如果太阳没那么暖；

如果他不喜欢……

"苍——寒——"

上方传来一道熟悉的声音，不过就是喊了个名字，却带着藏不住的开心。

苍寒抬头去看，林空桑半个身子都悬在窗外，使劲地冲他挥了挥手："你怎么才来——"

他脚步一顿，还没做出反应，对方又飞快地缩进窗口，没了身影。

"啪啪啪——"

走进教学楼内，苍寒都能听见嘈杂的脚步声中那不同的一阵声音。

林空桑一步三级阶梯，脚步又急又重。

小姑娘像阵风，从三楼风风火火地闯进他的怀里。

没有，是快要闯进他的怀里。

"苍寒！"林空桑被苍寒扶住手臂，弯着腰大口大口地喘着粗气。

她的小脸通红，眼睛弯弯，像拱弯月。

"我们有证据了！"

——这是谁家的光？

苍寒脑子里突然蹦出这么个念头来。

他差点就抱上去了。

林空桑开心得不行，完全没有意识到面前少年指尖的僵硬。

等她喘匀了呼吸，平复下来，站原地都要蹦跶几下表示自己的兴奋。

"我送你的那支笔！

"它在程予姝手里！"

苍寒没想到事情突然有了这么个进展，应该说，所有人都是一蒙。

——包括曹云岸。

不过他很快调整心态，迅速冷静了下来。

"我不知道你们是怎么让程予姝来做伪证的，一支笔而已，说明不了什么。"

当着三位老师、众多学生的面，曹云岸还可以这样思路清晰不急不躁，林空桑还真是有些佩服他。

不过曹云岸说得在理，虽然最有力的证物出现了，但是如何证明"证物就是证物"，又是一个无解的问题。

她一时间有些慌乱，转头看向程予姝。

结果让林空桑惊讶的是，程予姝竟然哭了。

她也不明白曹云岸都没哭，程予姝哭什么。

"我问了林空桑，里面的笔芯颜色她说对了。"

程予姝和林空桑一嗓子号出来方圆百里都能听见的暴躁哭法不一样，她哭起来没什么动静，就连说话都四平八稳，只是眼泪顺着脸颊不断流下，"滴滴答答"地落在衣襟上。

"当时我们是被大巴一起载去考场，你去商店买了一支笔，我看着你买的，买了'逢考必过'的笔。

"你从来不信这些，而且以你的性格，应该是最讨厌这种东西，当时我就觉得很奇怪。

"后来你竟然主动去和苍寒说话，我更奇怪了，觉得你不对劲。

"然后你们分开，你去了考场外的志愿者站，把这支笔放在了自助文具盒里。

"我把它拿回来了。"

程予姝一点一点地把事情的经过全部说了出来。

林空桑看着曹云岸的表情慢慢地变得僵硬，就知道这段话十有八九是真的。

"这谎话实在可笑，"曹云岸艰难地扯出一抹笑来，"你考试前从头到尾一直盯着我看？连细枝末节都记得那么清楚，就像把我要做的事情都规划好了一样。你知道让人相信的谎言该怎么撒吗？有粗有细才是真的。"

"我没有撒谎，"程予姝深吸一口气，接过林空桑递过来的纸巾擦了眼泪，"志愿者站就在校门保安亭旁边，应该是摄像头可以拍到的地方。"

所有人都沉默了。

嘴里说出花来都能确定，很明显，这句话才正中红心。

"程予姝！"突然，曹云岸大喊一声，"为什么？"

他的音量很大，把在场的两个女生吓了一跳。

苍寒不动声色地挡在林空桑面前，林空桑反应过来连忙把程予姝也拉到自己身边。

"做错事就要承认！干吗污蔑别人？"程予姝挣开林空桑的手，也哭着吼了回去，"曹云岸，你为什么是这样的人啊？为什么啊？"

曹云岸登时愣在原地。

程予姝像是有些崩溃，推开苍寒跑出了办公室。

林空桑在原地犹豫两秒，脚一跺也跟着追了出去。

守在门口的乔伊和她大眼瞪小眼："刚才……"

林空桑来不及解释："快追！"

人在情绪不稳定的时候会爆发出巨大的潜能，比如看着挺文静的程予姝竟然能一口气跑到校门口还甩了林空桑几百米。

乔伊飞奔过去把人抱住，累得就像耕了几百里地的牛。

"桑……桑桑！快、快点！"

林空桑捂着隐隐作痛的小腹，气喘吁吁地跑到她们身边："你跑什么呀！吓我一跳！"

程予姝挣扎无果，干脆脱力地往地上一坐，号啕大哭："为什么啊——"

"什么为什么？"乔伊累得半死，也不管地上脏不脏，跟着一起坐了下来，"办公室隔音效果真好，我在外面愣是、愣是一个字都没听见！"

程予姝对着乔伊哭："他为什么是那种人啊？呜呜呜……"

乔伊被她哭得也想哭，低头掏出纸巾，胡乱地往程予姝脸上抹："谁啊？"

林空桑蹲在她们身边皱眉："曹云岸。"

"啊？"乔伊依旧不明所以，"那浑蛋怎么了？"

程予姝闭着眼"啊"了一声，把纸巾扔在乔伊脸上："不许骂他！"

乔伊又把纸巾扒拉下来："你到底是哪一边的？"

程予姝不回答，继续哭。

"你有毛病吧？"乔伊又抽了几张纸巾，全部盖在对方脸上，"哭哭哭，全给你！"

林空桑想笑，然后她就捂着肚子笑了起来。

曹云岸真的算不上聪明人，虽然事情勉强按照他的想法进行，但一切都是误打误撞。

他以为耽误考试会激怒苍寒，进而引发矛盾好泼脏水，却没想到却坏在了一支笔上。

不，应该是坏在他自己身上。

"你干吗帮曹云岸？"林空桑扳过程予姝的肩膀，"他是个坏心眼。"

"苍寒还是坏心眼呢！"程予姝反驳回去。

林空桑瞬间收起了笑："苍寒才不是坏心眼！"

程予姝也跟着学："曹云岸也不是坏心眼！"

乔伊像是全部明白过来，单手往后一撑就笑起来："你们的'口味'真独特……"

林空桑："曹云岸能和大哥比？"

程予姝："那是因为你不了解他！"

"他就是坏！"

"你才坏！"

"你坏！"

"你坏，你坏！"

"……"

女孩子的骂声没什么威力，跟挠痒痒似的，还混着乔伊的笑。

保安大叔闻声而动，把她们重新赶回教学楼里上课去。

"别偏袒他了。"林空桑扶着程予姝劝道。

"要你管。"程予姝吸吸鼻涕，"用不着你的好心，你以为我在帮你吗？"

"嗯嗯嗯。"林空桑点头敷衍着，"你肯定不是帮我。"

"苍寒以前帮我捡过书，我只是还他人情而已。而且、而且我不想看班长犯错误！"

"那你不离不弃？"林空桑问。

程予姝瞪她："你不也是一样？"

"你俩都加油？"乔伊憋笑憋得难受。

"我才不跟你们加油，"程予姝把她俩推开，重新板起脸板来，"再见！"说完便转身上了楼。

"……"

"这个小公主，"乔伊把自己仅剩的一张纸巾拿出来，愤愤道，"她用了我一包纸巾，连声谢谢都不说！"

"谢！谢！"程予姝在楼梯上没好气地喊了一声。

林空桑和乔伊对视两秒，一起笑了出来。

"她好生气噢！"

老师们去考场调了监控，而曹云岸也默认了自己污蔑的事实。

闹得沸沸扬扬的"霸凌"事件终于告一段落，只剩下人口相传，让时间还苍寒一个清白。

"真好。"林空桑评价道。

她现在头抬得老高，腰杆也直，从教室走一圈就跟黑猫警长巡逻似的，那叫一个趾高气扬。

"付阳！"她把一盒旺仔牛奶放在对方桌上，"给你喝。"

付阳皱着眉："我才不喝这种娘们儿唧唧的东西。"

"不喝给我喝。"林晏伸手就要拿。

"滚，"付阳把牛奶扔桌洞里，"我拿回去喂猫。"

"你也有。"林空桑笑嘻嘻地也给了林晏一盒，"我这儿还有我妈妈做的小饼干，甜口和咸口都有，你们要哪一个？"

她拎着食品袋，把零食都分干净。

最后剩下一包黄油曲奇，她别别扭扭地挪去苍寒的座位。

"喏。"

林空桑把饼干放在桌边，用手推到苍寒面前。

苍寒没有立刻拿过来，而是一翻桌洞，拿出一盒旺仔牛奶。

"我给过你了吗？"林空桑震惊道。

"没有。"苍寒把牛奶放在桌上，像她刚才一样推到桌边，"我给你的。"

"哟！"

有人起哄。

林空桑赶紧把牛奶拿过来，屁颠屁颠地跑回自己座位上了。

"发完了？"乔伊歪歪身子。

林空桑兴奋地把那盒牛奶给她看："我还拿回来一盒！"

"可把你赚死了，"乔伊打趣道，"造谣一张嘴，辟谣跑断腿。就算这事儿在老师那里有个交代，但有些人还是觉得苍寒霸凌同学。"

"算了，"林空桑咬了咬唇，"你永远都叫不醒一个装睡的人。"

乔伊叹了口气："大概是当年的事深入人心了吧。"

"我觉得当年的事都不一定是真的。"林空桑放下牛奶，陷入沉思，"曹云岸那种人什么话说不出来，他说霸凌就霸凌？我真不信他。"

乔伊："这事都好多年了，你信不信又有什么用？"

林空桑沉默片刻："乔伊，你记不记得你早上还劝我，说这个世界本来就是不公平的。"

乔伊抿了抿唇："你想表达什么？"

"可曹云岸换笔这件事，就是公平的呀！"

"你别跟我说你想去查四五年前的事。"乔伊瞪着眼睛，握拳捶了林空桑一下，"见好就收啊，林空桑！你以为你是名侦探柯南？"

"可是——"林空桑拉着乔伊的手，"曹云岸是什么人，他和大哥你选谁？"

"我谁都不选，"乔伊缩缩脖子，"我看你是疯了。"

林空桑是疯了，她自己都觉得自己疯了。

"现在事情还没发酵，曹云岸这个卑鄙小人大家迟早都会知道。不如我们乘胜追击，把之前的事也翻出来，这样事情叠着事情，动静闹得越大，大哥就越清白！"

乔伊震惊地看着她："你做梦呢？"

林空桑也看向乔伊："凭什么大哥就要受委屈？难不成你真觉得大哥当年霸凌同学？"

乔伊摇了摇头。

虽然她和苍寒没有太多交流，但是即便如此也能从细节上感受到对方的确是个温和的人。

"可是你要怎么做？让曹云岸承认，还是让当初那个'被霸凌'的同学承认？事发时只有他们三个人，我觉得他们都不会承认的。"

林空桑左右看了看周围，拉过乔伊，刻意压低了声音。

两个小姑娘头抵着头，一副说悄悄话的样子："我问过林晏了，事发时还有第四个人。"

乔伊睁大了眼睛："什么？！"

"是个女孩子，"林空桑笑着道，"老师为了保护她对外只说了三个人。"

"你想做什么？"

"去找她。"

"然、然后呢？"乔伊开始对自己这个只会喝旺仔牛奶的傻白甜好闺蜜有所改观。

林空桑把手摊开，随后往上一抓："智——取！"

林空桑花了三天时间，打通了各种电话，跑断了腿。

因为事发时有第四个人在场很少人知道，所以联系起来异常困难。

她找了所有认识的人，甚至强迫让林晏也跟着找。在无数次碰壁、无数次失望后，终于找到了当年那个女生。

对方名叫彭媛媛，就在临城二中上学。

只是比他们低了一届，今年在读高一。

一中和二中都是临城比较好的学校，之间只隔了一条街的距离。林空桑摸清最短路线，中午放学拽着乔伊就跑去二中门口蹲人。

"老师都保护她了，我们还这样找是不是不太好？"乔伊挤在人群里，有点儿心虚。

"我管她好不好，"林空桑眼睛死死地盯着学校大门，"当年她为什么不站出来？怎么没人问苍寒好不好？"

乔伊不再劝说，也跟着林空桑一起盯着校门："我们跑来还浪费了一点时间，她会不会已经走了？"

"不会，"林空桑斩钉截铁道，"她性格内向，每天放学和大哥一样，都是等人走得差不多了才出来。"

乔伊一时半会儿说不出话来："这你都知道？"

"当然，"林空桑一抬下巴，"我还知道她的胆子很小，性格也怪，每天独来独往，被人欺负了也不敢吭声。"

乔伊："……"

两人在门口等了有十分钟，直到放学的人流开始变少，彭媛媛一出校门就被林空桑发现了。

小姑娘脸蛋圆圆，和林晏给她看的毕业照上的样子几乎一样。

"这两年她没怎么变。"林空桑感叹道。

"是你拦还是我拦？"乔伊一撸衣袖，跃跃欲试。

"拦？"林空桑按下乔伊的手，"你觉得她会说吗？"

"她要走了，"乔伊眨巴眨巴眼，"那你准备怎么办？"

"谁说我就这么找她？"林空桑看着彭媛媛走远离开，沉声道，"明天喊着林晏，一起来。"

　　林空桑算好了时间，当天下午就把林晏揪出去说事。

"你来真的啊？"林晏咽了口唾沫，"不过，我去是不是不太好？你们女孩子之间更容易问一些吧？"

林空桑摇了摇头："就彭媛媛那种性格，男的女的都不好使。"

"那怎么办？"林晏小心翼翼地问她，"你求观音试试？"

林空桑笑着把人一顿好打，结果还没追几步就撞见走出教室的苍寒。

少年站定脚步，轻飘飘地扫她一眼。

林空桑及时收手，食指卷了卷马尾发梢，一溜烟跑回教室。

苍寒又看向林晏："我上厕所。"

但是脚依旧没动。

"我和她……闹着玩！"林晏十分尴尬地"嘿嘿"一通，"她让我——"

"嘘！"已经跑进教室的林空桑从窗子探出了脑袋，把一个"嘘"字说得快要喷唾沫星子。

她兔子探头似的，完事后就把身子飞快地缩回去。

"让我……"林晏嘴里的话瞬间转了个弯，悄悄挪着步子就往教室跑，"赶紧滚蛋！"

"这事你不打算告诉大哥吗？"乔伊问。

林空桑托着下巴思考："我还在考虑。"

苍寒这人最怕麻烦，要是让对方知道了，指不定还反过来劝自己说他不在意。

虽然彭媛媛在整个事件里的定位还不知道，但是林空桑隐约觉得就凭她的性格和体形，应该不是霸凌方。

柔弱的女孩子、讨厌的小混混、偶尔喜欢管闲事的大哥，还有坏心眼的曹云岸。

这几个人凑在一起能演什么剧本，林空桑心里都有个数。

只是这一切都还只是猜测，缺少实质性的证据。

而这件事时间久远，想要获取监控等物证基本是空想，那么就只能让其中一个当事人开口，把事情再复述一遍。

这个行为无非就是在揭别人伤疤，说不会造成伤害那是假的。

可能老师们就是怕出现这种情况，所以才会把女孩子从整个事件中抹去。

但是，这样的结果直接导致了苍寒辍学，并且被人议论了四年之久。

凭什么？

林空桑想想就心疼。

"我真怕大哥心软。"林空桑冷不丁说出这么一句来。

乔伊听得没头没尾："心软什么？"

"找彭媛媛的时候，你都心软了。"林空桑道。

之所以不告诉苍寒，其中最重要的一点就是这个——

她怕苍寒心软。

伤害自己去保护一个女生，这是对方能干出来的蠢事。

林空桑不乐意他这样做。

"可是这终究是大哥的事情，而且还是很重要的事情，你这样瞒着当事人，是不是不太好？"

乔伊的话让林空桑肩膀一塌。

"是不太好，所以我在犹豫！"

她都犹豫好久了，也没犹豫出个所以然来。

"告诉他吧，"乔伊劝道，"大哥平时最听你的话了，他要是不答应，你撒个娇，肯定没问题。"

林空桑"吃吃"笑了起来："我撒娇？我怕吓着大哥了！"

林空桑还是决定把事情告诉苍寒。

但没想到的是，下午一放学苍寒就不见了踪影。

"大哥？！"林空桑看着教室走廊上一闪而过的身影，整个人都很蒙，"大哥跑了？！"

"笑死我了，"乔伊推推她，"你快点，还能追得上！"

今天不知道为什么，苍寒一下课就出了教室。

林空桑急急忙忙地收好书包，和乔伊一起追了出去。

这速度，估计不是去食堂抢饭，而是有什么事情。

"我天？！"林空桑往栏杆上一趴，看苍寒已经出了教学楼，"大哥属鸟的？直接飞下去的？"

乔伊拉着林空桑在人堆里乱窜："刚才人还很少，现在人多了更不好走了。"

林空桑有点急了："那我们快点！"

"你也别太着急，"乔伊安慰她，"不行就明天早上告诉他。"

林空桑摇摇头："最好今晚告诉她，给他一个缓冲期。"

"那也没事，"乔伊心累道，"我知道他家就在学校边上的巷子里，我带你去就行！"

两个女孩一路小跑追出校门也没追上人，林空桑自暴自弃干脆先去奶茶店买了杯奶茶犒劳自己。

"真去他家？"乔伊问。

林空桑吸了一大口奶茶："去看看，我还不知道大哥家住哪儿呢。"

"就在学校边上，"乔伊隔空一指，"里面有个修车铺，上回不知是谁的车坏了进去修，看到大哥才知道的。"

"大哥家里修车的？"林空桑惊讶道，"我看他爸爸像个霸道总裁。"

"谁知道呢？"乔伊喝完奶茶，把杯子扔进垃圾桶。

"你是水牛啊？！"林空桑瞪着眼睛，"我还没喝完三分之一！"

乔伊懒得和她废话，拖着人就去了巷子里。

虽然在学校边上，但是因为入口太窄，林空桑还真没注意过这种地方。

并且随着不断深入，这个巷子越发曲折狭窄，连个路灯都没有。

有点可怕。

"乔伊……"林空桑拉拉乔伊的衣服，连说话都不敢太大声，"大哥真的住这儿——"

突然，"噗"的一声闷响从前方传来。

像是重物碰撞上了肉体，几乎是紧接着，响起一道痛苦的呻吟。

"你敢动她？"熟悉的声线入耳，林空桑和乔伊同时愣在原地。

这是苍寒的声音，但又不太像。

和那个说话总是温暖的男生相比，这道声音多了几分狠戾，即便没有看到说话人的样子，林空桑胳膊上都起了一层鸡皮疙瘩。

"我爸能让你从这个世界消失。"

"哐！"

转角处的垃圾桶翻了。

林空桑像是吓傻了，被乔伊拉去一边的杂物堆后面躲起来。

痛呼声闷在嗓子里，像是被人堵住了口舌，在这暗无天日的傍晚求助无援。

林空桑握住手上的奶茶，止不住地发抖。

巷子里的人？

是苍寒吗？

苍寒他……应该不会吧？！

"苍寒……"一声极其压抑的声音传来，"你……疯了。"

她的心脏骤停，连呼吸都止住了。

真的是苍寒？！

"不行……"林空桑扶着墙颤颤巍巍就要起来。

她嘴里念叨着"打架违法，杀人犯罪"，捧着杯奶茶还想过去劝架。

乔伊差点没吓死，抱住林空桑的腰，拼了命地把人拖住。

林空桑挣扎未果，干脆跟树袋熊似的带着乔伊一起过去。

大哥被打了怎么办？大哥又不会打架！他眼睛上的伤才好了没半个月，万一又被挠了自己可要心疼的！

她脑子里乱糟糟一片，只想着去把人拦住，连说话的心思都没了。

可能是人一激动起来就格外头铁，乔伊拖都没把她拖住。

林空桑手指抠着墙壁，硬是在转角探出半个脑袋。

苍寒被人扯头发、挠眼睛的场景并没有出现，反而是他掐着对方脸颊把人按在墙上的画面让林空桑尤为震撼。

不是掐脖子，是掐嘴。

他铸铁一般的手指捏住男人的腮帮子，几乎是直接卸了下巴。

对方额角渗着血，半张脸红了。

那场面，跟泼了辣椒油似的。

奶茶从林空桑的手心滑落，"啪"的一声掉在地上。

苍寒的目光循着声响扫过来，眸中不带一点温度。

乔伊猛地把林空桑扯了回来。

苍寒松开李来贵，捡起墙角躺着的破拖把，随手把拖把头给卸了。

乔伊拉着林空桑蹲在刚才她俩藏身的杂物后："怎、怎么办？"

林空桑也不知道怎么办，她现在满脑子都是刚才苍寒那满身戾气可怕的模样，仿佛和自己认识的少年压根儿不是一个人。

"冷、冷静……"她刚哆嗦着反握回去，身后的杂物"哗啦"一下毫无预兆地全部塌了下来。

两个女生抱着头，尖叫着跑出来。

苍寒直接愣在了原地。

他手里还拿着棍子，无比庆幸刚才只是踹翻了纸箱，而没直接砸过去。

是乔伊和林空桑，前者跑得飞快，一会儿就没影了；后者紧跟其后，跑出几步又停了下来。

林空桑回头了。

苍寒赶紧把手上的棍子扔在地上，手心出汗，还紧张地在裤缝边擦了一下。

手上带着血，他干脆把手背到身后。

林空桑动了动唇，似乎有话要说。

可是没等她开口，去而复返的乔伊直接抓过她的手臂，把人生拉硬拽地拖走了。

地上的那杯奶茶漫延出一大片水痕，苍寒站在一堆杂乱之中，听她们远去的脚步声，想追上去，可是又不敢追。

苍寒喉间一紧，完了。

那一瞬间，他觉得自己的天都要塌了。

"大哥——"

突然，巷口处传来小姑娘清亮的声音。

苍寒心脏重重一跳，立刻抬眸看向前方。

不知道隔了多远，林空桑喊出来的声音尤为放肆："虽然你打架，但我知道，你是个好男孩！"

苍寒："……"

"行了，快走吧！"

乔伊的催促声也跟着响起。

刚才苍寒塌了一半的天又"唰"地回来了。

大起大落，大喜大悲。

短短几秒的时间，他甚至有些想笑，也的确笑了。

冷汗爬了满背，他缓缓蹲下，垂眸看着自己手上的血迹。

他指尖发着抖，握了好几下都止不住，干脆就直接在地上蹭了蹭，用灰尘掩盖血腥。

李来贵已经跑了，苍寒擦了把手背，弯腰捡起纸箱，把散落一地的杂物一样一样地放好。

最后，他扶起垃圾桶，在拐角处捡起那半杯奶茶，撕下了印着林空桑姓氏的小票标签。

他喉结上下一滚，心里还残存恐惧。

苍寒闭上眼睛，缓慢平复着自己的呼吸。

他吓着她了。

林空桑被吓到了，但是没有被吓坏。

她的症状比较轻微，是吃一根油炸年糕就能迅速恢复的程度。

但是乔伊就不太行了。

"这世界上就只有你觉得大哥呆萌了吧？我之前就告诉过你，大哥为什么被叫大哥，你心里怎么一点数都没有！刚才我差点没直接喊出来，呜呜呜，你赔我精神损失费！"

林空桑嚼着年糕，摇了摇头："是不知道，刚才大哥那表情，就跟要哭似的。"

乔伊一把扣住林空桑的脑袋，说："他哭还是你哭？我看是他一拳把你打哭！"

"你不懂，"林空桑吃完年糕，把竹钎扔进垃圾桶里，"我本来还挺怕的，但是之后大哥看我那眼神，我瞬间就不怕了。"

"什么眼神？"乔伊问道。

林空桑回忆片刻："他慌得要死。"

少年眼里的慌乱如洪水决堤奔涌，即便努力遮掩隐藏，却还是因为动作笨拙暴露在自己面前。

"他还是大哥啊，"林空桑叹了口气，把手一摊，"我能有什么办法。"

乔伊恨铁不成钢，食指直直地往林空桑脑门上戳："你完了。"

"完了就完了吧，"林空桑看得还挺开，"我觉得大哥比我还完蛋。"

要完蛋一起完蛋，还算公平。

林空桑当晚躺被窝里翻来覆去睡不着。

苍寒把人按在墙上的场面太过震撼，她到现在都忘不了。

当初付阳和林晏对她说的话也在脑海浮现，慢慢地，她竟然有一种"他们说的可能也有道理"这种念头。

"想什么呢！"

这个念头刚冒出来就被林空桑一敲脑门赶紧打住。

这不就和"苍蝇不叮无缝的蛋"一样离谱吗？

就算苍寒会打架能打架，但是只要他不主动惹事，谁也不能把"霸凌"的帽子戴在他的头上。

林空桑不信苍寒会霸凌。

以前不信，现在不信，以后依旧不信。

她半夜爬起来，翻出抽屉里的那张照片。

站在自己身后的少年垂着目光，看起来温暖又明亮。

林空桑因为刚才那些乱七八糟的怀疑生出了一些愧疚，伸手从笔筒里拿出一支笔，在照片的背面写下一句话。

苍寒永远都是最好的男孩子。

这句话像是一道警钟，在林空桑脑子里时时长鸣。

苍寒永远都是最好的男孩子。

第二天，林空桑顶着黑眼圈来到教室。

后排的苍寒跟个没事人一样坐在座位上，就像往常一样，都不抬眼看她。

炽
热

160

林空桑把书包一扔，整个人就像是没骨头一样趴在了桌上。

困死了。

"你是不是没睡？"

乔伊同样萎靡不振，把自己的脸往林空桑肩上一埋，两人就开始抱团打瞌睡。

"我没睡情有可原，你没睡非常可疑，"林空桑闷声问道，"你怎么了？"

"我做了个梦，"乔伊说，"我梦见你打电话跟我哭，说大哥家暴你，离婚离不掉。"

林空桑："……"

"等等，"她抓住了重点，"我和大哥在你梦里结婚啦？"

乔伊把脸从林空桑肩上抬起，接着抬手给她比了个大拇指。

强。

中午放学，铃声一响林空桑直接闷头睡觉。

还是林晏扯了一把她的辫子："菩萨来了。"

抬头的那一瞬间，林空桑嘴角还挂着口水。

但当她看到林晏的脸时，整个人直接从座位上弹了起来。

"乔伊！"

昏昏沉沉的乔伊被吓得不轻，也跟着蹦了起来："怎么了？！"

"今天的计划！"林空桑拎起书包，把桌上的书本往里一塞，"快走！"

她竟然把去找彭媛媛的事忘得一干二净！

林晏跟着她们一起跑："你还没告诉我，我该做什么。"

林空桑气喘吁吁道："等会儿彭媛媛出来，你去吓她。"

"吓她？"林晏有点没概念，"给她讲鬼故事？"

他们跑得快，到二中这里也没几分钟。

林空桑喘得像个拖拉机，对着林晏的肩膀就是一推："喂，你敢撞我！"

林晏："？"

林空桑："这样吓。"

林晏无语片刻："我长得很像小混混？"

"凶一点，"林空桑咽了口唾沫，"但是动静别太大。"

"我推一下她能把她推地上，"林晏有些抗拒，"万一真说我欺负人怎么办？"

"我发誓你说完话我立刻出现！"林空桑举起三根手指，"你绝对欺负不到她。"

"你这是打算一个唱白脸一个唱红脸？"林晏有点尿，"你是不是知道我不会答应，所以特地到这儿才跟我说？"

"你不来我来！"乔伊一咬牙，"我是女的，我来推！"

林空桑死盯着林晏，逮着他手臂就是一掐："你去不去——"

伴随着林晏的哀号和"去去去"应答声，乔伊拽着对方衣袖，暂时和林空桑分开了。

几分钟后，彭媛媛终于出来了。

林空桑假装在文具店门口等人，余光看见不远处的乔伊和林晏还在打来打去，恨不得撸着袖子过去一人给一个脑瓜嘣。

彭媛媛今天走得很慢，路过林空桑身边时，偏头往文具店里面看了看，吓得林空桑还以为自己暴露了。

"哎呀！"乔伊做作的呼喊声在耳边响起，林空桑一咬下唇，差点没笑出来。

她扭头一看，彭媛媛没倒，乔伊反倒是倒了。

"她撞我！"乔伊指着彭媛媛，转身对林晏道。

林晏板着个脸，故意压低了声音："道歉！"

"对、对不起！"彭媛媛连忙后退道歉，"对不起，对不起！"

林晏："……"

乔伊："……"

不是，这明显是碰瓷啊，她都不争辩一下的吗？

林晏有点束手无策，目光直直看着彭媛媛身后的林空桑。

看我干啥啊！林空桑的眼睛直往彭媛媛身上瞥，继续啊！

林晏咽了口唾沫，硬着头皮道："你以为道歉就完了？！"

彭媛媛惊恐万分地抬起头："是、是你让我道歉的。"

林晏："……"

他有那么一瞬间的无助。

林空桑抬手按住自己的额头。

"我、的、脚、好、疼，"乔伊扯了扯林晏的裤脚，"扶、我、起、来！"她把话说得咬牙切齿，像是恨不得把林晏直接吃了。

林晏这才弯腰把乔伊扶起来。

"你撞……撞了我我我……我朋友，"他说完这话竟然红了脸，"这事儿不能就这么算了。"

"我没有钱，"彭媛媛连退几步，捂住自己的口袋，"求求你，我没有钱了。"

林晏："……"

谁问你要钱了啊？完了，这算当众勒索吧？

"快走！"林空桑及时出场，握住彭媛媛的手，"跟我来。"

小姑娘的手比她想象中还要软，对方的手心甚至还带着汗，估计是刚才吓出来的。

"快说，快说！"乔伊挽着林晏的手臂一通乱晃，"说：'你等着我会再来找你的！'"

林晏瞪大眼睛看着乔伊，脑子一片空白。

"你说啊你！"乔伊急得不行，逮着他的胳膊就是一拧。

"我我我，"林晏打了个激灵，磕磕巴巴道，"我会……"

"你们等着！"乔伊干脆把林晏一推，自己扯着嗓子喊了出来，"我们会再来找你们的！"

而另一边，林空桑暗骂林晏这个没用的废物，心道还是自家姐妹靠得住。

彭媛媛被这一声吓得一颤，差点没直接绊一跤。

"没事，他们没追上来，"林空桑把人拉去路边的一家奶茶店，"我们在这里躲一躲。"

彭媛媛像是吓傻了，紧紧跟着林空桑一步也不离开。

"他们刚才好像是在喊人，"林空桑装模作样地往店外看了看，"我们先别出去，在店里他们不敢乱来。"

"我、我们报警吧！"彭媛媛眼睛红了一圈，"报警就好了，报警吧！"

林空桑一时间不知道该怎么接这话。她知道彭媛媛胆小，但是胆子这么小的还真是少见。

"报警的话反而会激怒他们，"她开始闭着眼说瞎话，"警察来了找不到人就走了，但是他们下次还会来，知道你报警，说不定他们更生气。"

"那怎么办啊？"彭媛媛说着说着就要哭，"我、我分明都没有碰到她。"

乔伊这拙劣的演技，林空桑在心里暗自吐槽。

"没事，有我在，他们不敢欺负你。"林空桑把彭媛媛拉去柜台，给她点了一杯奶茶，"咱们在这里等一会儿，如果他们还在外面，我就打电话喊我男朋友来。"

"你有男朋友？"彭媛媛瞪大了眼睛，"你是二中的吗？"

"呃，是。"林空桑一本正经地点头，"你也是吗？我怎么没见过你？"

先发制人，问对方的问题，让对方无可问。

"我、我是高一（3）班的。"彭媛媛低着头不说话，眼睛一直往窗外瞟，"我觉得他们——"

"给！"林空桑将一杯奶茶递到彭媛媛的面前，"喝奶茶！"

彭媛媛一愣："我的？"

"是啊。"林空桑笑了笑。

"我没钱。"彭媛媛摇摇头，没有接。

"不要你的钱！"林空桑把奶茶塞进她的怀里，"这家奶茶可好喝了！"

她说着插了吸管，喝完一口，笑容僵在脸上。

好难喝！

和一中的奶茶店根本没法比。

这不得穿帮？

说自己口味独特还来得及吗？

彭媛媛捧着奶茶，犹豫片刻后才学着林空桑的样子，也把吸管插进去，吸一口眼睛都亮了："好、好喝！"

"……"

林空桑强迫自己把那口奶茶咽下去，脸上还要努力保持微笑："我说得对吧。"

"我从来没喝过这个，"彭媛媛小心翼翼地捧着杯子，"怪不得学校里那么多人都在喝。"

林空桑放下奶茶，心里微微泛酸："还有果茶呢，也很好喝。"

彭媛媛看了眼价格表，眼睛明显流露出失落来："谢谢你，我、我以后再喝。"

两人去座位上坐了一会儿，林空桑看时间不早了，假装出去左右看了看，刚想回头让彭媛媛出来，却突然在路边瞥见一个意外的身影。

是——苍——寒——

林空桑眼前一黑，差点没直接一头撞门框上。

离了大谱！大哥怎么在这儿？！

谁把这尊大佛召唤过来的啊！

"他们走了吗？"

彭媛媛刚探出个脑袋，就被林空桑一把按进店里。

"没走！"

苍寒怎么在这儿？

乔伊、林晏干什么吃的，他们不会是不敢过来拉走大哥吧？

林空桑一个人带不动三个猪队友，现在天灵盖都快被怨气顶开了。

"你别急，"她对着彭媛媛开口，实际上是对自己说，"没关系的，我去喊我男朋友来。"

炽
热

164

扫码免费听课

加入写作社群

有机会和明星作者对谈

男朋友。

她哪儿来的男朋友？

唯一一个可能是她男朋友的，现在还在外面给她捣乱。

"你千万千万别出去，"林空桑深吸一口气，"我去文具店打个电话，两分钟就回来。"

她说完一咬牙，出门就打算直接揍人，结果乔伊、林晏、苍寒三个人消失得干干净净，连个影子都没。

刚才怕不是幻觉？

林空桑又闷头回去。

"你男朋友来了吗？"彭媛媛紧张地问道。

"来了，"林空桑道，"正好碰到他们，我让我男朋友把他们打跑了。"

"太好了！"彭媛媛终于松了口气，"吓死我了。"

"我送你去公交车站吧？"林空桑看了眼店内的时钟，"不早了，赶紧回去。"

彭媛媛点了点头，跟在林空桑的身后："他们下午不会再来吧？"

"不知道，"林空桑摇摇头，"你最近千万要小心点，我也不能每次都保护你。"

彭媛媛感动得一吸鼻涕："你真好。我叫彭媛媛，你叫什么名字？"

"我……"林空桑顿了下，然后挂上一脸臭屁的笑，"高二年级最漂亮的就是我啦！你随便问一下很容易就知道了。"

彭媛媛缩缩脖子，怯懦地点了点头。

林空桑怕报了名字多说多错，干脆在这里唬了一通。彭媛媛既然不爱和人说话，应该也不会特地去高二年级打听自己。

反正也持续不了几天。

林空桑心想，先这么赖着吧。

"拜拜！"

她站在公交站台，把彭媛媛送上车后，笑容逐渐淡去。

等到那辆公交车彻底消失在远处，林空桑转身看去，她的三个猪队友正排排站等在路边。

本来挺气的，但在对上苍寒目光的那一瞬间，她怂了。

猪队友就猪队友吧……

到底也是队友，还能打死不成。

"问出什么了没？"乔伊上前拉住林空桑。

林空桑摇摇头："还没问。"

"你怎么不问啊？"林晏也跟了过来，"那我们不就白忙活了？"

"还不是时候。"林空桑有些心虚，一直低着头。

她不敢看苍寒，怕对方怪自己。

刚才自己对着彭媛媛那一番笑盈盈的欺骗，落在对方眼里也不知道成了什么。

"时间不早了，你们快回去吧，"林空桑把乔伊和林晏推去车站，"一路顺风……"

她说得小声，目光顺着地面往苍寒的方向瞥去，只停在了他的脚踝处就不敢继续向上。

"你怎么办？"乔伊问，"跟我们一起？"

"大哥在那儿呢，我能走得掉吗？"林空桑叹了口气，"他生气了吗？"

"不知道，"乔伊也压着声音，"林晏拉他过来后，他一句话也没说。"

"算了，"林空桑认命道，"自己造的孽。"

公交车驶进车站，乔伊拽着不明所以的林晏上了车，嘴上似乎还在絮叨个不停。

林晏似乎懂了什么，站在车里，冲林空桑挥挥手："加油。"

林空桑："……"

这话说得怎么就像她要赴刑场一样悲壮。

她叹了口气，塌着肩膀转过身。

"我错了。"

林空桑积极认错，主动道歉。

苍寒不为所动，沉默不语。

林空桑掀起眼皮，偷偷看一眼。

和苍寒对上目光，她又眨巴眨巴眼，重新移开视线。

他没表情时，看上去就好凶。

苍寒："你不该来。"

林空桑一缩脖子，有点委屈。

"该不该来都来了……"

她的声音很小，跟蚊子叫似的，嗡嗡嗡。

"你生气了吗？"林空桑委委屈屈，"你别生气。我昨天放学本来准备和你说的，但是、但是……"

谁让苍寒那时候去当好男孩了！

这又不能怪她！

自己这么折腾是为了谁啊！

猪八戒照镜子——里外不是人。

"我就是看不惯曹云岸，"林空桑噘着嘴，把头偏到一边，"也看不惯彭媛媛。我只是想弄清楚真相，并不是一定要还谁一个清白！"

炽
热

她有些赌气，话说完之后再仔细一品，有种傲娇即视感。

烦死了。

等了足足有半分钟，苍寒终于舍得张开他那张金口："真相是什么？"

"彭媛媛说出来的就是真相，"林空桑转头看向他，十分认真道，"我有信心能让她开口。"

两人的目光在空中相交，谁也没有主动避让。

片刻后，苍寒垂下眸子，像是在回忆曾经。

"重要吗？"

虽然一中初中部的同学大多依旧留在本校，但事件的核心人物却都不知所终。

站出来的只有曹云岸，他的话便成了唯一的证词。

真相被时间掩盖，越传越扑朔迷离。

人们添油加醋，把谣言传成大家最津津乐道的内容。

久而久之，没人会关心事情到底是什么样的。

他们只在意它是否有趣，是否传奇。

"重要。"林空桑把这两个字咬得很重。

苍寒没什么表情，只是平静地看着她。

"我收回刚才的话，"林空桑揉了一把自己的脸，像是豁出去一般，"我承认，我就是想还你一个清白。"

苍寒目光一颤，那一瞬的呼吸都重了许多。

"我的……清白。"他缓慢地重复着林空桑的话。

"清白，"林空桑斩钉截铁，"没做过就是没做过，谁都不能污蔑——"

"我要是做过呢？"

林空桑站在原地，整个人一蒙。

少年缓缓将左手从口袋里抽出，举至视线齐平。

他的拇指搭在食指第二个关节处，轻轻一压。

"嗒"的一声，是指骨相错的清脆声响。

苍寒的眸子半合，目光尤为冰冷："昨天你不是都看到了？"

林空桑往后退了半步。

她这才发现，作为当年霸凌事件当事人之一的苍寒，自己从未问过。

她把注意力放在曹云岸身上，放在彭媛媛的身上。

她笃定苍寒不会霸凌，先入为主地去找她想要的"真相"。

可是，昨天那样的苍寒。

如果真相就是——

"铛——"

林空桑的脑中像是撞出了一道钟鸣。

所有纷繁杂乱被一键清空，剩下的只有十月阳光灿烂，和教学楼上护住她后背的少年。

——苍寒是世界上最好的男孩。

"你做过？"林空桑"啪"的一下把苍寒的手打开，"你放屁。"

"……"

苍寒这辈子都没这么无语过。

除了他爹，还没人敢在他面前这么……践。

"我拉着乔伊、林晏在这儿折腾大半天就为了弄清当年的真相，你不帮忙就算了还在这儿混淆我的视听，打击我的自信。"

"他们两个是猪队友，你就是猪猪猪队友！"

苍寒："……"

他的喉结上下一动，像是还没反应过来。

"我知道你不在意！"

林空桑气得在他身边转了个圈。

"你是酷哥，你什么都不在意！

"所以一切都让我来做，我是俗人，我在意！"

苍寒只需要继续做那个人人惧怕的大哥。

那个沉默温柔的少年，就让林空桑去保护。

"你刚才什么意思？"林空桑伸出自己的手，逮着手指头就开始掰，"谁掰不响啊，真是！"

然后一个都没响。

"掰手指头算什么？"林空桑干脆放弃，"你有本事！你有本事就像昨天那样，那样把我按地上摩擦！"

她说着，用脚蹭了蹭地。

她蹭完有点心虚，并且越来越怂。气头就半分钟，火气过去了，她逐渐反应过来自己在干什么。

她是不是上头了？

"你敢吗？"林空桑有点想跑，"你才不敢！"

她前后晃晃胳膊，像是晨练的小老太太。

苍寒就这么看着她，没有言语，没有表情。

"我、我、我说完了……"

林空桑放肆完毕，终于蔫了。

"不怕吗？"苍寒问。

林空桑："……"

"还是，有一点点……怕，"她哭丧着脸，气势急转直下，"你不会真把我按在地上摩擦吧？"

那自然是不会。

"昨天，他……"苍寒的目光在地下荡了一圈，终究还是回到林空桑的脸上，"他想动我妈妈，我有点……急。"

林空桑反应过来，连忙点头："阿姨？那你要告诉叔叔！"

苍寒"嗯"了一声："好。"

"怪不得呢……"林空桑低头抠着自己的手指，"要是我，我也生气。"

苍寒抿了抿唇："是不是吓到你了？"

"没有！"林空桑把头摇成拨浪鼓，"没有没有，你看我现在一点都不怕。"

原来是触及了苍寒的底线，他才会生那么大的气。

阿姨现在怀着孕，是应该把人教训一顿。

昨天的事情在林空桑脑子里过了一遍，林空桑觉得也没那么恐怖。

还好，她昨晚喊了那么一嗓子，不然苍寒肯定要心里难受一晚上。

还好还好。

"以后你有什么事就跟我说，我有什么事也跟你说。没什么误会的，我就算看到昨天、昨天那些，也没觉得你多可怕。"

"……"

沉默片刻，她又心虚地补上一句："还是有一点点怕。"

说罢林空桑咬住唇笑了起来，她的视线乱瞟，意外瞥到了苍寒垂在身侧的右手。

手背有阴影，似乎是受了伤。

"你的手……"林空桑伸出食指隔空点了点，"那个……"

苍寒立刻把手背到身后。

"给我看看。"林空桑噘着嘴，把自己的手伸过去，"快点，给我看看！"

苍寒犹豫几秒，把手重新垂回原处。

林空桑探身过去，捏住少年的指尖，低头仔细去看。

掌心与手指相连的关节处破了一片，伤口还没有结痂。

"昨天伤的吗？"她问。

苍寒"嗯"了一下，声音略显局促。

"会怕吗？"他又问。

"你又不打我，"林空桑叹了口气，"大哥，你真的很会打人吗？"

苍寒谦虚道："还行。"

"你怎么能忍住不打曹云岸的？"林空桑抱怨道，"如果我会打人，我一定见他一次打他一次。"

"那是霸凌。"苍寒说。

"所以说你没有咯？"林空桑抬头看他。

苍寒沉默良久，微微摇头："没有。"

"我就知道。"林空桑的手指点在他伤口周围的皮肤上，"咱们去买点药，回教室之后你把当年的事情都说一遍给我听，我把计划完善一下，绝对能一举拿下彭媛媛。"

苍寒蜷了蜷手指："嗯。"

"好男孩，"林空桑依旧拉着他，"你说你这么厉害，以后打架就别受伤啦。"

小姑娘的嗓音软糯，宛如冬天正午的暖光。

苍寒轻轻勾起指尖，扣住了那一小片柔软。

"嗯。"

第七章

海是平静无波，也是暗流涌动

────────── ◆◆◆ ──────────

　　林空桑嘴上说得起劲，仿佛兜里有"吐真剂"似的就等着往彭媛媛嘴里灌。

　　可是歇了两天，却又没动静了。

　　"怎么没动静？"林空桑拍拍乔伊的肩膀，"我让林晏隔一天就去二中门口晃一晃。"

　　"他肯去？"乔伊惊讶道。

　　"肯啊！"林空桑笑得贼兮兮的，"他怎么不肯，他乐意着呢！"

　　"有毛病？"乔伊皱了皱眉，"当初他不是特别不乐意吗？"

　　林空桑抿了抿唇，把话说得极其玄乎："今时不同往日啦。"

　　乔伊没听懂，但是也不准备纠结："你准备让他晃到什么时候？"

　　"明天截止吧！"林空桑托着下巴想了想，"今天正好星期五，留个双休给彭媛媛考虑。"

　　"考虑什么？"乔伊又问。

　　"考虑……是她自己招出来，还是我帮她'社死'。"

　　林空桑说完耸了下鼻子，像只咋呼的小猫。

　　吓唬完乔伊，她又背着手，闲不下来似的溜达去付阳那儿。

　　"无事不登三宝殿，"付阳翻了个白眼，"使唤完林晏，现在轮到我了？"

　　"嘿嘿嘿……"林空桑笑得贼兮兮的，"你帮不帮吧？！"

　　付阳嘴角一提，长腿大大咧咧地伸到了走道上："我有什么好处？"

　　林空桑立刻板起了脸："你帮不帮！"

171

"软的不行来硬的？"付阳下巴一抬，"求人态度好一点。"

"……"

"不帮拉倒！"

"我迟早有一天被付阳气死。"林空桑气呼呼地回到座位上，"跩得跟八爪鱼似的，我一拳头我——"

她对着自己书包"砰砰"就是两拳，最后没骨头似的，趴在桌子上："哼，又不是只有他一个！"

然而，等林空桑把班里男生问了个遍，也没人答应她。

"早知道就让林晏来了，"林空桑两眼空洞，透着绝望，"他脑子不好，肯定没事儿……"

乔伊对着她的脸一通乱揉："这次怎么这么难？"

林空桑弓着腰随她蹂躏："因为、我要找个、男朋友。"

乔伊手上一顿："？"

林空桑微笑着摇头："没、人、敢。"

"早说啊，"付阳在空中打了个响指，"男朋友这不是来了嘛！"

"你少跟我贫，"林空桑撇撇嘴，"假的。"

"你不会想泡我故意这样做吧？"付阳问，"费心了。"

"我费什么心！"林空桑恨不得撕烂付阳那张嘴，"这件事很严肃，你要答应的话，得认真对待。"

"嗯，"付阳收起自己跷着的二郎腿，"认真当你男朋友？"

林空桑抄起桌子上的本子就往他脑袋上砸："闭嘴！"

动静闹得有点大，她心虚地回头往角落看了眼。

大哥平时都低头刷题，应该——大哥竟在我身后！

林空桑差点没吓死。

"嗨。"苍寒抬手打了个没什么感情的招呼。

"什么鬼？"被打了招呼的林空桑有点瘆得慌。

林空桑艰难地开口："我虽然建议你多和别人说说话，但你千万别太勉强自己。"

"来得正好，"付阳还不怕死地把手一摊，指向林空桑，"给你介绍一下，我女朋友。"

"假的！"林空桑赶紧否认，"假的假的假的。"

"入戏一点行不行啊？"付阳立即抱怨，"你这样我很难认真。"

林空桑吃了个瘪，耳尖都透着红。

要不要好好给大哥解释一下啊？可是她拿什么身份解释都挺尴尬。

"我能做什么？"苍寒开口，不急不缓。

林空桑站在苍寒身前，侧仰着头看他。

少年皮肤苍白，下颌弧线完美，收进耳边乌黑碎发。

"你可是主角！"

当天晚上，林空桑把人凑在一起，简短地开了个小会。

"具体流程就是这样，一定要记好什么时间说什么话，做什么动作。

"特别是你——林晏！"

林空桑瞪着他："别再给我掉链子了！"

林晏飞快地瞥了眼身边的乔伊，把脸闷手臂里。

"听见没，说你呢！"乔伊拉了一下他的袖子。

林晏闷闷地"嗯"了一声："听见了！"

"结束！"林空桑伸出自己的手，手心向下放在空中，"成功了请大家吃饭！"

付阳手快立刻就要放上去，可是林空桑的小臂突然往下一压，他放了个空。

林空桑睁大眼睛看着刚才按自己胳膊的苍寒不紧不慢地把手插进她和付阳中间。

"……"

林空桑咽了口唾沫。

"算了。"她赶紧把手收回来。

付阳回过味来，说道："我不干了！"

表面和谐一触即碎，林空桑求爷爷告奶奶了一路也没把付阳求回来。

"你！"林空桑气急败坏地回头找苍寒撒气，"都怪你！"

苍寒表情淡然，一副自己完全没错的模样。

林空桑气得用手指头对着他的手臂一阵狂戳。

"明天就去找彭媛媛了，还给我来这一出！隔一个双休日效果可能就不好了！"

"放心吧。"林晏看着前方。

苍寒低头点点那根软软的手指："他会来的。"

如两人所料，付阳虽然一上午都摆着那张臭脸，但是中午放学他将书包一扔往二中跑的动作却没一点拖泥带水。

林空桑一个体育废物被乔伊拉着狂奔，跑到地方肚子又开始疼。

"没事，不用管我，"她勉强站直身子，"咱们各就各位吧。"

折腾了快一个星期就等这一天，自己可不能拖后腿。

好戏要上场了。

和往常一样，放学后十来分钟彭媛媛才出现。

林晏和乔伊就站在校门口，两人隔了最少两米。

"你站那么远干吗？"乔伊凑到林晏身边，"你这几天都过来了？"

林晏瞬间有点紧张："你可别再对我动手动脚。"

林空桑看乔伊多了毛，"噼里啪啦"地打着林晏，看上去跟真的小情侣闹矛盾一样，演得还挺好。

而另一边的彭媛媛大概是这几天被吓着了，愣是待在校门里面不出来了。

看来还得自己过去捞。

林空桑整理了一下自己跑乱的刘海，调整呼吸假装偶遇。

她装模作样地往校门走上一圈，然后"哎呀"一声："彭媛媛！是你呀！"

见到林空桑，彭媛媛明显眼睛一亮，但大概是几天没有说话，她又很快缩了回去。

"不认识我啦？"林空桑指指自己，"我是高二长得最漂亮的那个。"

"嗯。"彭媛媛拘谨地点了点头，看样子不怎么想搭理林空桑。

这个姑娘果然太胆小了，林空桑只不过几天没出现，对方就跟她明显拉开了一大段距离。

早知道就偶尔过来一下培养感情了。

"你怎么不走？"林空桑笑了笑，"我请你喝奶茶呀！"

彭媛媛摇摇头，抬手飞快地指了一下林晏的位子："那、那个人。"

林空桑看了一眼，故作惊讶："他们怎么来了？！"

"他最近几天都来，"彭媛媛道，"不过一会儿就走了，我等一会儿就好。"

"正好，"林空桑拉过她的手，"我要等我男朋友，我们去奶茶店等吧！"

好说歹说把彭媛媛拉去了奶茶店，林空桑又买了两杯奶茶，递给了对方一杯。

有奶茶当媒介，彭媛媛和林空桑明显亲近了不少。

"要不等我男朋友过来，把那个人打一顿，他就不敢欺负你了！"

彭媛媛瞬间瞪大了眼睛："不、不好吧？"

"没关系，我男朋友特别厉害，成绩还好，现在在一中读书呢！"

"一、一中。"彭媛媛眼中闪过一丝慌乱。

林空桑放缓语速："他初中也在一中。"

彭媛媛这次直接低下了头，连话都不再多说。

果然是在逃避吗？林空桑抿了抿唇。

下一秒，她吸了口气，一把拉过彭媛媛的手："哎！我看到我男朋友了！"说完趁对方还没反应过来，直接带着人出了店铺。

"哟！"早就等在店外的林晏无缝连接，"真巧啊！"

"可让我找到你了！"乔伊恶狠狠道，"今天我让你好看！"

"跑！"林空桑拽着彭媛媛拔腿就跑。

林晏一把抓住彭媛媛的书包："还想跑？"

彭媛媛吓得大叫，慌乱间撞在一个人的身上。

"苍寒？！"林空桑夸张地喊出声。

彭媛媛的哭喊戛然而止，就像被掐住了脖子，整个人瞬间没了声音。

苍寒扶了彭媛媛一把，把对方的书包从林晏手上拿回来。

林空桑手疾眼快地从苍寒手上抢过书包，拉着彭媛媛就往计划好的巷口跑去。

"我这次表现不错吧？"林晏转脸问乔伊。

"少臭美，"乔伊白了他一眼，"快点，下一场。"

另一边，林空桑用身体把彭媛媛堵得结结实实，堪堪在巷子里露出半个脑袋。

"别出来，"她小声道，"他们在找你。"

彭媛媛抱着书包，整个人蹲在地上不住地发抖。

林空桑也蹲下来，轻轻拍着她的背。

虽然心里有些不忍，但她还是把该说的话继续说下去。

"完了，为什么苍寒会在这儿啊？"

彭媛媛身体一颤，猛地抽了口气。

"听说苍寒这个人特别可怕，刚才直接就把你的书包从那个人的手里拿过来了。你说他是不是那个人的大哥，还好我手快帮你把书包抢回来，不然东西落在苍寒手里，可就要不回来了。"

彭媛媛抬起头，满脸的不敢置信："他扶了我……"

"那不是扶！"林空桑连连摆手，"他可能是想占你的便宜，听说这个人特别变态，就喜欢对小女孩下手。你不是一中的不知道，我男朋友跟我说过，他曾经杀过人！"

"杀、杀人？"彭媛媛像是吓傻了。

"是啊，初一的时候啊，就因为这事他还被退学了呢！"

彭媛媛回过神来，缓慢地摇了摇头。

她的嘴唇哆嗦着，想开口说话却发不出声音。

"你知道曹云岸吗？就是一中学习又好长得又帅的大学霸，他真的好勇敢，竟然站出来指证苍寒。"

彭媛媛抱着膝盖，把脸埋进书包里："不……"

"多亏了他呢，不然我们都不知道苍寒竟然是这种人！"

"不是的……"彭媛媛不停重复着这一句，整个人都在发抖。

　　林空桑深吸一口气，站起身，往巷子外看了看："哎？好奇怪，为什么苍寒和那个人在打架啊？他们不是一伙的吗？"

　　彭媛媛愣了愣，缓缓抬起头来。

　　她就这么蹲着身，一点一点地挪到墙角，也跟着探头看去。

　　苍寒和那个男生推搡着，明显是在阻拦。

　　那个女生指着巷口，像是看到了她。

　　彭媛媛赶紧把身子缩了回来。

　　"要不报警吧，"林空桑掏出手机，"像苍寒这种有前科的人渣，随便说点什么都可以把他送进派出所。一会儿警察来了，你就说是他先惹事的，咱俩都是人证，到时候这几个人渣都没好果子吃。"

　　"不，"彭媛媛抓住林空桑的裤脚，仰着脸哀求道，"不要……"

　　"你怎么了？"林空桑把手机背到身后，重新蹲下身来，"当年他未成年进不了监狱，现在他都快十八岁了，我们一起，肯定能把他送进去，也算是为民除害了！"

　　彭媛媛拼命地摇了摇头："他不是。"

　　"怎么不是？"林空桑看着满脸是泪的小姑娘，目光沉了沉，"我偷偷告诉你，其实当年苍寒杀人的时候，还有个女生。"

　　彭媛媛像是听到了什么可怕的事情，整个人呆坐在了地上。

　　"他想对那个女生下手，但是被另一个男生拦住了，所以他就把那个男生——"

　　"不是的！不是苍寒！"彭媛媛捂住自己的耳朵，急促又低沉地抽着气，"苍寒是来帮我的！是来帮我的！"

　　"……"

　　一阵长久的沉默。

　　只剩下抽泣和沉重的喘息。

　　终于，林空桑站起身，从一边的杂物堆里拿出事先摆放好的手机。

　　随着"刺啦刺啦"的电流声响起，她浮夸的声音从听筒里传了出来。

　　——"别出来，他们在找你。"

　　——"完了，为什么苍寒会在这儿啊？"

　　进度条过于靠前，林空桑直接拖到了最后。

　　——"我偷偷告诉你……他想对那个女生下手……所以他就把那个男生……"

　　——"不是的！不是苍寒！苍寒是来帮我的！是来帮我的！"

　　林空桑按下保存键，转手给乔伊、付阳、林晏全都发了一份。

　　一份有图像有音频的铁证。

炽
热

176

彭媛媛满脸是泪，呆呆地看着林空桑，整个人像是被抽掉了魂。

"对不起，"林空桑也红了眼睛，"我只能用这种方法。"

彭媛媛再笨也明白过来了："你……"

"黑白颠倒的感觉好受吗？"林空桑问。

"这四年，苍寒一直在过这种生活。"

林晏这边还在和苍寒大眼瞪小眼，倒是乔伊更放得开，伸手就要和对方互掐。

"你怎么……"林晏把小姑娘扯过来，"你注意点。"

"打架呢，"乔伊入戏极深，"你认真点。"

苍寒就这么看着他俩，偶尔抬下手，把乔伊往后推一推。

"哎……"林晏撑住乔伊的肩膀，"你还跟她来真的？"

正说着，他兜里的手机响动。

林晏拿出手机一看，眼睛一亮："成了？！"

乔伊立刻把头凑过去："点开看看。"

视频缓冲了一段时间，苍寒没跟着凑上去，反而转身朝那条巷子看去。

音频外放，林空桑一通鬼扯，听得他都觉得好笑。

彭媛媛胆小怕事，直接问肯定问不出什么结果。

但是小姑娘生性善良，心底存了一份愧疚。

林空桑明白那份愧疚不足以支撑她勇敢地说出真相，所以想出这个方法，让一群人演足了戏，就为了把她的愧疚尽可能地放大，直到忍无可忍。

"我知道这些年你也很难过，但这不是你的错，更不是苍寒的错。我不强求你本人亲自站出来和曹云岸对峙，只希望你能以彭媛媛的身份向当年的老师说清楚事发经过，还苍寒一个清白。"

林空桑的声音有些颤抖。

"那是我保护的男孩子。

"请你不要伤害他。"

苍寒站在巷口，一字不落地把话听完。

他脸上依旧没什么表情，垂眸站了片刻，被付阳从身后搭上肩膀。

"兄弟，看到视频了吗？

"你是真能忍啊！"

其实当年的事苍寒没那么在意，毕竟人他的确打了，也是自己主动退学的。

苍澈忙着工作没空管他，姜周为了这事儿来过好几趟学校，每次都是无功而返，回家后自己悄悄抹眼泪。

苍寒反过来还得去安慰她，说没关系，自己不在意。

曹云岸的污蔑、彭媛媛的缄默，最初他还觉得有些失落。

可是人如果变得麻木，那些伤人的利箭就再也刺不进皮肤。

他也曾失望冷漠，把自己与这个世界隔离开来。

但终究敌不过寒冷，即便这样依旧想触碰世间的温暖。

苍寒爱自己的父母，也想拥有同学和朋友。

善良的人无法麻木，因为感受爱意也需要用心触碰。

他接纳周围的一切，在铺天盖地的恶意里翻翻找找。

直到某天，有一束光闯了进来。

那一刻，一切都值得。

五人小组圆满完成任务。

中午十二点多，一行人凑在校外的小餐馆里吃炒饭。

付阳端着林空桑买的奶茶，总觉得自己有点多余。

"所以我存在的意义是……"

"我本来还想着如果彭媛媛没那么有良心，就让你出来刺激一下她。她知道你是一中的，看到你肯定会心虚。"

林空桑说着，突然叹了口气："谁知道她比我想的还容易崩溃，我只不过说了几段话，她就受不了了。"

"你是真能扯，"乔伊"啧啧"了半天，"还扯得那么真情实感，我差点都信了。"

林空桑把嘴一噘："演员的自我修养。"

"不过，那个彭媛媛真的会说出真相吗？"林晏问。

"应该吧？"林空桑也没有百分之百的把握，"她不说我就把视频放出去，救了个白眼狼，我可没那么怜香惜玉。"

她说这话的时候，瞥了苍寒一眼，对方正盯着自己的奶茶吸管看，仿佛游离在所有人的对话之外。

"大哥，"林空桑把手伸到他面前挥了挥，"你听见我说什么了吗？"

苍寒轻轻眨了眨眼，视线缓慢转移到那只小手上："嗯？"

"你嗯什么嗯，"林空桑收回手，"我说我不会怜香惜玉！"

苍寒微一点头："随你。"

参与这场表演不过是林空桑要求的，对方在意的东西，他就也象征性在意一下。

"希望她一个周末可以想好，"林空桑杵着下巴，"就看星期一彭媛媛来不来找我了。"

因为彭媛媛的事,林空桑一个周末都不安生。

她总惦记着这事儿,晚上睡不着,早上起不来。

时间颠倒了一天,星期天一大早她愣是被付清溪从床上揪了起来。

"你今天白天别想着沾床!"

林空桑无所谓地一耸肩,转身窝进沙发里继续睡。

付清溪干脆把人套上羽绒服扔到外面:"去晨跑吧。"

林空桑:"……"

这真的是亲妈吗?

她裹了裹衣服,像个年迈的小老太太,佝偻着腰在楼道的窗户边站了会儿。

冷空气卷起落叶,柔柔地吹进脖颈,林空桑眯起眼睛,困意醒了一半。

她抬手搭上窗边,看远处晨光微亮,天空泛起鱼肚白。

云层高高地堆在头顶,今天大概率是个晴朗无风的好日子。

希望明天一样不要下雨、不要刮风。

希望她保护的少年可以永远快乐、无虑无忧。

林空桑觉得自己是个挺随遇而安的人。

她进不了家门,干脆就真跟着小区的晨练大军,去广场上跟人一起踩着健身器材拼命地空中踏步。

想想自己小时候最喜欢玩这些东西,长大之后反倒懒了,连门都不想出。

有点困。

她身体前倾,把自己搭在横杆上装女鬼。

小孩的嬉笑声来了又走,林空桑看着自己的鞋子,僵硬又缓慢地踏着步子。

像条在风中晾晒的咸鱼。

突然,她的视线中出现了一双熟悉的球鞋。

林空桑长发散乱,抬头一看,好家伙,苍寒?

她吓得差点从空中漫步机上滑下来。

"大哥?"林空桑一脚踩在实地上,勉强稳住身形,"你怎么在这儿?"

苍寒手上还提着刚买的豆浆和油条:"我外婆家在这儿。"

还真是巧了。

"你、你先回去吧,"林空桑看着他提了一堆,连忙摆手,"别让你外婆等急了。"

苍寒垂眸犹豫片刻，微一点头："我先走了。"

林空桑赶紧把头点成小鸡啄米似的："再见再见！"

苍寒转身走开一步，脚步一顿后又重新回来。

"你吃早饭了吗？"

林空桑缩缩脖子："一杯豆奶……算早饭吗？"

苍寒去而复返，在五分钟内把早饭送回去后又重新出现在广场。

不仅如此，他的手里还多了条围巾，叠好递到林空桑的面前。

小姑娘脖颈修长，穿着低领的羽绒服，风就直往里灌，怪冷的。

林空桑道了声谢，也没跟他客气，拿过来就围上了脖子。

浅灰色的针织围巾，摸着非常厚实。

"这是你的吗？"她举着手臂，把自己的头发一绺一绺地从围巾下拽出来。

苍寒看小姑娘的长发和围巾绕在一起，不知怎的心就有点乱："嗯。"

"没见你围过。"林空桑说。

苍寒："我不冷。"

林空桑歪歪脑袋："我看你穿得也不多啊？外套里就一件卫衣吗？"

"有……秋衣。"苍寒微微偏头，耳根有点发热。

林空桑挠挠鬓角，突然觉得这个话题有些过分私密。

"你吃早饭了吗？"她赶紧转移话题。

苍寒摇了摇头："我带你去吃。"

小区门口不缺吃食，光是早餐铺子，挨在一起的少说有十来家。

林空桑转了一圈，最后进了油条包子铺。

点了两碗粥，还有两笼小笼包。

"我吃不完一笼。"林空桑提前和苍寒说道。

苍寒抽了张纸巾，擦掉林空桑桌前的水渍："我吃。"

两人的相处自然而又舒适，像是相处多年的好友。

林空桑摘了围巾，用手腕上的皮筋把长发随意地绑在脑后。

小姑娘脸蛋小小的，被风吹红了鼻子。

"怪不得一直都没遇见过，我家和你外婆家一个在最西边一个在最东边，连等公交车都不是一个站。"

林空桑用手指在空中比画了一下："咱们的小区有这——么大，咱们两家就有这——么远。"

苍寒眼里带了些笑："我最近也不常来。"

"怎么啦？"林空桑问。

苍寒："爷爷身体不太好，我在家照顾。"

林空桑记起来苍寒之前好像也因为这个原因请过假。

"没什么病，身体原因，"苍寒用勺子慢慢搅着粥，"他性格很怪，不爱去医院。"

"老人家很多都这样，"林空桑停了筷子，认真道，"身体有问题一定要去医院，不然会出大事的！"

苍寒摇摇头，慢慢道："我爸和他吵过很多次，他就是这样，所以我多看着点。"

林空桑托着腮，皱眉嚼着包子："家里只有你和爷爷了吗？"

苍寒手上微顿，轻轻点头。

"呸呸呸，还有叔叔阿姨呢！"林空桑赶紧又补充道。

苍寒垂眸喝粥，没有接这句话。

"对不起啊，"林空桑塌着肩膀，"我说错话了。"

"没有，"苍寒放下勺子，若有所思，"我宁愿我爸有他自己的家。"

苍寒的过去林空桑知道一些，对方没有深入，她也不会急于了解。

但是不知道为什么，她总觉得苍寒十分矛盾。

分明身边家人都很爱他，可他却总会流露出孤独。

是重组家庭融入不了，还是童年阴影挥之不去？

虽然这么说很显矫情，但少年心门紧闭，像是海底撬不开的珠蚌。

"大哥，"林空桑咬住筷子，"你有什么烦心事吗？"

她知道，像是彭媛媛、曹云岸这种，对方压根儿不当回事，也根本不会烦。

那些堆积在内心深处、藏匿于骨缝之间的，才是苍寒在意的东西。

他越是在意，越是压抑。

把欲望深埋，隐在不见天日的暗处。

苍寒永远平静温和，就像是一望无垠的海。

暗流藏在深处，于无人知晓的角落聚起汹涌漩涡。

从那次目睹了苍寒盛怒时的模样，林空桑就知道苍寒并不像表面看上去那么平静无波。

她有时候觉得自己很懂大哥了，可是过一段时间，好像又不懂了。

少年的心思比自己想象中的还要敏感细腻，善与恶在他心里足以放大百倍。

他能想到别人想到的，更能想到别人想不到的。

苍寒在意什么，又想要什么。

"没有。"

少年垂下目光，漆黑的长睫垂下，像敛起了保护自己的羽翼。

那只小猫轻轻摇头，把所有事情藏进心口。

"没有烦心事。"

林空桑也只是有这种感觉，既然苍寒否认，她也不去深究。

两人吃完饭溜达了一路，记下了对方家的地址随时准备偶遇。

"支持蹭吃蹭喝吗？"林空桑脚一踮，笑着呼出一团热气。

苍寒轻轻点头，看小姑娘荡在空中的发梢。

像一只在森林中活蹦乱跳的鹿，周围萦绕着冰凉雾气，脖颈却被系上了属于人类的温暖。

少年目光微沉。

那是他的围巾。

"我家就在这栋二十五层，"林空桑站在单元楼门前，竖着食指指了指上方，"左边那户！"

苍寒仰头去看，楼层一样，也没看出个所以然来："知道了。"

"那我回去啦！"林空桑冲他挥挥手，"拜拜！"

苍寒也抬手："再见。"

他看着林空桑三步一回头地进了单元楼，侧身走过转角，又重新探出半个头来。

"你怎么还不走？"林空桑在五米开外歪着身子问。

围巾尾端在小姑娘身前晃了一下，像是在提醒谁似的，别把它落下。

苍寒的目光在那条浅灰色的围巾上停留一秒，继而挪开。

他半转过身，道："走了。"

单元楼内，电梯等在一楼，打开的门就要关上。

林空桑急急地拦门进去，从镜子里看到自己脖子上的浅灰围巾。

她"啊……"了一声，下意识地抬手去按开门键。

只是她的指尖未触碰到按钮，停在空中，没按下去。

也不用这么着急。

林空桑欢欢喜喜地回了家，顺便还拐了条围巾来。

她扑上床也不想着睡觉了，拿出手机给乔伊发消息。

乔伊没有立刻回复，这个点估计还在睡觉。

他们一般都有自己的手机，只是学校不准带，平常就放家里。

林晏、付阳那种从来不听话的人除外，不过带它们也都是偷偷摸摸。

林空桑划拉了一下联系人列表，点开了班级群。

她还没有大哥的联系方式，现在想把人加上。

结果，还没找到。

苍寒竟然没在班级群里。

林空桑把手机往床上一扔，整张脸埋进被子里。

都没人告诉他的吗？！

她重重地叹了口气，卷着被子打了个滚，想睡觉了。

今天也是心疼大哥的一天！

"怎么又跑床上去了？"付清溪把林空桑从被子里揪出来，"跟我一块儿买菜去——从哪儿弄的围巾？你买的？"

"别扯别扯，"林空桑连忙把围巾收回来，"别人的。"

"男的女的？"付清溪屈起一条腿坐在床边，似乎有长谈的意向。

"女的！女的！"林空桑连忙打着哈哈，"你去买菜吧，我想写会儿作业。"

主动写作业，那十有八九是假的。

付清溪也明白这个理，硬是把林空桑给拖出了房间。

厚实的围巾遮住了大半张脸，林空桑闷着声音，满脸丧气："你这样会失去你快乐的女儿。"

付清溪在她脑袋上拍了一下："我现在只需要一个能跟她妈一起买菜的女儿。"

"家里就两个人……"林空桑撇撇嘴，话说一半又停了下来，"我去！但是……我们能去那个远一点的菜市场吗？"

林空桑屁颠屁颠地出门，想着偶遇，但世界上没那么多巧合。

快中午的时间拎着菜回来，她实在是有点困了。

回到房间发现手机上有未读信息，点开来看，果然是乔伊回复了她：这就是缘分呀！

林空桑"咯咯"乐了半天，可是笑着笑着也就淡定了下来。

她还想着用围巾做借口与苍寒再见一面呢，却连个联系方式都没有。

她叹了口气，把围巾取下来，叠好放在枕边。

像是妥帖地收起一份温暖，小心又爱惜。

"明天把你带去学校好啦。"

——然而，并没有等到第二天。

吃完晚饭后，睡了一下午的林空桑明显有点精神亢奋。

她写完作业，在屋里转了几圈，终究还是没忍住偷偷溜出了门。

虽然很不想承认，但是林空桑觉得自己有些"恋爱脑"。她一想到自己和苍寒距离这么近，就总想着能遇到他。

晚上快七点，小区里的路灯亮了。

夜风卷着寒意，绕过指尖发梢。

林空桑抬手拨开过分舒展的枇杷树叶，踩上那条硌脚的石子小路。

广场上，大妈们在跳广场舞，音乐不吵，热热闹闹。

小孩们嬉笑着打闹，把滑板车踩得"呜呜"直响。

林空桑避开他们，抬脚朝健身器材区走去。

也不一定非要遇见，但就是想——

过来看看。

林空桑突然停下脚步。

不过两三米远，香樟树旁的长凳上正坐着个少年。

苍寒指间捏了根黄色的狗尾巴草，正垂眸看着顶端发呆，像只盯着逗猫棒的蓝色英短，与周遭吵闹的人类隔开。

林空桑在旁边看了许久。

看少年的黑发，看他的下颌弧线，看他沉浸在自己的世界，周身围绕着的温柔与孤独。

她有那么一丝恍惚，竟不忍打扰。

"这是谁家的小猫呀？"

林空桑走到苍寒的面前，并起双脚。

那根狗尾巴草一顿，苍寒抬起目光。

路灯昏暗，发出温暖的黄光。

少年面容苍白，发丝微乱，卷翘的睫毛轻颤，浅棕眼眸里透出星星般的光点。

她眼尾的弧度缓慢变得柔和，嘴角不动声色地堆积着笑意。

林空桑摘了脖子上的围巾，垂眸替苍寒围上。

她话里带笑，拉住围巾两端打了个结："你穿这么点不冷吗？"

苍寒像是还没反应过来，低头看看自己脖子上的围巾，再重新把目光定格在林空桑的脸上："不冷。"

"有一种冷叫作'我觉得你冷'。"林空桑微微后仰，比较满意现在这个包裹严实的大哥，"好巧呀！"

苍寒视线垂下，没接这话。

他搓了搓那根枯黄的草，然后抬手递过去。

"给我吗？"林空桑略微惊讶，但很快接了过来。

冬天的狗尾巴草跟蒲公英似的，稍微晃动一下就能飘下几根纤毛。

苍寒下意识用手指去拢，在空中抓了个正着，摊开后掌心却空无一物。

"为什么给我这个？"林空桑转身坐在他的身边，用食指戳戳小草。

苍寒偏头去看："别人给我的。"

林空桑一抬眉梢："谁？！"

有群小孩从他们面前欢呼着跑过去，苍寒随手指向其中一个："她。"

炽
热

184

林空桑笑了："你招人喜欢。"

苍寒蜷起手指，也笑了。

他不爱笑，或者应该说他不常有表情。

开心也好，伤心也罢，情绪埋在心里，浮不到脸上。

可是认识林空桑的这几个月，他却明显爱笑了许多。

"我回到家就发现围巾忘还给你了，想给你发信息却没找到你的联系方式。"林空桑说着，从口袋里掏出手机，"班级群也没你，老班没让你加吗？"

苍寒轻轻摇了摇头。

"有QQ号吗？"林空桑问。

"有，"苍寒道，"我报给你。"

好友请求发送过去，苍寒没带手机，得回去才能同意。

林空桑把手机关了放回兜里："晚上我拉你进群。"

苍寒："嗯。"

两人的影子投在地上，被灯光拉长，糊在一起。

林空桑伸着双腿，晃晃脚尖："我在想事情。"

"想什么？"

"你说明天彭媛媛会不会来找我？"

苍寒许久没有回应。

"本来我是很有信心的，可是时间越接近明天，心里越没底。"林空桑肩膀一塌，长叹了口气，"虽然说有视频，但是终归就一句话，我怕没那么大的信服力。"

她喋喋不休地抱怨一通，又说了林晏的糗事。

他们聊班里的八卦，还有其他零碎的琐事。

"当初我和你组成互助小组的时候，他们还在幸灾乐祸，现在我倒觉得……还好。"

林空桑身子一仰，往后靠在了椅背上。

她仰头看着被树叶遮挡的半片星空，轻声道："我再也不信那些没根据的传言了，想了解谁就自己去认识，想知道事情真相就自己去调查。"

她差点就错过一只猫猫。

耳边有风，半天没个动静。

林空桑坐直身子，看苍寒从口袋里拿出两颗糖，水果味的。

她笑着捏过来一颗，剥开糖纸吃进嘴里。

"大哥，万一彭媛媛真不来找我怎么办？"

"没关系。"苍寒说。

"有关系！"林空桑拍了一下他的手臂，"我忙活了这么大半天呢！"

苍寒若有所思地点了点头："放视频。"

林空桑缩了缩脖子："我瞎扯的那一段还真不想让人听到，万一有坏心眼的断章取义，那我岂不是造了更离谱的谣？"

苍寒依旧是那句话："没关系。"

"没关系没关系，你觉得什么有关系？"林空桑忍不住吐槽，"你是不是什么都不在意？"

苍寒垂眸沉思片刻，继而抬头看她："不是。"

林空桑眨巴了两下眼睛，像是突然反应过来什么似的，赶紧移开目光。

苍寒："我妈妈怀孕两个月了。"

林空桑害羞还没到一秒就被打击了。

原来是她自作多情了。

"你想要弟弟还是妹妹？"她问。

"都可以。"苍寒道。

"我家就我一个，好无聊，我也想要个弟弟或妹妹。"

林空桑想到自己看过的那些姐弟互掐视频，觉得好笑。

她转头看向苍寒，见对方目视前方，眸中是星火燃烧后灰败的凉。

不像高兴。

跳广场舞的大妈们结束了今天的运动，纷纷带着自家孩子回家准备睡觉。

有个小朋友屁颠屁颠地跑过来，又递给苍寒一根狗尾巴草。

苍寒摊开手掌，还了对方一颗硬糖。

"原来吃糖要有条件的？"林空桑脑袋一歪，"可是我找不到狗尾巴草。"

"不用，"苍寒把手收回，抿唇道，"那算……道谢。"

"道谢？"

"谢谢……你相信我。"

把林空桑送去楼下，苍寒把自己手上的另一根狗尾巴草也给了她。

单个总是显得孤单，两个放一起勉强算得上圆满。

告别，离开。

苍寒围着围巾，沿着路边慢慢地走。

他偶尔抬眸去看小区里一栋栋高楼，朝南的窗口，满溢出温暖明亮。

也不知道是不是起了雾，看久了就略显模糊。

像是一块块倒进容器中的冰，被热水兜头一浇，互相拥挤着吸收热量。

好冷。

他拉高了围巾，把脸埋进去。

回到外婆家的时候刚过晚上八点，屋里传来"哗啦哗啦"麻将碰撞的声响。

今天家里两个男人难得一起回来，凑一桌麻将，跟过年似的热闹。

"跑哪儿玩去了？"苍澈坐在正对着大门的方向，头一抬看到苍寒进门。

苍寒摘了围巾，关门弯腰换鞋："小区里。"

苍澈摸了张牌，眉头皱着："也不嫌冷。"

屋里开足了暖气，四个大人就穿了件毛衣。

苍寒脱了外套，把它挂在玄关的衣架上。

姜周扭过头，笑嘻嘻地对他说："你爸输钱了，心里正不爽。"

"可别，"苍澈赶紧掐断她的话，"输钱给爸妈我开心着呢。"

外婆笑着碰了他的对子："那我就让你再开心一点吧。"

苍寒穿上棉拖，走去桌边，站着看了会儿。

他不会麻将，但是喜欢这种大家都聚在一起的感觉。

"外面有什么好玩的？"外婆眼睛看着牌面，手却拉过他的手指，囫囵搓了一把，随后又放开去抓自己的牌，"这手凉得，去倒杯水喝。"

苍寒十岁之后苍澈就离了家，加上姜周去上大学了也不在临城，生活琐事几乎都是外婆在操心。

这眼看着也就操心了六七年，把一个瘦瘦小小的小孩给养得这么高。

苍寒应了一声，转身去厨房拿了水壶，先把外公的保温杯兑满。

然后他又去餐桌翻了三个水杯，端其中一个给姜周。

"直男的技能你是学明白了，"姜周拢过杯身焐手，"见我一次就往我手里塞一次开水，就算我是根草也扛不住你这么浇。"

苍寒抿了抿唇，眸中浮出些许笑意。

"让你喝你就喝，小孩都知道的事情，你个当医生的还不知道？"外婆隔空点了一下姜周，教训道，"昨天你俩背着我点奶茶以为我没发现，我就是懒得理你！"

苍澈听罢立即掩唇干咳几声："那个，妈……"

"我还没说你，你别想着护她，小女孩嘴馋就算了，你在身边也不拦着点，敢情她肚子里的小东西跟你没关系一样。这一天天的，两个人年纪加起来都快六十岁了，还没一个小孩懂事……"

苍澈干脆保持沉默。

一个房间五个人，三个话痨，两个听众。

苍寒抬眸和外公对视一眼，两人眼底都带着浅浅的笑。

麻将转了两圈，苍寒坐沙发上有点无聊。

这么晚了，自己要回去外婆一定不肯，可说出来又显得像在催促。他挪到苍澈身边，把自己老爸的手机要了过来。

"急了？"苍澈把手机给他，手臂一伸摸了张牌过来，"还得有一会儿，你要困了就在这儿睡吧。"

"不困。"苍寒拿着手机又回到沙发上坐下。

爷爷每天都睡得早，这个时间估计都睡着好一会儿了。

左右他也不困，家里还没这儿暖和。

不如在这儿。

只是苍寒想回家拿自己的手机，不过现在有他爸的也不是不行。

他熟练地输入姜周的生日，手机解锁。

他退了苍澈的社交软件账号，登上自己的。

林空桑的好友请求还被拦着，他点击通过，几乎是在下一秒就收到了对方的信息：你到家了？

对方的头像是一只扎着蝴蝶结的卡通小狗，跟林空桑这个人似的，看上去就活蹦乱跳。

还在外婆家。

两人聊了几句，林空桑把苍寒拉进了班级群里。

群里静悄悄的，碍着老班也在，平常没什么人说话。

群里有时候会发一些通知。

还有电子版的习题资料。

你都可以看看。

就是别在群里说话，老班也在。

苍寒"知道了"三个字都还没打完，对方跟机关枪似的"突突突"给他发了一串信息。

我拉你进我们的小群。

苍寒把那个"知道了"发出去，就又来了一条群通知。

这回是没有老班的班级小群。

哎哟，这是谁？

怎么现在还有进群的？

[拉新人出来遛弯.jpg]

你们作业都写完了吗？

叫声爸爸给你抄。

炽
热

188

苍寒一进群就被铺天盖地的信息淹没，他甚至都还没来得及发个名字，话题就迅速转移到了下一个。

这个群很吵，你可以屏蔽。

苍寒不知道怎么屏蔽，他很少弄这些，不过也不觉得吵。

看人聊天的感觉比一个人待着要好一点，他和林空桑有一搭没一搭地说着废话，直到对方要去洗澡，才关掉对话框，点开那个热闹的小群。

指尖轻触屏幕，慢慢往上翻着。

群里有人改了备注，有人没改。

很多名字苍寒都很熟悉，但没说过话。

偶尔看见付阳和林晏的发言，他甚至能想象到对方说这些话时的样子。

最后，他们的讨论停在了数学试卷上。

一群人吵着抄作业，但是吵了半天也没人发答案。

苍寒挪到沙发边上，掏出自己写完的数学卷子，拍了照片传上去。

看着图片从20%到90%逐渐传送成功，他竟然还有点紧张。

一秒、两秒、三秒，也没人回应。

就在苍寒怀疑自己到底有没有发送出去的时候，突然冒出了一张猫猫探头的表情。

是哪位神仙？答案可靠吗？

苍寒的卷子？

大哥？

？？？？？？

大哥在群里？

真的假的？

他发了数学卷子哎！

大哥的数学卷子！

单纯的文字看不出来语气好坏，苍寒抿着唇，也不知道自己要不要再发条信息自我介绍一下。

我先抄为敬！

明天全班一个模板。

早知道我就不写了。

苍寒慢慢放下心来。

"看什么呢？"苍澈的大手在他脑袋上盖了那么一下，余光瞥了眼手机屏幕，"啥人啊，这信息嗖嗖地发。"

苍寒放下手机："班级群。"

"高……几了？"苍澈问。

"高二。"没等苍寒回答，就被姜周抢话过去，"当爹的连儿子上几年级都不知道！"

苍澈干笑两声："我天天忙得要死，哪有空关心他？"

几人下了桌子，应该是麻将打完了。

苍寒准备退了软件，结果却看到群里有个红色的提醒。

有人@他。

大哥，你英语单词背了吗？ @苍寒

苍寒："……"

查岗了。

哈哈哈，你看大哥理你吗？

大哥：大胆！

苍寒站在沙发边上，低头轻笑。

他在对话框里打出几个字，然后发出去。

回家背。

"这笑得哟，"苍澈搂了一把自家儿子，"谈恋爱了？"

苍寒心猛地一跳："没……"

"你这人！"姜周中途窜出来，"哪有这样当爹的！"

"只许州官放火？"苍澈不服，"你高二那年……"

他还没说完就被姜周捂着嘴推出了门。

苍寒习惯了两人日常撒狗粮，只是默默退出软件，把书包拿好。只是拿外套的时候没看住兜，蹦跶出来一颗水果糖。

"糖！"姜周眼睛一亮，"给我吃吧！"

苍寒自然地点头。

真要说起来，他兜里装糖还是姜周惯出来的毛病。

小时候他就爱跟在对方屁股后面，一声一声"姐姐"地喊。

姜周也喜欢被他黏着，从口袋里给他掏各种各样的小零食。

姜周只不过大了他十岁，那时候他什么都不懂，后来长大一些，姜周和他老爸的关系定了下来，这才明白过来他和对方差了个辈分。

阿姨叫不出口，干脆就拖到了她结婚，直接喊妈。

不过，喊得也少就是了。

晚上九点多，苍寒穿戴整齐出了门。

他原以为只是苍澈把自己送回去，但没想到姜周也跟他们一起。

外婆扶着门框，终究是有些不忍心："大晚上你还两头跑？今天就在这儿睡吧。"

"有个文件落家里了，正好回去拿。"姜周站在原地，乖乖让苍澈帮她围围巾戴帽子，捂了个严严实实，"没事儿，车里有空调。"

前几年苍澈在临城市中心买了套房，四室一厅，给苍寒留了个房间。

只是爷爷一个人住苍寒不放心，而且和姜周两人住也不方便，他就干脆一直留在学校附近的小破屋里。

几个地方离得也近，开车没几分钟就到了。

"你自己进去吧，"苍澈冲苍寒一抬下巴，"早点睡觉，明天上学。"

苍寒应了一声，回头和姜周打了个招呼便下车了。

"五百年了，这小破巷子还没个灯，"姜周道，"你掉个头，给苍小寒照照路。"

"祖宗，"苍澈打了方向盘，"你真能使唤我。"

身后光束骤亮，苍寒回头看了一眼，再继续往前走着。

巷子曲折，拐了个弯就不见了人影。

"十八岁了。"苍澈感叹。

"十七。"姜周纠正。

"陈叔把他给我的时候，就这么点大。"苍澈回头，手指大张，比画了一点距离。

"太夸张了你，"姜周觉得好笑，"就算小婴儿也不至于这么点大。"

"真的，"苍澈回忆道，"那时候下着大雪，我以为他活不下来。"

巴掌大的婴儿缩在单薄的锦被之中，浑身被冻得青紫，不哭不闹。

"我问陈叔这小孩叫什么，他说：'跟你姓，以后就是你儿子，你取个名儿吧。'"苍澈笑了起来，"我那时候刚十六，有了个儿子。"他说着说着，习惯性地就去摸烟，开了盖拿出一根，没点着，就这么咬在嘴里过干瘾。

"十六岁有个儿子，三十二岁再来个闺女，"姜周垂眸摸摸自己的肚子，声音变得温柔，"名字我都想好了，就叫——"

"爸！"

一声怒吼中断了车内温情，苍澈猛地看向前方，有个人影向着巷口一路狂奔过来。

不是苍寒。

"把车锁上。"他反应迅速，交代完毕后，立刻开门下车。

十指交错，连带着脖颈一起活动一圈。

苍澈咬住香烟滤嘴，几步上前，迎着对方挥过来的拳头扣住对方的手腕，"哐"的一声把人摔在了车前盖上。

"哟，"他摘了嘴上的烟，探身似笑非笑地朝对方脑袋上拍了一巴掌，"这不是来贵吗？"

苍寒过来时跑得急，胸膛起伏，气还没喘匀。

他被李来贵摔在车前盖上的动静惊得脚步一顿，但很快就反应过来，跑到车后座就去开门。

车锁上了。

"姐姐。"他拍着窗户，一着急连称呼都变成了以前的。

"哎哎哎，"姜周赶紧降下窗户，"我没事。"

虽然刚才她也吓了一跳，不过好在皮糙肉厚，没什么影响。

苍寒瞬间松了口气，再直起腰去看他老子。

一个孕妇坐车里呢，还能把人摔车上，是怕吓不着孕妇吗？

而苍澈明显接收到了自己儿子谴责的目光，视线一错就当没看到。

然而车上的孕妇显然不怕，甚至还兴冲冲地下车看热闹："这是谁啊？"

苍寒心里"咯噔"一下，突然意识到了事情的严重性。

关于他那倒霉爹妈，自己还瞒着姜周呢。

"谁啊？"苍澈也跟着问了句，"儿子，介绍一下？"一句话把自己摘得干干净净。

苍寒盯着苍澈看了几秒，确定对方已经背叛了与他的革命友谊。

果然，在老婆面前，儿子什么也不是。

苍寒支支吾吾了半天，憋出了三个字："是小偷。"

"我是他弟！"李来贵察觉到两人对姜周的隐瞒，干脆破罐子破摔直中要害，"我是苍寒的亲弟弟！"

苍寒："……"

苍澈："……"

他们看着姜周脸上的表情一点一点沉重起来，最后干脆都移开目光，思考一会儿让李来贵怎么"死"。

"亲弟弟是吧？"姜周把双臂往胸前一抱，"送派出所去。"

跑完一趟派出所，已经晚上十点多了。

为了不打扰爷爷休息，苍寒跟着两人回了市区家里。

其实也没什么好说的，总共也就那点破事，姜周基本都知道。

毕竟是自己看着长大的小孩，稍微了解一些，就能把所有事情猜得七七八八。

"都什么人啊，还要脸吗？借不来就偷？以为我们真把他当远亲碍着三分薄面呀？"

"行了，你可千万别气，"苍澈往她肩上披了个毯子，"暖气还没热起来呢，去屋里躺会儿。"说着给苍寒扔了个眼色。

苍寒立刻意会，屁股一挪回了他的房间。

十来平方米的次卧实在是有些奢侈，浅蓝色的墙纸和衣柜，按照男孩子喜欢的风格装修的。

这里说是他的房间，但里面的东西基本都是崭新的。

自打装修好后，苍寒掰手指头算也没在里面睡过几觉。

桌上有电脑，墙上有空调，桌椅、书架、衣柜、飘窗一应俱全，就差个活人住进去了。

关键是那活人还不想住。

苍寒打开衣柜，里面放了几件他的换洗衣服，空空荡荡的，还能塞进去五六个人。

卫生间挨着他的卧室，他调好热水器，洗了个战斗澡。

出来时地暖已经热了起来，即便身上只穿了件单薄的睡衣，在客厅里溜达也不是很冷。

"让苍小寒把头发吹干再睡觉，衣柜有换洗衣服，脏衣服扔篮子里，回头我帮他洗了……"

苍寒听见主卧隐约传来姜周的声音。

随后，苍澈打开卧室房门："把头发吹干，衣服自己带回去洗。"

苍寒正给自己倒水，还没来得及"嗯"上一句，就听见门"砰"的一声关上了。

苍寒："……"

这亲爹可算是让苍澈当明白了。

回到房间已经快深夜十一点，这个时间对于苍寒平日里的作息来说算迟了。他关了灯，上床睡觉。

只是没躺一会儿，他又掀开被子坐了起来。

他光脚踩上柔软的羊绒地毯，按住书桌前的旋转椅背，坐下后打开了电脑。

以前姜周教他打开过，虽然时隔已久，但勉强还算记得。

登录上 QQ 软件，苍寒的手指在鼠标上一顿，盯着那"999+"的消息蒙了一秒。

群图标在右下角疯狂抖动，都这么晚了还不消停。

这就是六班吗？

他没管那个炸了锅的群组，点开了林空桑的对话框。

我洗澡啦！

明天要听写，你随便背背就行。

英语作业我拍给你，你对照着改改。

[图片]

[图片]

你干什么呢？也不理我。

不理我，我睡觉了。

真睡觉了。

[猫猫生气.jpg]

晚安啦。

一大串信息，苍寒来来回回看了好几遍。

他拉开键盘抽屉，用食指戳着键盘，一个拼音一个拼音地打字。

没有回家，晚安。

等到信息发出去，他才意识到现在已经快午夜。

林空桑果然没有回复，估计是睡了。

他关掉对话框，又同意了几个好友请求，认真改掉了对方的备注。

付阳、林晏、乔伊。

先改了这三个人。

空空荡荡的联系人列表开始有了亮着的头像。

苍寒静静地看了一会儿，关电脑睡觉。

不知不觉中，他的身边似乎开始拥挤。

有人叫他"大哥"，有人喊他"苍寒"。

男生们勾肩搭背地推搡，女生们叽叽喳喳地吵闹。

林空桑抱着一大把狗尾巴草，跟他换了一口袋的糖。

然后，他醒了。

星期一，苍寒来得有点迟。

踩着上课铃到教室，他整个人还有点精神恍惚。

前桌的男生悄悄地转过身来，小心翼翼地问他是不是在群里发了数学答案。

苍寒点了点头。

"我就说吧！"男生拍了自己同桌一把，"那答案跟我自己做的差不多，绝对正确！"

"得了吧，你就知道给自己脸上贴金，"同桌嫌弃道，"跟你比那肯定是大哥正确率高！"

苍寒拿出书本，有一种非常奇妙的感觉。

仿佛脱下了隐形斗篷，他开始出现在别人的话里。

"背英语单词了没？"林晏拿着拖把，笑嘻嘻地打趣。

苍寒盯着他看了几秒："没背。"

他想起了昨晚的梦，所有人都在身边，自己像是溪流入海，汇聚得悄无声息。

这就是一个小时没看消息"999+"的六班。

炽
热

下课后，林空桑就蹦跶去了教室后排。

她给苍寒递了一份标了音标的字母表，煞有介事地拍了拍。

"从基础开始！"

苍寒拿过来，认真地点了点头。

"我昨天睡着了，没看见你给我发的信息。"林空桑微微弯腰，略微小声地说道。

苍寒今天似乎格外迟钝，反应了好一会儿才抬头看向桌边站着的姑娘："没关系。"

"你眼睛有点红，"林空桑指指自己的眼睛，"要早点睡觉呀。"

苍寒垂下眸光："……好。"

林空桑又蹦跶着离开了。

"你眼睛有点红，要早点睡觉呀。"林晏学着林空桑的语气，杵着拖把说得刻意。

"你恶不恶心？"付阳揉了张纸团直接砸他脑袋上，"别人睡觉你入土！"

两个男生在后面吵吵起来，苍寒瞟了几眼，没参与，不过心里还是有些想笑，付阳的酸味都蔓延到全班了。

"我觉得大哥今天变了不少。"林空桑回到座位上，拉过乔伊悄悄地说。

"你知道你这样像什么吗？"乔伊问完，不等林空桑回答，自己就把话接了下去，"皇上，三阿哥又长高了！"

林空桑笑倒在乔伊身上："我是认真的。以前他要么就低头刷题，要么就是看窗户外面。现在会听别人说话，也会看别人在干吗。"

"那不都是你的功劳，"乔伊道，"我说真的，大哥都是你一手带进这个班的。"

"啊？"林空桑有点不好意思，"我哪有那么厉害。"

"你本来就很厉害，"乔伊用肩膀撞了一下林空桑，"敢往老师脸上砸纸巾的人，咱学校估计就你一个。"

林空桑把耳朵一捂："停停停！"

乔伊在旁边笑得不行，等笑够了，又问："话说，彭媛媛联系你了吗？"

不提这事儿还好，一提林空桑就开始萎靡不振。

当初她把自己所有的联系方式都写在纸上交给了彭媛媛，保守估计对方有五六种联系到自己的方式，然而两天的周末愣是连个水花也没有。

"不行就把视频放出来，"乔伊说，"谁怕谁！"

林空桑肩膀一矮："再给她一天时间吧。"

为了不错过彭媛媛找自己，林空桑今天中午没有回家吃饭。

她本来还盘算着能不能和苍寒一起去食堂，结果一放学对方直接收拾东西出了教室，把她的粉色小算盘"啪"一下就摔地上了。

算了，一个人又不是不能吃。

吃个饭要不了多久，林空桑从食堂出来，又在学校的公告栏停了片刻。

运动会的照片还贴在上面，篮球赛的那张在最下面，她微弯下腰才能看见。

今天天气不错，微风晴朗。

树荫偶尔晃荡，落在脚下的水泥地上。

林空桑没有直接回教室，而是去了寝室楼下的健身器材区，握住齐腰高的双杠一撑，整个人就坐了上去。

这里能看到学校大门，也比较偏，没那么显眼。

她从口袋里掏出这几天的英语例文，晃荡着小腿就开始背。

如果彭媛媛来找她，她肯定可以一眼就看到。

可是就这么等啊等，林空桑背完了三篇范文，都没等来彭媛媛，倒是把苍寒等来了。

黑色轿车在校门外停了片刻，苍寒从副驾驶座上下来，对车里的人挥了挥手。

林空桑扶着双杠，伸长脖子往外看。

苍寒的霸总老爸？

车子开走，她又赶紧把身子缩回来，用写着英语作文的 A4 纸遮住半边脸，只留了双眼睛眨巴眨巴，倒是有些一叶障目的意思。

林空桑看着苍寒进校，自己在心里摘着花瓣——

他看得见我，他看不见我……

可是苍寒目视前方，脚步平稳，丝毫没有留意到她的样子。

林空桑看着他就要走远，终于忍不住非常做作地清了清嗓子。

"咳咳……"

她咳完干脆用纸直接把自己的整张脸都盖住了。

就，挺丢人的。

如果苍寒还没发现她，那就算了。

强扭的瓜也不——

纸张猝不及防被人拿开。

林空桑小手一抖，身体下意识地后仰。

她"哎"了一声，双手慌忙去抓双杠，只是冰凉的双杠没抓着，倒是抓住了一只温暖的手掌。

苍寒的手指扣着她的手背，在空中稳住林空桑的身形后又赶紧放开。

少年手掌干燥，不似乔伊柔软。

像是有一阵暖风在指间绕了那么一圈，来得快去得也快。

"哗"的一声，其余纸张从她另一只手中蓦然散开，落了一地。

林空桑连忙低头，手指紧紧扣住双杠，小腿悬空紧张地晃了那么一下。

苍寒也收回目光，侧过身子，垂眸去看地上的纸张。

她的手指蜷缩在袖中，上面仿佛还带着不属于自己的体温。

今天的太阳像是有三十七摄氏度，热得人耳根都红了。

"我的……"林空桑别扭地开口，"作文。"

苍寒这才反应过来，蹲下身一张一张地把它们都捡起来。

林空桑也不下来，就坐在双杠上看着。

等到苍寒捡完，站起身还给她。

两人这么干站着着实有些尴尬，得找点话题缓和气氛。

林空桑干脆一踢小腿，从里面抽出一张："让我们来检查一下，苍寒同学周末努力的结果吧。"

苍寒："？"

"今早老师抽查的那篇，"她眉一皱，正色道，"Dear Lihua——背！"

第八章
少女的心事呀

很明显，苍寒同学周末并没有在这方面努力。

他和林空桑大眼瞪小眼，估计连“Dear Lihua”都不知道是什么意思。

“说好了回家背的呢？”林空桑把例文往膝盖上一放，就开始兴师问罪。

她坐得高，可算是不用抬头就能和苍寒对视。

苍寒站在她面前，眼睛一会儿看林空桑，一会儿又垂下去，跟做错了什么事似的，睫毛扑扇扑扇，看得林空桑手心痒痒。

“不许卖萌。”她把范文递给苍寒。

苍寒接了过来，道：“昨天没回家。”

“没回家？你去哪儿了？”

“我爸爸那儿。”

林空桑觉得奇怪：“你爸爸那儿不就是你家吗？”

苍寒顿了顿，指腹摩挲在纸张边缘，像是不知道怎么回答。

林空桑歪歪脑袋，看少年半合着的眸。

她也不知道自己说错了什么话，苍寒的情绪像是一下就低落起来。

“不背就不背吧……”林空桑又把范文拿回来，折好放进口袋里，“你今天中午怎么回家去啦？是家里又有事吗？”

“嗯，”苍寒轻轻应了一声，“外公回来了，最近都去外婆家里吃饭。”

怪不得。

林空桑噘起嘴。

“你没回家？”苍寒问。

林空桑使劲地点了点头：“我怕彭媛媛来一中找不到我。”

苍寒低头看了眼腕表，已经一点半了：“她没来吗？”

“嗯……”林空桑叹了一口气，整个人都塌了下去，“她不会真的不来吧？”

相比于林空桑的望眼欲穿，说实话苍寒其实并没有那么在意：“你可以放视频。”

“可是我不太想放视频。”林空桑越来越萎靡。

苍寒之前听她说过原因，无非就是怕那些胡言乱语被人听去断章取义。

“没关系，”他安慰道，“不会有人信你说的。”

“不是……”林空桑拖着声音，“不是这个原因。”

她的话中断在这儿，整个人往后一缩，双杠的一根杆子卡在了她的膝窝处。

苍寒还以为她要摔，赶紧伸手去扶，只是还没碰到对方，就被小姑娘的笑晃了眼。

“我体育课经常和乔伊在这儿玩，晃来晃去的。”

她身体缩着，像一只小小的仓鼠，腮帮鼓鼓的，手臂一用力，又重新坐起。

“我之前还让你不要心软，但是我现在有点心软了。”

林空桑话锋一转，接上了之前的话题。

“被人欺负的时候，彭媛媛肯定很害怕。之后虽然没有站出来替你说话，但肯定也很后悔。所以面对我的污蔑诋毁，她还是受不了去反驳。

“虽然只有一句话，可是这大概是她全部的勇气了吧？不是所有人都是英雄，会义无反顾地去做正确的事。我利用她的善良和愧疚去帮助你，等到视频曝光，所有人都发现彭媛媛的懦弱和退缩，到时候那些曾经对着你的矛头，会不会全部转向她？”

正午的阳光明媚，洒在小姑娘的头顶。

她扎着简单的马尾，白净的小脸上堆着三两愁绪。

“可我们不应该去怪罪一个普通人做不了英雄。因为英雄只是特例，你、我、大家，可能都做不了。”

林空桑说完，看苍寒半天没有反应，干脆又抓着双杠往后一缩，装她的仓鼠去了。

“你都不说句话。”她嘴噘得老高，像是有些不高兴，“是不是在生我的气？”

苍寒不知道怎么形容自己的心情。

他抬手，手指按在双杠上，抓在林空桑的手边。

"没有，"苍寒盯着两人手指间的那一小块铸铁，"我只是……"

他思考了半分钟，也没想好怎么表达。

"你千万别生我气，"林空桑心虚道，"虽然我看上去好像心软了，一直在替彭媛媛说话，但是她如果不主动站出来，我还是会把视频放出去的。"

她已经给了彭媛媛机会，让对方主动站出来把事情说明。

这是一个把伤害降到最低的方法，即便当初有错，但也能因为迟到的勇敢弥补一二。

如果彭媛媛没有抓住这个机会，那她也只能为自己一成不变的怯懦买单。

一场闹剧中，总会有人受到伤害。

"不然就算了吧。"苍寒突然开口说了一句。

林空桑一愣，像是不懂这个"算了"是什么意义上的算了。

"事情已经过去了，"苍寒垂眸，慢慢说着，"我不在意。"

那些流言蜚语夹枪带棒，从最初的猛烈进攻，到现在已经无人关注。

彭媛媛是弱者，更需要保护。他不能掀起一轮新的暴雨，去打击一个曾躲在自己荫庇之下的姑娘。

有人淋了雨，会恼怒自己的遭遇，把寒冷泼向他人。

可有人淋了雨，明白寒冷难挨，更愿意为别人撑伞。

苍寒明显是后者，这是少年藏在骨子里的温柔和善良。

"不行。"林空桑摇摇头，"我只求一个公平、一个真相，如果到时候大家攻击彭媛媛，我会尽我的努力去保护她。"

"你保护不了。"苍寒道。

如果彭媛媛成为众矢之的，林空桑站出来也只会被卷进旋涡中心。

当事情像滚雪球一样越来越大，就算最后结局美好，那也绝对混杂了无数眼泪和奔波。

"我没关系。"苍寒又道。

他不在意彭媛媛，不在意恶意指向谁。

他甚至不在意自己，可他在意林空桑。

他的姑娘干净澄澈，不能受到一点委屈。

眼泪已经掉了很多，不能再掉了。

"这跟你没关系。"

林空桑从双杠上跳下来，微仰着下巴去看苍寒。

她把话说得字字分明，一句一顿，斩钉截铁——

"我不会包庇一个谎言。

"更何况，它以你为代价。"

林空桑不知道自己是不是和苍寒吵了一架，但是中午在双杠那里他们的确是不欢而散。

　　彭媛媛没有来找她，甚至一点音信都没有。

　　乔伊劝她不要急，指不定下午放学彭媛媛就来了。

　　林空桑知道这是安慰，并且还是无用的安慰。

　　可能乔伊比她心里还没底，或许都认为彭媛媛不会来了。

　　下午第二节下课，林空桑趴在桌上算题，老班突然出现在闹哄哄的教室，也没管纪律，就这么把苍寒叫出去了。

　　林空桑觉得不对，耳朵竖起听见了只言片语。

　　——大哥早恋了。

　　"什么鬼？"林空桑整个人都不好了。

　　大哥唯一可能的早恋对象就在这儿坐着呢，怎么可能是早恋？

　　然而，就像是证实她的想法。

　　很快她也被叫走了。

　　就在林空桑顶着一脑门问号离开教室的时候，班里炸了锅。

　　她这会儿有点信是与早恋相关了。

　　"你俩今天中午干吗呢？"老班还挺严肃，像是掌握了什么有力的证据。

　　林空桑想了想："等人。"

　　苍寒看她一眼，没吭声。

　　"等人？等谁？"老班压低了声音，"我说你们两个还是学生，就不能把学习放在第一位吗？"

　　"我没把学习放在第一位呀！"林空桑皱着眉头，从口袋里掏出两篇英语范文，"我中午在双杠那儿等人，还抽苍寒背英语呢！"

　　苍寒："……"

　　这的确是真话。

　　"你少跟我贫，就你有张嘴。"老班不看林空桑，转而问苍寒，"你来说。"

　　"老师，你这不是欺负人吗？"林空桑撇撇嘴，"苍寒又不会说话。"

　　办公室里的年轻女老师忍不住笑了一声。

　　"你们两个早恋还有理了？"老班按住自己的太阳穴，"明天把家长都给我叫来。"

　　林空桑不明白自己怎么就被定罪了："我没早恋啊。"

　　老班气得就要掏手机，说："别人都把照片拍给我了，你俩，在那儿，手拉手。"

"谁手拉手了啊？"林空桑闹了个大红脸，"我光明正大！身正不怕影子斜！"

"你不到黄河心不死是吧？"老班把手机递到林空桑面前，"来来来，看看看看！"

林空桑把脑袋往前一凑，好家伙，这视角错位，他们两个人的手都搭在了双杠上，从侧面拍就像是握在了一起。

"我没拉手！"林空桑百口莫辩，"这是拍摄角度问题！"

"学校门口啊！"老班卷起一份卷子往她脑袋上敲，恨铁不成钢道，"三个摄像头，大门口，怕别人不知道是吧？！"

林空桑急得跺脚："我真的是在等人。"

"你等什么人？"老班又问，"等什么人需要你们两个一起等？等的人呢？等到了吗？"

林空桑说不出来。

"明天把家长都给我叫来，"老班懒得再跟他们说话，"还有你俩的互助小组——取消了！"

林空桑这辈子都没这么委屈过。

她和苍寒分明还没发展到那一步，却被人误会谈恋爱。

"我根本就没跟大哥拉手！"

她对着乔伊，气得眼睛都快滴血了："你知不知道，他就扶了我一把，手松得比谁都快！"

乔伊没忍住，"扑哧"一声笑出来。

"你还笑！"林空桑握着对方的肩膀使劲晃，"你说！真拉上了！被发现了！我还不亏！但是根本没有！"

她气得要掀桌，被乔伊一把抱住："宝贝儿，冷静点，你快把我笑死了。"

"彭媛媛把我害惨了！"林空桑几近抓狂，"我怎么跟老师说啊？我说我在等当初苍寒帮助的人过来给他证明他是无辜的，谁信？谁信啊？老班估计觉得我脑子有问题！"

乔伊把脸闷在林空桑的衣服里，虽然知道不合适，但还是笑得不行。

"要不你干脆顺水推舟跟大哥谈恋爱算了。"

林空桑瞬间淡定了下来，甚至好像还考虑了一下："这种事是我一个脸皮薄的小女孩可以决定的吗？"

乔伊故作惊讶："你终于觉得你是个小女孩啦？"

林空桑憋了几秒，直接耍毛："啊啊啊——"

无能狂怒的下场就是乖乖喊家长。

老班私下和家长有电话联系，根本轮不到他们通知。

林空桑当晚劈头盖脸挨了老妈一顿骂，接着母女俩坐在客厅聊了两个小时。

"我发誓！我没早恋！"林空桑当场跪在沙发上，举三指发誓，"我们根本还没到那个地步！"

"没到，"付清溪上下审视着她，"有倾向是吧？"

林空桑："……"

老妈这套话功底真是一绝。

"我早就告诉你别跟那些小混混走得太近……"

"苍寒才不是小混混，他数学成绩可好了，上个月还得了奥赛金奖呢。"

付清溪嫌弃地看了眼胳膊肘往外拐的自家闺女，说："我还讲不得他了是吗？"

林空桑把脸转到一边，自己生闷气。

算了，忍一时风平浪静。

第二天，两边家长又碰面了。

算起来，他们都碰第二次面了。

林空桑和苍寒暂时被叫到门口罚站，里面家长在说什么也不知道。

"你爸爸什么态度啊？"林空桑忍不住问苍寒。

苍寒沉默片刻："他……很随意。"

林空桑看他："随意是什么态度？"

苍寒把视线投向走廊外的冬青树："就是……随意……"

他想起昨天自己和苍澈说清楚这段时间所有的事情后，他爸一人跑小区路牙上抽了半盒闷烟。

"我这么拼命，第一是为了娶你妈，第二就是让你别跟我一样。"

他努力爬出泥沼，再把苍寒举高。

只是他没能把这个小孩护好，当初的暴雨也没能替对方去扛。

愧疚是有的，所以他对于林空桑就多了几分感谢。

"小姑娘挺好的。你是男孩，自己掂量分寸，要是干了错事，我就把你绑了扔人家姑娘家门口，打杀随意。"他说完，掐灭了烟，连带着苍寒的忐忑，也一并掐灭。

"……"

大概就是这种随意。

他俩站了没一会儿就下课了，随着下课铃响，一个个小脑袋瓜像是雨后春笋，从教室里"突突"往外冒。

一个班的八卦就是一个年级的八卦，更何况是苍寒这样的大哥，是个人都想看看是哪个女生敢跟他"谈恋爱"。

林空桑耳尖尖连着脖颈红成一片，合理怀疑这是老班对她的惩罚手段。

"看什么看啊？"她忍不住拉拉衣领，小声嘀咕一句，"还有探着头看的，真无语。"

就算看热闹也要尊重人吧。

"你可以去厕所。"苍寒提醒道。

"也是，"林空桑低头就要走，"那老班问起，你就跟他说一声。"

"桑桑——"

然而她的步子还没迈开，乔伊可谓是凄厉的大喊宛若一支穿云箭，穿过走廊上一群吃瓜群众，直中她的耳膜。

她看见对方刘海中分，一路狂奔，手里还举着张纸片，在那儿晃啊晃。

"彭媛媛来信啦啊啊啊！"

林空桑愣在原地，接着被如小牛狂奔冲过来的乔伊扑了个满怀。

随后她反应过来，两个小姑娘紧紧抱着对方，在走廊上像小疯子一样使劲蹦了几下，还带转圈的。

苍寒的手搭在护栏上，静静地看着她们高兴。

不仅仅是林空桑，还有乔伊。

他自认为和这个小姑娘没多少接触，对方却因为他的事情如此开心。

大概是爱屋及乌，因为林空桑，所以波及自己。

"大哥大哥大哥！"林空桑笑得见牙不见眼，把那个信封举到苍寒面前，"彭媛媛给我的！"

苍寒也在笑，少年垂眸，看向对方的目光尤为温柔。

只是林空桑暂时关注不到。

因为兴奋通红的小脸温度过高，她拆开信封时，手指都在发抖。

信很短，只有一张纸。

彭媛媛字迹清秀，把几年前发生的事情重复了一遍。最后，她在结尾向苍寒道了歉。

林空桑红了眼睛，把那一段指给苍寒看。

迟来了四年的道谢，以及那句对不起，末尾的句号墨水略微洇开，像是浸了一滴泪。

苍寒内心百感交集，在那一瞬间，说不出话来。

"大哥清清白白。"

林空桑哑着声音，小声说了一句。

随后她把信纸一叠，直接推开了办公室的大门。

"老师！我坦白！我等的人就是彭媛媛！"

当着两位家长的面，林空桑把事情一五一十全都说清楚。

她有最有力的人证，也不怕与曹云岸对峙。

老班没想到事情是这个样子，整个人蒙了许久才反应过来。

他紧急召集初中部的年级主任和若干学生，整个事件从早恋转移到了当年的霸凌事件。

林空桑和苍寒的家长被晾在办公室暂时无人问津，林空桑偷偷跑回去，看自己老妈正站在楼梯口像是要回去。

她如百米冲刺一般跑过去，笑得比谁都灿烂。

"妈，你知道吗？你女儿刚纠正了一场冤假错案。"

付清溪没好气道："你少给我转移话题。"

"是你教我的，"她认真道，"悄悄努力，惊煞旁人。"

"你挺会给我偷换概念。"付清溪略微无语，"中午不回家你就为了这事儿？"

林空桑用力地点了点头。

付清溪伸出食指，在她太阳穴上一推："你给我好好学习，回家我再跟你算账。"

林空桑手臂一张，抱了妈妈一个满怀："我一定一定好好学习！"

耽误了一节课，林空桑赶着第一节课下课的课间回教室，正巧撞见了门口的程予姝。

程予姝像是特地过来找林空桑的，看到人就直直朝她走来："你又干了什么？"

林空桑底气十足，不怕程予姝问："你应该去问问曹云岸干了什么。"

"他被老师带走了，"程予姝道，"教导主任喊的人。"

林空桑沉默片刻："这事很快你就知道了。"

程予姝急了："你倒是告诉我。"

林空桑看着对方紧蹙的眉头，突然有那么一丝丝的不忍。

"曹云岸这人平时很好吗？"她问。

程予姝明显没转过弯："什么？"

"我没和他相处过，不了解他，所以我不评价。但是他做了一件特别严重的错事，接下来无论发生什么，都是他应得的。"

据说事情闹得很严重，不仅叫来了彭媛媛，甚至还联系到了那个真正霸凌的人。

不知道是时间让愧疚叠加，还是随着年岁增长而逐渐明白生活不易，那人竟然就这么承认了当年的事。

他想与彭媛媛做朋友被拒，放学后恼羞成怒把人堵在厕所。恰巧曹云岸和苍寒经过，苍寒出手保护了对方。

那时候彭媛媛惊吓过度，在医院高烧几天不退，曹云岸便成了唯一的目击者。

而他指控苍寒霸凌。

由于事发原因太过复杂，且事发地点在监控盲区。学校为了避免麻烦，也为了保护女生，干脆隐去了彭媛媛的存在。

等到彭媛媛病好出院，苍寒已经退学。所有一切已成定局，她便选择了缄口不言。

一场完美的污蔑。

七天后的升旗仪式，国旗下发言被暂时搁置。

取而代之的，是年级主任的一段发言。

在苍寒家长一再要求下，学校虽然没有公开事情具体的经过，但是也还了苍寒一个清白。

旧事重提，一场暴雨骤降。

这回万夫所指的，是曹云岸。

被歪曲的真相在林空桑的努力下勉强回到正轨，可即便在绝对的证据面前，依旧有人选择做"众人皆醉唯我独醒"的杠精。

各种阴谋论铺天盖地，不仅涉及了几个当事人，甚至还牵扯到林空桑、乔伊和更多人。

在一场悲剧面前，没有绝对的胜者。

大雨倾盆而下，林空桑撑伞而立，良久不语。

走在雨幕之中，难免触碰冰凉。

更甚者，有狂风大作，湿了肩头，脏了鞋尖。

除非包裹全身，否则任何人都不能幸免。

"桑桑，"乔伊举着花伞，小跑到林空桑身边，"咱们学校的公告栏更新啦！"

林空桑侧身，看对方湿了整个袖口："更新什么了？"

"奥数比赛的照片。"两人并肩走进学校，"大哥拿了金奖，照片在第一个呢！"

"真的啊？"林晏不知道从哪儿冒出个头来，"这种场合都是他们一班、二班的人，没想到咱们六班也能出一个来。"

"一个比赛而已，"付阳不屑道，"当初我们篮球赛就是个屁呗！"

乔伊捂着嘴笑："哪有，桑桑看了好多次呢！"

他们走到校内，刚巧看见站在公告牌前的苍寒。

少年身形修长，立于雨中。

如覆雪冷松，与周遭绝缘。

"我寒哥！"林晏举着伞冲了过去，"看啥呢？"

"受不了。"付阳摇摇头，也走了过去，"站在公告栏前，你说看啥？反正不看你。"

男生表达友好的方式简单粗暴，苍寒还没反应过来就被林晏勾住了脖子。

雨伞倾斜，上面的雨水"哗啦"就往下掉。

"衣服湿了。"林空桑没头没尾地冒出一句来。

"哪儿湿了？"乔伊跟着她的思路问道。

"肩膀湿了。"林空桑呆呆道。

"你淋这几滴雨算什么湿，"乔伊一抹林空桑的肩膀，直嫌她矫情，"刚才林晏扯我的伞，我整个袖子都湿了！"

"不会冷吗？"

"这有什么冷的。"

"被雨淋了，不会冷吗？"林空桑问，"下雨了，就会冷。"

"你冷吗？我给你买杯奶茶去。"乔伊握了握林空桑的手，自言自语道，"也不冷啊，你是不是要感冒了？"

林空桑摇摇头，看着苍寒说话时，嘴巴一张一合。

付阳在后面站着，也不知道听到什么了，突然对着苍寒的侧腰来上一拳。

苍寒按着付阳手腕，挪开一步，倒也知道躲闪。

他的脸上难得带上了一些笑，很淡，转瞬即逝。

三个人打了伞跟没打一样，特别是林晏的书包，几乎都暴露在雨里。

"林晏，林晏，"乔伊在他们身后叫他，"你的书包湿了！"

对方不为所动。

"一个个耳背得很，"乔伊直接上手拉过他的书包往后一扯，"跟你说话呢！"

"啊？"林晏这才转过身，"哎哟，我的书包。"

林空桑把伞往对方书包上空举了举。

她低头看着自己同样湿了的衣袖，反手抓住。

"乔伊，你听到二中的人传那些话了吗？"她的声音发哑，带着浓重的愧疚。

"周五那天放学，他们看到了你，也看到了林晏和付阳。他们说彭媛媛那封信是她被我们一起威胁才写的。可是，是我一个人决定帮苍寒，这事跟你们都没关系的，我当初拉着你们，我没想那么多……"

她不在意自己怎样，却害怕牵连身边无辜的朋友。

他们不应该被卷进纷扰，这简直就是无妄之灾。

"我管他们怎么说。"乔伊毫不在意，"二中的人就那样，成绩不行嘴巴倒碎。"

林空桑一抿唇，他们两所学校年代悠久的鄙视链让她一秒出了戏。

"再说，你看林晏和付阳，他们像是在意的样子吗？"

那自然是不像。

"你想那么多干什么？"乔伊捏捏林空桑的脸，"我们帮大哥，可能一开始是因为你，但如果大哥真是个无可救药的人，我不会帮他，反而会把你拉出来。

"就是因为我知道大哥是个好人，才会去帮他。我和林晏、付阳不光是你的朋友，也是大哥的朋友。"

她认真说完，想了想，又补充道："可能大哥现在也没把我当朋友。"

林空桑咬着下唇，忍住鼻腔酸涩："才不会。"

"你俩嘀咕什么呢？"林晏转过身，"我好像听到我的名字了。"

"夸你长得帅！"乔伊一挽林空桑的手臂，"咱们买奶茶去。"

林晏微微愣神，抬手摸摸自己的脸："真的假的啊……"

"肯定是假的啊，"付阳给他补了一刀，"你做什么梦呢？"

林空桑回头冲他们大喊："真的，你们三个都好帅！"

付阳"嗷"了一声："鬼才信。"

雨势像是小了一些。

林空桑把手伸出伞檐，探进雨幕。

冬天的雨像是混着冰碴儿，冰凉无比。

可是那又怎样呢？

她穿得够多，不畏寒，也不怕冷。

即便真的冷了，还有乔伊给她买奶茶喝。

这世界上总有许多温暖，又何必纠结于那丁点儿雨水冰凉。

她的身前有朋友，身后有家人。

别说是细小的雨滴，就算真要走进雨里，她也不怕。

"买奶茶吗？"林晏跟上来，"给我买一杯。"

乔伊瞪了眼林晏，又转头看向苍寒："大哥沉冤得雪，不得请客庆祝？"

苍寒微一点头："请。"

"哦？"付阳眉梢一挑，"那我要喝最贵的。"

林空桑笑了出来。

她把伞一举，看向食堂。

"我们今天的目标是——"

众人："喝——穷——大——哥！"

当年的霸凌事件因为老师们的参与，话题传播度都广了不少。

因为没有透露具体细节，所以说什么的都有。

林空桑已经习惯了那些风言风语，甚至有一种自己和大哥一样强大的错觉。

不过绝大多数人都没那么闲，大家讨论一波后基本承认老师们宣布的结果，在日常生活学习中对苍寒的态度明显有改观。

其中最大的区别，莫过于那呼啸而来、挡都挡不住的桃花。

"今天又有人找我要大哥的联系方式了，"乔伊将书包一放，开始抱怨，"我说没有，她们还不信。"

林空桑一脸幽怨："怎么没人找我要？"

"谁敢找班嫂要？"乔伊笑着拍拍林空桑的肩膀，"那不是找死吗！"

林空桑撇撇嘴："我可没认下这个称呼。"

虽然她和苍寒之间差不多也就那么回事，可是真要算起来，除了那句在许樱面前说的变相表白，苍寒还真没对她说什么有的没的。

她一个小女孩，才不要上赶着凑上去。

得矜持，林空桑想，敌不动我不动。

然而，当小姑娘们嚣张到堵教室后门时，她实在是有点扛不住了。

"你说她们来干吗的？"林晏托腮郁闷道，"也不进来，也不要联系方式，就在门口扎堆往里看，不知道的还以为咱们班养了只猴儿。"

付阳揉了张纸，手一抬砸到苍寒桌上："猴儿，你要不要出去转一圈？"

苍寒闻声抬头，窗外的小姑娘们见着脸了，又嘻嘻哈哈推搡着闹成一片，跟团小蜜蜂似的，"嗡嗡嗡"，每次下课都来，也挺烦人的。

苍寒把掉在地上的纸团捡起来，去教室门口时，顺手扔进垃圾桶里。

"有……"他的"事"还没问出口，那群小姑娘"呼啦"一下散得飞快，只留下欢快的背影，以及一些只言片语。

"看到了看到了，是真的帅啊！"

"我说得不错吧，就是帅啊！"

苍寒踩着门框沉默片刻，继而转身重新回到自己的座位上。

"大哥的魅力真大！"林空桑握着拖把就往地上甩。

乔伊拿着扫帚和她擦肩而过，笑着用手扇扇鼻子："谁吃饺子呢，好大的醋味。"

"乔伊，"林空桑把拖把往地上一杵，"你跟谁一边的？"

"我，"林晏指指自己，连忙接话，"和我一边的。"

林空桑拍开他的手："你是谁啊？大人说话小孩不要插嘴。"

乔伊拎着垃圾桶在教室后门笑，招呼道："行了你，快来跟我一起倒垃圾。"

林晏闻声而动："我来！"

乔伊直起腰："今天我和桑桑值日。"

"我在拖地！"林空桑把拖把往苍寒脚下就是一捅，"腿！"

苍寒放下笔，站起身，甚至还贴心地拉开椅子，好方便林空桑拖地。

然而，这并没有让小姑娘的心情好上一些。

林空桑噘着嘴，没给他好脸色，头一转，又去捅对面同学的桌底去了。

中午放学，林空桑飞快地收拾书包准备开溜。

乔伊拽住她的衣袖："哪儿跑？"

"有事，"林空桑拍拍对方的脑袋，"回头跟你说。"

趁下课的人流还没会聚，林空桑蹭着墙一路小跑赶紧出了学校。

顺着那条熟悉的近道，她来到临城二中校门口。

说来也巧，她都没有仔细去找，一眼就看到了人群中的彭媛媛。

小姑娘个子小，依旧低着头，走在人群中就像被浪潮淹没的柔弱海草，只是不再磨蹭到最后一个出校门。

因为校门外有人骑着电瓶车接她离开。

林空桑站在远处，看着彭媛媛坐上车后座，攥住了自己妈妈的衣摆。

母女两人逐渐远去，隐于来来往往的人群。

她呼了口气，去校外的奶茶店以彭媛媛的名字办了奶茶寄存卡。

五杯奶茶一张卡，一次付清加送一杯，一年时间内凭借此寄存卡，随时都可以取。

林空桑办了两张，在奶茶店里摘了自己的书包，从里面掏出一包糖。

粉蓝色的纸袋不过两个巴掌大，她把糖和奶茶寄存卡都放进去。

最后再放进去一封写好的信。

将纸袋折了袋口，用贴纸封好。

林空桑走去二中保安室，把纸袋塞进了询问的小窗口。

"麻烦您把这个纸袋转交给高一（3）班的彭媛媛。"周围有些吵，林空桑微微提高了音量，"我叫林空桑，是她的朋友。"

保安接下了纸袋，林空桑后退一步鞠了个躬。

"谢谢您！"

　　二中的校门没一中的宽敞，学生却比一中要多。

　　都放学这么久了，周围依旧很挤。

　　林空桑食指绕着自己的发梢，正准备去看看二中门口有什么好吃的炸串，结果转身便看到了一个熟悉的身影。

　　"大哥？"她一愣，脚步不由自主地朝对方走去，"你怎么在这儿？"

　　"你呢？"苍寒垂眸问她。

　　林空桑眨眨眼，把指尖绕着的那一撮头发扔在了肩后："我来二中看帅哥呀！"

　　苍寒轻抿着唇，眼角却带了笑："看到了吗？"

　　"看到了，"林空桑鼓了鼓腮帮子，"可帅了，我一口气要了八十个手机号。"

　　她边说边转身要走，眼珠子左右一转，满脑子的鬼主意。

　　"还喝奶茶吗？"苍寒走在她的身边，轻声问道。

　　"这边的奶茶不好喝。"林空桑一吐舌尖，嫌弃得直摇头，"我当初喝了一口，差点没直接把我送走，还是我们一中的东西好，二中果然不行。"

　　"那要回去吗？"苍寒又问。

　　林空桑歪着脑袋看他："你干吗？我准备从这儿坐车回家的。"

　　苍寒也看着她，不继续卖关子了："想给你个东西。"

　　林空桑停下脚步："什么东西？"

　　他们站在路边树荫下，人行道与非机动车道的交界处。

　　有一块地砖凸起，林空桑的脚不老实，总往上面踩。

　　苍寒把手伸进外套口袋，拿出了一个还没手掌大的深蓝色小盒。

　　林空桑睁大了眼睛，探着头往上面看："什么？"

　　苍寒没有回答，只是把整个盒子都递给她。

　　"真给我啊？"林空桑左右看看，有点不好意思。

　　她从那块凸起的地砖上跳下来，犹豫着没去拿："不会是什么贵重的东西吧？那我可不要。"

　　苍寒："是金牌。"

　　林空桑瞬间安静下来，像一只收了翅膀不再乱扑腾的小麻雀。

　　她想到了学校公告栏上的照片，苍寒站在老班的身边，抬手用手背拖住那一枚小小的奥赛金牌。

　　"为、为什么给我？"林空桑低下头，都不好意思去看那个深蓝色的礼盒。

"是你让我参加的，"苍寒的声音从头顶慢慢传来，"就送给你。"

林空桑小幅度地转转肩膀，人还有点别扭："不是程予姝让你参加的吗？我、我也就是随便一劝。"

她挠挠头发，又抠抠手指。

分明想要得不行，但非要臭矫情。

"我想给你。"苍寒直白得让人有点招架不住。

林空桑抬头瞪他一眼："你给我，我就一定得要啊？"

她还有小脾气呢。

"要吧。"对方放轻了声音，像是撒娇。

林空桑脸上一红："还、还带强迫的？！"

"我没有。"苍寒说完停了几秒，手腕一垂直接把盒子放进林空桑的口袋。

林空桑猛地抬头，倒也没把盒子还回去："还说没有！"

苍寒看着小姑娘烧红的脸，慢慢笑着："这才是强迫。"

林空桑被人"强迫"了一回，但是就算被强迫也挺开心。

她回家把那枚小金牌翻来覆去看了半天，还是忍不住拿到妈妈面前炫耀。

"又不是你的，"付清溪把那只快伸到她脸上的手打掉，"臭嘚瑟什么？"

"金奖呢，厉害吧？"林空桑小心翼翼地把奖牌又收回盒子里，"你以前还说他是小混混，他和小混混可不一样。"

付清溪叹了口气，无奈道："是，人家是奥赛冠军，那你是什么啊？"

"我……"林空桑一个卡壳，但很快恢复状态，"我是美女。"

看似底气十足，其实心虚得要死。

像是施法被中断，林空桑兴奋了一中午因妈妈这一句话沉默下来。

特别是下午一到教室又看到几个女生跑他们班走廊上不走，她就更不爽了。

像是自己的小宝藏突然被曝光，所有人都想过来摸一把蹭一下。

而且更悲催的是，她还发现，自己有点配不上这个小宝藏了。

"今天的翻译，"林空桑板着脸，把A4纸拍在苍寒桌上，"中午忘了。"说完她机械性地转身，没给对方说话的余地。

"你怎么惹着她了？"付阳身子一探，脖子伸得就像田埂上的大白鹅。

苍寒思考片刻："不知道。"

另一边，乔伊也凑过去，问林空桑："你和大哥怎么了？"

林空桑看着自己一片红叉的数学选填，烦躁地折起卷子，说："不知道！"

虽然她极力不想承认，但是，也不得不承认了。

洗去那些污浊泥泞后，苍寒比她想象中的还要耀眼。

如果没那些破事，也不知道自己和这种男生还有没有交集。

林空桑不清楚这算不算暗恋。

因为一切呼之欲出，所有的情绪和心动都摆在明面。

她牵过他的手，搭过他的肩，为他受过委屈，也红过眼。

苍寒的那句喜欢就像是埋进了秋天的梧桐落叶。

年代久远得无法追寻。

林空桑趴在桌上，转头看窗外光秃秃的大树。

她动了动唇，把气音传进风里。

"我心上有个捧着光的少年；

"他在秋天里踩了满地落叶；

"梧桐不会告密吧？

"别说我在喜欢他。"

十二月份好一通折腾，在所有事情尘埃落定后，终于到了年底。

圣诞和元旦撞在一起，校门口的商店都装饰起了彩灯和挂饰。

林空桑围着圣诞树转了一圈，从上面花花绿绿的小字条中扯下一张浅蓝色的。

"谢谢……参与。"乔伊抿着唇，把话说得断断续续、十分艰难。

林空桑气得把字条一揉，扔进了店门口的垃圾桶里："我还不信了。"

店里这几天做活动，购物满十块钱送一次抽奖机会。

抽奖方式就是去摘圣诞树上的小字条，打开有画星星的就可以兑换奖品。

而终极大奖则是圣诞树顶端的那一盏星星灯。

林空桑气不过，又回店里买了一盒笔芯："学习必需品，不亏！"

"你都买四盒了，"乔伊劝道，"不就一个星星灯，要不直接买一个算了。"

"那我之前的努力不都白费了？"林空桑付了钱，和老板打声招呼就又去拽字条，"就算抽不到星星灯，那抽个星星挂坠也不是不——"

"谢谢……"乔伊都不忍心念了。

"我怀疑根本没有星星灯。"林空桑说。

"我都送出去三盏了，"老板连连否认，"大人怎么会骗小孩呢！"

"我都摘了五张了！"林空桑气呼呼道，"怎么着也该有了吧！"

"要不你买一个吧？"老板被她黑得都看不下去了，"这灯八十块，我便宜你五块钱。"

就五块！她亏死了！

"八十是吧，"林空桑掏出自己一星期的零花钱，"我再来三个！"

于是乔伊抱着八盒笔芯，看着林空桑挨个打开了三张写着"谢谢参与"的字条。

"桑桑，"她咽了口唾沫，组织了一下语言，"从某些方面来看，你也挺红的了……"

林空桑不想要这种红，她被打击得不轻，整个人像是被抽了骨头，全靠乔伊搀扶着前行。

到了教室，林晏见乔伊拎着一堆笔芯，忍不住吐槽一句："你搞批发呢？"

林空桑从里面拿出两盒往他怀里一塞："给你和付阳。"

林晏一脑门问号："怎么突然要给我？"

"别问，"林空桑往桌子上一瘫，"我暂时不想说话。"

乔伊和林晏对视一眼，都有点想笑。

"哦对，还有大哥的。"林空桑的手又往袋子里面掏了掏，只是没拿出来，又把手收回来了。

她手臂一收，将脑袋埋进去："不给他！"

小姑娘记仇，程度还深。

虽然不知道是什么仇，但记着就对了。

可怜苍寒莫名其妙被针对，最后终于坐不住，在一次数学小考后把林空桑考了 44 分的数学试卷按在了桌上。

"你……"他刚开了个口，就被林空桑一个抬眼瞪得没了音。

苍寒站在桌边，目光转向乔伊，他似乎有些无助，没一会儿又回去了。

"绝了。"乔伊笑得不行，"你没看到刚才大哥那样，可太委屈了。"

"谁敢给大哥委屈受？"林空桑看着自己令人糟心的数学卷子犯愁，"我哪儿配让大哥委屈。"

"真就被疼爱得都有恃无恐？"乔伊白她一眼，"你就作吧，万一大哥不乐意哄你了，可别在我面前哭。"

林空桑手上一顿，不说话了。

她无理取闹，耍小脾气。

明明自己也知道，但就是忍不住。

她转过身子悄悄往后看，见窗边的少年依旧垂眸算题目。

时间的河流仿佛避开了那个角落，无论秋冬，一如既往。

就在林空桑纠结怎么厚脸皮装作无事发生再和苍寒说话时，老班突然赶着圣诞前夕，急急宣布了一条重要消息。

今年学校的元旦晚会，他们班准备表演一个大合唱。

而合唱的曲目还是烂大街的《友谊地久天长》。

"看得出老班在极力敷衍了。"乔伊看着发下来的简谱，叹了口气，"据说，只要是他带过的每一届高二，都得唱这首歌。"

林空桑一行一行地扫着歌词："这么有年代感的东西，也的确是老班能选出来的歌。"

没耽误正常教学，老班选了节体育课，带着四五十个同学去操场学唱歌。

林空桑缩着手指，在中午的阳光下轻轻哼着调子。

女孩子对旋律似乎更多一些天赋，再加上这首歌的曲调早已深入人心，她跟着哼了两遍就能通篇唱下来。

今天没有风，人工草坪上永远是绿茵茵的夏天。

十七岁的年纪，三三两两自由扎堆，手上都拿着曲谱，哼着同一段调子。

林空桑踮着脚在人群里找苍寒的影子，直到看到对方和林晏、付阳一起，这才放心下来。

"看谁呢？"乔伊贼兮兮地问她。

"你说呢？"林空桑干脆也不遮掩，把话问出了三分暧昧。

两个女生笑成一团，没理由地挠来挠去，很快就忘了正事。

玩性压不住，更何况还是在户外。

很快，没了老班领头羊似的牵着走，大家都开始了不务正业。

其中林晏最为夸张，笑起来没完没了。

"没看出来啊，大哥，你还是个音痴。"

苍寒把谱子一放，站在原地装电线杆。

林空桑抱着乔伊的肩膀，"扑哧"一声笑开了。

苍寒叹了口气。

他说话都不利索，还唱歌，这辈子就没唱过歌。

"班嫂呢？"有人笑着打趣，"让班嫂教啊！"

一旁"吃瓜"的林空桑莫名被提及，甚至这话还真招来了苍寒的视线。

对方与她隔着两三米远的距离，像是真等着她过来似的。

林空桑耳尖一红，把头一转："谁爱教谁教。"

她拉着乔伊去食堂买零食吃，举着烤肠刚出来就撞见苍寒拖着林晏和付阳一起进来。

"富婆，"付阳打趣道，"今天买笔芯了吗？"

哪壶不开提哪壶，林空桑一瞪眼："买你妹！"

"他妹妹在这儿呢，"林晏一把搂住苍寒，推到林空桑面前热情地介绍，"五块钱买不了吃亏买不了上当。"

苍寒反手把林晏推开，走开两步离他远点。

"五块钱，"林空桑看着三个男生进了商店，愤愤道，"真便宜。"

"你可以买他五六十个，"乔伊冲林空桑比个大拇指，"一个上学，一个工作，一个做家务，一个——暖床。"

"啊啊啊！"林空桑追着乔伊打。

乔伊笑着握住林空桑的手腕："你和大哥还闹别扭呢？趁着圣诞节和好吧。"

"没闹别扭。"林空桑瞬间情绪低落了不少，"我也不知道怎么了，真要算起来，应该是我单方面无理取闹吧？"

"因为那些女生吗？"乔伊小声问道。

林空桑走到食堂的桌边坐下："我也不知道……"

如果说真是因为那些女生，那她这气也不应该对着苍寒生。

更何况苍寒对那些女生根本就没意思。

大概真的就是被偏爱得有恃无恐，林空桑知道苍寒对自己好，就没理由地要小性子。

"哎，我说……"

身后传来声响，林空桑扭头一看，见付阳一脚跨到她身边："你最后抽到大奖了吗？"

林晏和苍寒也跟着坐下，他们两人坐在对面，分别对着乔伊和林空桑。

林空桑腮帮一鼓，低头喝奶茶："你是故意来嘲讽我的吗？"

"是的，你好聪明，"付阳拿了瓶可乐，仰头灌了大半，"真就这么黑啊？"

林空桑气得恨不得把那瓶可乐戳进付阳的嗓子眼，但是考虑到苍寒就坐在自己对面，她决定还是斯文些。

"大冬天喝可乐，你不冷啊？"

"还行，"付阳把可乐拧上，"你冷吗？"

林空桑摇摇头，看林晏在一边不知道说了什么，气得乔伊拿卫生纸砸他，林晏被砸了还挺高兴，两只手一撑下巴，直盯着对方看。

这才是打打闹闹的青春恋爱物语吧，林空桑想，自己这边的是啥玩意儿。

食堂里有人哼起了歌，林空桑闲不下来，小脑袋转来转去。

果然是他们班的。

"跟你俩说个好玩的，"林晏连面包都不吃了，身子一探，兴冲冲道，"大哥是哈哈哈哈哈哈……"

他话没说完就开始笑，乔伊嘴角抽了两下，没好气地接着说下去："是音痴。"

"哎？"林晏还挺好奇，"你怎么知道？"

"你就差拿大喇叭喊了。"林空桑嫌弃地看他一眼，"我要是大哥，我就开始揍你了。"

没注意自己提到了对方，林空桑抿了抿唇，又把头重新低下。

"快打快打，"付阳手指点在桌上，"我怀疑这人今天吃兴奋剂了，从早上开始就格外亢奋。"

"还有个看热闹不嫌事大的，"林空桑冲付阳噘噘嘴，"自己跟个火气罐一样，还好意思说别人。"

付阳"呸"了一声，气得揪她辫子："我怎么是火气罐了？"

林空桑拍开对方的手："你整个人都是火气罐……"

和缓的旋律在耳边慢慢回荡，林空桑忍不住也跟着轻哼，将歌词搁在桌上。

友谊万岁 朋友情谊万岁
举杯痛饮
同声歌唱友谊万岁
友谊地久天长
……

不知道什么时候开始，周围叽叽喳喳的几人都不说话了。

林空桑诧异地抬头，最先撞上的，就是苍寒的目光。

他桌前只放了张纸，什么零食都没买，却又坐在这里，听他们说话，听她哼歌。

少年目光深沉，不似他人跳脱。

林空桑心头微动，看对方缓慢垂眸，将睫羽轻覆。她唇线抿直，嘴角微压，像一只有了情绪的猫，这次不再凑上来讨要抚摸，而是刻意避开了她的目光。

"不错不错。"林晏"啪啪"鼓着掌，扭头对刚才那个唱歌的同学大声道，"领唱就是你了！"

那位同学也跟着笑："你可别磕碜我！"

食堂里充斥着笑声，林空桑却盯着那张白纸，怎么也笑不出来。

等到付阳、林晏起身，苍寒也跟着离开。

林空桑手指搭上桌沿，闷声不语。

"你怎么了？"乔伊问。

林空桑心里难受，像是缺了一块。

"我的猫……不理我了。"

林空桑和苍寒这段不知道为什么开始也不知道如何结束的"别扭"，一直持续到了圣诞节都还没有得到缓解。

原因很简单，他们两人保持了非常好的默契，完全不理对方。

一个坐教室前排，一个坐教室后排，如果不是主动刻意，根本没有交流的机会。

林空桑慢慢地意识到，如果没有老班那一个出其不意的互助小组，这种展开才是她和苍寒的高中生活。

所以当互助结束，他们的关系自然而然就恢复到了最初。

——也不完全是。

苍寒再也不是坐在角落里无人问津的少年，他的身边有了朋友，也开始热闹。

偶尔还会有女生与他打招呼，他也不嫌烦，挨个礼貌地招呼回去。

林空桑像是把苍寒拉进了人群里，随后把手放开，看着苍寒开始耀眼，然后她被拥挤的人群挤出对方身边。

"我觉得你就瞎矫情。"乔伊一把击碎了林空桑脑子里的疼痛文学，"大哥压根儿没不理你，不信你找他说句话，他要不理你，我穿裙子倒立！"

"你不懂，"林空桑颓废道，"上次在食堂，他不看我了。"

"不看你？"乔伊都快被她说笑了，"不看你就是不理你？"

"都说了你不懂，"林空桑抱着脑袋，拒绝沟通，"不是说他不看我，是那种感觉，它不对……"

她不知道怎么描述自己和苍寒之间那种只可意会不可言传的动静。

每一个细小的眼神都像是蝴蝶振翅，等传到对方心里时则变成了猛烈的飓风。

可能是她情感丰富加以润色，但苍寒对她，的确不应该这样。

"大哥生我气了，"林空桑把自己窝成一团，"我这人真的没救了，竟然都能把大哥惹生气。"

"今晚平安夜，"乔伊拍拍林空桑的肩膀，自信道，"买一堆苹果，送给一群人，包括大哥。"

林空桑可怜巴巴地抬头："能行吗？"

乔伊一拍胸脯："听我的，准没错！"

林空桑率先认输，中午和乔伊一起去买苹果。

她的零用钱之前被祸祸得差不多，真要送那么多人还得和乔伊一起。

两个姑娘为了多买一点，特地去了远一点的水果店，再自己买了纸盒包装。

乔伊低着头数个数："咱们买十来个不过也就三十几块，学校门口的商店一个苹果就五块，是不是赚疯了？"

林空桑盘算着要买多少纸盒："你还没加盒子钱。"

纸盒不值钱，十个才五块。

她们拿了十五个，准备趁中午教室没人赶紧把苹果装上。

"大哥中午好像不回去，"林空桑和乔伊一人一边拎着苹果，心里总有些发虚，"咱们就这样进去？"

"那不正好？"乔伊咧嘴一笑，"要不我先去上个厕所？你挑个大的，先去送给大哥？"

踩着教学楼的楼梯，林空桑拎着苹果追着她打："你别说了！我和大哥什么都没——"

在她们走出楼梯间的转角时，她的话卡住了。

许樱站在他们班教室的后门正说着话，而门框里隐约露出半个身子的人，不用猜也知道是谁。

"许樱？"乔伊皱起了眉，"她怎么……"

林空桑赶紧把乔伊给拉了回来。

"你干吗？"乔伊莫名其妙，"你还不过去？大哥要被抢走啦！"

林空桑面朝墙壁，把额头往上一顶："那就被抢走吧。"

"你在说什么话？"乔伊拉过林空桑的胳膊，"你对得起大哥对你那么好吗？"

"他对我很好吗？"林空桑往回缩，"他都不理我。"

"你可真是个小白眼狼，"乔伊扯过装苹果的袋子，不由分说地把林空桑往走廊就是一推，"快点！"

林空桑被推了个跟跄，差点没直接摔个四仰八叉。

她这边动静有些大，许樱一转头就看到了她。

门内的人微微侧头，像是不经意间一瞥。

果然是苍寒。

远处的两人并肩立于阳光之下，像是在看什么新奇东西，目光全聚焦在林空桑的身上。

许樱今天穿了件淡粉色的毛呢小坎肩，短裙下是奶白色的长袜。

她的长发松散地搭在肩头，毛衣的衣领堆积着蓬松，衬得那张巴掌大的小脸更加精致可爱。

不得不承认，许樱是有资本的，这样一个姑娘迎面走来，是林空桑都要拉着乔伊衣服说句好漂亮的程度。

按理来说，这种女孩跟她和乔伊压根儿不是一个世界的人，自然也不会有什么交集，可是命运这玩意儿奇怪得很，一下就把林空桑和许樱拉到了一起。

就为了个苍寒？

林空桑觉得这不行。

比不比得过是一回事，她愿不愿意比才是最重要的。

如果非要和别的女生扯头发才能站在苍寒身边，那她宁愿一个人独自美丽。

"嗨。"许樱竟然友好地冲林空桑打了个招呼，她从怀里拿出一袋包装精致的小点心来，"我做了些巧克力，要一起吃吗？"

林空桑一愣，没明白这是什么发展。

对方甜美可爱的微笑甚至让林空桑对自己刚才的那些想法感到羞耻。

"不吃了，"林空桑都没看苍寒一眼，"再见。"

她灰溜溜地转身离开，看见乔伊傻乎乎地拎着一袋苹果，心里就更难受了。

乔伊恨铁不成钢："你怎么……"

林空桑拉住她的手就下了楼："走了！"

两人出了教学楼，林空桑找了个花坛角落蹲着折纸盒。

她沉着脸，乔伊的话左耳朵进右耳朵出，什么也听不到，什么也不想听。

"我跟你说的话，你听到没有？"乔伊累得半死，干脆找了个纸盒拆开垫在地上坐下，"你在自寻什么烦恼啊？"

"不知道，"林空桑也拆了个纸盒，和乔伊一样往地上一坐，"我臭矫情。"

"你也知道？"乔伊揪了点纸砸她，"是我看了都觉得有病的程度。"

"我也不知道我怎么了。"林空桑在一堆苹果里挑了个最大的，"人家许樱送巧克力，咱们送苹果，这一对比，我们好土啊。"

"平安夜就是要吃苹果啊！"乔伊道，"送巧克力的都是心术不正。"

"我知道她心术不正，"林空桑双手捧着那个苹果，"可我送苹果……也是心术不正啊……"

分明都是心术不正，自己还没人家许樱坦荡。

林空桑做事一向坦坦荡荡，没想到今天还有这么委婉的时候。

炽
热

220

"我觉得我好讨厌，"林空桑膝盖并拢，用手臂环住，"你可以骂我，没关系的。"

乔伊叹了口气："我骂你做什么？我——"

"我好奇怪。"林空桑把下巴垫在膝盖上，眼睛盯着手上苹果的纹路发呆，"以前大哥一个人的时候，我好想让你们都跟他玩，可是你们现在都跟他玩了，我又觉得人太多了。"

"那什么，"乔伊挠挠头，表情有些尴尬，"我先上楼了。"

"啊？"林空桑从自己的思绪中抽离出来，抬头看着乔伊站起身，"你上什么——"

她的话突然中断，在看到站在自己侧后方的苍寒时，她差点没咬着自己舌头。

"装好的苹果我先带上去了啊。"乔伊胡乱收拾一通，跑得比谁都快。

林空桑单手撑地赶紧爬起来，对着乔伊的背影弱弱地伸了一个"尔康手"。

好姐妹啊，你可真能跑，这么一尊大佛就扔给我一个人了？

林空桑握着苹果，只觉得自己天灵盖都被烧得滚烫。

大哥什么时候来的？

她们的话他都听了多少？

"我……"她哆嗦着唇，把手里的苹果往他怀里一塞，"给你的。"

苹果有点大，她需要两只手才能握住的大小，苍寒单手就扣住了。

地上零零散散还躺着没有装盒的苹果，林空桑吸了口气，蹲身收拾。

不知道说什么干脆就不说了，现在想想，自己的确是矫情，苍寒再怎么样都不会不搭理自己。

以前那么多人和事，她问他，他都会说好。

林晏好，付阳也好，篮球队好，奥数组好。

他对人人都喜欢，也就是说，他对人人都漠然。

温柔有热度，平分给苍寒身边的所有人。

可林空桑不想做其中的几分之一。

她想做百分之百，想做那独一无二的滚烫热烈。

让一颗太阳为自己而亮，未免太过贪心。

"你还在这里干什么？"林空桑拎着一袋苹果，感觉自己像个来市里赶集的老太太，"不回教室了吗？"

苍寒看着她，片刻后，才开口道："我的身边没有多少人，你、乔伊、付阳和林晏。"

林空桑愣了一下，反应过来后，脑子里就像是炸出了一朵蘑菇云，滚烫的热气从她头顶一缕缕往外冒。

快要烫熟了。

"我才不管你身边有多少人呢！"她睁大了眼睛，几乎是争吵一般喊出来，"关我什么事？！"

苍寒的目光一沉，继而垂下，连带着他握着苹果的手，也一并垂在了裤缝处。

冷风卷起地上细碎的枯枝和落叶，林空桑把话说完就后悔了，却又不知道如何弥补。

"啪"的一声，她提着的袋子开了个口。

苹果掉了一地，朝四面八方骨碌碌地滚开。

林空桑下意识地一提，只捞到了一个抱在怀里。

苍寒顿了顿，弯腰捡起自己脚边的一个，接着走开两步，捡起另一个。

他抱着四五个苹果，走到林空桑的面前，把小姑娘手上的袋子倒着拎过来，顺手在破了的底部打了个结。

"我也不知道我怎么了，"林空桑红了眼眶，说话的声音都带着哭腔，"乔伊说得对，我就是仗着你脾气好，我臭矫情。"

"没关系，"苍寒从口袋里掏出一包纸，"你可以矫情。"

"现在说得好听，"林空桑咬着唇，愤愤道，"万一你哪天脾气变得不好，指不定就动手抽我了。"

她开始胡言乱语，说的话让苍寒指尖一顿："我不会抽你。"

"我又没哭，"林空桑瞪了苍寒一眼，"你干吗给我纸巾？"

苍寒也不恼，手一放就要把纸收回去。

林空桑手疾眼快地把纸巾抢过来："我留着下午用。"

对话在这里终止，她低头把那包印着卡通印花的纸巾装进兜里。

只是她还没抬头，就隐约感觉到面前有什么掠过。

苍寒屈起中指，在她额头上不轻不重地弹了一下。

林空桑捂着脑门瞪他："你打我？！"

苍寒把手收回，缓缓开口："许樱找我，和我有什么关系？"

林空桑一时语塞，一口气憋在喉咙："你收她东西了！"

"我没收。"苍寒解释道。

林空桑心里舒服了那么一点，但是嘴上依旧不饶人："那你跟她说话了！"

苍寒一抿唇瓣，一呼一吸间多了细微的愠怒："你还和付阳说话呢。"

林空桑下意识否认："我没有。"

"你有，"苍寒认真提醒着她，"就在我面前。"

林空桑停了会儿，突然意识到了什么，眼巴巴地瞅着他："你在意？"

苍寒又抬起手，在她的另一边脑门又弹了一下："我只对许樱说过三句话。

　　"第一句，我不想谈恋爱。

　　"第三句，我不吃巧克力。"

　　林空桑抱着自己脑袋，像是被弹两下弹傻了："第、第二句呢？"

　　"第二句。"苍寒看着她，却停顿了下来。

　　少年眸底藏着暗流，似静海下难见的汹涌。

　　林空桑后知后觉，慢慢想起来了几句话中最关键的一句。

　　她缓慢睁大眼睛，哆嗦着唇，企图制止那让人尴尬的一幕发生。

　　"我我我……我想起——"

　　可惜苍寒并没有给她岔开话题的机会。

　　"第二句。

　　"我喜欢林空桑。"

第九章
苍寒给她摘了两颗星星

———————◆———————

    林空桑呆在原地，怀里那个苹果"啪嗒"一下掉在了地上。

    摔得还挺惨烈，地上留下一小块苹果汁。

    苍寒贴心地把那个苹果捡回来，擦一擦装进袋子里："还有什么要问我的吗？"

    林空桑还在发蒙，脖子跟生了锈似的，一动就"咯吱咯吱"直响。

    "你听见了吗？"苍寒又问。

    林空桑像个小动物似的"唔"了一下，然后蹲了下来，捂住了脸。

    跟朵小蘑菇一样，把自己往原地一种，暂时屏蔽周围一切。

    什么啊这算是表白吗？但是为什么当事人之一这么淡定啊？她还没有准备好呢，要怎么回应啊？！

    苍寒在她旁边站了会儿，见对方没反应，干脆也蹲在她的面前。

    林空桑空出一只手臂推推他，把人推远一些。

    苍寒就听话地后退半步："林空桑。"

    林空桑闷闷地"嗯"了一声。

    "我以前没有朋友，很多事情不明白。如果哪里做错了，你要告诉我。"

    苍寒的语速很慢，每一个字都像是深思熟虑后，再一点一点说出来。

    他一直很谨慎，对待朋友，对待林空桑。

    拥有得太过不易，他比谁都害怕失去，所以一旦出了问题，即便难以开口，也要及时解决。

    他不怕开口，也不怕沟通，他只怕没有原因的疏远，以及可能出现的讨厌。

"你没做错，"林空桑掐着声音，细得就像蚊子叫，"我都说了，是我臭矫情。"

她从手指间露出一双眼睛，看着少年的鞋尖，还有垂下来的修长手指："我有点情绪上头，还有点莫名其妙。"

"因为我和许樱说话？"苍寒问。

林空桑重新把脸埋进手臂："……不是。"

这问题怎么就这么暧昧，就算是她也不会回答。

"那我应该怎么改正？"

林空桑憋了会儿，总觉得自己一肚子气没地儿撒。

苍寒哪里需要改正，是她自己需要改正！

大哥是倒了霉了，才会遇上这么难缠又玻璃心的她。

林空桑在心里把自己贬低一通，可是贬着贬着，她又心理不平衡，也开始找对方的错处。

"你好随便。"她随口胡诌一个理由。

"哪里随便？"苍寒也不恼。

"那时候我认识你才一个月！"林空桑说得煞有介事。

苍寒思索片刻："两个月。"

林空桑回忆了一下，那时候临近期中考试，好像的确快两个月。

"两个月也随便。"她不讲道理，"你是不是想拒绝许樱，所以才那么说的？"

苍寒沉默两秒，实话实说："有一部分。"

林空桑噌地站了起来："你还有一部分？你拒绝她你拉我出来干什么？"

苍寒也跟着站了起来："只是想到了你。"

"想到我你就说啊？"林空桑指指自己，"你怎么不想乔伊？！"

苍寒有些无奈："你说呢？"

林空桑一愣，反应过来后，气势明显弱了许多："我在问你问题，禁止用问题回答问题。"

苍寒："可我回答你，你会说我随便。"

那个答案呼之欲出，林空桑鼓着腮帮瞪他："你本来就随便。"

心情突然就好了许多，她噘着嘴，嘀嘀咕咕念叨了一通，然后伸手夺过苍寒手上拎着的苹果。

"我回教室了。"

苍寒轻轻"嗯"了一声，跟着她一起走。

可林空桑没打算同行，逃似的跑进教学楼，一步跨三级阶梯。

到教室时乔伊正捧着小说看得津津有味，林空桑把苹果往桌洞一塞，抓着人的胳膊就往外跑。

可怜乔伊连书都没合上，就被林空桑跟一阵风似的带出了教室。

路上还意外撞见了刚出楼梯口的苍寒，林空桑一个急刹车，和对方对视两秒，气氛诡异得让乔伊直皱眉。

"你们……"

她刚说了两个字，就又被林空桑拉着狂奔去了卫生间。

乔伊："……"

不是，谁能告诉她现在是个什么情况？

"大哥又跟我告白了，"林空桑在洗脸池边抱着乔伊，一脸严肃，"诚恳得无懈可击，我一时竟没法拒绝。"

乔伊满头黑线，叹了口气后，又笑起来："开心了？"

"我开心什么？"林空桑努力压住自己上扬的嘴角，"他只不过把几个月前说过的话又说了一遍。"

"说了什么？"乔伊问。

林空桑张了张嘴，复而合上："我不告诉你。"

"……"

"我回去了，"乔伊把贴在自己身上的林空桑拉下来，"大哥口味真清奇，像你这种炮仗他也受得了。"

"对了，"林空桑摸摸自己的脑门，"大哥对我动手了。"

乔伊："？"

林空桑："他弹了我两个脑瓜嘣。"

乔伊深吸一口气，在林空桑的脑门上弹了第三下："你这是在跟我秀恩爱吗？"

"我秀什么恩爱？"林空桑一跺脚，"根本没有恩爱！我妈知道我早恋肯定把我腿打断！"

乔伊双臂抱胸："那你拒绝了？"

"没……"林空桑瞪着眼，突然把脸一垮，哭倒在了乔伊的肩膀，"我拒绝他，他不喜欢我了，可怎么办啊……"

"……"

没控制好音量，还拖着声音，生怕别人不知道似的。

"那你不会直接和大哥说吗？"乔伊算是被无语到了，"人家连喜欢你都直接说出口了，你就不能对他说'我现在只想好好学习以后再谈恋爱行不行'。"

"我当时脑子乱乱的。"林空桑委屈死了，"我现在一看到大哥就紧张，说出来的话完全不经过大脑，自己都不知道自己在说什么。"

乔伊沉思："我觉得你记得挺清楚……"

两人絮絮叨叨了一些有的没的，乔伊被林空桑磨得不行，扯着她的胳膊把人拽回了教室。

"现在、都、几点、了！"乔伊把人往前门一塞，喘了口气，"教室里都是人，谁会在意你！"

快两点的时间，上课前的纪律最是混乱，大家说话的说话，闹腾的闹腾，的确没人在意满脸通红就快烧起来的林空桑。

林空桑跟个兔子似的把脖子一缩，视线定在自己座位上都没敢乱看，飞快地飘到自己座位上坐下，屁股一挨椅子就把手脚窝一团装死。

"宝贝儿，"乔伊拿出数学练习册，在她面前拍了拍，"虽然双向感情很美好，但你是否要注意一下一个星期后的期末考试。"

"……"

大概是这个话题太过现实残酷，像根针似的"嘭"一下就把林空桑的粉色泡泡给戳得连渣都不剩。

"元旦放三天，期末考暂时推迟到一月四日，"乔伊捏捏林空桑的脸，"你还记得你第一次月考数学考20多分哭鼻子吗？"

林空桑打了个哆嗦，连忙也从自己书包里掏出数学练习册。

她"啪啪"拍了两下自己的脸，强迫自己回到现实。

"我上次还考了40多分呢，期末绝对不可能回到20分。"

结果一翻开，是苍寒的。

林空桑"啪"地又把练习册合上了。

"怎么了？"乔伊问。

林空桑："换一本。"

虽然之前老班口头上取消了她和苍寒的互助小组，但那个早恋乌龙事件很快被解开，好像也没人真把这随口的一句话当回事。

早上订正完的卷子上面密密麻麻都是用红笔记下的笔记。

趁着课前时间，林空桑难得认真地复习了一遍。

然而也没看懂。

她拿着卷子去问乔伊，乔伊勉强说了几题，然后再和林空桑抵着脑袋凑一起犯愁。

"我上课分明听懂了，"乔伊心里犯嘀咕，"我还觉得我很厉害。"

"我上课也听懂了，"林空桑用笔头戳着自己的下巴，在乔伊质疑的目光中又补充道，"前两小问。"

上课铃响起，乔伊把笔一放："算了，这种高难度大题的最后一问你就直接放弃吧。"

林空桑拿过画得乱七八糟的草稿纸，把笔横在自己鼻子下，噘起嘴唇夹住。

她弓着腰，拖着腔调"哼哼"道："学渣也有情学渣也有爱，学渣也想搞懂压轴大题第三问。"

"那你去问大哥，"乔伊用下巴往后一指，"老班钦定互助人员，你不问他问我？"

林空桑嘴上的笔直接掉在桌上，再一路滚去地上。

她"哎"了一声，探着身子去捡笔。

乔伊觉得好笑："不能提名字了，是吗？"

"你别说了，"林空桑有点不好意思，"我好不容易不去想那些事。"

如果没打算同意，那就更不能让成绩落下来。可是那些事让人抓心挠肺，又让林空桑想得不行。

在起初的忐忑和不知所措过去之后，她开始逐渐冷静下来。

苍寒不过就是把那层薄薄的窗户纸戳破，有些事情她其实早就知道。

细细密密的甜涌上心间，她掰着自己的手指，时不时也会发出一声傻笑。

乔伊按着她的脑袋，小声骂了句"花痴"。

林空桑"嘿嘿"地笑。

花痴就花痴。

晚上放学，林空桑把桌下的苹果拎起来。

被摔过的地方已经有些暗沉发黑，她耷拉着脑袋，暗自心疼。

"其实也没必要送那么多，"乔伊安慰道，"我给平时玩得好的都送啦，剩下的我们两个自己吃。"

林空桑点点头，拿了一个苹果递给乔伊："给你个大的。"

两人收拾好书本准备去水房洗苹果，结果林空桑一拉书包，意外发现自己桌洞里多出了个包装精致的盒子，或许更应该说是一份礼物。

"哇！"乔伊瞬间把苹果往桌上一搁，拿过礼物看了看，"我猜这是大哥送的。"

林空桑瞬间警惕，睁大眼睛就回头乱看。

还好她们足够磨叽，教室里已经没有其他人了。

"你怎么就这么确定？"林空桑有些心虚。

"如果是付阳送你礼物，那全世界都应该知道。"乔伊笑眯眯地把礼物还给她，"好羡慕哦，平安夜还有礼物收。"

林空桑脸上红成一片："林晏不是给你买奶茶了吗？"

"他不也给你买了吗？"乔伊摇摇头，"快点拆开给我看看。"

林空桑和乔伊一样都是急性子，什么事情都憋不住，手还比谁都快，能立刻拆就不会拖到回家拆。

林空桑心里多少有个底，但是嘴上依旧别扭着说不一定。

直到盒盖打开，看见那盏鹅黄色的星星灯后，她心里不住地想着，这不是苍寒也一定得是苍寒送的。

因为也太让人心动了。

"我天，你朝思暮想的星星灯。"乔伊也跟着乐，"圆梦了。"

"他怎么知道的……"林空桑喃喃道。

"还有个便利贴，"乔伊从灯盒与礼物盒的夹缝处把那张字条拿出来，看了一眼便兴奋道，"这字迹，是大哥'实锤'了！"

林空桑连忙把字条拿过来，只见白底的便利贴上画了两颗挨在一起且自带光点的星星。

而星星下面，还有两个字。

晚安。

林空桑"呜呜呜"了好一阵子，最后捧着苹果走在路上，和乔伊边吃边吸鼻涕。

"大哥真好！"她眼泪哗哗，"我也好喜欢他哦……"

乔伊听得牙疼："你有本事去他本人面前说。"

林空桑被夜风吹得直缩手指头，但还是抱着冰疙瘩似的苹果不放开："我哪有本事呢，我只告诉你，你可千万别——"

"哎，我的车来了！"乔伊不等她说完话，一勒书包带就追着公交车往车站跑。

林空桑也跟着她跑，跑到最后停在车站边委屈巴巴："你都不等我！"

不过，乔伊似乎没有搭理林空桑，她脸一转看向另一边，然后手一抬惊讶地笑出来："大哥！"

林空桑登时冻在原地，有那么一瞬间她想直接转身跑回教室里去。

"桑桑，"然而乔伊格外兴奋，上了车还不忘把车窗打开，往后一指，"大哥在那儿呢！"

林空桑的笑僵在脸上，心道：我可真谢谢你。

广告牌后隐约有脚步声，她看着地上的影子逐渐靠近，最后停在边缘。

苍寒上身前倾，从广告牌后面露出一个脑袋。

猫猫探头。

林空桑深吸一口气，屏住呼吸，瞪大了眼睛，和他两两相望。

"等车？"苍寒率先出口。

林空桑嘴巴有点哆嗦："……嗯。"

她无比庆幸在教室的时候没听乔伊的话，执意把那盏星星灯强行塞进了书包，只是此刻手里捧着个啃了一半的苹果，看起来一副不太聪明的样子。

"你怎么、怎么在这儿等车呀？"

林空桑硬着头皮，从广告牌中间的缝隙走过去，站在了候车区。

苍寒家不是就在学校旁边的巷子里吗？

苍寒微微侧身，给她挪开一点位置："去外婆家。"

去外婆家。

林空桑心上一紧，那不就是和自己同路吗？

那接下来得等同一班车，坐同一班车，然后再一起步行进小区。

妈耶，那不是要人命吗？

苍寒看着身边的小姑娘从手指到耳尖都红得不成样子，忍了会儿才开口道："桌子里……"

"啊……"林空桑条件反射般地应了一声，"我、我看到了。"

谁也没有说清到底是什么，但是心里却又都明白。

"谢、谢谢你。"林空桑又结结巴巴补上一句。

苍寒顿了顿，把视线投向车来的方向："不用谢。"

突然，沿途路灯亮起。

林空桑刚啃了口苹果，一边嚼着，一边仰头去看。

雾霾蓝的天空泛着暗色，被空中的路灯映出一小片橘。

距离放学也有一会儿时间，学校附近已经没什么学生。

"七点了。"苍寒淡淡地开口。

林空桑点了点头，心里盘算着虽然跟自己老妈打过招呼，但是这么晚回去估计又要挨批。

她眼睛转了一圈，最后停在苍寒书包拉链上坠着的一朵针织毛线太阳花。

这种东西，就不像男生能买的。

察觉到她的视线，苍寒往自己身后看了一眼。

"我妈妈织的。"他解释道。

林空桑连忙点头："你好喜欢你妈妈啊。"

她转念一想，自己书包里还有几个苹果，可以给苍寒妈妈一个。

但是它们被摔得有点丑，又有些拿不出手了。

苍寒看林空桑失落地一塌肩膀，问道："怎么了？"

"没什么，"她垂头丧气，"祝阿姨圣诞快乐！"

一想到自己以前还吃阿姨的醋，林空桑就想抽自己两巴掌。

"你去外婆家的话，那爷爷一个人在家吗？"她换了个话题。

苍寒微微摇头："他在住院。"

老人家在冬天似乎格外脆弱，林空桑关心了几句，又没话说了。

她心里有些犯嘀咕，这车怎么还不来呢？

也不是不想和苍寒一起在这儿等车，只是时间一长，就挺尴尬的。

爷爷家、外婆家、爸爸家。

苍寒的家真多，到哪儿都能吃饭睡觉。

"在……想什么？"苍寒突然出声。

林空桑回过神来，嘴巴一抿，啃了口苹果："没……"

好像家多也不是什么值得夸赞的事。

又过了几分钟，他们等的车终于来了。

林空桑帮苍寒刷了卡，把苹果核扔进垃圾桶。

她随便找了个双人座坐下，再抬头对苍寒说："用我的公交卡刷便宜两毛钱。"

苍寒也没拒绝，跟着坐在了她的身边："嗯，谢谢。"

"刺——"

公交车关上了车门。

路灯的灯光被窗框截成方形，随着车辆行驶歪斜成乱七八糟的菱形。

车里的乘客少得可怜，加上司机也不过零星四五个人。

林空桑想起当初老班让苍寒送自己回家，对方也是这样，坐在她的身边，沉默地低头去看手指。

谁也没有说话，但是之前的那份尴尬却慢慢减缓。

窗外的景物不住倒退，玻璃上隐约倒映着模糊人影。

林空桑歪了歪身子，把头抵住车窗，轻轻哈了口气。

热气撞上冰凉车玻璃，凝成细小的水汽，给透明玻璃薄薄地覆上一层毛面。

窗外的一切仿佛都覆上了层硫酸纸，昏暗暖黄色的路灯、轿车的红色尾灯、人行横道提示通行的绿灯，在视线中混成一团，铺满眼底。

林空桑抬起手，指尖点上那片冰凉，紧接着，把指腹也贴了上去，左右微微挪动，擦出一片清明。

她的目光和倒影中的苍寒撞了个正着。

林空桑心一惊，连忙回过头，对上一双轻垂的眸。

不像当初那样保持着十足的距离，现在的苍寒会看向她，再微微勾起嘴角。

大哥笑起来可真好看。

公交车到站，林空桑在小区西门下车。

苍寒没有一起，两人隔着车窗互相道别。

他有意保持距离，不让姑娘家感到为难。

林空桑站在站台上，转身冲他挥了挥手："再见。"

车窗开了条缝，苍寒也看向她："晚安。"

圣诞之后紧跟元旦，在准备期末考的同时，还要时不时应付老班的合唱。

林空桑都没有刻意去背歌词，只是唱了几遍就记得大差不差。

教室后排偶尔传出林晏的爆笑，林空桑扭头看到一脸无奈的苍寒，卷起谱子在林晏头上砸一下。

孩子长大了，竟然还知道反击了。

林空桑的妈妈心得到了安慰。

不过，她也挺好奇的，苍寒唱歌到底跑调成啥样，能把林晏笑成那样。她想着有时间去听一听，可是一直都没有找到机会，一拖就拖到了元旦的前一天。

不知道是不是为了应景，圣诞节没有下的雪，在这一天下得浩浩荡荡。

如果说几个月前的雪只是小试牛刀，那么这次的雪便是大刀阔斧。

铺天盖地的银白像是给临城盖上了一床又暖又厚的棉被，林空桑穿着深棕色的雪地靴，一脚踏进路边蓬松的雪层，深得连脚背也一并埋了进去。

"好大的雪！"

林空桑戴着粗针毛线帽，脑后坠了一个晃晃悠悠的毛绒团。

一张嘴就呼出团团热气，像是没见过雪的南方人，连早饭都还没吃就直接下楼撒欢。

帽子、围巾、手套、羽绒服、雪地靴。

她浑身上下装备齐全，一路冲到学校，手上先团了个雪球。

巴掌大的小脸埋了一半在围巾里，林空桑嫌碍事，时不时抬手把围巾掖进下巴。

早餐车上蒸腾着热气，林空桑蹦跶过去，老远就看到了一个熟悉的人影。

"林晏！"她笑着一拍对方书包，被刚翻了个面的煎饼果子吸引了目光，"我也要一个！"

"要个夹里脊肉的？"林晏给摊主递了十块钱，"两个一起。"

"哎？"林空桑一歪脑袋，"林老板好大方！"

"那是。"林晏又给林空桑拿了盒豆奶，"咱俩可是一家的，你得继续帮我。"

林空桑立刻皱眉，像地下党接头似的点了点头："那肯定助攻咱们老林家。"

"懂事。"林晏一挑眉梢，两人似乎达成了一种不可言说的共识。

"问你个事，"她把豆奶插上吸管，也不喝，先问话，"大哥唱歌真那么难听吗？"

一提到这个林晏就忍不住笑："那真叫一个绝，我姥姥家养的大鹅掐脖子叫得都比他好听。"

林空桑："……"

也不用这么夸张。

两人絮叨了两句，林晏的煎饼果子好了。

他本来打算拿饼走人去教室抄作业，结果刚转了半个身子，眼见着乔伊跑来了。

林晏又重新把身子转了回去。

林空桑奇怪地看他一眼："你怎——"

"桑桑！"乔伊往林空桑身上一扑，"我在车上就看到你了！"

林空桑抱住裹得跟团子一样的乔伊，嘚瑟地往林晏那边看了好几眼。

"哎，林老板请吃饭呢，要不要占个便宜？"

乔伊放开林空桑："今天什么好日子？"

林晏清了清嗓子："没，就是有钱，你夹什么？"

没等乔伊说话，林空桑抢答道："夹烤肠！她喜欢吃！"

林晏又递过去一张十块的："再来个夹烤肠的。"

"我不要你付钱，"乔伊连忙阻止，"我自己有……"

林空桑按下乔伊的手，说："咱们大课间请林晏喝奶茶吧，下来堆雪人好了。"

那边阿姨收了林晏的钱，连零钱都找好了。

"那下课请你喝奶茶，"乔伊只好作罢，"附赠一根小烤肠。"

林晏满口答应。

他的个子高，眼神越过乔伊头顶，在空中和林空桑一撞。

好哥们儿！

等到卷完了煎饼，三人并排走在路上吃着。

圣诞过去六天，商店门口的圣诞树还没拆掉，上面依旧坠着纸片，购物满十块摘一张。

林空桑看着就来气。

虽然她已经有星星灯了，但摘了八张字条全是"谢谢光临"这种事情，像是在她心里横了道坎，怎么都过不去。

"笔芯用完了吗？"林空桑一脚踏进商店，"我想……"

她又拿了一盒笔芯。

乔伊把笔芯放回去，换了几个本子塞她怀里。

林空桑付了钱，斗志昂扬地走到那棵圣诞树面前。

她双手合十，闭上眼，使劲搓了两下手。

她嘴里嘀嘀咕咕把能说出名字的神仙都念了一遍，最后猛地睁开眼睛，伸手就要去摘。

"大哥？"

乔伊一句话把箭在弦上的林空桑给说萎了。

"啊？"林空桑转过身，看见苍寒正站在自己身后。

少年身材高大，脖颈围着围巾。

他今天穿了件深蓝色的中长款大衣，毛茸茸的帽子搭在背后，运动裤收在脚踝，踩着一双黑蓝相间的高帮球鞋。

头发似乎刚剪过，两鬓少了些蓬松，多了几分凌厉。

剑眉下的睫羽漆黑，像是被雪水浸润，显得几分薄凉的纯粹。

林空桑大概扫视一圈，突然发现对方脖子上围着浅灰色的围巾……好像是当初自己戴过的那条……

她赶紧把头低下，脸倏地就红了。

"真巧，"林晏也跟苍寒打了声招呼，"来一起见证'非酋'。"

林空桑瞪他一眼："你才是'非酋'。"

"你还不如让大哥来摘，"林晏钩住苍寒肩膀，把人拉到圣诞树旁，"他之前摘了五张就摘出大奖了。"

乔伊在旁边九曲十八弯地"哦"了一声："什么大奖？"

林晏不明所以，一指圣诞树顶："就这个灯吧？"

林空桑脑子"嗡"一下，恨不得学鸵鸟直接把脑袋插进雪堆里。

"所以说，让大哥来，"林晏拍拍苍寒肩膀，"'欧皇'懂吗？'非酋'退让。"

林空桑整个人都快蒸熟了，一听这话赶紧跑乔伊身后躲着："随便你们。"

苍寒一大早就接了个力气活，不过倒也没推辞。

他站在圣诞树旁看了片刻，然后抬手摘下了那张挂得最高也最接近树顶的字条。

少年手长脚长，轻松触碰到了林空桑不能企及的高度。

也没展开，就这么直接递给了他的小姑娘。

林空桑红着脸接过那张淡粉色的字条，抿着唇慢慢展开。

——苍寒给她摘了两颗星星。

炽
热

234

把大奖挂在最高处，直接拉低了林空桑的中奖概率。

这是什么黑心营销手段，赤裸裸地欺负矮子。

林空桑本来就拒绝"非酉"这个身份，这下更有理由了。

林晏看了眼字条，开心道："正好大哥你有一个了，这个就给我们老林家的人吧。"

苍寒微微侧头，像是对林晏这句"我们老林家的人"颇有微词。

这傻子什么都不知道，还在这里乐呵呵的。

林空桑在心里替林晏无语，捏了捏手里的那张字条，转身递给乔伊："这个星星灯就给你吧。"

乔伊连连摇头："大哥给你摘的，我可不敢要。"

这话说得就非常暧昧了，林空桑抬手搓了一把自己的耳尖："这是我自己买的，跟他有什么关系……"

她自顾自地嘀咕着，没敢说大声。

纠结半天，林空桑最后没换灯具，反而换了两个同等价位的二等奖——星星挂坠。

一颗大星星，旁边坠着几颗小星星，小小的一串，黄澄澄的，挂在钥匙上正合适。

林空桑开开心心地分给乔伊一条，再把自己的小心翼翼地收回口袋里。

乔伊拿着那个星星挂坠，倒是没立刻收起来。

几个人一起出了商店，她手一抬，递给苍寒："大哥给你吧，我好多挂坠了。"

苍寒脚步一顿："……"

林空桑也是一愣："……"

林晏在一旁捂住嘴："你这也太直接了吧！"

乔伊打趣道："大哥摘的星星，我哪敢要？"

苍寒看着那个星星挂坠，轻轻偏过脸去，没接。

他拉了拉围巾遮住了大半张脸，也看不清是什么表情。

乔伊："你要心里过意不去，就请我们喝杯奶茶吧。"

"我代收。"林晏把挂坠拿过来，笑着一把搂住苍寒，"行了，接下来就是咱们爷们儿之间的事了。"

看着两人勾肩搭背地走远，林空桑十分幽怨地看了眼乔伊。

乔伊冲她帅气地一眨眼睛："姐妹放一放，大哥要紧。"

林空桑："……"

离谱，但……也有道理。

因为要举办元旦晚会，今天只上半天课。

老班占了他们的大课间，挨个点人检查唱歌。

到苍寒的时候，班里突然就安静了下来。

一群人扭头的扭头，探身的探身，一个个跟望夫石似的杵在那儿，就等着大哥哼出一段调子来。

苍寒动了动唇，目光扫过周围，又重新闭上了嘴。

他捏着谱子，就坐在座位上和老班大眼瞪小眼，半天没个动静。

"不会唱？"老班问。

苍寒郑重其事地点了点头。

老班眯起眼睛审视了他片刻，大手一挥："算了。"

"噫——"

全班唏嘘着散开了。

林空桑好失落啊！

"我还想着听大哥唱歌呢！"

"唱什么？"乔伊问，"《摇篮曲》吗？"

林空桑："……你滚。"

闹腾了一上午也没喝到奶茶，林空桑回家草草吃了个饭，就忍不住屁颠屁颠来了学校。

他们的节目比较靠后，中午还能抓紧时间彩排。

校服外套在手腕处卷一道，扎了个比较精神的高马尾，她甚至还被付清溪按着修了修眉，双肩背包往肩上一挂，从里到外都洋溢着青春的气息。

到教室时班里已经来了不少人，甚至有几个女生还专门带了化妆品，正对着同学的脸上捣鼓着。

"又来一个，"有人把林空桑推过去，"快点去化化妆。"

林空桑一脑袋问号，还没明白过来就被人按在了椅子上。

坐她对面的是班上团委，手里拿了个大号的化妆刷，"啪啪啪"就往腮红盖上敲。

"你可真白啊，羡慕。"团委抬抬林空桑的下巴，柔软的刷毛擦过脸颊，"嘴唇颜色也不深，一会儿再涂点口红。"

"这么正式吗？"林空桑没敢动脖子，"口红就算了吧……"

"舞台上灯光很亮，不化妆上去阴森森的就跟鬼一样，"团委给林空桑打好腮红，又给她撕了一根塑封袋装着的一次性唇刷，"你去乔伊那里蹭点口红。"

林空桑一脸蒙地过去，见乔伊面前堆了五六支口红。

乔伊在里面挑挑拣拣，拿了一支正红色给她。

"临危受命。"乔伊笑嘻嘻地递过去一面镜子，"班里人手不够，把我拉来凑数了，要不要一起？"

林空桑接过镜子，坐在她的身边："老班命令你在这儿看口红啊？"

"嗯。"乔伊凑到林空桑面前，看对方只把唇刷在嘴上点了点，"你这样好浪费啊，要刷上去。"

她干脆直接抢了过来，一手扣着林空桑的下巴，一手在她轻抿着的唇上刷了刷。

"嘟嘟嘴。"乔伊噘起了嘴。

林空桑仰着脸，也跟着噘嘴。

"再这样，"乔伊抿了抿嘴唇，"使点劲。"

林空桑也学着抿了一下："好了吗？"

"还行吧。"乔伊左右移了移手上这巴掌大的小脸，"宝贝儿真好看！"

被夸了的林空桑美滋滋地照了照镜子："我妈妈给我修了眉，你看出来了吗？"

两个小姑娘凑一起有说不完的话，林空桑看乔伊给别人抹口红，自己也忍不住上手涂了几个。

"美女，可漂亮了。"

她把能夸的词儿都掏出来夸了一遍，直到有人把苍寒往她面前的椅子上一按，林空桑登时就沉默了。

之前来来去去全都是女孩，该上手的上手，该咂嘴的咂嘴，她丝毫没有一点精神包袱。

女孩子嘛，对于化妆这种事情不是那么排斥。

可他们班又不全都是女孩子。

"呃……"

苍寒似乎还不知道坐在这个位子上即将会发生什么。

不过，当他垂眸看到桌子上的镜子和口红时，只要不傻都明白了。

用乔伊的话说，大哥起身的动作真的很靓仔，大步走出教室的背影真的很绝情，林晏在走廊上凄惨的叫声真的很残酷，大哥揍起人来也真的很暴力。

"他们男生有这么害怕吗？"乔伊想不通，"我看大哥刚才脸都白了。"

苍寒今天脸白不白，林空桑没在意。

她只知道苍寒的皮肤原本就挺白的。

要在那么白的皮肤上打上腮红，再抹上口红。

林空桑想想都快要心肌梗死了。

不过还好，自打苍寒出教室之后就没再回来过，仿佛教室里有什么妖魔鬼怪会把他吃了似的。

不到下午两点，老班带着全班人去彩排。

班里的男生全部堆在后面，推推搡搡吵个没完。

老班一个个把他们都揪出来，强行按头让他们把妆补上。

林晏见大势已去难逃一劫，连忙到乔伊那里报到。

苍寒和付阳也跟过去，看着乔伊教林晏怎么往嘴上涂口红。

"抿一下。"乔伊抬着林晏的下巴，竟是一点没介意。

林晏看似听话地抿了抿，一副风轻云淡的样子，可是五指扣在桌边，手背青筋暴起，仿佛下一秒就要忍不住掀桌子了。

"就随便抹一下啊，"林空桑用手在自己嘴巴前面示范性地比画了两下，"很难吗？你们这是什么表情？"

"娘们儿唧唧的。"付阳实在下不去那个手。

"我来帮你。"大致涂好了的林晏说着就要上手。

"你滚！"付阳慌不择路，连忙躲开。

乔伊扯着林晏的衣服："你自己抿得跟鬼一样，还帮他？"

林空桑看他们几人闹成一团，脸上带着笑，可是视线一转看到苍寒，那笑又僵在脸上。

"大哥，你……"她生硬地和对方搭话，"要不要随便抹抹？"

苍寒没动，似乎对"随便抹抹"有很大的意见。

"你的脸太白了，被灯一照就会阴森森的，"林空桑好心地解释道，"合唱的时候老班会拍照，不化妆的话拍出来不好看。"

道理都懂，然而并没用。

苍寒看着林空桑手里的那根一次性唇刷，死都下不去手。

林空桑用食指挠挠鬓角，犹豫道："要不……我帮你？"

苍寒轻咳一声，把头偏向一边。

似乎是被误会了什么，林空桑连忙摆手："我是说，你不用等乔伊了，我教你怎么涂。"

她的想法被苍寒带偏，眼睛不由自主地瞄了一眼对方紧抿着的唇瓣。

淡色的，看起来有点薄，这种嘴巴应该挺省……口……红……的。

"……"

她的目光略微上移，对上少年的眸。

两人皆是第一时间闪躲开来，就像是生怕自己慢上一拍。

教室里没有围巾遮脸，苍寒抬手蜷起五指，抵在上唇。

手掌遮住嘴巴，他又咳了几声。

咳不完了还。

林空桑脑子一炸，以为对方介意，赶紧低下了头。

苍寒侧过身，临走前顿了顿，像是刻意解释："我……上厕所。"

这一个厕所上了快半小时。

苍寒在卫生间的窗边看了半天的风景，等到外面隐约传来人群离开的声音，这才推开门走了出去。

——林空桑正双手抱胸在走廊等他。

苍寒身子一转就想回去。

"哪儿跑！"

林空桑手疾眼快地拉住他的帽子，接着抱住手臂，愣是把一个人高马大的男生给硬生生拖去了楼梯口。

教学楼两边的楼梯比较狭窄，平时没什么人走。

林空桑怕苍寒又跑去卫生间躲着，干脆把人往里一推，自己堵在了门口。

"给你个机会，"她从兜里掏出一根包着塑封袋的一次性唇刷，"自己涂。"

苍寒动了动唇："我不……"

"你不能不涂。"

林空桑把苍寒往后推了推，他身子一矮，往下踩了一级阶梯，她威胁道："你不自己涂，我就动手了！"

她把塑封袋一拆，拿出一支口红来："我觉得这个色号适合你。"

苍寒转身就往楼下走。

林空桑又抬起手臂把人拽了回来。

这次她放软了声音，像是恳求道："大哥行行好，我跟他们打了赌的。"

小姑娘的身体就贴着苍寒的手臂，苍寒的腿像浇了水泥，走都走不动："打什么赌？"

林空桑回答得干脆："赌我能不能让你涂口红。"

"赌注呢？"苍寒又问。

林空桑撇嘴："你要是涂了，他们就承认你的确不是之前传言的那种人。"

苍寒沉默下来，许久，才开口道："我不在意那些。"

林空桑察觉到了对方语气变化，有些怂地松开了手："那、那就算了吧。"

距离彭媛媛的信公开也有一段时间了，大家对苍寒明显有了改观。

到底是自己身边的同学，相处些时间自然知道对方什么性格，根本没必要去纠结一句口头上的承认。

况且他人的看法，苍寒根本就不在意。

可那些事，林空桑格外在意。

而林空桑在意的事，那苍寒也就尝试着在意。

一个圈绕回来，苍寒还是得在意自己的事。

他率先妥协，干脆转过身来："我涂。"

林空桑眼睛一亮："真的啊？"

苍寒垂下眸子，拿过她手上的唇刷："一点。"

"可以可以，"林空桑眉开眼笑，替他拧开口红，"你涂了之后抿一抿。"

苍寒用唇刷点了一些口红，往自己嘴巴上凑的时候还有点艰难。

林空桑伸出食指按上他的手背，迫使那支唇刷与嘴唇逐渐接近："就……一……点……"

最后一点距离，她按不动了。

苍寒和林空桑僵持片刻，破罐子破摔地把手放下："算了。"

林空桑瞬间不乐意了："你答应我的！"

苍寒轻叹口气，偏头把目光投向身侧的栏杆上："你替我涂。"

林空桑大脑一时短路："啊？"

苍寒似乎没碰到过这么棘手的事，向来舒展着的眉在此刻皱了起来。

"我实在是……下不去手。"

等到林空桑拉着苍寒的衣袖，像牵了只猫似的将他牵去学校礼堂时，晚会已经快要开始了。

别的班都是派出几个代表表演节目，大部分人都坐在台下观众席。

而他们六班非要别具一格，表演个节目全班一起。

后台装不下他们一个班的人，所以只有班委过去，其他人先在观众席上等待通知。

林空桑进场有点迟，加上场内已经关了灯，她闷头找了一通，愣是没找到自己班在哪儿。

苍寒按下两张椅子："先坐着吧。"

林空桑弓腰坐下："我们占了别人位子怎么办？"

苍寒坐在她的身边："再说。"

他们坐的地方比较靠后，周围都没几个人，应该是多出来的位子。

主持人还没有上场，电音严重的喇叭里放着吵人的音乐。

林空桑从兜里掏出手机，戳了两下又放回去。

"乔伊他们都出去了。"

苍寒看向她："出去？"

"老班去了后台，"林空桑道，"他们出去玩雪了。"

苍寒低低地应了一声，片刻后才道："你不去吗？"

林空桑其实挺想去的，她上午就想了，结果一直被耽误。课间十分钟除去上下楼的工夫没剩多少时间，雪球都团不紧一个。

现在老班不在，谁都不想在这大厅里闷着，怪没意思的。

只是自己身边的苍寒一动不动稳如泰山，一副不太想动的样子，林空桑也不好意思抛下他走人。

"我……都可以。"

如果非要在玩雪和大哥之间选一个，那她肯定选后者。

色令智昏。

"你去吧，"苍寒抬手摸摸鼻子，"我……一会儿也去。"

得到大哥一句话，林空桑登时来了劲。

"他们在操场那边堆雪人，乔伊说一出大门就能看得到。"

苍寒微一点头："好。"

林空桑把手按在前排椅背上："那你一定要来。"

等小姑娘蹦跶着出了大厅，苍寒在昏暗的观众席上坐了许久，然后抬手用指尖按住了自己的侧脸。

"……闭眼。"

林空桑开口，他就把眼睛闭上了。

比对方少踩了一级楼梯，不用弯腰也够得着。

小姑娘的手指可真软啊，按在他的侧脸就像是碰了一团棉花。

"你再抿一抿。"

他睁眼，看见林空桑唇上那一抹鲜艳的红。

就像是纯净无瑕的白纸上点了一抹朱砂，突兀却又动人心魄。

"看、看什么看！"

林空桑用手虚虚捂他的眼，顺便还往后推了一下。

苍寒闭上眼睛，轻轻抓住了那只乱挠人的手腕。

"不看了。"

林空桑踩着雪跑到操场时，付阳和林晏正在打雪仗。

只是他们这个雪仗打得有点凶残，浑身上下全都是雪。

付阳抱起雪人的头就往林晏身上砸："你偷袭？！"

林晏瞪大眼睛："别动我的头！"

接着，两个"头"来了次亲密的碰撞，林晏被灌了满脖颈的雪。

"付阳——"乔伊也怒了，"那是我的雪人！"

"我的雪人没了！"林空桑一路狂奔过来，"啊啊啊，付阳！"

她直接蹲下，团了块雪就往付阳身上砸："你赔我的雪人！"

之前那个雪人是林晏堆的，付阳砸了个头之后干脆再重新团一个。

只是周围的雪被糟蹋得差不多，林空桑跋山涉水跑到比较远的地方团干净的雪。

"怎么只有你来了？"林晏问，"大哥呢？"

林空桑冻得一吸鼻涕："他说等会儿就来。"

"不是不敢来吧？"付阳团了把雪，手一抬砸在林空桑脑门上，"哎，你真给他抹腮红呢？"

林空桑拍掉头上的雪，气恼地砸回去："你怎么这么烦！"

他们闹腾了半天，打着打着就成了班级混战。

今天没出太阳，雪下得厚，堆在高处的还都没有融化。

林空桑疯出一脑门汗，把围巾扒拉松了，又掉在了地上。

她跑出几步远反应过来，扭头准备去捡。

只是没等她弯腰，有人就将围巾递到了她的面前。

苍寒一手拿着她的围巾，另一只手拎了两杯奶茶。

"大哥，你可终于来了，"乔伊喘着粗气跑过来，"付阳要找你单挑！"

林空桑胡乱地把围巾围上脖子，看苍寒也重新把围巾戴上，还严严实实地遮住了下半张脸。

他见乔伊过来，抬手把奶茶递给对方。

"给我的啊？"乔伊惊喜道，"谢谢大哥！"

随后，他又把另一杯递给了林空桑。

"我的呢？"林晏凑过来问道。

苍寒提了提围巾："没有。"

"怎么还性别歧视啊？"林晏一把搂住苍寒，"遮这么严实？给我看看有没有抹腮红？"

"绝对是抹了。"付阳快笑岔气了，"出结果了，我们中第一个化妆的男生就是……"

苍寒几步上去勒住付阳的脖子。

三个男生又闹成一团。

乔伊捧着热奶茶，美滋滋地喝上一口："真抹啦？"

林空桑心虚地缩了缩脑袋："你可别笑他啦！"

炽
热

演出开始前十来分钟，老班跑来操场抓人。

林空桑刚滚了个大雪球，见人来了立刻撒丫子往礼堂大厅跑。

像是老鹰捉小鸡一样，跟她一起跑的还有很多人。

苍寒也不明白自己为什么会被卷入这场乱局，他认为自己顶多就是来送个奶茶，现在却要被老班追着往回赶。

不过，看林晏笑得还挺开心，跑的时候还不忘抓一把雪，手一伸塞进付阳后脖颈。

真损啊。

在后台匆匆排好队伍，苍寒看了看四周，取下围巾。

他有些不好意思地抿了抿唇，企图用这种方式淡化自己唇上的艳色。

"腮红不错，"团委路过，评价一句，"特别自然。"

几个女生在一边笑成一团，苍寒抓过身边的林晏，把人挡在自己面前。

林空桑有些蒙："我没给他抹腮红。"

有人问道："那大哥脸怎么这么红？"

林空桑一哽："热的吧？"

"是的，"乔伊一本正经道，"大冬天太热了。"

"……"

好说歹说上了台，林空桑和乔伊个子不高，挨着站在了第一排。

那里离话筒近，女孩唱歌最好听。

音乐声响起，歌唱得规规矩矩。

半生不熟的练习，玩玩闹闹的态度。

没有技巧，全凭感情。

林空桑看老班在前排指挥陶醉得不行，心想是不是他带过的每一届高二总会有这么一条必经之路。

她在想老班的学生生活是不是也一样快乐，身边是不是也有一群叽叽喳喳的朋友。

"咔嚓"一声，相机定格在尾音结束前的那一拍。

友谊地久天长。

他们地久天长。

元旦三天小长假，林空桑跟着妈妈回了趟姥姥家。

三号晚上她开始狂补作业，特地关了手机，坚决抵制群里苍寒发的答案。

这大哥……

不是害人吗？

林空桑决定找个时间好好跟大哥沟通沟通。

第二天考试，按照高考时间考两天。

林空桑宛如一条脱水咸鱼，一出考场直呼"SOS"。

感天动地，这次的数学三角函数题她又做出来了。

估摸着这次分数应该不低，林空桑回家之后拿出手机，点开了跟苍寒的对话框。

三角函数题，我做出来了！！！

谢谢大哥的公式！

[喜大普奔.jpg]

一时半会儿没得到回复，她丢下手机去洗澡，准备今天早早上床睡觉。

洗完澡已经晚上七点多，林空桑散着一头刚吹干的蓬松长发，把自己猛地摔在了床上。

枕边的手机提示有未读信息，她点开来看，是苍寒回复她了。

恭喜。

你在家吗？

林空桑瞬间从床上坐了起来。

大哥问这个问题干什么？难不成是要来找她？

嗯，在呢。

林空桑把信息发过去之后，又翻开上面的聊天记录看了看。

这次苍寒回复得很快。

有时间吗？

当然有！必须有！就算没有那也得强行有！

林空桑立刻下床，趿着棉拖鞋"啪嗒啪嗒"跑去卫生间梳头发。

等到她把自己收拾得差不多，再十分矜持地给苍寒发过去信息。

有。

接着她就抱着手机，眼巴巴地等对方给自己回信。

下楼。

林空桑立刻换了鞋子，撒欢似的就往门外跑。

果然是要来找自己！

大哥的胆子也太大了吧！

"大晚上的你跑哪儿去？"付清溪从卧室里探出半个身子。

"才七点多，"林空桑拿了围巾胡乱地围上，"我去买点东西吃。"说完她没等付清溪有什么反应，直接开门跑了出去。

她兴冲冲地按下电梯键，抬头看着数字上涨，心急地跑去窗边往下看了看。

不说现在天暗了下来，就算是白天，这么高的楼层也看不到楼下的人。

她只看到了宛如萤火虫一般的路边小灯，隐藏在树荫之下忽明忽暗。

"叮——"

电梯到了。

林空桑小跑着出门，看见正等在路边的苍寒。

少年个子高，站得也直，就在路灯下，暖光映着头顶。

"大哥！"

林空桑快步走到他的身边，抬手抓抓自己乱了的长发，走近了才发现，对方手里还拎着一个包装精致的纸盒。

"送给你。"苍寒把那个纸盒递到林空桑的面前。

林空桑接过来，提到自己面前往里看了看："什么啊？"

"蛋糕。"

"谁生日？"

"我的。"

林空桑愣了愣，把手上的纸盒放了下来："今天你生日啊？！"

苍寒微一点头："嗯。"

"大哥生日快乐，是一月五日吗？"林空桑紧皱着眉，"我都不知道，也没给你准备礼物。"

苍寒"嗯"了一声："不用礼物。"

"过生日怎么能不要礼物呢？何况你都给我送蛋糕了。"林空桑摸摸自己的口袋，有些犯愁，"我下来得急，也没带多少钱，要不然你等等我，我上楼……"

"不用。"苍寒摇了摇头，"天冷，你回去吧。"

"你呢？"林空桑问，"要回你外婆家吗？"

苍寒否认："回我爷爷家。"

"你要坐车吗？"林空桑往前走了几步，"我送你一程吧。"

苍寒有点想笑："我不用你送。"

他一个男生，要女生送什么？

"用的，用的。"林空桑催促他，"寿星过生日，我沾沾光。"

苍寒站在原地没动，林空桑鼓着腮帮跟他犟了会儿，干脆直接拉住对方的衣摆，强行把人拽着往前走。

她在心里想着应该送苍寒些什么东西，可是错过了生日当天再送礼物好像就没有意义了。

"你为什么不早点告诉我呀？"林空桑还有点不高兴了，"考完试才五点多，你应该在学校里就跟我说的。不然我根本没有时间准备礼物给你啊！"

小姑娘闷着头往前走，手上的劲还挺大。

苍寒也拉住对方袖口，往回拽了拽："别出小区。"

"不行，"林空桑回头瞪他，"送到车站。"

苍寒沉默片刻，偏头看向一个方向："可以去广场。"

林空桑也跟着看过去："去广场干什么？"

"坐一会儿，"苍寒垂下眸子，"算是……礼物。"

晚上七点多的广场正热闹。

大妈们列队跳舞，小孩们组团撒欢。

前几天的雪在元旦三天的假期里已经快化完了，广场上早就清出一大片空地。

林空桑走到香樟树下的长凳，用手摸了摸，木质的凳子似乎还湿着。她低着头原地转了一圈，最终还是坐下了。

小区里这个时候最为热闹，大家吃完晚饭都出来遛弯。

她如果和苍寒满小区乱窜，指不定会遇到什么阿姨伯伯，被看到可就麻烦了。

虽然说不是什么完蛋了的大事，但她还是不打算早恋。林空桑现在厌得要死，只想数学考到及格线。

她把蛋糕放下，看着苍寒坐在自己身边。

"爷爷的身体好些了吗？"

"嗯，出院了。"

林空桑"哦"了一声，手指在装蛋糕的纸盒上点了几下："你是晚上过的生日吗？因为晚上出生？"

苍寒摇了摇头。

"那是早上吗？"林空桑又问，"我也是早上生的，所以我一般过生日都在中午。"

苍寒没有应答，只是垂眸盯着自己鞋尖，说："今天是我爷爷捡到我的日子。"

林空桑一愣，像是突然明白了什么。

或许今天根本就不是苍寒的生日。

"今天是小寒，就……定成生日了。"

她缓慢地点了点头，动作似乎有些僵硬。

像是不小心提及对方的伤心事，她轻咬着下唇，甚至还有些内疚。

"苍小寒？"她飞快地整理好情绪，歪头问道，"这是你名字的由来吗？"

"不知道，"苍寒看向她，"我爸取的。"

冬天的傍晚还是有些凉，好在今晚没风，只剩湿冷的空气混着水珠，一呼一吸间凝成了白雾。

林空桑把围巾往鼻梁上拉了拉："大哥，虽然这样可能很没礼貌，但我可以问问你以前的事吗？"

苍寒轻轻"嗯"了一声，如林空桑所想那般没有拒绝。

"你初中退学之后去哪儿了？"她问。

苍寒回忆片刻："转了几次学，后来回家准备中考。"

"转学啊……"林空桑手掌按住长凳边缘，抬头看向天空。

简简单单一句话，涵盖了当初最难挨的两年多。

为什么转学，又为什么回家，这种几近残酷的问题，林空桑都不知道怎么问出口。

他是不是又被孤立？是不是又被污蔑？

想离开就远离好了，为什么高中还要选择临城一中？

"因为离家近，比较方便。"

挺现实的回答。

苍寒还要照顾爷爷，在一中念书的确是最好的选择。

林空桑叹了口气，有些挫败："怪我成绩差，初中没考上一中。"

苍寒顿了顿，安慰道："你高中考上了。"

林空桑摇了摇头："这不一样。"

苍寒微愣，长睫半垂，沉下目光。

如果她初中在一中，会不会有机会接触苍寒，了解这个男生，劝彭媛媛出面做证？当年的蝴蝶振翅多容易阻止，那些流言蜚语也完全可以遏制。如果她努力一点，苍寒这四年会不会就好过一些？

"我其实，应该死了。"

苍寒缓慢开口，嗓音一如既往地低沉。

他应该死在十七年前的那个冬夜。

死于大雪，死于冷风。

他的命是捡来的，活在这个世界上也像是偷来的。

苍寒小时候想活下去，大一点想吃饱饭，再大一点想有家人，后来想有朋友。

他遇见阳光，甚至奢望太阳。

贪心不足，欲壑难填。

苍寒摇头，得停住了。

"现在的生活很好。"

林空桑错开目光，心里涌上酸涩。

虽说知足常乐，但太容易知足反倒招人心疼。

"你以后的生活会更好的，"林空桑死盯着地面，也不知道哪儿来的信心，"会特别、特别好。"

和林空桑分开后，苍寒一个人回了家。

小姑娘还挺倔，不让她出小区她就卡在小区门口，他都走老远了，她还在铁门后面眼巴巴地看着，就跟他一去不复返似的。

苍寒笑了笑，回到巷口的时候，发现头顶上竟然装了一盏路灯。

白炽灯，瓦数不大，灯泡发出昏黄的暖光，应该是自己那万能的老爹动的手。

进了院门，他发现搁在院子里的花盆倒了五六个，其中一个还碎了，泥土上隐约印着个鞋印。

花枝折了不少，地上散着叶片。

苍寒蹲身将倒了的花盆扶好，碎了的收拾干净。

整理好花盆已经八点多，爷爷应该睡了。

他放轻手脚，开门进房间，结果刚到客厅，就见对方正坐在桌子前低头整理着什么。

走过去看见桌子上堆了一堆封面破旧、纸张发黄的小本子。

他拿了一本仔细一看，是他们家这小破房子的房产证。

"啧！"爷爷皱眉，把房产证拿过来，"让你动了吗？"

苍寒把手放下："李来贵来过吗？"

爷爷冲他翻了个白眼："要你小子管？"

那估计就是来过了。

这才多久，上次打瘸的腿就好了。

又来也没关系，他见一次打一次。

"明天要去医院检查，中午吃完饭我爸就来接您。"

"都是要死的人了，检查什么？"爷爷把一堆老旧的本子整理好装进大红色的塑料袋里。

苍寒转身倒了一杯热水："要死的人也要检查。"

爷爷用桌上的鸡毛掸子往他背上一敲："你个小孙子！"

苍寒进了爷爷房间，把杯子放在床头："记得吃药。"

他从阳台拎了桶去卫生间，刚想放些热水给爷爷洗脚，可自来水龙头放不出热水，发现热水器的插座又被拔了。

估摸着是老爷子嫌浪费电。

苍寒不厌其烦地重新把插座插上。

"你爸——"爷爷在卧室喊了一声，停顿几秒，才继续出声，"那小媳妇肚子还好吧？"

苍寒放着热水，抬高了一些声音："好。"

热水器里还剩余一些热水，正好放出来可以泡一次脚。

"他们今天住哪儿啊？"爷爷又问。

"回市里。"苍寒道。

"这才对！"爷爷忍不住教训道，"女人成了家，还天天往娘家跑，成什么样子？"

苍寒习惯了爷爷偶尔的抱怨，老一辈人就这么个思想，你真要跟他争辩也掰不过来。

他干脆左耳朵进右耳朵出，只要对方不在姜周面前抱怨，那就当作没有听见。

"这家里没个男人就是不行。"爷爷又继续道，"你爸最近也回来了，你就跟着他去市里住，少在这里惹我心烦。"

苍寒置若罔闻，把洗脚水拎进房间，发现人已经进被窝里睡觉了。

"泡脚。"苍寒捞了张凳子坐在床边。

"不泡了。"爷爷一挥手，"我说的话你听见没有？"

苍寒随便"嗯"了一声，拎着桶又打算离开。

"你嗯什么嗯？"爷爷从床上坐起来，"你姓苍，跟他姓，他是你老子，他养你天经地义。"

苍寒脚步一顿，停在门口："我不是他生的。"

"兔崽子没良心，"爷爷拿起床头上的杯子往他的方向砸过去，"你爸把你当亲儿子！"

老人家像是体力不支，砸人没什么准头。

水杯摔在距离苍寒半米远的地上，"咔"的一声碎成好几大片。

热水还往上冒着雾气，苍寒也不生气，转身拿了垃圾桶过来把碎片捡了扔掉。

"明天就给我搬走，"爷爷像是气急了，被子一掀重新躺下，"烦了我十几年了，还在这儿烦我……"

睡觉的时间，客厅里的大灯灭了。

虽然平日里爷爷的性格喜怒无常挺捉摸不透的，但今天这么暴躁还真有点反常。

他搞不懂，也不准备真顺着爷爷的话搬去别处。

等到洗漱完毕，把门关上之前，苍寒隐约听见爷爷的轻叹。

"十七年咯……"

期末考试之后就放假了，林空桑在知道苍寒生日的第二天就拉着乔伊去挑选生日礼物。

不能太贵，也不能太便宜。

得有心意，还得有创意。

适合男孩子，最好还兼具实用性。

收藏价值也得有，等到十年二十年再拿出来，还能回忆一下美好的曾经。

乔伊想了想："你把自己送给他吧。"

两个小姑娘在商城逛了一下午，也没买到心仪的礼物。

"大哥之所以那么晚才给你送蛋糕，就是不想让你送他礼物吧。他不让你送你要不就别送了，在我看来，收生日礼物最起码得请人吃顿饭呀！"

乔伊说得一本正经，林空桑听着也挺有道理。

"那我就不送了吗？我还想着送他点什么。"

乔伊突然想到了什么，捂嘴笑了起来："你数学考及格他就高兴得不行吧？你这次期末数学考得怎么样？干脆把卷子送给他吧。"

一提到期末考试，林空桑瞬间就蔫了。

虽然她把三角函数题做了出来，但是选择填空一对答案简直错得离谱。

粗略估算大概有四五十分，没有进步，也没有退步。

"反正明天就公布成绩了，"乔伊建议道，"你要真考得差，再想办法呗。"

林空桑绝望地戴上痛苦面具："那我确定肯定是要再想办法了！"

第二天，期末考试成绩公布。

像是刻意烘托气氛，晴了大半个月的天气开始阴沉了下来。

大家重新回到学校，顺便领取寒假作业以及假期里的注意事项。

林空桑看着自己 62 分的数学卷子陷入沉思："我这是算考得好呢，还是不好呢？"

说好吧，没那么拿得出手。

说不好吧，这已经是她的历史最高分了。

乔伊摸摸下巴："好歹是第一次，要不你意思意思？"

那就……意思意思？

林空桑决定向数学大佬献上自己的数学试卷。

然而还没等老班啰唆完毕，后排的苍寒却突然举起手要离开。

他走得急，且毫无预兆。

全班都被他的动作吸引，再目送他离开。

林空桑听着少年的脚步声逐渐远去，扭头和乔伊面面相觑："大哥怎么了？"

乔伊一耸肩："我怎么知道？估计家里有事吧。"

中午放学，寒假就开始了。

林空桑把自己的数学卷子折好，放在了苍寒的桌洞里。

就算开学后对方才收到这份礼物，那也是她在今天送的。

距离生日不过两天，应该还不算迟。

林空桑出了校门，还没走两步就看到苍寒家的那条巷外围了一圈人。她和乔伊连忙挤过去看。

路边停了两辆警车，巷子里面竟然拉上了警戒线。

"出什么事了？"林空桑随便问了身旁的一个路人。

路人瞅瞅巷子里，把双手一摊："不知道啊，听说死人了。"

林空桑眼睛一瞪，差点没跟着吓死："死、死人？！"

"都散了散了，别看了。"警察把警戒线收起来，大喊着疏散周围群众。

林空桑几步上前，焦急地问道："警察叔叔，是出什么事了吗？"

"你家住里面吗？"警察问道。

林空桑摇摇头："我朋友家住里面。"

"赶快回家吧，"警察皱着眉头道，"最近不要乱跑。"

林空桑哪能安心回家，她见警戒线撤了就要往里去。

"哎，"警察拉住她，"你个小姑娘往里跑什么呀？"

"我朋友家在里面，"林空桑声音发颤，"我听说有人……我想进去看看。"

"没有，别瞎传，"警察叹了口气，"一会儿就要下雨了，赶紧回家去吧。"

没出人命就好……

林空桑放下心来。

警察的话在她这里多少有些分量，林空桑怕自己乱跑给别人添麻烦，犹豫了片刻，还是乖乖回家了。

中午，天上开始飘起小雨。

原本就潮湿的天气变得更加寒冷。

户外的风刺骨，刮在脸上生疼。

手术室的门终于打开，医生摘下口罩，摇了摇头。

苍寒的眼睛一点一点变得血红。

苍澈握住他的肩膀，拍了拍他的后背。

"咦嘟咦嘟——"

251

手术推车的声音在走廊逐渐远去。

苍寒脊背擦着墙壁，抱头缓缓蹲下。

今天天暗得比平时还要早。

雨越下越大，窸窸窣窣，没完没了。

林空桑还没吃晚饭，窗户上就已经映着屋内倒影。

付清溪今天做了西红柿面疙瘩，热腾腾的一大碗，吃下去整个人都暖和了不少。

付清溪还在因为她考试进步而高兴，可林空桑心事重重，怎么都开心不起来。

"我想下去走走。"她换了衣服，在玄关拿了把伞。

付清溪皱着眉："大晚上还下着雨，你走哪儿去？"

"就在小区里溜达溜达，"林空桑情绪低落，"一会儿就回来。"

没到晚上七点，小区里的路灯还没有亮。

天越发阴沉，她撑伞走在雨幕中，只觉得刺骨的寒风迎面扑来。

雨珠打着伞面，发出轻微的声响。

算不上特别大的雨，但也需要撑一把伞。

林空桑没有目标，到处乱走，等到回过神来，已经停在了苍寒外婆家的楼下。

她抬头去数楼层，数花了眼又重新再数。

可是一层那么多户，又不知道是哪一个窗口。

她叹了口气，转身回家。

兜里的手机提示有新消息，林空桑拿出来，是乔伊的信息。

中午就是苍寒家出了事。

付阳和林晏下午去问的。

林空桑心里"咯噔"一下，把伞夹在脖颈里，两只手一起回复信息：真死人了吗？

乔伊：不知道，但是救护车来了。

林空桑松了口气。

没出人命就好。

又和乔伊说了几句，她暂时放下心来。

这要打架的话，苍寒应该不是吃亏的那一个。而苍寒妈妈整天被苍寒的霸总爸爸保护得那么好，应该也不会有问题。

顶多就是去医院，他们年轻人应该……

想到这儿，她突然顿了顿。

不会是苍寒的爷爷吧？林空桑突然有点慌乱。

她从小区的这头走到那头，最后还是忍不住出门坐上了公交车。

付阳下午去找苍寒时就应该叫上自己，不管怎么样还是看一眼才能安心。

雨珠打在车窗玻璃上，使窗外的景物都变得扭曲。林空桑数着车站，早早就站在了车门口，等车门打开的瞬间就撑伞下去。

她跑到那个巷口，抬头看挂在电线杆上明晃晃的路灯。

周围的店铺没关，路边还有冒着小雨卖夜宵的摊贩。

林空桑往巷子里探了探身，狭窄的小路让她有些犹豫。她在原地纠结片刻，到底还是一咬牙闷头冲了进去。

道路崎岖不平，她一脚踩上浅浅的水洼。

"啪嗒"一声，泥水溅到裤脚和鞋袜上。

林空桑撑着雨伞不敢停下，直到拐了最后一个弯——

她看见雨中站了个少年。

他低着头，没打伞。

昏黄的路灯拉长他的影子，在密不透风的雨幕中安静得有些凄凉。

林空桑脚步一顿，愣了片刻。

"苍……"

她嘴唇哆嗦了一下，连忙跑过去把伞撑在对方头顶。

"苍寒？"

林空桑微仰着脸，去看站在自己面前的少年。

苍寒脸上满是水渍，黑发被水打湿贴上皮肤。

他垂着眼眸，睫毛上都聚着水珠，脸色有些不正常的苍白，连带着嘴唇一起，不见丝毫血色。

"苍、苍寒……"

林空桑眼里瞬间蓄上了泪水，心疼到有些手足无措。

她慌乱地从口袋里拿出纸巾，可是还没有撕开就掉在了地上，手上还举着伞，也不能蹲身去捡。

林空桑眼泪往下掉着，抬手用袖口轻轻擦掉苍寒脸上的湿润。

她的指尖触碰上他的皮肤，像是挨上了一块触骨生寒的冷玉。

"你不冷吗？"她摘了自己的围巾，踮脚替他围上。

可苍寒依旧垂眸盯着地上一处，没有一点反应。

林空桑拉过他的手，放在手心里搓了搓。

上面还有水滴，是冬天里最冷的寒。

他一点反应也没有。

"怎么了？"

她声音发颤，带着浓重的无助。

仰头对上那双如死水一般的眸子，终于忍不住哭了出来。她不知道发生了什么，她被吓着了。

眼前的人像是怎么也暖不回来。

——可她偏要暖回来。

她五指松开伞柄，双手揽住少年的窄瘦腰身，紧紧抱住。

那一刻，苍寒仿佛被海上的浮木撞了下腰。

雨伞跌落在一旁，仰面朝上，聚积着水花，被打得来回晃荡。

苍寒缓缓抬手，五指扣住林空桑的小臂。

他手指重如铸铁，抓住那一抹希望，像是借了不轻的力道，口鼻猛地扎出水面，重重吸了口新鲜空气。

夜风刺骨，混着雨滴，苍寒像吸了一把细细的刀片，划得鼻腔刺疼。

他听见小姑娘细碎的哭声，是波浪滔天中单薄的温暖。

好累啊。

苍寒闭上眼睛，把下颌贴在她的额角。

像是在狂风暴雨里终于有了个支撑，即便对方柔软脆弱，却也像是能抵挡得住猛烈的严寒。

他动了动唇，像是倾诉，又像是无意识地喃喃自语——

"我没家了。"

第十章
我很喜欢你们

一月初，大冷天。

林空桑和苍寒一起淋了场雨，最后感冒发烧回家挂了两天的水。

病中的人情绪容易波动，她在家里得知苍寒爷爷去世的消息后"呜呜"哭了两天，病没好嗓子也倒了。

付清溪有点无语，说："你至于吗？为一个都没见过一面的老爷爷哭成这样。"

林空桑使劲摇头："可那是苍寒的爷爷。"

那是他的家人，是他的家。

爷爷走了，家就没了。

那个站在雨里的少年，话中带着细碎的哽咽。

那是难得一见的软弱，还有无法抑制的绝望。

假期以一场大病浑浑噩噩地开始，直接耗掉了林空桑整个人的精力。

乔伊来家里看望她，小姑娘整个人瘦了一圈，眼睛又红又肿，像是消不下来。

"我今天真的没哭。"林空桑扯着那破锣似的嗓子，每一个字都说得十分艰难。

"你还是别说话了，"乔伊连忙把水杯给她端过来，"你看你这样，我看还是别出门了。"

"干吗关心我出门？"林空桑盯着乔伊看，"怎么了？你要带我出门吗？"

乔伊连忙摇摇头："没有。"

林空桑上下审视了她一番："有问题。"

乔伊："……"

不愧是好姐妹。

乔伊的确有问题，她这次过来，一是想看看林空桑病得怎么样，二则是受付阳和林晏的嘱托，问问林空桑要不要和他们一起去医院看大哥。

"大哥住院了？"林空桑一掀被子就要从床上下来。

"你躺着，"乔伊连忙把她按回去，"也不急这一时！"

林空桑觉得自己在家病恹恹的已经很惨了，结果没想到另一个直接去了医院，比她还惨。

"大哥怎么了？生什么病了？怎么这么严重还要住院？"

"我听林晏说是肺炎。"乔伊叹了口气，"就是发烧硬拖，拖严重了。"

林空桑又把被子掀了："不行，我得去看看。"

"你别急啊！"乔伊把人拉回来，"商量个时间，要去我们一起去。"

"怎么就成肺炎了？"林空桑一着急说话声音就大了些，声带振动扯得她喉咙生疼，捂着胸口一咳就咳了个昏天黑地。

乔伊赶紧拍拍林空桑的背，把被子往她身上拢了拢："你看你这样还怎么去医院？自己就跟个病原体似的，不怕让大哥病情加重啊？"

林空桑咳得脸红脖子粗，紧皱眉头，闭上眼睛，仰头喝下一水杯的热水："我要赶紧好起来。"

努力康复了两天，林空桑的病情略有好转，只是出门依旧还需要戴着口罩，稍微吹点冷风就会咳个不停。

付清溪不让她去医院，乔伊也推迟了探望的日期。

可林空桑不愿意，执意把人喊出来准备去看苍寒。

"你这真的不至于，"付阳看得心里不是滋味，"医院什么病人都有，你去一趟指不定病又严重了。"

"没关系，"林空桑哑着嗓子说，"我有戴口罩。"

"算了，阳哥，"林晏一搂付阳肩膀，局外人看得比谁都开，"她想去就去吧。"

一行人买了水果，两个男生带路到了医院。

厚重的门帘一撩开，空气中弥漫着浓重的消毒水的味道。

林空桑把口罩往鼻梁上拉了拉，只觉得鼻腔发痒，张嘴就打了一个喷嚏。

"我就说吧。"乔伊连忙给她拿了张纸巾，"你这状态自己就是病号，还来医院看什么病人呀！"

"要不要顺便挂个号住苍寒隔壁。"付阳扯了扯嘴角，"至于吗你？"

林空桑瞥了付阳一眼："要你管。"

赶着年前生病的人似乎很多，早上八点多，电梯旁堆着等待的人。

几个人等了一班电梯没挤上，干脆直接走楼梯。

三楼也不是很高，病房是普通的双人间。

轻轻敲了敲门，屋内没有回应，付阳拧开门把手，走进病房。林空桑排在最后，挽着乔伊的手臂有些紧张。

靠门边的病床上的病人正在休息，苍寒的病床靠窗，被浅蓝色的布帘阻隔，只露出了一截床尾。

屋里安静，没有一点声音，他们放轻了脚步，走到苍寒的床位边。

蓝白条纹的被子在尾端卷起，靠着床板放了一个女士挎包。

苍寒正睡着，整个人看上去异常憔悴。

他的头发长了，额前的几缕搭上眉骨、鼻梁，衬得他皮肤越发苍白，嘴唇还是没有血色，干燥得快要起皮。

床边输液架上挂着药水，透明的液体顺着输液管一点一点流入手背血管。毛衣只到手腕，五指略微蜷起，那只手就放在被褥旁，没有盖被子。

几人不约而同地保持安静，谁也没有打扰床上的人的睡眠。

林空桑走近了看，床头摆着两只杯子，里面也没有水。

怎么也没个人看着？

她心里泛酸，难受得不行。

"没有人啊。"乔伊在林空桑耳边小声说道。

"我和付阳上次来是他外婆在这里，应该出去打水了吧。"林晏一边说着，一边看了眼床下，"水瓶没了，大概率是。"

付阳一指门外："我去水房看看。"

林晏也跟上去："我也去。"

乔伊和林空桑对视两秒，头一转看向窗外，嘀咕："这天是不是又要下雨了？"

林空桑："……"

她收回目光，看着苍寒放在床边的手臂。

这几天她也打了不少吊针，冰凉的液体注入血管，即便医院开了空调，手也暖不起来。

付清溪一般都会找医生要两个暖宝宝，一个给输液管加热，另一个给她暖着手背。

可是苍寒怎么什么都没有。

林空桑伸出手，手指点在少年瓷白的手背上。

她没敢用力，只轻轻一碰，果然就像是冰一样。

"呀，"乔伊惊喜道，"大哥，你醒啦？"

林空桑连忙把手收回来，一抬头就对上了那双疲惫的眸。

苍寒眼眶发红，眸底布满血丝，眼皮半合着，像是没有力气支撑一般，睁开一会儿就要闭上休息两秒。

林空桑想到那天她怎么问都没有反应的少年，忍不住鼻子一酸。

想再喊他一声，可是自己这破锣嗓子，说话还不够让人害怕的。

乔伊凑到林空桑身边，探身道："我和桑桑来看看你。"

苍寒闭上眼睛，随后拖长了声音，缓缓地应了一声。

他的声音很沉，但是中气不足，半道上没了声音，只剩下粗重的呼吸。

病房外响起脚步声，林空桑转身去看，有个保养得当，看不太出年纪的阿姨走到床边。

"阿姨好。"乔伊下意识地喊。

跟在后面的林晏冲着付阳笑了一下："我就说吧，肯定不止咱俩弄错。"

林空桑愣了愣："是外婆？"

她的嗓音粗哑，刚说了话就赶紧闭上嘴。

外婆笑了笑："看来我还年轻呢。"

几人在病房逗留片刻就准备离开，苍寒还病着，让他强打着精神对身体也不好。

林空桑临走时跑到护士站要了几个医用暖手贴，再送回来递给外婆。

她嗓子哑，又戴着口罩，从头到尾没说过几句话，匆匆说了声"再见"，就连忙转身离开。

电梯口的人比他们来的时候还要多，几人连等都没等直接走了楼梯。

"大哥瘦了好多啊，"乔伊比他们多跳了两级楼梯，忍不住扭头感叹道，"也就几天的时间。"

"病来如山倒，"林晏拉拉乔伊背后的帽子，"你最好多穿点。"

乔伊被拽得往后退了一步："你少拉我帽子！"

两人在前面打闹，林空桑低着头在后面走着。

"心疼啊？"付阳在她脑袋上揉了一把。

林空桑甩甩脑袋："别碰我。"

付阳目光沉了沉："也不用这样区别对待。"

"我在生病，"林空桑依旧闷着声音，"小心传染给你。"

付阳心里舒服一点，但是依旧没什么好语气："你怎么不怕传染给苍寒？"

林空桑脚步一顿："他本来就在生病。"

发个烧，能把自己烧进医院，也算是厉害。

虽然爷爷走得急，但是也不能不顾着自己。

她有点心疼，但更多的是担心。

担心如果自己不在，谁去拉走那个淋雨的少年？

林空桑不了解事情经过，也不知道这对苍寒意味着什么。

虽说生老病死人之常情，但一想到苍寒那天对自己说的话，又觉得这件事对苍寒并不是表面那浅显的一层含义。

爷爷是苍寒的家人，巷子里的小屋是苍寒的家。

现在爷爷不在了，苍寒就没家了。

……

可苍寒怎么会没家？

他有父母，还有外婆。

他有好几个家，哪里都是他的家。

林空桑站在原处，抬头去看天空。

灰蒙蒙、阴沉沉，像是要下雨了。

哪里都是家，所以哪里又都不是。

或许对于苍寒来说，只有在十七年前的雪夜把他捡回去的爷爷才是真正的家人。

爷爷不在了，家就没了。

他可以去各种地方，可是那些都不是他的家了。

"你在看什么？"乔伊回头问她。

林空桑收回目光，摇了摇头。

——我如果能给他一个家就好了。

林空桑突兀地想。

十七岁的年纪最是无能，没钱、没时间、没自由、更没能力。

有的只是无限的精力，和一个模糊不确定的未来。

林空桑垂眸看着自己投在地上的影子，第一次想要快点长大。

她想足够强大，可以在雨中为苍寒撑伞。

她想有一个家，家里有苍寒也有她。

她想给他一个家。

寒假陆陆续续过了一半，转眼间快到一月底。

大概是心情低落占了一部分原因，林空桑病情拖拉反复，不再像当初那样恢复迅速。

手机上和苍寒的对话停留在一个星期前，简短的几句交流，还夹杂着道歉。

林空桑虽然很想多找苍寒说说话，可是又怕打扰到对方。

知道他身体健康，她也就安心了。

二月初，快到除夕。

林空桑的老爸回了家。

一家人出去置办年货，林空桑戴着口罩病恹恹的，满脸都是不高兴。

大概是生病导致胃口不好，她一个月瘦了不少，饭量还越来越小，整天除了在家睡觉没别的事情做，睡得头昏脑涨，眼睛都肿了。

在外面吃完饭回家，林空桑拎着坚果边剥边走。果壳掉在了地上，她又撅着屁股去捡。

路边有小摊在散卖烟花棒，林空桑鬼使神差地买了一盒回来。

看着小区门口挂着的大红灯笼，她才意识到要过年了。

小区里不给燃明火，林空桑就一个人去小区外的路边点烟火棒。

她一向随意，找了个有脚踝高的绿化带边缘坐着，掏出手机随手拍了一张，发了个寂寞的朋友圈。

没有文字，就一张图片。

烟火棒发出星星点点的银色火花，在摄像头的记录下比直接看上去要更漂亮一些。

苍寒现在在干吗呢？

他是在爸爸家，还是在外婆家？

烟火棒燃至尾端，林空桑又从盒子里拿了一根新的续上。

"刺——"

一根灭了，一根又亮了起来。

林空桑看着它们在傍晚燃烧，偶尔可以让路过的小朋友驻足。

很无聊，但是尚且可以忍受。

直到，有个"大朋友"停在她的面前。

林空桑抬眸看去，是苍寒。

少年穿戴严实，厚重的围巾和长款羽绒服全部上了身。

晚上灯光很暗，但是依旧可以看出对方眼下浓浓的青黑。

"大哥。"她乖巧地喊了一声。

"嗯。"苍寒应道。

林空桑把自己手上的那根烟火棒递给他："新年好。"

苍寒接过来，坐在了她的身边："新年好。"

少年的声音微哑，也不知道是不是病还没好全。

"你怎么溜达到小区西门了？"林空桑问。

苍寒顿了顿："我来找你。"

"哦。"林空桑脑袋一耷拉，"我以为你把我忘了呢。"

她说完，又觉得这个时间跟苍寒开玩笑有点不太妥当："对不起，当我没说。"

"最近在忙着搬家，"苍寒偏过脸，"还有爷爷的葬礼，有一点忙。"

林空桑点点头："知道了，我刚才说话没过脑子。"

苍寒手里的烟花棒快燃尽了，林空桑摸出一根新的，对着火星给他点上。

"你搬到哪儿啦？"

"我爸那儿。"

新的烟火棒燃了起来，林空桑又把那一根递给苍寒："你过年在哪里过？"

苍寒又听话地拿了过来："外婆家。"

"我过年要去奶奶家哦，"林空桑用烟火棒在空中画了个圈，"你要注意保暖，不要生病。"

苍寒轻轻"嗯"了一声，没有继续说话。

两人之间突然变得沉默，耳边只剩下烟火棒"刺刺"燃烧的声响。

"你感冒好了吗？"苍寒开口问道。

"差不多吧。"林空桑说。

苍寒垂下手指："对不起，我……"

"没事的，你不用道歉。"林空桑连忙说道，"我已经没事了，你也要照顾好自己。"

苍寒呼了口气，手中的烟火棒骤然熄灭。

林空桑转身去拿新的，手指摸进纸盒，才发现已经空了。

"没有了。"她把地上的残骸收进塑料袋里，可是人却坐在原处没有动弹。

苍寒手里还捏着那根铁丝，视线停在火光消失的那一点。

他的刘海遮住眉骨，搭在眼皮上，睫毛轻轻一垂，就盖住了目光。

"你在想什么？"林空桑探下身子，歪着脑袋看他的脸，"能跟我说说吗？"

苍寒把烟火棒放下，另一只手盖住了自己的半张脸，使劲搓了一下："我……"

他欲言又止，像是难以启齿。

"我们可以坐一会儿。"林空桑又把身子直了回去，用两只手托住下巴。

她乖乖地等在旁边，两只脚尖并在一起，而后分开。

"我妈妈总是说我藏不住事情，她总能一眼就看透我心里想的。但是你好会藏哦，如果你不说，我根本就不知道你在想什么。"

夜里有点凉了，林空桑裹住了裹衣服，有点后悔没戴围巾出来。

苍寒直起身子，摘了围巾替她围上。

林空桑乖乖地让他围围巾，长发绕在其中，只露出一双圆溜溜的眼睛："是阿姨不想让你跟他们住吗？"

苍寒摇了摇头。

"那你是担心叔叔有了孩子之后会不疼你？"林空桑又问。

苍寒这回没有回应，只是垂下了眸，像在思考着什么。

林空桑抿了抿唇，继续道："虽然我很没有立场说这种话，但是我觉得叔叔阿姨对你很好啊……"

"是我不想……"苍寒突然开口，语速缓慢，"我不想做他的负累。"

苍寒自小就跟在苍澈的身后。

小时候不懂事，整天在巷子口等爸爸，长大后从左邻右舍嚼的舌根里明白些道理。

那时候，商店门口的投币摇摇车一到饭后就摇个不停，一些耳熟能详的歌曲，现在提起依旧他记忆犹新。

爸爸的爸爸叫爷爷，爸爸的妈妈叫奶奶。

可是他的爸爸，喊他爷爷却是喊陈叔。

"我问我的身世，爷爷也不瞒我，所以我一直都知道。"

苍寒很少一口气说这么多话，他的语速很慢，时而停顿。林空桑托着下巴，歪头听得认真。

"我爸爸以前很不容易，能和我妈妈在一起更难。我不想继续拖累他，却还在拖累他。"

"怎么会叫拖累呢？"林空桑摇了摇头，"叔叔阿姨很关心你，你不要这么想。"

苍寒看向身边的姑娘，少女的刘海齐眉，圆溜溜的鹿眸扑闪，仿佛在好奇地打量着眼前这个人类少年。

糖罐里泡大的姑娘不懂那些，林空桑性格活泼，一向直来直去，苍寒心里的那些弯弯绕绕，或许并不能与之共情。

他眸中闪烁，心道最好不要共情。

小姑娘就应该是明艳的、开心的、五颜六色的，不应该因为那些泥泞和不堪变得只剩黑白。

"干吗这么看着我？"林空桑抱着膝盖，把头低下，"我又说错话了？"

苍寒收回目光，把那根烟火棒放进林空桑手上拎着的袋子里："没有。"

林空桑用下巴磕了磕手臂，围巾柔软，她把脸埋进去，似乎能闻到苍寒身上的气味。

"可是他是你的爸爸呀，爷爷……爷爷不在了，那、那你只能……"林空桑越说越心虚，到最后把整张脸都缩进围巾中，"对不起，我要是让你不开心了，你千万别跟我生气。"

她想要避开已经去世了的家人，可是说着说着就难免提到。

苍寒没有应答，只是轻轻摇了摇头。

街边路灯亮起，暖黄灯光从头顶洒落，少年长睫半垂，盯着地面发呆。

"那是他的家，我想他有自己的家。"

苍寒抬头去看被楼房切割后的天空，暗蓝色的角落被路灯映上点点橘色。

这是他们父子之间的事，林空桑不知道说些什么，只好安静地陪在苍寒身边，同他一起沉默。

"路灯亮了。"林空桑仰着头道。

她坐久了，干脆站起身来。

影子被踩在脚下，灰扑扑的一片。

坐在路边的少年孤独惯了，目光只锁在一处，像只被人遗弃在路边的猫，蜷缩着思考如何熬过冬天。

苍寒屈起双腿，刚要起身，却见面前伸过来一只手。

林空桑动动手指，眼睛笑弯起来："我拉你。"

她尽量把动作做得大方，却紧张得连指尖都在抽抽。

大哥应该……不会……拒绝自己吧？

下一刻，少年握住了她的手指。

林空桑手掌一扣，把人拉起来，像是单纯借了把力，随后就立刻放开。

她把手指蜷缩入袖，因为片刻的接触而心跳如雷。

唇瓣抿得没有血色，林空桑耷拉着脑袋，抬手挠挠鬓角。

苍寒垂眸看着他的姑娘，突然开口道："林空桑。"

林空桑抬起头："怎么啦？"

"我爷爷的死不是意外，"苍寒的声音很轻，呼吸却有些重了，"我爸还在瞒我，可是我已经知道了。"

林空桑一愣，一时间不知道要说什么。

她手足无措地上前半步，轻轻拉住苍寒的衣摆。

"爷爷，停了一个月的药，"苍寒呼了口气，继续道，"降压药……停了会出事。所以那天，李来贵来家里，爷爷一激动，才……"

他缓缓闭上眼睛，可睫毛却忍不住发颤。

林空桑手指绞着衣料，心疼得直皱眉。她大着胆子，低头握住了苍寒的指尖。

冰凉冰凉的，她将其裹在掌心暖着。

"我应该发现的，"苍寒道，"可是我没有注意。"

他只顾着叮嘱爷爷吃药，却没有看着爷爷好好吃下去。

如果他再仔细一点，发现垃圾桶里的药片，会不会就可以避免这场悲剧？

"爷爷年纪大了，你不要把责任都揽在自己身上。"

苍寒轻轻摇了摇头："李来贵背了条人命，不敢再来找我。而爷爷走后，我就可以去我爸那里住了……"

他这几日总想起当初苍澈刚结婚那会儿，爷爷就整天把他往外赶，除了经常说"他是你老子，养你天经地义"，还有"现在不住以后住不了""你爸有了新儿子你就融不进去"之类的话。

苍寒也明白，等到新的小生命诞生，那才是苍澈的家。

"我从未想过……"他的声音沙哑，喉结滑动，"融进去。"

少年幼时坎坷，哪敢奢求太多。

在门外捡一些零碎的关心就已经足够，哪里还想着拥有一个完整的家庭。

夜有些深了，冷风直往人的颈窝里钻。

林空桑摘了围巾，踮脚给苍寒围上。

这些事情她不好评价，更没立场劝说，就只好低头握住对方手指，握在掌心暖着。

"大哥，我们回去吧，"她郑重其事道，"我有个东西想送给你。"

林空桑抓着对方的指尖没松，两人的影子挨在一起，缩短又拉长。

像牵住了一只听话的猫。

"你在楼下等我，"她松开苍寒的手，"我回家拿给你。"

苍寒听话地等在单元门口楼拐角处的路灯下，没一会儿，林空桑抱着个半平方米左右的盒子出来了。

苍寒迎上去想接，但是视线定格在盒子上时，动作却顿住了。

透明的亚克力板下是一个——房屋沙盘？

盒子似乎还有些重，林空桑抱着有点吃力。

她走到苍寒面前，手臂一抬，将盒子递到对方怀里，嘴巴一噘佯装抱怨道："你也不帮我拿一下。"

苍寒手指扣住边缘，把整个盒子接过来。

他还有点蒙，目光隔着薄板，在盒内来回打转。

这是一个 DIY 小屋，四室一厅，外加一个大大的阳台。

"材料是我从网上买的，"林空桑背着双手，咬住下唇，踮了踮脚，"但东西是我自己做的。正好那几天我妈也不让我出门，闲得没事就做手工了。"

　　她说得轻巧，就像是打发时间做出来的玩意儿。

　　可其中桌椅、台灯、被褥、窗帘，就连搁在室外窗台上的那一排绿色的盆景，都做得精致逼真，宛如复刻。

　　花了多少心思，一眼就看得出来。

　　"虽、虽然……"林空桑见苍寒没有反应，又结结巴巴地补充道，"虽然这种小玩意儿网上一搜一大把，但网上的模型一般都是复式多层，我还是觉得单独一层会更有家的感觉。这个户型是我自己设计的，绝对独一无二，不会跟别人撞车。"

　　她补充完毕，又踮了踮脚，心虚地瞥了苍寒好几眼，心道：这人怎么一点动静都没有。

　　"生日礼物有点迟了，就当新年礼物吧。我年初二就去奶奶家了，在那边拜年，初五初六才能回来。"

　　她绞尽脑汁地找话题，把能说的话都说得一干二净，一看苍寒还在垂眸发呆，忍不住在他面前挥了挥手："你不会是高兴得说不出话来了吧？"

　　苍寒飞快地眨了几下眼，像是猛然回过神来："嗯……"

　　林空桑刚想噎他几句，可一抬眼，却看见少年红了眼睛。

　　"我……"苍寒轻颤出声，缓缓呼出一口气。

　　少年的声音发颤，手指用力扣紧底座："谢谢……"

　　他的小姑娘，送给了他一个家，一个亲手做的、独一无二的家。

　　春节里的林空桑异常忙碌，她和父母一起四处拜年，压岁钱塞了满满一个口袋。

　　她偶尔打开手机翻一翻班级群，看一群话痨叽叽喳喳说个没完。

　　当然，还有苍寒。

　　对话框的信息停在两天前的"晚安"，林空桑掏出红包拿在手里拍了张照片发过去。

　　战果颇丰。

　　苍寒没有立刻回复，估计没在玩手机。

　　大年初四，林空桑终于回到了临城。

　　一路舟车劳顿，她把自己往床上一摔，先睡个昏天黑地。

　　醒后收到一堆信息，她点开一看，苍寒、乔伊、付阳都发了。

　　林空桑眯着眼睛，也没看清，随便点开一条。

　　后天出来吃饭。

　　她揉了揉眼睛，这是付阳发的。

怎么就出去吃饭了?

林空桑回了个问号过去,退出后,又点开乔伊的。

付阳后天生日,应该让你去了吧。

林空桑慢半拍地反应过来,原来是这个原因。

刚看到信息……

刚把信息发给乔伊,付阳那边又回了消息。

让你出来你就出来。

记得给我买礼物。

什么态度嘛!

林空桑决定先不理他。

最后她点开苍寒的信息,对方发了一张照片。

他的掌心里躺着两颗金色的星星小糖。

是巧克力。

少年手指修长,干干净净。

林空桑把照片来回看了好几遍,最后保存下来。

付阳生日他喊你去了吗?

苍寒应该是在玩手机,信息立刻就回了过来。

喊了。

林空桑又回复过去:那到时候一起去吧。

苍寒:好。

过生日还主动让别人送他礼物的,林空桑还真是头回见。

不过,既然对方都开口了,那她也不能空着手去。

她去找乔伊商量,结果发现这么多人里付阳就专门叮嘱了她一个。

"他还不死心啊?"乔伊都有点郁闷了,"你和大哥关系那么好,我以为他放弃了。"

"这可怎么办?"林空桑有点发愁,"我真要给他买一个?"

买不买礼物倒是其次,主要是林空桑不想做人群里特殊的一个。

就像去年她的生日,付阳那个单独的礼物就让人略微有些尴尬。

乔伊出了个主意:"要不我们不一起买蛋糕?大家都送礼物好了?"

林空桑摇摇头:"算了,你们凑钱买蛋糕,我自己买个同价位的吧。"

平摊蛋糕不过几十块钱,林空桑选了两本男生大概会喜欢的小说包了起来。

严格算起来还贵了不少。

她是当天买的,抱着书急匆匆赶到餐厅的时候,大家都到得差不多了。

"还以为你不来了。"付阳悠悠地说上一句。

林空桑把怀里包装好的书往他怀里一塞:"你都喊了,能不来吗?"

"哟!"有人火眼金睛,发现问题所在,"怎么还偷偷带礼物呀?"

高中男生一身的八卦因子,也不管对象是谁,只要是男女好像都能拉在一起起哄。

烦都烦死了。

"我不是没跟你们平摊蛋糕的钱吗?就买两本书补偿他喽!"林空桑走到乔伊身边坐下,还不忘朝那人撇了撇嘴,"不说话没人把你当哑巴!"

她落座后,视线在桌上扫了一圈,看见苍寒坐在自己十点钟的方向,正偏头和身边的人说些什么,反正挺和谐的。

"书?"付阳眉头一皱,"不会是五三吧?"

"我还没那么无聊,"林空桑转过身子,"买的东西应该挺符合你这种臭直男审美。"

付阳乐了:"什么叫我这种臭直男?"

林空桑一努嘴:"就是你这种……臭、直、男。"

一顿饭吃得非常愉快,能过来的都是平日里玩得好的同学,大家一个春节没见,现在七嘴八舌都聊开了。

男生们嚷嚷着要喝果酒,推来推去也没见几个人红脸。

不过作为寿星,付阳倒是真喝了几杯。

最后他有点扛不住,跑出去上了几趟厕所。

"听他们嚷嚷头都疼,"乔伊瞥一眼桌对面的男生,"我们吃好就回去吧。"

林空桑当即收拾收拾给付阳发个信息就准备离开。

哪知道付阳很快回了信息,不仅不让她走,还让她出来一趟。

"还非要我出去,"林空桑托着腮抱怨,"我觉得准没好事。"

她刚想发信息拒绝,付阳一个电话就打了过来:"别逼我直接进去把你拽出来。"

林空桑登时一个激灵,赶紧放下小包出了包厢。

付阳就在门口,见她出来把电话挂了。

"干吗啊?"林空桑戳了他一指头,"有事说事!"

付阳也不磨叽,从兜里拿出一个熟悉的盒子,举至林空桑面前:"你还记得吗?"

林空桑认得,这是去年她过生日时,付阳送给她的东西。

"送你。"付阳说。

林空桑没接:"今天是你生日,又不是我生日,你送我东西干吗?"

付阳嗤笑一声："你生日的时候我送过，也没见你收下。"

他喝了果酒，呼吸之间有淡淡的酒精味道。

林空桑皱着眉，回头看了一眼包厢的门，还好关上了。

"知道我为什么让你带礼物过来吗？"付阳抓过林空桑的手腕，把盒子放进她的掌心，"以物换物，谁都不亏。这个东西是我买给你的，你不要我也不好送给别人。"

林空桑犹豫片刻，还是推辞："但是我那两本书加起来还不到一百块，你这以物换物也太亏了吧？"

"我知道你看重苍寒，不想跟我沾上联系，"付阳推了一把林空桑的手，有点不讲道理，"你把东西收下，我也算没什么遗憾，以后大家都是好朋友，他也不会介意的。"

这话说得太过直白，林空桑一时半会儿不知道要怎么回应。

"真不想要，就扔了吧。"付阳叹了口气，推开门重新走了进去，"要走就走吧。"

林空桑却留了下来。

她坐在座位上，看那群男生疯闹，像是看着他们的友谊和青春。

她低头打开付阳送给她的盒子，里面是一串精致的银手链。

星星月亮的元素，散在黑色的丝绒布上。

"你怎么还是把这个收下了？"乔伊问。

林空桑轻叹一声，合上盖子："心境不一样了吧。"

吃完午饭本来计划着下午去唱歌，却因为寿星临时有事而暂时取消。

大家在车站分开，林空桑和苍寒同路，上了同一班公交车。

车内人不多，空调开得也足。

苍寒似乎也喝了点果酒，向来苍白的脸上竟也染了些粉色。

他扯了扯衣领，微皱着眉，把头一歪抵在车窗玻璃上。

少年脖颈修长，下颌线条棱角分明。

林空桑盯着他看了好几眼，从眉梢到嘴角。

这样的大哥比平时多了一些少年的痞气，情绪表露在外，也不知道是不是喝了果酒的缘故。

"你晕吗？"林空桑轻轻问了一句。

苍寒眼皮微动，眯出一条缝隙："嗯。"

"我把窗子开一条小缝。"林空桑弓着腰站起身，把车窗打开一点点，"这样会不会好受一些？"

微微的冷风吹散了一点清明，苍寒重新把眼睛闭起来："嗯。"

有点冷淡，像是真的难受。

林空桑不再说话，怕打扰到他。

车子走走停停，驶过两个车站。

轮胎轧过减速带，车身颠簸了几下。

苍寒的额角撞了几次窗玻璃，他又把身子坐直了。

"还有几站就到了。"林空桑提醒道。

"你送了付阳什么？"苍寒突然没头没脑地问了一句。

林空桑愣了一下，随后笑道："一部小说，上下两册。"

"为什么要单独送给他？"苍寒又问。

"嗯……"林空桑想了想，"因为他打算跟我交换礼物。"

苍寒像是不理解："交换？"

"我去年生日他送给我的礼物，"林空桑咬了咬唇，还是说了出来，"我收下了。"

苍寒缓了几秒，眉头逐渐皱起来。

对方的小动作林空桑尽收眼底，她心里觉得好笑，可是又觉得真要笑出来多少有点不太厚道。

"他还说……"林空桑顿了顿。

苍寒把目光投向窗外，似乎是不想继续这个对话。

林空桑偏要凑上去。

小姑娘离得近，说话时呼出来的热气几乎拂上了苍寒的耳郭。

"他说你应该不会介意。"

苍寒目光一垂，搁在腿上的手指微微蜷缩。

车里的空调温度似乎过于高了，脸上的粉色蔓延至脖颈、耳尖，蒸得人有些头脑不清醒。

沉默了许久，直到车就要到站时，林空桑听见苍寒开口，低低地说了句话。

"我介意。"

分明是林空桑和付阳的事，却把苍寒捞出来溜了两圈。

原因没一人明说出来，可是这三个人还都知道。

苍寒以什么立场介意，又具体介意什么，答案呼之欲出，就像空气中吐出的白雾，明显，却又抓不住。

公交车到站，车外的空气比车内流通性要好，却也更冷一些。

天阴沉沉的，云都堆在一起。

苍寒一下车就被劈头盖脸的风吹得眼睛一眯，下意识侧过身子，退开半步挡住风口。

"今天风有点大，"林空桑裹紧衣领，从车上蹦跳下来，"我妈妈说这两天得下场雨。”

月初的雪都还没化完，太阳出了没几天，气温低再结上冰，走哪儿都是滑雪场。

这几天零下好几摄氏度，要是再来一场雨，大家最好都宅家里冬眠以防外出被冻成冰棍。

苍寒抬手按了按自己的眉骨，觉得太阳穴被这股寒意冻得生疼。

林空桑拉拉他的衣袖，把人牵到车站边缘。

“还头晕吗？”她关心道。

苍寒把手放下，眉头缓慢舒展：“没有。”

餐桌上他就象征性喝了一点，本来觉得没什么感觉，可从上车后就隐约有点头晕。

估摸着是酒精浓度不低，倒也没什么事情，回家睡一觉就好了。

可路上林空桑不放心，偏要把人送回楼下。

苍寒犟不过她，只好作罢。

“回到家喝点热水睡一觉。”林空桑把人推进单元楼里，这才放心转身离开，“我走啦！”

苍寒看着小姑娘远去，这才转身走进电梯。

回到家刚好是午觉睡醒的点，姜周乱着头发从卧室里出来，头一抬便看见了苍寒。

三个月的孕妇还不怎么显怀，女人身材纤瘦，穿的毛衣也宽松，看起来和以前并没有什么区别。

“你喝酒啦？”姜周睁大了眼睛，跑到门口玄关，探着脑袋使劲闻了闻。

苍寒往后退了几步：“嗯，喝的果酒……”

“成年了吗就喝酒？”苍澈趿拉着拖鞋，也从卧室里走出来，“赶紧洗个澡，衣服也洗了。还好你姥姥不在家，不然念死我。”

苍寒应了一声，回房间拿换洗衣服。

姜周叼着牙刷问道：“为什么我妈要念你？”

苍澈从冰箱里拿了罐可乐：“说我带坏的呗。”

苍澈结婚以前黑历史满满，到现在还怕被人提起。

苍寒脱下外套，捧在鼻子下闻了闻，好像也没多少酒味。他飞速洗了个战斗澡，想去折腾洗衣机时被姜周赶回了卧室。

他的眼皮实在有点打架，回到卧室，把外套挂在飘窗吹风，一转身就看到桌上放着的小屋模型。

林空桑一月初把小屋送给他，他就直接带到了外婆家里。

之后搬家麻烦，怕不注意磕着碰着，也就一直留在了这儿。

过年这些天一直都在外婆家也就算了，以后要是住在市里，那就得把这个小家也带过去。

苍寒坐在桌边，垂眸看着这个半平方米大小的模型。

客厅有大阳台，卧室也有落地窗，书房里有面书墙，儿童房摆着玩具和摇椅。

他的目光缓慢游走，指尖也忍不住覆在透明的亚克力板上一寸寸挪动。

角落里的灯具、阳台上的灯带，通了电都会亮起来。

背景板上涂成深蓝色，上面点缀着零零散散的星星。

苍寒低下头，几乎快要把脸贴上去。

屋内的陈设精致到逼真，好像把人缩小就可以直接住进去。

苍寒闭上眼睛，整个手掌扣在边角。

真想住进去。

正想着，房门响了三下。

苍寒刚直起身子，苍澈就推门进来了。

"还看呢？"男人手里拿着个牛皮文件袋，往苍寒肩上拍了一下，"十次进你房间，九次你都在这儿看。"

他笑了声，把文件袋放在一边的桌子上："房产证、银行卡，都是你的了。"

苍寒目光停在那个牛皮袋上，却没有去拿："李来贵……"

"结果还没下来，"苍澈在他后脑勺上揉了一把，"你给我老实一点。"

苍寒把脸偏向一边："他未成年，能出什么结果？"

"得看出来的结果吧。"苍澈叹了口气，"不过我答应你，这事儿我肯定让他疼一疼。"

话都说到这份上了，苍寒就算再不乐意也不得不乐意。

"小兔崽子，想那么多。"苍澈往他后背上捋了一把，"睡你的觉吧。"

在桌边发了好一会儿呆，直到苍寒觉得有些冷了，才磨磨蹭蹭去床上准备睡一觉。

只是这被窝还没焐热，又被付阳一通电话吵醒。

"喂！我，付阳！"

话筒里传来中气十足的一嗓子，苍寒的眼睛都多睁开一点。

寿星办完事了，还非要把人全部喊回来唱歌。

苍寒反应片刻，这才慢吞吞地回应道："嗯……"他的嗓音未开，话里还透着浓重的沙哑，"我刚睡着。"

"我刚睡醒，"付阳傻乐一声，语气听起来没有丝毫愧疚，"来不来？就一句话，是不是哥们儿？是哥们儿就过来！"

苍寒撑着身子，半坐起身："你真醒了吗？"

"醒了啊。"付阳压低声音，"你来不来？不来我就跟林空桑告白了。"

苍寒额角当即一个突突，人都清醒了大半："你最好不要。"

"怎么？"付阳问。

苍寒掀被子下床："地址。"

他半睁着眼睛起床洗漱，在镜子前用手抓了抓自己睡乱了的头发。

姜周端着一碗草莓，在沙发上看电视："帅哥又要去哪儿？"

苍寒穿着外套走进客厅，停在沙发边解释道："中午那个朋友请唱歌。"

"最近混得不错。"苍澈和自己老婆一同赖在沙发上，捏了颗草莓扔进嘴里，"晚上还回来吗？"

正在弯腰换鞋的苍寒一顿，还没等他回答，姜周就一拳头捶在苍澈胸前："当然回来！"

苍澈像是被草莓呛到了，把脸往自己老婆颈窝一埋，咳了个昏天黑地。

苍寒："……"

看着怎么这么像故意的一样。

"哎，你不是要跟他说名字吗？"苍澈手指随便往玄关一指，又拿了颗草莓过来，"说吧。"

"你不说我都忘了。"姜周把草莓往苍澈怀里一塞，转身趴在沙发旁的靠垫上，面朝着苍寒道，"小妹妹的名字我想好了。"

苍寒站直身子，似乎等着听家里新成员的名字。

"如果是女孩，就叫姜暖。"姜周捧着下巴，美滋滋地说着，"正好你跟你爸姓，她就跟我姓，我们一家四个凑一起，也算是恒温吧？"

苍寒愣在原地，一时间都不知道要怎么回应。

"好听吧？"苍澈对苍寒一抬眉，"你妈取的，跟我的取名功力不相上下。"

"正好一对兄妹嘛，不过，如果是个小男孩就再想想。"姜周重新转过身，看苍澈怀里端着的碗空了。

"我的草莓呢？"姜周拧着眉头。

苍澈把人抱抱："太凉了，少吃点。"

沙发上的两人在一边腻歪，苍寒内心翻涌，回味着刚才的话。

一家四口。

或许事情没他想的那么复杂。

"你姥姥傍晚六点回来，"临出门前，苍澈说了句，"你自己看着办吧。"

炽
热

272

苍寒看了眼时间，两个多小时应该也够付阳折腾了。

他打了车匆匆赶到KTV，还没开门就听到包厢里的人已经唱开了。

一个两个扯着嗓子鬼吼，没啥技巧，全靠感情。

"哎哟，大哥来了，"林晏坐在最靠门的边角，最先发现了进门的苍寒，"快快快，麦克风！快交到这位大爷手里。"

六班的大哥是个音痴，班里应该没几个人不知道的。

唱歌的那位当场就停了下来，握着麦克风，不知道是真交过去还是说着玩的。

气氛一时有些尴尬。

"你怎么这么损啊？"乔伊忍不住吐槽道，"大哥，你这不得把人打一顿？"

于是苍寒按着对方肩膀，把林晏给推沙发上躺着了。

"不唱了你？"付阳说着就要去抢麦克风，"不唱给我唱。"

"唱唱唱！"那人绕着茶几转了半圈，"我这不是看大哥唱不唱嘛！"

苍寒自然是不唱的。

先不说他压根儿唱不好，就算唱得好，他应该也不太放得开跟着群狼一起号。

包厢内没开照明灯，尽是一些花花绿绿的彩灯在那儿闪啊闪。

茶几上摆了饮料和水壶，好在有女生一起，屋里没人吸烟。

苍寒松了口气，最起码晚上回家时不用怕被外婆骂。

他睡了一半被人捞起来，精神本来就不是很好，现在又在这么个昏暗的地方，靠着沙发角落那么一窝，竟然有点困了。

他目光随便在人群中扫了一圈，林空桑和几个女生坐在一起吃水果、爆米花。

小姑娘腮帮鼓鼓，跟只小猪似的，噘着嘴，盯着屏幕看。

像是感觉到被人注视，林空桑突然转过脸来，和苍寒的目光撞了个正着。

两人又在同一时刻挪开。

除了正在唱歌的几位麦霸，大家似乎都兴致缺缺。

苍寒打了个哈欠，眼角就浸了些湿润，一想到或许自己会有个妹妹，心里就多了几分柔软。

就在他合上眼睛准备睡一会儿时，林晏跟个炮仗似的往他身边一砸："我还以为你不来了呢。"

苍寒掀起眼皮："嗯？"

林晏用手掩着嘴唇，脖子一伸凑到他的耳边："我听林空桑说你中午喝了果酒。"

苍寒沉默片刻:"没有。"

晕的确有点晕,但醉还不至于。

"付阳说他铁定能让你来,你还真来了。"林晏一脸好奇,"他用了什么法子?"

想到自己和付阳的那通电话,苍寒决定把林晏的脑袋推到一边:"不知道。"

这就是十足的敷衍了。

林晏和苍寒推来推去,最终放弃。

"看透了,"林晏当即远离,"虚假的兄弟情。"

耳边是难得的老情歌,刚才的狼嚎转为哼唧,稀稀拉拉没完没了。

苍寒整个人歪在沙发上,把林晏又拉回自己身边:"让我靠一会儿。"

"你占我便宜?"林晏双手护住胸前。

苍寒脑袋一歪,枕在他的肩上:"我还在睡觉,被付阳叫过来,现在有点困。"

"你睡着觉他都能把你叫过来?"林晏更不敢置信了,"你俩关系匪浅啊!"

苍寒眯了眯眼睛,又直起身来:"知道为什么吗?"

他把话说一半,尾音勾着人心,剩下的让林晏自己凑上来。

"为什么?"林晏满脸兴奋。

"付阳说,"苍寒放慢了声音,小声道,"他今晚跟你告白。"

林晏一愣,随后按着沙发"噌噌噌"挪出半米远。

"开玩笑的吧?"出于直男本能,他条件反射般地排斥。

苍寒懒散地坐在沙发上,脑袋没地方搭,就抬起一只手臂压在靠背上方,侧着身子支起太阳穴:"嗯?"

他看着林晏想笑,很快对方反应过来,对着他胸口就是一拳。

跟碰了一下似的,没什么力道。

"我喜欢女生。"林晏说。

苍寒半合上眼皮:"嗯……"

提到自己喜欢的女孩,林晏的目光不自觉就往沙发的另一头看去。

只是没对上他想对的目光,反而看见那群小女生跟群小麻雀似的把头凑一起不知道在说些什么。

"林空桑看你呢。"林晏拍了拍苍寒的手臂。

苍寒勉强打起精神,抬眼往林晏面朝着的方向看去。

林空桑瞪着眼睛和他对视,甚至还被人在背后推了推。

接着,她抬手,对他勾了勾食指。

炽
热

274

林晏惊呆了："你们都到这一步了？"

苍寒按住林晏肩膀，借力起身："没有。"

男生们不贴着这群小姑娘坐，所以她们周围都有空出来的位子。

苍寒越过沙发上的六七个人，走到林空桑的身边坐下。

苍寒和中午分开时没什么两样，不过感觉脸更红一些，也不知道是这暖气蒸的，还是被灯光打的。

"大哥，"林空桑凑近了些，"你怎么过来了？"

苍寒垂着目光："因为付阳太烦人。"

林空桑抿唇笑着："我刚才跟她们打了个赌。"

苍寒目光轻扫对方身后的女生，一个个明里暗里都往这边看着。

小姑娘又打赌了。

"你打的什么赌？"苍寒问。

"赌我这样，"林空桑学着刚才的样子，勾了勾手指，"你会不会过来？"

这个赌倒是简单，苍寒微一点头："过来了。"

"还……赌你听不听话。"林空桑伸出一只手，灵活地动了动指尖，"来，左手。"

苍寒看着那只雪白干净的掌心，把自己的左手覆了上去。

林空桑把手往上一抬："右手。"

苍寒又换了一只手。

林空桑憋着笑："真乖。"

苍寒："需要我'汪'一声吗？"

林空桑诧异地抬眸，看少年身体半斜，歪着脑袋。

他身上的外套敞着怀，里面穿着黑色的高领毛衣，说话时慢吞吞的，就像一只慵懒的猫："不用不用，你哪里是狗，就算叫也是'喵'一声。"

苍寒拍拍林空桑的手："这也是打赌？"

林空桑使劲点了点头。

苍寒："赌我……不是以前传的那种人？"

林空桑这会儿有些不好意思："她们应该早就那么觉得了。"

或许还会有零星的误解和陌生，但是随着时间的推移也会逐渐消失不见。

老情歌结束后是慢摇滚，男生们一脚踩在桌上，勾肩搭背全情投入。

苍寒仰靠在沙发靠背上，只觉得眼前一切变得遥远又陌生。

"其实，我根本不在意。"

他的声音淹没在嘈杂的乐音中，林空桑听不见，便拉住他的衣服往自己身边扯了扯。

苍寒歪了身子："我有很多话想对你说。"

林空桑一怔："说、说什么？"

"很多……"苍寒闭上眼睛，"只是，还早。"

对方似乎刚洗完澡，头发上带着不属于这里的淡香，刘海有点长了，覆在眉骨之上，稍微低头，就垂到了鼻梁。

林空桑伸出手指拨了拨，看见覆在下眼睑上的纤长睫毛。

"你困了吗？"林空桑大着胆子，抬手摸摸苍寒的头发。

少年发丝不似女生柔软，滑在指间跟杂草似的，略微发硬。

苍寒轻轻"嗯……"了一声，鼻音带着疲惫，尾音直往人心窝里钻。

林空桑坐直了身子："那、那你睡一会儿。"

苍寒顺势而下，把头靠在了姑娘肩膀上。

没林晏的宽，还比林晏的矮。

小姑娘的衣服毛茸茸的，枕着倒是比较舒服，就是这高度……睡久了绝对落枕。

"你笑什么？"林空桑小声嘟囔一句。

苍寒呼吸渐缓："没……"

这一觉睡得很不踏实，毕竟屋子里环绕着好几台音响设备，时不时飘出个高音，刺得人耳膜发罪。

苍寒压根儿就没睡着，清醒后更觉得疲惫。他摸摸自己的前额，甚至有些怀疑是不是又发烧了。

林空桑看他动作不对，和付阳打了声招呼后，就强行拉人出去看病。

两人离开时大家还在起哄，付阳对苍寒一摆手："好走不送！"

出门时不过下午四点多，天灰蒙蒙的，隐约还亮着。

两人去路边的药店测了体温，在正常范围。

林空桑鼓鼓腮帮，摇头叹息："一朝被蛇咬，十年怕井绳。"

要怪就怪当初苍寒能把自己烧到医院去，不然她也不至于这么紧张。

"还回去吗？"苍寒推开药店的门。

"里面好热，脑子昏昏沉沉的，"林空桑掏出手机看了一眼，"才四点多，我们走一会儿再回去吧。"

苍寒微一点头，目光扫过街边，看到一家熟悉的奶茶店。

也不知道是不是姑娘们的共同爱好，苍寒最近对买奶茶十分热衷，加上冬天室外寒冷，捧一杯温暖的奶茶在手上也的确不错。

林空桑朝店门走去："你不喜欢喝，倒是喜欢买。"

苍寒垂眸跟过去："没有不喜欢。"

奶茶太甜，喝完总是腻得慌，苍寒小时候嗜甜，长大一点后就很少碰这些零食。

照例点了林空桑最喜欢的布丁奶茶，她去店里的桌边小坐，抬头去看贴满便利贴的墙壁。

店里开了空调，比较暖和，空气中流淌着舒缓的音乐，算是个比较令人放松的地方。

花花绿绿的便利贴上写满了各种各样的愿望，大多数比较朴实，无非是开心快乐、身体健康之类的。

林空桑闲得没事，托着腮一张一张地看着。

"大哥，你有什么愿望吗？"

苍寒也转头去看："没有。"

奶茶制作完毕，在出餐口叫号。

林空桑走过去接了过来，转身递给苍寒一杯。

"人怎么可能一个愿望都没有呢？"林空桑问。

苍寒拿过吸管，戳开包装纸："都实现了。"

曾经他想过的、没想过的，甚至不敢想的，现在都有了。

如果非要许一个，那也是有的。

"我想要个妹妹。"苍寒说。

"啊？"林空桑一时半会儿没反应过来这个"妹妹"是什么意义上的妹妹。

"我妈妈给妹妹起了个名字，叫姜暖。"苍寒垂眸看着砖块路面，声音里带着不自知的温柔。

"姜暖，"林空桑细细一想，"和阿姨姓？和你的名字是一对吗？"

苍寒看向她，抿唇笑着："像吗？"

"像啊！"林空桑感叹道，"一听就是兄妹俩！"

唱歌的地方离学校不远，他们沿着路边走一会儿就到了。

熟悉的巷口，苍寒站在路边，沉默许久。

短短几个月发生了很多事情，他认识了永远不会忘记的人，也经历了足以改变他一生的事。

林空桑站在他的身边，像只顺毛小兽，眨巴着眼睛看他。

对方眼眸一如既往，无比清澈。

"左手。"林空桑伸出了自己的右手。

苍寒略微疑惑，继而把左手放在其上。

"右手！"林空桑又伸出了自己的左手。

苍寒嘴角勾起一丝笑意，把右手也放上去。

林空桑五指一收，抓着他的手上下晃了晃："好猫猫，开学要好好学英语，以后考个好大学找个好工作，未来给自己买漂亮猫窝。"

她象征性地一晃，实则为了鼓励，话说完了便松开，像个小孩子似的拍拍少年手背。

苍寒的手臂缓慢垂至衣摆，片刻后，从口袋里掏出了两颗小糖。

黄色的星星水果硬糖躺在手心，一小袋里装着两颗。

"我有很多话想跟你说，可是我不太会说话。"

他轻轻抿唇，看着小姑娘捡起糖果。

"我从未想过拥有朋友，你是第一个。"

晚风吹过树梢，路边的梧桐摆了摆它光秃秃的枝干。

曾经站在一片落叶中的少年，现在站在她的面前。

秋天里捧过的阳光，仿佛还留存于他的掌心。

"你可以想，"林空桑道，"你可以想任何事。"

"就算你没有认识我，也会认识别人。总有人知道你是个很好的人，也总有人成为你的朋友。"

就像她曾经说过的那句玩笑话。

不管怎样，我知道，你是个好男孩。

"像乔伊、林晏、付阳，虽然他们嘴上不说，但其实已经把你当成很好的朋友了。

"还有很多人，特别是那些抄了你数学答案的人，都不觉得你是传闻里可怕的大哥。"

苍寒目光和缓，眸底藏着些笑："你的功劳。"

林空桑使劲摇了摇头："是我们的。"

或许如林空桑所说，这世上总有人会接近他、了解他，可是他却又庆幸，还好这个人是林空桑。

苍寒有时也会惶恐，自己是否有资格与那些纯粹的热烈比肩。

可它们来势汹汹，不讲道理。

"你们都太好了。"

那些绝对的偏袒和保护，勾肩搭背的调笑和打闹。

付阳最后在包厢里的一招手，分明看着林空桑，却对他说——走吧。

苍寒喉结上下一滚，声音染上了些沙哑："我很喜欢你们。"

他喜欢那个将他拉进阳光的女孩，更喜欢阳光下盛大的灿烂。

青春宛如一场肆意的烟火，明亮热烈、短暂美好。

其中火光四溢，呼啸声响。

周围堆挤着人群，簇拥笑声。

"我们也很喜欢你！"林空桑双手捂住自己通红的脸，"大哥突然好肉麻。"

苍寒仰头去看挂在巷口的路灯："偶尔。"

爷爷不在了，可路灯却一直亮着。

炽
热

只要还活着，总要继续走下去。

"嗯嗯嗯，都最喜欢你了！"林空桑像哄小孩儿似的把苍寒转了个方向，推着少年后腰往回走，"好啦，我们回去吧。"

"骗人，"苍寒反手握住小姑娘的手腕，"林晏最喜欢乔伊。"

"是吗？"林空桑笑出一嘴白牙，眼珠子一转，满脑子鬼主意，"那我……仅代表我自己？"

苍寒略一思索："可以。"

"好好学习吧你！"林空桑把他的脑袋转过去，"一会儿给你点一首《生日快乐》唱给付阳听！"

"……"

"付阳大概会不乐意。"

林空桑大笑："他敢不乐意！"

- 正文完 -

番外一
窗户纸要这么捅

————◆◆◆————

李来贵的事情拖到了年后，才有一点点进展。

故意伤害罪判不了多重，加上缓刑几乎等于无。

不过，苍澈找的律师把事情尽量往勒索上靠，加上非法闯入等事由，竟也给对方"争取"到了两年的牢狱之灾。

李来贵的父母私下联系过多次，苍澈也问过苍寒，却一直都没见过。

直到宣判的那一天，苍寒坚持到场，这才在法院门口看到了那两位与他血脉相连的至亲。

不过四五十岁的年纪，却苍老得不成样子。

他们在公共场合放声大哭，追着苍澈咒骂讨饶。

两边似乎形成了鲜明的对比，李来贵和苍寒虽然有着相似的面容，可是除此之外却无半点相关。

他们见纠缠苍澈不成，又来向苍寒哭诉。

哭当年家庭困难，哭生他不易。

哭悔不当初，哭这些年有多么想念。

苍寒静静地看着，眼眶半红，像是心软了一般。

一旁的姜周拉拉苍澈的衣袖，苍澈握住对方的手，摇了摇头。

良好的教育和家庭已经让人与人之间产生了无法逾越的隔阂。

苍寒在想，如果当初自己没有被丢掉，那现在是不是也是这般模样。

"谢谢你们……把我丢掉。"

苍寒微微躬身，语气平缓温和。

夫妻二人皆是一惊。

炽
热

他直起腰，把对方扣在他手臂上的手给按下去。

"以后请不要骚扰我的父母。"

苍寒转身离开，苍澈揽过他的肩膀，在他的肩头拍了两下："回家吧。"

苍寒微微点头："嗯。"

春天过得很快，外套一脱就是盛夏。

在林空桑一个多月的耳提面命下，苍寒开始逐渐掌握二十六个英文字母，并且成功地步入词海遨游。

他对一些抽象的概念比较容易理解，而对英语、语文这种需要死记硬的，反而进步不大。

高二升高三的暑假，家里多了位新成员。

也不知道是不是大家每天念叨着的原因，姜周果然生了个小姑娘。

时隔多年，苍寒又一次见苍澈落泪。

他自己都想落泪。

为了方便照顾姜周，也为了方便苍寒上学，他们一家人几乎搬去了外婆家里住。

好在外公常年不怎么在家，加上房子三间卧室正好把他们全挤进去。

每天不用留在学校吃午饭，回家后总是满满一桌子菜。

高考前几天，老班通知大家穿校服拍毕业照。

苍寒个子高，站在最后一排。周围男生推推搡搡，都想靠近一些自己喜欢的女孩。林晏探着手臂，隔了一排人去扯乔伊的辫子。

两人似乎有吵不完的架，叽里呱啦的，听得人格外想笑。

苍寒垂眸，看着捂嘴偷笑的林空桑。他刚在脑海中猜她什么时候回头，她在下一秒就看向了他。

心有灵犀一般，两人都笑了出来。

高考那几天，姜周特地把不到一岁的姜暖带走，以免打扰苍寒。

小姑娘还不会走，在大人的怀里一口一个哥哥，嘴巴跟抹了蜜似的，说什么也不愿意离开。

"哥哥要高考了，不能打扰哥哥，"姜周捏捏她的小脸，"亲亲哥哥，我们过几天再来找他好不好？"

姜暖也不知道听不听得懂，两只小手往前探着，搂住苍寒的脖子就"咯咯"地笑。

"得，"苍澈酸溜溜地感叹了声，"跟她哥比跟她爸都亲。"

那年夏天，阳光比哪一年都要热烈。

窗外蝉鸣不止，教室内笔尖画出未来的痕迹。

苍寒毕业了。

最后一场考试结束。

林空桑一出考场，就朝楼下奔去。

"大哥——"

她兴奋得发丝都在颤抖："英语作文押中了！你背过范文吧？应该背过的吧？"

苍寒脸上带笑，轻轻点了点头。

"啊——"她原地起跳，扑进了对方怀里。

苍寒后撤半步稳住身形，一把将这个小疯子接住。

人来人往间，一个久违的拥抱。

虽然林空桑觉得自己考得还行，但是查分之前的那段日子总是比较忐忑。为了避免自己整天在家胡思乱想，她和乔伊准备趁着分数出来前好好出去玩一玩。

这个消息不知道怎么就传到林晏的耳朵里，林晏死皮赖脸非要跟着，还拉上了付阳、苍寒一起。

有男生同行，林空桑直接把行程距离拉远了不少："要不，去看海吧？"

夏天似乎就该配海风，少年宽松的衣裤里灌满凉爽，吹开刘海露出一个个大脑门。

海岸线比平视的视线还要高上一些，接近黄昏，海面泛着粼粼暖黄金光，一下一下地荡漾开来。

夕阳拉长影子，海浪拍着礁石。

两个女生提着小桶走在前面，里面装满了今天捡到的贝壳。

三个男生跟在身后，时不时低头踢一脸沙子，再互相闹成一团。

肥皂泡跟永动机似的，都不用人吹，把握杆一拿出来就能连上一串五彩斑斓的泡泡。

林晏一手搂住一个："是哥们儿就帮我追乔伊。"

付阳一怔："你对她有意思？"

苍寒一抬眉梢："你不知道？"

付阳："……"

"阳哥阳哥阳哥……"林晏连忙把暴躁的付阳拉回来，"我这不是还没成功吗！"

"可以，"付阳把人从自己身上扒拉下去，扯着嗓子就对着前面喊，

"乔——"

林晏手疾眼快，一把捂住了付阳的嘴，表情狰狞地把人按在沙滩上："不厚道啊，兄弟！"

两个女生闻声回头。

林空桑和苍寒一对视线，大概猜到了什么："我刚才好像听到——"

"苍寒！"林晏目眦欲裂，"是兄弟吗？"

"咳……"苍寒手指虚握成拳，抵在上唇，"我考虑一下。"

"打什么架呀？"乔伊看不下去，大步走过去，"都要回去了，你还弄得他一身沙子。"

苍寒觉得自己还是象征性地珍惜一下友情："不用管他。"

"唔唔……"付阳还在努力坏兄弟的事，即便被压着还要空出一只手指指林晏，"喜……"

"别别别——"林晏嘴皮子都快别出残影了。

"算了，"林空桑挽住乔伊，"我们先回去。"

"搞不懂他们，"乔伊皱着眉，"跟猴子似的就知道打架，也不嫌累。"

直到女孩走远，林晏这才放开付阳："兄弟情结束了。"

"别啊，"付阳一抹嘴巴，"兄弟比不过一个女人？"

林晏一撸袖子就想揍人，只是撸到一半发现自己穿的短袖。

苍寒把两人分开："回去了。"

付阳一瞪眼："你俩谁都不许表白，不然我直接翻脸！"

五人中唯一的潜在单身狗下了死命令，林晏一晚上都蔫蔫的，心不在焉。

海边的海鲜烧烤摊上传来一阵阵孜然鲜香，三个男生提前从酒店出来挑选晚饭。

"女的就是麻烦，"付阳没好气道，"干啥都磨叽。"

"你这就是带有个人情绪，"林晏推推他，"以前你也没觉得。"

"我一直都这样觉得！"付阳蹲下去看盆里的螃蟹，"要不要来点这个？"

苍寒给他递过去一个小筐，付阳虎得不行，直接上手去捏。

"这是拉我共单身，"林晏看着付阳，愤愤道，"他嫉妒我。"

苍寒好心提醒："你现在告白，失败率百分之百。"

林晏一惊："你也不用这么打击我吧？"

苍寒把手掌抬起，翻了个面："你，本末倒置。"

林晏面露疑惑。

"怎么都一个班的，情商差别这么大啊？"蹲在地上的付阳转身看向他，"苍寒都这样了还没告白呢，你这八字还没一撇呢，告什么白！"

苍寒轻咳一声："我告白了。"

付阳登时站起身，和林晏异口同声道："啥时候？"

苍寒一顿："挺久了，间接。"

"啥叫间接？"

苍寒简单地把拒绝许樱那天发生的事情说了一遍，也没透露女生的名字，几句话打发了。

"喊，"付阳又蹲了回去，"这算什么告白。"

"告白是确定关系的那种，"林晏一举双手，四指握拳，拇指屈起一个关节，"就……就意味着可以……"

苍寒看着那两只动来动去，逐渐凑到一起的拇指，终于忍不住直接将他拍飞了："滚。"

"哟，"林晏跟听见了什么稀罕事一样，"大哥咋还急眼骂人了呢？！"

"我是苍寒的话，早抽你了，"付阳端着一筐螃蟹去称重，"滚蛋，别挡路！"

林晏也不跟他生气，抬手一搭苍寒的肩膀："你不会是一点不了解吧？"

苍寒沉默片刻，把他的手拂开。

"别见外啊，兄弟，"林晏又赖上去，眼睛一眯笑得贱兮兮的，"要不要我分享一下？"

"不要。"苍寒继续把人推开，干脆去找个桌子占位。

林晏看着对方红起来的耳尖，心里那点恶趣味得到极大的满足。

对方越是躲，他越要凑过去："哎呀，我的哥！你跟我客气什么呀！"

海边多海鲜，而且都还挺新鲜。

烹饪方式大多是清蒸，说是保留最原始的风味。

林空桑第一次接触芥末，吃了一口就跑去路边吐了，吐完回来狂灌橙汁，却怎么也去不掉嘴里的那股味道。

付阳乐得不行，甚至还给她倒了杯啤酒："要不你喝口酒吧，把味道压一压。"

林空桑犹豫着，要不要借酒撒泼直接把大哥给拿下，但转念一想，算了，对方一个男生都不着急，她在这里纠结个什么劲。

"我才不喝。"她把啤酒往外推推。

夏天的傍晚，海风仿佛从遥远的北边吹来不属于这个季节的凉爽。

宽大的裙摆里灌满海风，需要时不时用手收拢压住以防意外走光。

夕阳拉长沙滩上的影子，橙黄色的晚霞压在海平线上，像是把那片水域都给融进了暖色。

林空桑拿着冰棍，咬了一口甜腻的冰凉。

"好快啊，"她偏过脸去看身边的乔伊，"这就毕业了。"

"还快啊？"乔伊一努嘴，"高三简直痛苦得好似度日如年。"

林空桑简单回忆了一下过去，倒也不至于那么可怕。

她的数学稳步上升，虽然没有出类拔萃，混个及格偏上也不是不行。

不拖后腿就好，反正她也没想上什么重点大学。

"哎，"乔伊撞了一下林空桑的肩膀，"你和大哥怎么样了？"

谈到这个话题，林空桑条件反射般地先缩一下脖子。她转头看到三个男生正在海边的小商店里买冷饮，这才放低了声音对乔伊道："他之前问我想去哪所大学。"

"哎呀，这不明摆着想跟你去一个地方吗？"乔伊一脸坏笑，"大哥怎么这么沉得住气啊？要我我就直接上了。"

"上什么上。"林空桑推了她一把，"我数学成绩你又不是不知道，今年的卷子可难了，都不知道能考成什么样。"

乔伊颇不在意："大哥英语不是也不行吗？你俩正好都瘸一条腿，互相搀扶着谁也别嫌弃谁。"

林空桑一脸愁容："可是今年英语考到范文了呀！他万一超常发挥，分数甩我一条街可怎么办呀？"

"你怎么一点信心都没有？"乔伊叹了口气，"这就是青春少女的烦恼吗？我都没有。"

"你可以有。"林空桑吃掉最后一口冰棍，用舌尖舔了舔唇，"你觉得我们老林家的人怎么样？"

"谁？"乔伊一脸蒙，"林晏？"

林空桑连忙点点头。

"你不是喜欢大哥吗？"乔伊震惊道，"移情别恋啦？！"

"什么啊！"林空桑满脸通红，对乔伊这理解能力不敢苟同，"我是问你的意见！"

"我？"乔伊用冰棍指指自己，"你不会觉得我对他有意思吧？"

"啊……"林空桑欲言又止，最后鼓起腮帮，叹了口气。

看乔伊这个样子就知道她根本没把林晏往那方面想，可怜啊，他们老林家的人还没开始就要结束。

"说什么呢？"

说曹操曹操到，三个男生里就林晏跑得最欢，屁颠屁颠地跑到她俩面前，一人递了一杯果汁。

"说高考。"林空桑连忙抢来话题，"还有几天就要公布分数了，也不知道自己能考成什么德行。"

"嗐！"林晏重重地叹了口气，"出来玩最重要的就是开心，反正都考完了，你不如想一想今天晚上吃什么？"

话刚说完，恰好后面两人也跟了过来。

林空桑抬眸看向苍寒："大哥，你晚上想吃什么？"

苍寒摇摇头，偏头问付阳："吃什么？"

"随便啊，"付阳无所谓地一耸肩，"我不是很饿。"

"我也不饿。"林空桑转身看乔伊皱着眉头，也不知道是不是稍微缓过神来那么一些。

"都不饿就提前去占个好地方，"林晏抬手一指不远处的石礅，"我看有不少人等着看今晚这场流星雨呢！"

"还流星雨，"付阳不屑地"哧"了一声，"我怀疑这地方每个月都要来一场流星雨，结果呢，连只萤火虫都看不到。"

"这玩意儿得看运气，"林空桑和乔伊手牵着手，和几人一起往石礅方向走去，"你倒霉，当然看不到咯。"

付阳不以为意："就你们小女孩信这些，哦，还有林晏。"

林晏一脸幽怨地看着付阳，脚步放慢一些，两人就在后面掐了起来。

"你不懂。"林晏道。

"我不懂？"付阳一挑眉，"我就是太懂了！"

这两人拉着他一起出来，心里面都没盘算着什么好东西。还看什么流星雨，摆明想泡人家小姑娘。

"我告诉你们，谁都不许叛变革命，不然我第一个不乐意！"

付阳把话放在这里，但是苍寒和林晏谁都没当真。

等到夜幕四合，天上的繁星随着天色转暗越发明亮，海边鲜有高楼，视野开阔。

靠近沙滩的地方已经禁止入内，可沿海的路边大排档生意火热。路上堆挤着人，汽车停靠在边上，闪烁着红色尾灯。

林空桑找了个没什么人走的石梯，随手扫了两下灰尘，就这么大大咧咧地坐在边角。

乔伊捧着果茶靠在她的身边，两个姑娘肩挨着肩，仰头数星星。

"好多人，"林空桑数累了，就把脑袋靠在乔伊的肩上，"难道今晚真的有流星？"

"难道？"乔伊用下巴蹭蹭她的头发，"你这话说得，是不信吗？"

"看见流星要许愿，"林空桑咬着吸管，小声说道，"流星累不累啊，天天掉来掉去，还要帮别人实现愿望。"

"你想得还挺多，"乔伊笑道，"如果今天有流星，你准备许什么愿？"

林空桑咬了咬下唇："我想和大哥去同一所大学。"

即便不想面对，可未来总要面对。

一个星期后的排名，就算不足以决定他们一生的命运，也能够安排接下来四年的时间。

"大哥那个性格，如果我不在他身边……"林空桑闭上眼睛，把脸贴在乔伊肩上，"好担心他被人欺负。"

乔伊笑着回："大哥才不会被人欺负。"

晚风拂来，叶片摩擦，发出"沙沙"的响声。

林空桑呼吸浅淡，轻轻摇了摇头。

可能在别人看来，苍寒永远都无法与弱者画上等号。他也的确不是弱者，却能被人轻而易举地中伤。

"大哥心软，对人又没防备，被人欺负也不会反抗，像个木头似的，默默受着。

"有时候我觉得他神经粗到反应不过来，可有时候又觉得，大哥其实什么都明白。

"他对所有人的温柔，对所有人都在意。

"乔伊，你说，这算不算另一种薄情呢？"

脑门突然被人弹了一下，林空桑皱眉，捂住自己的脑袋，见乔伊瞪着眼睛："你是不是又看了那些青春伤感非主流小说了？"

"我才没有。"林空桑把腿伸直，浅蓝色的裙摆铺了两个台阶。

她只是想得有点多。

因为对未来，林空桑实在有些迷茫。

"我的奶茶没了，"乔伊一摇杯子，"再去买点。"

林空桑屈起一条腿，手掌扣住阶梯边缘刚要起来，就被乔伊一把按了回去："我和林晏去，花林老板的钱！"

见鬼了，乔伊主动找林晏？！

林空桑连忙坐回去，转过身子看对方蹦跶到身后的三个男生那里，不仅拉走了林晏，还顺道拽走了付阳。

就……剩下了个苍寒。

乔伊似乎还跟他说了几句话。

林空桑登时明白过来，连忙把脸转了回去。

她手指一抓裙摆，整个人都不好了。

不是吧！

乔伊还跟自己来这一出？！

她真的没看什么青春疼痛文学！她顶多……顶多就矫情一下！

脑子里的思绪搅成一团乱麻，身后脚步渐近，不消片刻，苍寒就坐在了她的身边。

　　林空桑像只乌龟似的弓起身子，闷头把自己膝盖一抱。

　　苍寒也不说话，少年手长腿长，即便是屈着膝，脚也比林空桑放低了一层台阶。

　　林空桑歪着脑袋，目光定格在他脚上那双夹脚的人字拖上。

　　拖鞋是在海边的小摊上买的，泳衣、救生圈什么都有。

　　白天天热得不行，脑子不好才穿着球鞋在沙滩上乱跑。

　　海风带着咸腥的味道，不同于乔伊在身边时的感觉，更为高大的少年像是把风挡住，等到吹到林空桑脸上时，又多了一些对方身上的味道。

　　像是洗衣液淡淡的香味，混着清爽的海盐气息。

　　"饿了吗？"苍寒突然问道。

　　林空桑眸子微抬，轻轻摇头。

　　他们对上目光，因为姿势的关系，又或者身高的差异，使得这个对视极度不平衡。

　　林空桑深吸一口气，挺直了腰背："你饿了？"

　　苍寒抿了抿唇："没有。"

　　简单的几句问答，像是把一肚子的话都给吐了个一干二净。

　　林空桑的视线随着肩膀一塌，重新收了回去，只觉得自己和苍寒之间有说不出的别扭。

　　随着那个不确定的"未来"逐步靠近，她和苍寒的关系也随之而来。

　　那层几乎要被捅破的窗户纸，还笼着一层模糊的硫酸纸。

　　什么时候捅破，要如何捅破，林空桑不得而知。

　　因为时间线被拉得过于漫长，她有时候甚至会怀疑那些是不是只是自己的一场臆想。

　　林空桑："你……"

　　苍寒："我……"

　　两人同时开口，又同时止住。

　　两人的目光在空中重新相交，僵持两秒后反向避开。

　　林空桑数着手边叶片，噘着嘴嘀嘀咕咕。

　　"你、你、你……"

　　她声音小，话也没说全，跟台卡了带的复读机，只盯着一个字"嘚吧嘚吧"地念。

　　突然，那片绿化带中蹿出了个什么，小小的一片阴影，直扑林空桑门面。

　　林空桑瞳孔瞬间放大，还没来得及手脚并用地爬起来，先是下意识抬臂去挡，结果还真挡到了一个不算柔软的物件。

她吓得一个哆嗦，脚在阶梯上蹬了个空，身子一歪就往旁边栽过去。

苍寒坐在原地没动，仅仅只是转了个身，就把慌乱中的小姑娘接了个正着。

"有虫！"

林空桑一屁股坐在苍寒大腿上，对着自己的脖颈、袖口胡乱拍打一通，发现没有虫子后才稍微安定下来，可即便如此，她脸上的惊恐依旧还没消散。

苍寒缓了好一会儿才弄清现在的局面，木讷地松开扣在对方膝窝处的手指。

他垂眸看了眼搭在自己脚背上的蓝色裙摆，也不知道是什么布料，跟朵云似的，又暖又柔。

像是在一片安静的湖中蓦然投下一枚石子，涟漪泛起得毫无预兆，可是一圈圈荡漾开来却波及了每一处角落。

这边苍寒还在神游，林空桑率先反应过来，连忙站起身来。

她手足无措地抓着自己的裙子，在台阶上没有方向感地转了个圈，目光在周围来回扫荡，似乎想找乔伊的影子。

苍寒也站了起来："林空桑。"

林空桑像是上课时被点了名字："嗯？！"

"我们……走一走？"苍寒提议道。

林空桑胡乱地点了点头："可是乔伊……"

下一秒，苍寒握住了她的指尖。

男生低着头，看不清楚表情，可是稍稍露在黑发外发烫的耳尖、急促的呼吸，以及说话也不利索的话音暴露了他难以掩盖的紧张。

"这样……可以吗？"

牵手这事儿，他们也有过，但基本都是一触即分。

总之就是有过动作，但没有一个具体的名分。

毕竟牵牵手这种事，只能发生在小情侣身上。

林空桑不想答应，但是少年指尖温暖，握着了也没舍得让他松开。

海边的公路很长，三四十米有一个路灯。

沥青路面往前延伸，左边是隔着栏杆的海，右边是百米开外的楼房。

小摊小贩大多挤在海滩的入口附近，成群结队的人不在少数，两两相伴的小情侣也数量可观。

林空桑原本觉得自己这样走大街上是不是有点不好，可是一扫周围，抱在一起啃得激烈的竟也不少。

好像，更尴尬了……

她捂住自己的半边脸，企图用手掌给自己发烫的脸颊降温。

苍寒走在前面，少年腰背挺直，看不见表情。他的头发有些长了，遮住一半耳朵，被风吹开，略显蓬松。

似乎是察觉到身后的目光，苍寒微微偏过头，对上林空桑的目光。

几乎是同时，他把脸轻轻转向路边。

林空桑马尾一荡，发梢甩过裸露的肩头。她今天穿了件吊带长裙，轻柔的布料打着褶，垂在少女的手臂和胸前。

偏暖的路灯下，她的皮肤却仍白得像是镀了层冷霜。

苍寒强行收回自己的目光，感受到自己握在指间的温暖，软得像团吸满阳光的云，带着淡淡的体温。

随着逐渐走远，周围变得有些冷清。

海边买来的劣质人字拖不太跟脚，跨步间时不时地"啪嗒"一下打在地上。

少年腿长，步子迈得也大，束脚的运动裤勒在小腿偏下一点，低头能看见略显消瘦的脚踝骨骼，在阴影的遮掩下若隐若现。

苍寒一开始走得有些快，身体总在小姑娘之前。

林空桑低着头，得走三步去赶他的两步。

可就这么赶着赶着，她却明显发现对方速度慢下来许多。

她同样放缓了步子，偶尔能分出一点精力，偏头去看身侧静谧的海。

不知何时，两人并肩。

苍寒手指松了些，林空桑微微抬头，以为他要放开。

可是下一秒，他握住了她整个手掌。

林空桑手指一蜷，赶紧把头低下。

少年的手心很暖，虎口处搭着她的手指，能感受到不同于女孩的干燥和粗糙。

两人都有点紧张，掌心冒汗，又很快被从缝隙里涌进来的海风吹干。

苍寒停住脚步，把手放开。

他侧过身体，面朝对方。

林空桑抬头，目光撞上对方低垂的眸。

她看见他淡色的唇微动，分明一个字也没有说，却仿佛知道接下来要说什么。

她内心有些忐忑，因为这个问题的答案清晰可见。

高考结束后，付清溪对她的约束明显放宽了许多，林空桑自己也觉得可以再大胆一点把大哥拿下。

可是……她还没准备好要怎么做。

虽说迟早会有这么一天，可是真到了眼皮子底下，却又有着说不出的紧张。林空桑抿了抿唇，平常叽里呱啦的小嘴巴在这么个凉爽的晚上难得闭上了许久。

苍寒早就想好了一堆话，此刻兜在嘴边不知道要怎么开口，好不容易在心里堆起一点勇气，可视线对上姑娘小鹿般清澈的眸子，他又飞快眨眼，转移开来。

随着时间的推移，林空桑心里的紧张被一点一点消磨干净。

苍寒越是躲她，她就越想追上去看看。

看少年红透了的耳郭，半垂着的睫毛；看他轻抿嘴唇，还有微微蜷缩的手指。

潮红追着脖颈，一路延伸到脸颊。苍寒扛不住这目光，抬手挡在半空之中。

"看什么？"他说话的声音倒是有些哑了。

"有这么难说吗？"林空桑的眼睛睁得老大，总觉得自己有点过于厚脸皮。

苍寒偏头，战略性轻咳两声："没。"

"没你现在还在这里咳咳咳……"林空桑一跺脚，"要不我来说？"

她矮了一头，跺脚时稍微能够补救。

苍寒张了张嘴，还没来得及说出什么，就见一旁的栏杆下方突然冒出了一个脑袋来。

"小伙子怎么没点魄力？"

林空桑吓了一跳。

苍寒也愣了片刻，把林空桑拉到自己身后。

再看过去时，发现竟是个夜钓的老大爷。

"小年轻的事，你掺和什么？！"远处有个声音传来。

"这不给我急得吗，憋得我半天没敢说话。"那个大爷手指扣在栏杆下的沥青路上，勉强从路面下露出半个脑袋，"该出手时就出手，小伙子，快点。"

苍寒由最开始的警惕演变为此刻的迷茫，他对这个年纪的老大爷似乎有着天然的尊敬，这么不着调的几句话听下来，竟然还礼貌地说了句谢谢。

"不错。"老大爷的背影逐渐融进栏杆那一边的黑暗里，还不忘抽空评价道，"挺有礼貌的。"

林空桑没忍住低头笑了起来。

苍寒闹了个大红脸，整个人陷入了蒸煮模式无法自拔。

他低着头，时不时抠抠自己的手指，看起来局促又有些不知所措。

林空桑看在眼里，心道这娇羞模样按理来说应该出现在自己身上。

可是对方一旦比她还要紧张，她那份害羞就直接抛去了九霄云外。

"大哥，你脸怎么这么红啊？"林空桑说着，话里竟带上了笑意。

苍寒轻咳一声，用手背贴了贴自己的脸。他目光轻瞥身旁护栏，抬脚往回走："还好。"

"不好啦！"林空桑双手往后一背，笑眯眯地往后倒着走，"又被抹腮红啦？"

苍寒的视线在周围转了一圈，然后两只手一起，用手指部分贴在脸上降温："很……明显？"

林空桑使劲点了点头。

苍寒轻叹了一声，似乎有点沮丧。

"还真容易害羞。"林空桑身子一转，走在他的身边，"其实也不用说，因为我知道你要说什么。"

苍寒脚步稍顿，放下手臂。

他看着林空桑，似乎在等接下来的回答。

林空桑脑袋一歪："而我要说什么，你应该也知道。"

远处的人群传来一阵惊呼，两人一齐看向前方。

"有流星吗？"林空桑抬头去看天空。

夜幕漆黑安静，上面点缀着点点繁星。

像是被包裹进了这片柔美的夜色之中，林空桑长呼了口气，又吸进一阵海风。

"我也不知道自己能考多少分，如果没考好的话……"

如果没考好，她可能就去不了之前约定的城市了。

林空桑耷拉下脑袋，有些难过地对了对鞋尖。

"没关系，"苍寒声音很轻，就像他脸上的红晕，仿佛带着滚烫的温度，"我会去找你。"

林空桑一怔，猛地抬头看向苍寒，就快把手摆出残影："可不能这样，你不出意外应该可以考上的，千万不能自毁前途。"

苍寒顿了几秒："不同的学校……也会去找你。"

林空桑眼珠子转了两圈，才明白是自己误会了。

真是……尴尬。

"啊啊啊！"她捂住自己的脸，不顾形象地往栏杆上一趴，"好啦好啦，都随便啦！今天根本就没有流星，我跟个傻子似的还在这里等……"

她的声音越来越小，头也越来越低，像一棵被晾干的小咸菜，往那儿一挂，被风吹得左右乱摆。

“林空桑。”她突然听见耳边有轻微的声音。

那声音似乎贴得很近，在夜晚微凉的空气中可以感受到呼吸间淡淡的温热。

“我喜欢你。”

林空桑猛地抬起头，只可惜还没来得及看清身边，就只觉脑子里“嗡”的一声，撞了个眼冒金星。

她下意识捂住额头，在同一时刻听见一声闷哼。

苍寒单手捂住鼻子，身体微微后仰，像是也被磕到不行。

“你……你你你没事吧！”林空桑也顾不得自己，连忙踮脚去扒拉苍寒的手。

苍寒闭了闭眼睛，摆了摆另一只手表示没有关系。

林空桑不放心，继续扒拉：“撞着哪儿了？”

她有些着急，踮着脚将身子贴得更近。

苍寒撤了半步，后腰抵上栏杆。

林空桑掰开对方手指，看到蓄着泪的一双眼睛。

她突然觉得有些好笑，然后就这么直接笑了出来：“撞到鼻子了？”

苍寒往后屈起手臂，手指扣住栏杆。

身前的姑娘贴得太近，眉眼弯弯，仿佛一触即得。

“嗯。”他微一点头，眸中的那点温热就跑去了眼尾。

“谁让你靠那么近？”林空桑笑着说。

苍寒微微垂眸，把另一只手也放下：“你现在……也很近。”

近到他得努力往后仰着上半身才能避免接触。

像是没有防备地窝进怀里，他得抓紧栏杆才不会想着抱上去。

苍寒像是个贞洁烈妇一般，拼命想要与林空桑保持着安全距离。

林空桑原本都想要撤开，可是看见对方一副满脸通红的小媳妇模样，又想凑上去逗一逗他。

“大哥，你害羞啊？”

苍寒别开目光，眼睛扑闪扑闪眨个不停，耳根连着脖颈通红一片，像是受了什么奇耻大辱，又逃跑不得，只能在原地努力忍耐。

林空桑把手一抬，扣住苍寒身后的栏杆：“大哥，你刚才说的什么，我没听清。”

苍寒往旁边挪了挪：“你听清……”

“啪”的一声，林空桑把另一只手也按上了栏杆：“不许跑。”

人高马大的少年被困在了两条白嫩嫩的手臂之间，像是画地为牢，让人怎么也跑不出去。

“再说一遍嘛！”林空桑噘着嘴，撒娇似的央求。

苍寒喉结一滚，扣着栏杆的手指微动，缓慢摩擦："我……"

林空桑眨巴着大眼睛："你……嗯？"

小姑娘又靠近了一些，跟个问题宝宝似的，等着接下来的回答。

他不说话，她就把脑袋往前凑一凑，踮着脚，甚至还大着胆子，想借手上的力道跳上一跳。

夜风吹开林空桑额前薄薄的刘海，露出一小片光洁的额头。

巴掌大的小脸泛着健康的粉色，唇瓣抿出好看的弧度，隐约露出嘴角浅浅的梨涡。

十七八岁的女孩子最是明媚，即便是在夜里也像是迎着太阳，眼里堆积着的都是阳光。

苍寒的视线飘忽不定，脑子里画面翻涌。

他低下头——也不过就是几厘米的距离，在那片额头上落下了一个轻巧的吻。

"然后呢？"乔伊拉着林空桑问。

"然后！"林空桑把自己往被子里一埋，"我就跑回来了！"

酒店房间里，林空桑卷着被子在床上乱滚。

乔伊坐在床边怀疑自我："就这？！"

"他亲我了哎！"林空桑把自己的脸从被子里抬起，"他话都说不清楚就亲上了！"

林空桑说完，又觉得自己脑子充血，重新裹进被子里继续翻滚。

乔伊哭笑不得，赶紧抱住林空桑道："不是，我的好姐姐，你就这么跑回来了？"

林空桑在乔伊怀里安静下来，视线停在房间一角，眼神空洞："你相信吗？等到我反应过来的时候已经飞奔在回来的路上了，这腿，它停不下来啊！"

乔伊叹了口气："大哥得有心理阴影了。"

"我才有心理阴影好吗！"林空桑拍了拍自己的脑门，不服道，"他亲我！"

"他亲了你，你就跑？"乔伊弹了她一下，"不喜欢吗？"

林空桑又屃回去："这不好说……"

她之前觉得自己还在上一个阶段，苍寒就直接跳到下一个阶段了。

也不是喜欢，更不是不喜欢。

她就是觉得，有点太突然。

"我还没准备好……"林空桑小声嘀咕道。

"恶臭情侣'实锤'了，"乔伊用枕头砸了对方一脑袋，"老夫老

炽
热

妻两年了还别扭个鬼。"

　　林空桑一撇嘴，把枕头砸回去："可别乱说，谁老夫老妻！"

　　乔伊抱着枕头："你啊，慢慢纠结去吧。"

　　林空桑为此纠结了一晚上。

　　她翻来覆去睡不着，直到天快亮了，这才勉强睡着了片刻。

　　梦里有只小猫正在舔爪，林空桑就趴在边上看着。

　　只是不知道什么时候，小猫变成了苍寒。

　　那么大一只猫猫，"唰"地扑过来对着她的脸就开始舔。

　　林空桑惊醒。

　　"刚想喊你，"乔伊正在床尾整理衣服，"梦到什么啦，吓成这样。"

　　"猫……"林空桑惊恐犹在，抬手摸摸自己的脸。

　　"猫有什么好怕的。"乔伊问。

　　林空桑一个后仰把自己砸回床上："要命了。"

　　最后一天返程，在退房前有一上午时间收拾行李。

　　林空桑顶着两个黑眼圈，把衣服一股脑塞进自己的小行李箱里，明显有些心不在焉。

　　乔伊搭了把手，等到快上午十点收拾完毕，再一起去敲隔壁三个男生房间的门。

　　开门的是林晏，睡眼惺忪的样子一看就还没醒。

　　乔伊一瞪眼睛："十二点就退房啦！"

　　付阳在里面惊呼一声："十二点了？！"

　　她们在门外等里面的人穿好衣服，进去一看才发现苍寒的床上早就叠好被子收拾整齐。

　　"大哥呢？"乔伊问。

　　林空桑无精打采地站在床尾，把目光投向两人脸上等待回答。

　　"嗯？！"林晏似乎比她们还晚发现，"大哥呢？"

　　林空桑："……"

　　能指望这两人做什么。

　　"大哥不是一晚上没回来吧？"乔伊又问。

　　"昨晚回来了，"付阳说，"应该是早起出门了吧。"

　　林空桑肩膀一塌，目光扫过周围行李，发现苍寒的背包还在，这才松了口气。

　　大哥不会真的有心理阴影不想见她吧？

　　毕竟第一次亲别人，对方还跟见了鬼似的拔腿就跑，着实有点反应剧烈。

可是……她又不是故意的。

林空桑转身离开，乔伊叫住了她："一会儿就退房了，你去哪儿？"

"有点饿，"林空桑掏出兜里的手机一扬，"他们收拾好给我打电话就行。"

酒店的早餐九点停供，最迟延到九点半。

林空桑去到大厅时已经没有早餐供应，连餐盘都撤得干干净净。

她捏着两张早餐券在原地发呆，想着趁这时候还不如去房间里补一会儿觉，可是一转身，却看见酒店入口处，苍寒和一个女生并肩走了进来。

林空桑双腿瞬间如灌满水泥，连路都走不动了。

"嗨。"两人打了个照面，林空桑率先开口。

她本来想把这个招呼打得自然一些，最起码脸上带着点笑，可是太累了，还有点困，一时半会儿连嘴角都不想多提，就这么面无表情地开启了对话。

隔着三四米的距离，苍寒和那个女生互相微微点头，两人告别后，他到了林空桑身边。

"你在干吗？"林空桑问。

"晨跑，"苍寒手上拎了少说有五六个食品袋，"顺便……买早饭。"

他看见林空桑手里捏着张早餐券，于是提醒道："酒店的早餐九点就结束了。"

"哦。"林空桑低头把早餐券一揉，扔进墙边的垃圾桶里，"看来是我出现得不合时宜。"

她纠结得翻来覆去一夜没睡，结果对方早睡早起还起床晨跑，跑就跑了还跟别的小女生一起回来。

昨天他还亲了自己呢，孔雀都没这么花。

林空桑把嘴一噘："回去了。"

苍寒跟在她的身后，提高一只手臂："买了你喜欢的……烧卖。"

林空桑瞥了一眼，没好气道："不吃。"

苍寒像个木头似的看着电梯的上行按钮，在原地停了几秒后道："那个女生我不认识。"

"你认不认识她关我什么事？！"林空桑像只被踩了尾巴的猫，一双眼睛睁得老大，"也不用跟我说！"

苍寒只是看着她，眼里缓慢有了些笑意。

林空桑扭头就走，她去爬楼梯。

世道真是变了，自己都能给大哥脸色看了。

林空桑气喘吁吁地爬楼梯，刚过四楼就开始发虚。

"林空桑，"苍寒把早餐挪去一只手上拎着，另一只手抓住小姑娘的手腕，"我有话说。"

林空桑转过身，站在高几级的楼梯上，居高临下地看着他："你说。"

苍寒松开手，低头在一堆袋子里找了找，拎出那一小袋烧卖来，说："先吃。"

林空桑接过烧卖，弯腰用手扫了扫楼梯，也不嫌脏，就这么坐下来开吃。

"昨天，是我不好。"

这突如其来的一句道歉点明中心勾起往事，差点没让林空桑一口烧卖噎死在这狭窄无人的楼梯间。

苍寒又翻出一杯豆浆，插好吸管递了过去："以后我会注意。"

林空桑手上一顿："注意什么？"

苍寒抿了抿唇，像是难以启齿，却又坚持说了出来："不碰你。"

"打住！"

林空桑抬手比了个暂停，把手里的烧卖囫囵吃下去："大哥，你简直就是恋爱界的泥石流，这事儿要不还是让我来吧？"

苍寒乖乖听话，站在台阶下等待上级发出指令。

豆浆是温的，喝起来正合适。

林空桑几口喝完，一抹嘴巴。

她站起身蹦下两级楼梯，双手搭上苍寒的肩膀，微微踮脚在他额头上也亲了一口。

蜻蜓点水似的碰了一下，比昨晚还要轻一些。

"有来有往。"林空桑拍拍他的肩膀，"恭喜你，我们的友谊成功变质了。"

苍寒只是认真地盯着她看，脸上没有什么多余的表情。

林空桑知道大哥的脑子估计又在卡壳，不过她都把话说这么明白了，他一点反应都没有，还真有点尴尬。

"好。"

为了打破尴尬，也为了给大哥预留一些反应时间，林空桑继续道："为了庆祝两位好朋友的友谊变质，就让他们抱一下吧。"她说完，见苍寒还是没反应过来，干脆硬着头皮抱了抱他——环着肩膀，都没抱结实，像是场虚假的礼仪，不带一点感情。

苍寒把视线一垂，依旧没有动静。

"拉倒，"林空桑不乐意了，"爱抱不——"

下一秒，她突然被抓住手腕猛地往下一拉。

林空桑吓得手臂一拢，眼睁睁地看着豆浆、包子裹着食品袋一起滚下了几层台阶。

　　然后她闷头栽进了一个结实的怀抱。

　　对方似乎早就等着，他肌肉紧实的手臂扣住她后腰，那一瞬间勒得她差点没背过气去。

　　"大哥大哥大哥！"林空桑对着苍寒后背一通猛拍，"放松放松放松放松放松放松放松！"

　　苍寒收了些力气，呼吸却重了不少。

　　他侧脸贴着她的发丝，手跟着了火似的，放哪儿都烫。

　　他的额角突突直跳，血压像是直飙两百，快要死了。

　　忍了没几秒，苍寒把人放开，退了几步，坐在楼梯最下面一层。

　　林空桑单手扶墙稳住身形，喘匀了气后，看自己刚才还热情似火的男朋友突然背对着她冷淡下来。

　　那么一个大高个现在跟朵蘑菇似的缩成一团，在楼梯口闷头捡包子。

　　"大哥，"她走过去，坐在他的身边，"你怎么了？"

　　苍寒搓了一把脸，说话都开始变得结巴："我又、有点、冲动。"

　　他脸上发烧，似乎烫得厉害。

　　林空桑并起手指帮他扇扇风："那你缓缓。"

　　苍寒把包子捡了回来，像小猫屯粮似的全部塞到林空桑的手里："你送去吧。"

　　"啊？"林空桑把包子都接过来，"那你呢？"

　　苍寒往墙上一歪，用手捂住脸："我一个人……再缓缓。"

　　林空桑拎着早餐回去的时候，林晏和付阳正胡乱卷着自己的衣服往行李箱里塞。

　　她把早餐放在桌上，前后看看，没见着乔伊。

　　"你还去买早餐了啊？"林晏闻着香味过来，捏了个小笼包就往嘴里扔。

　　林空桑有点心虚，没好意思说早餐是从苍寒手上接过来的。

　　"乔伊呢？"

　　付阳也走了过来："你们没遇见？她说去大厅找你。"

　　"啊……"

　　林空桑呆滞片刻，一时半会儿不知道要怎么接这话。

　　好在对方又及时把话接了过去："就两班电梯，这还能错开？"

　　林空桑豁然开朗，连忙顺着杆子往上爬，说："真是太巧了，哈哈哈哈……"

　　她笑得尴尬，用手指挠挠鬓边，一副心虚到不行的模样。

刚才自己和大哥正在楼梯间抱来抱去，乔伊当然遇不着自己。

脑中浮现的画面比经历的事件更加直白，这时林空桑才像是刚回过味来，用手摸了摸自己腰侧。

大哥的手劲真大，勒得她现在还疼。

突然拉她撞了那么一下，她还没反应过来，他却已经松手了。

应该……不是这么抱的吧？

"你怎么了？"付阳看着林空桑若有所思。

林空桑一个激灵，反应过来抬头挺胸："没！"

小姑娘耳根通红，眼神乱飞，心事全写在脸上，稍微一猜就知道是什么事。

"没个鬼没，"付阳瞥她一眼，继续收拾自己的东西，"我懒得问。"

林空桑一缩脖子，想去大厅找乔伊，结果刚转身就看见苍寒走了进来。

两人视线相接，她怎么转过去，又怎么转回来。她手指有些无措地按在桌边，听身后闷在地毯里的脚步声缓慢靠近。

"大哥？"林晏抬头看了一眼，"你跑哪儿去了？"

苍寒的目光在桌上的早餐上转了一圈："晨跑。"

"都中午了还晨跑，"林晏把背包一提，拉上拉链，"跑了多久啊，一脑袋汗？"

林空桑偷偷瞄过去，见苍寒抬手碰了碰额头："……"

两人跟心有灵犀似的，目光又撞到了一起，然后还是忙不迭地躲开。

"……哎？"林晏像是看出了点什么。

只是还没等他说出口，乔伊就大步跑了进来："大哥、桑桑，你们跑哪儿去了？我跑了一圈愣是一个没遇着！"

听见两人名字放在一起，林空桑心里一紧，拿过桌上的豆浆就往乔伊怀里塞："给你买早饭去了啊！快快，趁热吃。"

"吃啥啊，我都吃过了，"乔伊嫌弃地推回去，像个老母亲似的叹了口气，"快点吧哥哥姐姐们，快赶不上车了！"

酒店到高铁站有直达的大巴，几人行李带得不多，收拾好就直接去乘车。

晕晕乎乎坐了几个小时的车，回到临城已经下午三四点钟。

林空桑中午没怎么吃，下车后竟然有些晕。

小姑娘小小一团蹲在墙角，看上去可怜兮兮的。

其他四个人围成一圈，递水的递水，递纸的递纸。

林空桑怕耽误了大家时间，脑袋清明一些就扶着墙站起来。

她去找自己的箱子，结果发现箱子正握在苍寒手里。

不仅如此，他还特别自然地把她的背包也一并给卸了。

她肩上蓦然一松，他都没给她拒绝的机会。

浅蓝色的帆布包装饰性大于实用性，此刻挂在男生宽阔的肩上又小巧了一圈，怎么看怎么违和。

"我扶着你。"乔伊挽住林空桑的手臂，搀着她往前走，"一会儿我送你回家吧。"

"不用不用。"林空桑强打起精神，连忙拒绝，"我就是有点闷，出了车站就好了。"

乔伊半信半疑，直到出站后林空桑脸色略有好转，这才松了口气。

付阳、林晏两人顺路，准备一起打车回去。

林空桑看向苍寒："大哥，你是回市里吗？"

如果苍寒回那个家，和他们两个男生应该也是顺路的。

然而苍寒答非所问，直接开口道："我送你回去。"

乔伊在一旁瞪大了眼。

"林晏，林晏！付阳！"她拉着自己的书包肩带，忙不迭地去追已经走远的两人，"你们捎我一程！"

林空桑看着自己闺蜜狂奔逃离的背影，整个人还有些发蒙。

等到她缓过神来，和苍寒对上视线，心里又点想笑。

"跑得真快。"林空桑不好意思地卷了卷自己搭在肩上的发梢。

苍寒轻轻偏头，看着小姑娘还有些苍白的唇瓣："再休息一会儿。"

路边的快餐店人满为患，他们和一对小情侣拼一张桌，桌面上还放着来不及收的快餐垃圾。

屋外天气炎热，林空桑点了杯冰镇果汁。

半杯下肚，她脸上勉强有了些许血色。

苍寒去了趟卫生间，把浸了水的手帕毛巾递给她。

蓝色的方格花样，林空桑记得这还是在海边买的。

"还晕吗？"

她连忙摇了摇头。

刚买的毛巾布料比较柔软，林空桑出了一脑门冷汗，又晒了一路的太阳，相比于湿巾擦脸，还是毛巾比较舒服。

她抿了抿唇，把毛巾抓在手里："谢谢大哥。"

苍寒点点头，客气地回应："不用谢。"

礼貌得不行。

林空桑没忍住低头笑了。

"你真去你外婆家吗？这里离市区挺近的，你要不然就回家去吧。我现在已经好多了，不行就打电话给我妈让她来接我。"

苍寒喝了口水，不紧不慢地把瓶盖拧上："我送你。"

林空桑"唔"了一声，也不再拒绝，双手捧住杯身，低头咬吸管去了。

这种看似没有必要的行为，多数是因为另一些原因。

所以就在林空桑瘫在出租车内昏昏沉沉时，苍寒把她那颗直往车窗玻璃上顶的小脑瓜拨到了自己肩上。

额角碰触肩头，是少年坚硬的骨骼，她一个激灵坐直身子，可对上苍寒的目光，又重新软了回去。

她突然想起了那个在楼梯间的拥抱，此时此刻，自己和大哥的感情应该是变了质的。

林空桑又厚着脸皮枕回去。

他个子高，肩膀也高，她压根儿不用怎么压迫颈椎，脑袋轻轻一歪就靠在了上面。

还挺合适。

迷迷糊糊间，到了地方，林空桑半梦半醒，一脸迷茫下了车。

苍寒去车后取箱子，转头看小姑娘耷拉着眼皮站在路边，像是几百年没睡过觉似的，萎靡不振。

"困了？"他问。

林空桑微仰起脸："大哥。"

她把头发都睡乱了，几缕发丝被风一吹，从鬓边跑来鼻尖搭着。

苍寒的手指修长，捏住那缕头发，轻轻放回原处："嗯。"

虽然有意避免，可他的指尖依旧触碰到了她的皮肤。

林空桑一撇嘴，咕哝道："我头晕。"

这话带着浓重的撒娇成分，仿佛省略了接下来的话——我头晕，你看着办。

苍寒自然而然地拉过林空桑的手："回家。"

他的另一只手拖着行李箱，塑胶轮子碾压着地面，噪声不是很大。

林空桑走得靠后一些，低头去看两人相握的手指，感觉到干燥、温暖、轻柔却不失力量。

怎么就被他拉着走了？她浑浑噩噩地想着，有这么自然吗？

"大哥，我们这是在谈恋爱吗？"

苍寒脚步一顿，转过身子定定地看着她，像是听到了什么不敢置信的话，连表情都变得严肃许多。

林空桑莫名心虚："我就这么一问。"

可下一秒，苍寒就连忙把她的手放开："对不起……"

林空桑心上一紧："我没怪你。"

苍寒垂下目光，手指蜷缩收至上衣下摆处："我以为……是了。"

"那就是了呗。"林空桑挠挠鬓角，"友情早变质了。"

她又说："我就是还没适应，自己突然多出来了个男朋友……"

苍寒原本低着的头猛地一抬，似乎对自己的新称呼格外惊讶。

"就是……男朋友吧？"林空桑尴尬地笑了笑，"迈过这个坎还真的有点不容易。"

苍寒目光又重新垂了下去，表面像是淡定到不动声色，可是那频繁扇动的睫毛早就暴露出内心的躁动。

"好热，"林空桑用手给自己扇了扇风，"回、回去吧。"

一路送到单元楼下，林空桑接过自己的小包和行李箱，冲苍寒摆了摆手："我走了。"

苍寒一点头："嗯。"

也不知道为什么，在定下关系之后，他们之间的相处反而更生疏了。

林空桑走了几步回头看，苍寒还在那儿站着。

阳光透过叶片，星星点点地洒在他的身上。

那么高一大男生，看着总是孤零零的。

林空桑微微叹了口气，松开行李箱，走出单元楼。

"大哥。"她站在苍寒面前，视线微微垂下，落在他黑色的 T 恤上。

像是不知道怎么开口，林空桑抿了抿唇，纠结片刻才道："我好像都没跟你说过喜欢你。"

她也没看他的表情，抬手圈住了少年的腰。

她轻轻抱了一下，闭上眼睛把脸贴在他胸膛上。

耳边有风，有午后稀稀拉拉的蝉鸣，还有隔着肋骨和血肉逐渐急促的心跳。

苍寒抬手，扣住她环在他腰间的小臂。

那样细细的一圈，他单手就能握住，一开始没控制好力道，还把人弄疼了，之后松开五指，只是轻轻覆在上面。

他浑身僵硬，像个木头似的杵在那里："我爸说、这种话、应该……我来说。"

"都一样。"林空桑颇不在意，"以后有我在，没人欺负你。"

这个温和又不善言辞的少年，她会一直保护着。

以后不管是什么人什么事，都不能伤害他。

苍寒喉结一滚，低头把下颔贴在林空桑的鬓边。

他能闻到她发丝上好闻的淡淡香味，像一株柔软的茉莉，脆弱却又坚强。

那一刻，苍寒发现自己本质上还是一个内心软弱的人。

他以前总是依赖父亲，现在又想依赖一个姑娘。说是人生艰难，可他又那么幸运。

"好。"他的声带振动，鼻腔涌上些许酸涩。

"猫猫，"林空桑拍拍他的背，像哄小孩似的轻声道，"不怕不怕。"

就这么平淡地结束了十八年的单身生活，林空桑回家后躺在床上回味着刚才发生的一切，觉得自己和苍寒仿佛拿错了男女剧本。

不过也没人规定告白就一定是男生的"工作"，让大哥开口那还不如她自己来。

林空桑在枕头里闷了好一会儿，这才转过脸，看床头柜上的星星灯发出暖黄色的光。

手机响起，收到信息，苍寒已经到家了。

林空桑回复过去，听心脏平和而有力的跳动声。

一切有条不紊地向着未来迈步，她和苍寒一起，好像也不那么怕了。

查分数前，林空桑感觉自己每天都很暴躁。

不想吃饭，不想下楼，整天闷在家里，觉得累了就倒床上睡觉。

她像是把精力在考完试后去的那个海边用完了，每天最远的距离也不过是被苍寒拉着去小区门口吃顿早饭。

"我要是连本科线都没过，可怎么办呀？"

苍寒安慰她："会过的。"

林空桑摇摇头："没过呢？"

"不会的。"

他日复一日地回答类似的问题，耐心又认真。

两人走过健身器材区，早上八点，晨练的人已经走得没剩几个。林空桑被迫蹬上踏步机，把上半身往前面的栏杆一抵，低头装咸鱼。

苍寒陪在她身边，摸摸她那颗头发乱糟糟的小脑袋。

"不会的。"

高考分数下来的那一天，林空桑闷在被子里疯狂戳手机。

网络卡顿，界面崩溃，电话占线，她努力了好一通，结果连学号都没机会输入。

林空桑把手机一扔，闭眼睡觉去了。

也不知道睡了多久，苍寒的电话把她吵醒。

她迷迷糊糊地把手机贴在耳边，听那个不苟言笑的少年话中带着遮挡不住的开心。

"啊——"

林空桑从床上一跃而起，光着脚冲出卧室的门。

"妈！妈！"

她像个小疯子一样跑到客厅给了老妈一个大大的拥抱，然后顾不上自己还穿着睡衣，直接踩上拖鞋夺门而出。

"你不要着急，"听筒那头的声音逐渐冷静，"把鞋穿好。"

林空桑戳着电梯按键："大哥，你快……你快！"她激动得连话都说不清，拖鞋拍着地砖，发出清脆的声响。

站在单元楼外的苍寒循着声音抬眼望去，见他的小姑娘散着头乱发，风风火火地从里面冲了出来。

"大哥！"

苍寒放下手机，下意识地微张手臂，右脚后撤半步稳住身体，然后就被迎面而来的温暖扑了个满怀。

"考上了！"

她话里充斥着浓浓笑意，遮不住挡不了。

林空桑紧紧圈住他的脖颈，把脸埋在少年锁骨位置。

"嗯。"苍寒扣住她的后腰，用手指一点一点地把小姑娘的长发理顺，"考上了。"

他们刚迈过人生中的第一个岔路口，之后无论去往何方，都是一路繁花似锦、灿烂未来。

番外二
毕业快乐

———————◆◆◆———————

　　林空桑选了一所还算不错的师范学院，而苍寒则被同市的理工大学录取。

　　两所大学同处大学城内，不过两站公交车的距离。

　　两人虽然不在一所学校，但时常会到对方的学校蹭饭，再手拉手地沿着马路散步聊天。

　　大学四年说长不长说短不短，从最初的懵懂到面向社会，也足够让林空桑规划好自己以后的人生。

　　她不是学习那块料，也懒得继续和书本打交道，大学期间参加过几次支教活动，累积了不少实践经验。

　　对于自己未来的工作，林空桑还是很喜欢的。

　　与很多即将走出校门的同龄人相比，她已经足够幸运且优秀了。

　　毕业季在夏天，虽说是六月毕业，可是从五月开始就有学生陆陆续续拍毕业照。

　　林空桑的毕业答辩在六月初结束，比苍寒早了一个多星期。

　　顺利通过一辩，她第一时间在家庭群里分享了喜悦。

　　对于毕业，在最初的兴奋之后，更多的是不舍。

　　毕竟在这所大学生活了四年，每一次放学后在去往食堂的路上狂奔，在教学楼里顶着夜灯苦读的努力，都是青春年少时珍贵的回忆。

　　林空桑和室友们商量着毕业旅行，然后约了学校里的摄影师来给她们单独拍毕业照。

那段时间天气很好，气温不是那么高，校园里随处可见扎堆拍照的人群，"三、二、一"倒数凑一起喊"毕业快乐"。

摄影师发了一堆照片给她们挑选，林空桑保存了几张她认为不错的一股脑都发给苍寒。

苍寒没有立刻回复，估计还在忙。

直到晚上，林空桑和班上同学一起在外面聚餐，快要结束时，收到了苍寒的短信。

需要我去接你吗？

林空桑抽了张纸巾抹抹嘴，戳着手机回复过去：他们还在喝酒。

师范生虽然女多男少，但林空桑班里性别比例没一边倒得特别厉害。

喝酒的那群人自发凑钱买了酒来，现在吃得差不多了，就是还有一两个喝酒的仍在兴头上。

你喝了吗？

苍寒比较担心林空桑的情况。

他的小姑娘一旦醉起来就比较放飞自我，虽然大学四年酒量见长，也不至于一杯倒，但他还是不是很乐意她碰酒。

我就喝了一点点啤酒。

林空桑和苍寒坦白，她现在清醒得很，一点没醉。

不许喝了。

苍寒下达死命令。

林空桑气呼呼地收起手机，噘着个嘴不大乐意。

"怎么啦？"她身边的室友问道。

林空桑把酒杯往旁边挪挪："没什么事，我男朋友不让我喝酒。"

"咦，"室友嫌弃地撇撇嘴，"秀恩爱。"

"没有，"林空桑拄着下巴，夹了块山药，"就是觉得……"

她觉得苍寒最近真是越来越喜欢管她了，不知道是不是大男子主义，就跟她爹似的，这不让做那不让做。

两人分明是同龄人，他偏偏要操老妈子的心，说多了林空桑就不太乐意听。

两人高考之后在一起，算一算也四年了。

二十来岁的年纪，两人一起走了五分之一的人生。

经历了热恋期，感情逐渐平稳，正逢毕业季，前几个月两人为了论文都忙得焦头烂额，很少像刚开学的时候那样跑来跑去。

林空桑还好，忙过这一阵子，答辩结束，就没什么其他事要做。

苍寒去年保了研，大四下半学期便已提前去找导师交接研后工作。

而让她在意的是，苍寒不是本校保研，而是去了外省一个更好的大学。

林空桑知道后第一时间掏出手机查询地址，两地之间坐高铁要花费四个小时。

太远了。

"你听没听过一句话，"室友凑到林空桑身边，"毕业季又名分手季。"

林空桑十分无语地瞥了对方一眼："我又不分手。"

虽然苍寒的小毛病日益凸显，但那些都是林空桑一点一点惯出来的。

当初那个说句话都要想半天、生怕说错话惹别人不高兴的少年，能被自己惯成这样，林空桑想想还挺自豪。

她一顿自我疏解，很快心情就好了不少。

晚上八点，饭局终于结束。

班里租的大巴，正好把学生送回学校。

林空桑上车前给苍寒发了信息，结果有点晕车，大概是喝了酒的缘故。

不过症状不是特别严重，乘车时间也不要很久。

车到达学校，林空桑等在车门旁第一个冲下车。

她把挎着的小包挪到身后，还没蹲下身子歇一会儿，手臂就冷不丁被人握住了。

对方在她的手里塞了半块橘子。

林空桑都没反应过来，嘴边又被人递过来一小块橘瓣。

她抬了抬眼，反手抓着对方的手臂，一口咬住橘瓣靠了过去。

跟着下车的室友原本还想去扶一把，看到苍寒之后立刻捂住眼睛转了个弯。

林空桑见到苍寒后，好似站都站不稳了："大哥，我头晕。"

苍寒把手上的东西全挪到一只手上，让林空桑靠着自己。

他抬手卸下林空桑的小包挂在自己肩头，接着手掌扣在林空桑的侧腰，把人揽去了路边的花坛边。

他弯腰铺了两张卫生纸，让林空桑坐。

林空桑拢了拢裙子，坐在上面缓了缓气。

苍寒就地蹲在她的面前，拧开一瓶矿泉水递给她。

见他手里还拿了一个牛皮纸袋，林空桑抿了几口水，问他那是什么。

"蛋挞，"苍寒把矿泉水重新塞回自己的书包，"不过应该凉了。"

林空桑抿了抿唇："凉了也吃。"

苍寒学校旁边有家店的蛋挞林空桑很是喜欢，苍寒每次过来找林空桑都会给她捎上两个。

只不过最近他很少过来，算一算林空桑很久没吃到了。

路灯昏黄，抬头能看见明亮的月亮。

林空桑双手捧着凉了的蛋挞，对苍寒道："今天的月亮好大。"

"喝了多少酒？"苍寒又拿出一张纸巾，展开垫在林空桑的短裙上。

"一点点。"林空桑用食指和拇指拉出一小段距离，"大家都在喝酒，我不喝不像样吧！而且真的只有一点点，我也不至于喝一点就醉。"

苍寒叹了口气，有点无奈："你会晕车。"

"啊……"林空桑想想也是，"下次不喝了。"

可是这都毕业了，哪儿来的下次。

不远处的路边，大巴上的人都下来了。

有人喝多了，大家互相搀扶着走进学校。

室友隔着几米远的距离跟林空桑挥了挥手："我们先回去啦！"

林空桑胡乱咽下嘴里的蛋挞，也冲她们打了声招呼："我知道啦！"

今天班级聚餐，明天集体拍毕业照后收拾寝室，最快后天就要离开学校了。

林空桑没有和苍寒一样选择继续念下去，在几个月前的春招期间，她就找好了工作。

当老师的话，应该也没那么吃力。

"大哥，"林空桑耷拉着脑袋，"你这么蹲着不累吗？"

好歹也是一米八几的大高个子，蜷成这么一小团，林空桑看着都替他难受。

"站起来你会看不到我。"苍寒按着膝盖站了起来，林空桑的目光追着他移动，脑袋"唰"一下就仰到后面去了。

"的确……有点……"林空桑把剩下的半块蛋挞吃进嘴里，蛋挞芯都凉了，没有热的时候好吃。

苍寒垂着眸，弯腰把小姑娘被风吹乱的刘海仔细拨到两边，又擦掉对方嘴角沾着的丁点儿挞皮屑。

林空桑眯着眼睛，借着那点被树叶遮挡的月光，能看见苍寒依旧温柔的眸。

"大哥……"她噘着嘴，"你是不是等我很久了？"

苍寒"嗯"了一声，侧身坐在林空桑身边："晚上没有事。"

"你下午不是说要开会吗？"林空桑歪了歪头，把脑袋靠在苍寒的肩上。

"晚饭前结束了。"苍寒把手上的东西放在一边，又去帮林空桑理了理鬓边的碎发。

"你好忙。"林空桑小声抱怨一句，"我明天拍毕业照。上午毕业典礼，你来吗？"

毕业典礼是要穿学士服的。

怎么说都是比较正式的场合，林空桑的父母还会特地赶过来观礼。

"来。"苍寒用手掌给林空桑扇扇风，"就是明早我有点事。"

"什么事啊……"林空桑拖着声音，"一定要去做吗？"

"高校联合线上会议，"苍寒抿了抿唇，"我是本校第一个汇报的，结束就过来。"

"行吧，"林空桑闭上眼睛，叹了口气，"你去忙吧。"

毕竟苍寒是准研究生了，和自己这种即将混吃等死的"社畜"不太一样。

也就是来迟一点，又不是不来，她也不能这么任性非要苍寒难做。

"但是会来的。"苍寒向她保证。

"随便了。"林空桑突然就有点释然，"真赶不过来就算了吧。"

人的情绪得分阶段。像在聚餐的时候，提到苍寒，林空桑就一肚子气，噘着嘴。

可当人就在身边时，她又没了之前那么大的气性，觉得每个人都有每个人的难处，苍寒肯定也想多陪在自己的身边，但是他又没办法。

老师那边就已经让人焦头烂额了，女朋友这边再总是逼他，那就真不好过了。

"你晚上没什么事吧？"林空桑用头撞撞苍寒的肩膀。

"没有。"苍寒抬手扣住林空桑的脑袋，轻轻地揉了揉，"你不头晕了吗？"

"缓过来了。"林空桑坐直身子，长长地"嘻"了一声，"反正你也没事，陪我随便走走。"

两人也就在学校里走走，六月的夏夜没那么闷热，晚风卷着清凉，吹得树叶"沙沙"作响。

林空桑牵着苍寒走在熟悉的小路上，这个点出来遛弯、跑步的学生挺多的。

"毕业之后就不用跑步打卡了，"林空桑有点惆怅，"也不用刷青年大学习，更不用担心期末挂科了。"

苍寒想了想，提醒道："如果你想刷青年大学习，还是可以帮我刷的。"

"给钱！"林空桑把另一只手往苍寒面前一伸，"不要企图用男朋友的身份占我便宜！"

苍寒侧身牵过她的另一只手："可以给人。"

大概是理工男天生对浪漫绝缘，再加上苍寒平时话少，本就不是个会哄女孩子的性格，两人在一起也有四年的时间，他少说多做，能说得出口的情话儿乎少得可怜。

今天突然冒出这么一句，林空桑姑且把它也给算上。

"我不帮你刷课，你就不给人了吗？"她晃晃苍寒的手臂，自顾自地说着，"刷不刷都是我的。"

可是想到不久之后他们就要分开了，林空桑又有点难受。

"大哥，"她噘起嘴巴，低头踢了一脚路上的石头，"你过几天是不是就得去找你的新导师啊？"

"找过了，"苍寒说，"这几天在学校收拾寝室。"

"你也要走了？"林空桑关心道，"叔叔来接你吗？是不是直接就把行李搬去新学校了？"

苍寒点了点头。

林空桑顿了顿，突然停下脚步。

"我也不能去陪你了，三年呢，你可不要背着我乱来，这几天我们班分了好几对。大哥，我可是有你家地址的人，你要是对不起我，小心我去你姥姥楼下贴大字报。"

她耷拉着脑袋，越说越没底气，最后声音都虚了不少，轻轻叹了口气。

"我就先回去咯，到时候你也得回来。"

她和苍寒约定好了，以后就回临城，和家人在一起，哪儿都不去。

可是林空桑又有点怕几年过去他回不来。

苍寒轻轻"嗯"了一声："会回去的。"

"花花渐欲迷人眼，"林空桑突然没头没脑地胡诌一句，"哼。"

苍寒笑了笑："不要提前焦虑。"

"提醒你而已，"林空桑用拳头在苍寒胸口抵了那么一下，"威胁恐吓！"

虽然她也不觉得苍寒真就能干出那种事，但是强烈的不安就像推着她似的，把这些话说出口。

"不会的，"苍寒用手掌包住她的拳头，"她们都没你长得好看。"

林空桑一愣，好笑道："你从哪儿学来的话？"

苍寒沉默片刻："我爸。"

林空桑有点无语："叔叔知道你就这么把他卖了吗？"

"不知道，"苍寒答，"但他知道你。"

林空桑抿了抿唇，轻轻踮着脚转身，继续往前走："好啦，不跟你说了。"

对苍寒来说，家人是个尤其重要的概念，而已经被他家人接受的自己，基本上就等于吃了颗定心丸。

以后他即便是遇到了别人，那也得过他父母那关。

林空桑想了半截，又觉得不对："我不需要你因为你父母的意见和我在一起。"

苍寒皱了皱眉，像是没听懂："什么？"

如果有一天，他们两个人真的出了什么不可逆转的事情，这样拖着不分手不就是道德绑架吗？

"没有，"苍寒似乎有些郁闷，"为什么要假设跟你分手？"

"提前假设一下……"林空桑缩缩脖子，有点心虚，"毕竟以后的事都说不好。"

"不会分手，"苍寒说得决绝，"你放心。"

林空桑眨了眨眼，突然就没话说了。

她发现自己那些乱七八糟的想法就像是无理取闹，没有根据地胡乱假设一通，都没想过苍寒的感受。

其实她也就是想听几句安慰罢了。

"我知道，"林空桑垂下目光，肩膀一塌，有些沮丧，"我只是有点害怕。"

不知道是不是喝了酒的原因，原本只是藏在心底的那一点点负面情绪眼下被放大了无数倍，一些话不过脑子，直接就说出了口。

层层叠叠的树叶遮住了路灯，晚间的校园小路上渐渐少有人烟，耳边除却些微的蝉鸣，倒是安静。

苍寒叹了口气，上前半步，低头抱住他的小姑娘："以后不要喝酒。"

林空桑鼻子一酸，也抬手把他抱住："又没喝多！"

"喝酒就多想，"苍寒把林空桑散在肩膀的碎发一点一点理好搭去后背，"还要哄。"

林空桑在他腰侧捶了一拳："那你别哄！"

苍寒有些无奈："哪能不哄。"

林空桑吸吸鼻子："你是不是不想哄？"

"没有，"苍寒说，"我只是不想看你难过。"

林空桑攥着苍寒的衣摆，咬着唇不说话了。

对于林空桑的小脾气，苍寒心里多少有数。

他愿意惯着也喜欢宠着，只是小姑娘有时会自己给自己使绊子，到头来纠结难过的还是她自己。

"开心一点，"苍寒低头把脸贴在她的鬓边，"毕业快乐。"

就要和苍寒分开了，林空桑一点都不快乐。

但是好不容易和苍寒有个抱抱，她又不愿意光顾着生气。

踮着脚搂上他的脖颈，林空桑依旧噘着嘴巴："以后你要天天给我发信息，天天给我打电话。"

苍寒和她抵着额头："好。"

林空桑："你要用我的照片当手机壁纸，当朋友圈背景，要让你那边的同学都知道你有女朋友。"

苍寒："现在也是。"

"三年好久啊，"林空桑哭丧着脸，"你念快一点。"

"好，"苍寒偏过脸，亲了亲林空桑的嘴巴，"我尽量。"

微风卷着夜的微凉，掠过姑娘家柔软的发梢。

唇齿辗转带着些微的温度，是属于盛夏的第一个亲吻。

第二天，林空桑寝室里的小姑娘都起了个大早。

她们挑选好搭配学士服的衬衫，又仔仔细细化好精致的妆容。

林空桑生得可爱，稍微那么打扮一下就越发明媚动人。

二十来岁的年纪，已经褪去了刚出高中校门时的那份青涩，经过时间沉淀，这几年她的成长，父母朋友都看在眼里。

学士帽抛向空中的那一刻，林空桑仰头去看被大朵云团点缀的蓝天。

她心道：我的校园生活，要再见了。

林空桑的父母特地赶来参加她的毕业典礼顺便搬寝室行李，趁着学士服还穿在身上，她兴冲冲地拍了几张照片。

"你的小男朋友呢，"付清溪左右看看，"没来吗？"

"哦，他今早有事，迟点过来。"林空桑翻着相机里的照片，无奈地耸了耸肩。

付清溪看了眼时间："都十点多了，有什么事能比女朋友重要？"

"学期末比较忙吧，"林空桑抿了抿唇，"没事的，他跟我说过了。"

老爸笑着打趣："不会是知道我们来了不敢过来吧？"

"才不会！"林空桑瞪着眼睛，"你们又不是没见过他。"

两人的事彼此家人都知道，而且苍寒姥姥家就和林空桑家一个小区，住得也近。

付清溪一开始还挺不乐意，但慢慢地也接受了自家闺女的男朋友。

虽然林空桑嘴上说着不在意，但这种场合男朋友不在场心里不介意那是不可能的。

只是苍寒也的确走不开，线上会议几百人一起，也不能就这么耽搁了。

林空桑和父母坐在树荫下的长椅上，一起等苍寒。

她看着校园里来来往往的人群，突然就意识到自己已经过了肆意妄为可以抛下一切的年纪了。

炽
热

无论是苍寒还是自己，肩上多多少少搭上了无形的担子。

他们开始被生活束缚，以后还会遇到各种各样陌生而棘手的问题。

那是有关成长的问题。

林空桑把头靠在妈妈的肩上，突然就有点舍不得。

"要是一直不长大就好了。"她小声嘀咕道。

"总是要长大的，"妈妈摸摸她的脑袋，"但无论多大你都是妈妈的小宝贝。"

林空桑又笑了起来，挽着妈妈的手臂贴了贴。

苍寒打来电话，说自己快到公交车站了。

林空桑把学士帽举到眉前遮阳，蹦跶着就往学校大门跑。

隔着学校的电动伸缩门，她看见苍寒捧着一把橙黄色的向日葵，从公交车上大步迈下来。

他应该是直接从学校的会议室赶过来的，背上还背着黑色的双肩包，白色短袖随着他跑过来的动作微微扬起衣摆。

苍寒的目光落在林空桑的脸上，冲她笑了笑。

那一刻，林空桑仿佛看见了当年那个沉默寡言的少年。

可如今，对方披着光向她跑来。

苍寒也早已不是当年孤僻的大哥，他找到了他擅长的领域，并且会在其中变得更加优秀。

——"我将和他一起面对这个世界。"

林空桑脑子里突然浮现出这么一句话。

有苍寒在身边，刚才她所担心的一切好像都变得不再可怕。

人都是会成长的，即便有了束缚，那也要努力成为彼此最爱的模样。

"对不起，我来迟了。"苍寒轻轻喘着气，把向日葵递到林空桑面前。

男生的眸中仿佛盛满了夏天的炽热，定定地看着他心爱的姑娘："毕业快乐。"